KB213330

터키민담
켈 올 란
Keloğlan
이 야 기

터키민담
켈 올 란
Keloğlan
이 야 기

옮겨 엮은이 하티제 쾨르올르 튀르쾨쥬
김기창
조민경
휼리아 타시프나르

민 속 원

머리말

민담은 구비문학의 한 갈래로 흥미롭게 꾸며낸 이야기인데, 그 속에는 그 민족이 겪어 온 삶의 다양한 체험, 사상, 신앙, 감정, 지혜, 용기, 가치관이 용해되어 있다. 각 민족은 민담을 전파 · 전승해 오면서 문학적 체험을 풍부히 함은 물론, 삶의 여러 가지 방식을 배우며, 전통적인 정서와 가치관을 함양하고 심화시켜 오고 있다.

이제, 세계화 시대를 맞아 국가나 민족의 경계를 뛰어넘어 서로의 문화를 진정으로 이해해야 할 필요성이 더욱 커졌다. 다른 민족의 문화를 이해하는 데에는 여러 방면의 접근이 가능한데, 민담을 통한 접근은 매우 효과적인 방법이라고 생각한다. 이에 옮겨 엮은이들은 우리와 '혈맹血盟 관계'에 있는 터키 민담에 관심을 갖게 되었다.

터키인들은 파란만장한 오랜 역사를 가지고 있고, 아주 넓은 지역을 거쳐 이동해 온 유목민의 경험을 바탕으로 다양한 구비문학을 꽃피워 왔다. 터키 민담은 우리나라와 같이 매우 풍부하여 그 동안 많은 민담집이 출간되었다. 그 민담들이 우리나라에서는 전래동화로 1985년에 한 권 출판되었고, 민담집으로 2003년에 한 권 출판된 바가 있다. 그러나 '켈올란' 이야기만 묶은 민담집은 아직 소개되지 않았다.

'켈올란 민담'은 켈올란을 주인공으로 하여 꾸며진 다양한 이야기들이다. 켈올란은 대머리로 태어나 결손 가정에서 자랐다. 대머리는 듣는 이의 흥미를 유발하는 요소로 작용하기도 한다. 이러한 결핍 요소가 있는 주인공이 처음엔 매사에 서투르고 게을러 보이지만 사건이 전개되면서 능청스럽기도 하고 용감하기도 하면서 능력을 가진 인물로 변한다. 엉뚱하고 기발한 꾀를 내어 적을 쳐부수고 결말에는 항상 부자가 되거나 고귀한 신분을 얻는다. 이런 이야기는 아무리 어려운 난관이 있어도 지혜와 용기가 있으면 이를 극복하고 행복하게 살 수 있다는 긍정적인 생각을 갖게 한다. 이는 세계 민담의 공통적인 특징이기도 하다. 또, 켈올란 민담은, 민담의 향유층인 서민들이 빈곤에서 벗어나 부유한 삶을 살거나, 강력한 존재가 되어 그들을 괴롭힌 사람들한테 복수하고 싶은 마음을 잘 나타내기도 했다. 이는 서민들이 이 이야기를 좋아하게 된 중요한 이유가 되었을 것이다.

켈올란 민담은 터키 민속문학에서 매우 중요한 자리를 차지하고 있다. 이 민담은 터키에서 오랫동안 단행본으로 계속 출간될 만큼 터키인들에게 사랑을 받아 왔다. 켈올란을 모르는 터키 어린이들은 없다고 한다. 그 이유는 어린 시절에 켈올란 이야기를 듣거나 읽으면서 재미를 느끼며 그 가운데에서 지혜나 교훈을 얻어 왔기 때문이다.

이 민담은 터키에서 다섯 차례나 영화로 만들어져[〈우리와 함께 있는 켈올란Keloğlan Aramızda〉(1971), 〈켈올란Keloğlan〉(1971), 〈켈올란과 잔 크즈Keloğlan'la Can Kız〉(1972), 〈켈올란은 일하는 중Keloğlan İş Başında〉(1975), 〈나는 가여운 켈올란Ben Bir Garip Keloğlanım〉(1976)] 남녀노소에게 많은 인기를 얻으며 방영되었다고 한다. 지금도 'KEŞİF'라는 공연 단체에서는 〈켈올란 이야기 뮤지컬Keloğlan Masalları Müzikali〉을 각 지방에 다니며 공연하고 있고, 국립 'TRT ÇOCUK' 방송국에서는 매일 저녁 6시에 〈켈올란 이야기〉를 방송하고 있다.

켈올란은 터키뿐만 아니라 아라비아, 이란, 조지아(그루지아), 러시아와 서유럽 동화에도 나오는 인물이다. 나라마다 이름이나 성격, 모습은 좀 달라도 켈올란의 특성은 모두 가지고 있다. 이 켈올란 민담은 그 동안 터키에서 많은 연구가들에 의해 수집되고 연구되어 왔다.

터키에는 '켈올란 노래'가 오래 전부터 널리 전해 온다. 이 노래에는 켈올란의 성격이 잘 함축되어 있다.

나는 가여운 켈올란이에요.
내 당나귀의 안장조차 없다오.
이 세상에서 내가 가진 것은 '정직'뿐이지요.
결코 거짓말은 할 수 없어요.

나에겐 홀어머니와
몇 마리의 암탉과 소 한 마리뿐이라오.
날마다 내 대머리에는
집을 잃은 몇 마리 파리가 붙지요.

누구에게나 노예가 되지 않아요.
나는 백성의 귀와 혀가 되지요.
비열한 사람들에게 구걸하지도 않아요.
나는 영리한 사람이에요.

'켈올란'이란 말은 바로 이런 모습이랍니다.
의롭지 않은 재물에 눈을 돌리지 않고요.
가난한 사람들의 권리를 돌보지 않는 사람들에게는
꼭 할 말이 있어요.

이 책에서는 켈올란 민담 54편을 특별한 순서 없이 소개했다. 터키인들은 우리 한국을 '형제의 나라'라고 말하며, 우리가 생각하는 것보다 훨씬 더 많이 친밀한 감정을 숨기지 않는다. 이 책을 통해 우리가 터키 사람들의 전통과 문화, 사고방식을 이해하고 터키인들과 좀 더 가까워지는 계기가 되었으면 한다.

이 책이 나오기까지 도움을 준 분들이 많다. 먼저, 이 책의 출판을 기획한 나를 터키 에르지예스대학교의 객원교수로 초청해 준 동양어학부장인 괵셀 튀르쾨쥬 교수와 학교 당국에 감사드린다. 그리고 함께 번역을 한 한국어문학과장 하티제 쾨르올르 튀르쾨쥬 교수, 터키어 전문 통·번역가 조민경 선생, 한국에서 석사과정을 마치고 이스탄불의 한국계 대기업에서 근무하고 있는 휼리아 타시프나르, 책을 낼 때마다 원고 정리에 수고를 아끼지 않은 집사람 오혜숙 선생에게 감사를 표한다.

터키의 민담을 국내에 소개한다는 일념으로, 영리성을 생각하지 않고 기꺼이 출판해 준 민속원의 홍종화 사장님과 편집부 여러분에게 고마움을 표한다.

서기 2017년 12월 25일
옮겨 엮은이들을 대표하여
김기창 적음

차례

묶음 셋

켈올란과 거인 이야기

묶음 넷

켈올란과 동물 이야기

묶음 다섯

그 밖의 이야기

묶음 하나

켈올란의 출생과 어린 시절 이야기

01
켈올란은 이렇게 태어났어요

옛날 옛날 아름다운 아나톨리아*의 어느 산기슭에 한적한 마을이 있었다. 이 마을에 있는 벽돌집들의 옥상은 평평했다. 하늘색처럼 맑은 개울이 마을 한가운데로 흘렀다. 이 은빛 개울물이 얼마나 맑았으면 지나가는 사람들이 개울 바닥에 있는 수초를 다 볼 수 있었을까. 그래서 이 개울의 색깔은 반짝거리는 초록색으로도 보였다. 그런 이유로 개울 이름을 '초록 개울'이라고 부르기 시작했다. 그 후에 그곳 시골 이름도 '초록 개울 마을'이라고 바꿨다.

그 당시에는 시골마다 촌장村長이 있었다. 지금은 시간이 많이 흘러 그때의 촌장이 어떤 사람이었는지 잘 모른다. 그 촌장의 집안 출신인 한 청년이 아름다운 초록 개울 근처에 살았다. 청년은 그 시골에서 가장 착하고 겸손한 여인과 결혼했다. 부부는 살림이 넉넉하지 않아 부인은 집에서, 남편은 산에서 해 뜰 때부터 해가 떨어질 때까지 열심히 일해서 돈을 벌었다.

* 아나톨리아는 서남아시아의 한 지역으로, 오늘날 터키 영토에 해당하는 반도를 말한다. 아나톨리아는 이전에는 '소아시아'라고 불렸다. 이 지방의 북쪽에는 흑해, 북동쪽에는 캅카스, 남동쪽에는 이란 고원, 남쪽에는 지중해, 서쪽에는 에게 해가 있다. 아나톨리아는 인류 역사에서 수많은 문명의 터전이었다. 아카드, 아시리아, 히타이트, 아르메니아, 로마, 셀주크 투르크, 오스만 제국은 아나톨리아에 있었던 중요한 나라들이었다. 아시아와 유럽을 연결하는 입지조건을 갖추고 있어 수많은 문화적 교류와 충돌의 장(場)이 된 곳이기도 하다.

어떻게 보면, 부부의 생각으로는 부족함이 없는 생활을 하고 있었는데, 그래도 그들에게 큰 걱정이 하나 있었다. 아직 아이가 생기지 않은 것이다. 이렇게 오랜 세월을 보냈다. 그 사이에 부부가 집을 한 층 더 올렸다. 외양간에 있는 하나밖에 없는 소가 벌써 열네 번째 새끼를 낳았고, 닭들도 사십 번째 병아리를 깨게 되었다. 개울 근처에 있는 쉽게 자라지 않는 버드나무들마저 하늘에 닿을 만큼 자랐는데, 하느님은 아직도 이 부부에게 자식을 주지 않았다.

이제 부부는 너무 슬퍼서 새들이 지저귀는 소리도 들리지 않았다. 집안의 대가 끊어질 것 같아 부부는 큰 걱정을 했다.

그 당시에는 봄마다 시골에서 열리는 축제가 있었다. 부부가 축제에 갔다 온 후에 부인이 남편에게 말했다.

"여보! 하느님이 아직도 우리에게 아이를 주지 않았어요. 당신이 원하신다면 제가 사라져 버릴게요. 더 이상 근심하지 말고 다른 여자와 결혼하세요. 어쩌면 하느님이 당신에게 아들을 주실 지도 모르잖아요. 그래서 집안의 대가 끊어지지 않게 하세요. 안 그러면 저 때문에 당신이 메마른 쥐방울나무처럼 될까봐 늘 걱정이에요."

남편은 말문이 막혀서 한참 침묵한 다음에 말했다.

"사랑스러운 부인! 우리 희망을 잃지 맙시다! 오늘 밤이 깊도록 기도를 합시다. 하느님이 우리 부부에게 아들을 주시도록 말이에요."

부부는 밤늦도록 같이 기도를 했다. 남편이 오랜 기도 끝에 이런 말을 덧붙였다.

"하느님에게 빕니다. 우리 부부에게 아들을 주시면 대신 제가 죽어도 좋습니다. 우리 아들이 절름발이든지, 눈 먼 아이든지, 대머리*든지 전혀 상관 없습니다."

여름이 지나가고 겨울이 왔다. 눈이 펄펄 내릴 때 남편은 중한 병에

* '대머리'를 터키어로는 'Kel'이라고 한다. 이 책의 제목인 'Keloğlan' 중 'oğlan'은 '소년, 사내아이'의 뜻이다. 그래서 'Keloğlan'은 '대머리 소년'이란 뜻이 된다.

걸렸다. 열이 심히 나고 정신이 몽롱해진 남편에게 부인이 말했다.

"여보, 좀 있으면 우리 아들이 태어납니다. 우리 힘내서 우리 아이를 키웁시다."

남편이 싱긋이 웃으면서 대답을 했다.

"아들을 주신 하느님이 키워주실 겁니다."

그 후 마음 편히 눈을 감은 남편은 다시 눈을 뜨지 못했다.

얼마가 지나 부인은 아주 멋진 아들을 낳았다. 산파*가 웃으며 말했다.

"여태까지 수많은 아이의 산파 노릇을 했지만 이렇게 예쁘고 잘 생긴 아이는 처음이오. 오래오래 건강하게 잘 크기를 바라오."

부인은 아주 기뻐하며 아들을 안았는데 그 순간 손이 부르르 떨렸다. 아들이 너무 예쁘고 잘 생겼지만 머리털이 하나도 없었다. 대머리였다. 그가 켈올란이다.

* 아기를 낳을 때, 아기를 받고 산모를 도와주는 일을 업으로 하는 여자.

02
켈올란이 대머리가 된 까닭은?

혹시 여러분은 켈올란이 어떻게 대머리가 되었는지 궁금하지 않아요? 옛날 옛적에 켈올란의 머리털은 엷은 황갈색이었다. 그러나 그가 매우 게을러서 그의 아름다운 머리카락이 다 없어졌다. 어떻게 그렇게 되었을까? 한번 그 이야기를 들어보자.

어느 날, 켈올란의 어머니가 그에게 장작을 모아 오라고 숲속으로 보내려고 했다. 켈올란은 "예, 엄마 알겠어요."라고 다소곳이 말하지 않고,

"이 세상에서 편안한 날이 하루도 없네. 늘 끝없이 끝없이 일을 해야 하나?"

라고 퉁명스럽게 말하였다. 그는 이어서

"엄마는 지금까지 계속 일하셨는데 가진 것이 아무 것도 없잖아요? 제발 저를 내버려 두세요. 제 꿈을 깨뜨리지 마세요."

라고 하면서 토끼눈을 하고 어머니를 쳐다보았다.

이 말을 들은 켈올란의 어머니가 얼마나 화가 났는지 지팡이를 켈올란 쪽으로 던졌다. 정말 화가 난 어머니의 모습을 본 켈올란은 다급히 뛰어 도망치기 시작하였다. 불쌍한 늙은 어머니는 아무리 빨리 가도 잡을 수가 없었다. 있는 힘을 다해 뛰면서 개구쟁이 아들을 향해 욕설을 퍼부었다. 그리고 무릎을 꿇고 간절히 기도했다.

"하느님, 이 개구쟁이 제 아들은 절대로 제 정신이 들지 않을 겁니다. 그래서 제가 몸이 아프더라도 이 아들의 보호를 받게 하지 마세요."

어머니를 두려워 한 켈올란은 숲속으로 도망갔다. 그늘 아래에 누워 꿈을 꿀 나무를 찾다가 켈올란이 전에 놓은 새덫에서 울부짖는 소리를 들었다. 가서 보니 마치 천국에서 온 듯한 예쁜 새가 아름다운 무지개 색깔의 날개를 펄럭이고 있었다. 켈올란을 본 새가 애원하였다.

"만약에 저를 구해 주시면 소망 한 가지를 이룰 수 있을 것입니다. 제발 저를 구해 주세요."

이 말을 들은 켈올란은

"만약에 네가 그러한 마법 능력을 갖고 있으면 너나 구해 보아라." 하면서 놀렸다.

"저는 남의 소망만 이루어 줄 수 있어요."

켈올란은 새의 말을 별로 믿지 않았지만, 이 아름다운 새가 심한 고통을 겪는 것을 보고 마음이 매우 아팠다. 그래서 새를 덫 안에서 꺼내 주었다.

"그럼, 마법 능력을 한번 발휘해 봐. 나는 소망을 한 가지만 빌지는 않을 거야. 필요할 때마다 빌고 싶은 소망이 많이 생길 테니까."

"그러면 머리카락 한 가닥마다 소망을 하나씩 이룰 수 있게 해 드리지요. 소망을 빈 다음에 머리카락 한 가닥을 뽑으면 그 소망이 이루어질 것입니다. 그런데 소망은 지혜롭게 선택해야 됩니다. 뽑은 머리카락은 다시 나오지 않을 테니까……."

이 말을 하고 새는 날아갔다.

켈올란은 너무 기뻤다. 한번 해보고 싶은 마음에 새 옷을 달라고 빌며 머리카락 한 가닥을 뽑아 바람에 날려 버렸다. 순식간에 멋진 새 옷을 입게 되었다. 켈올란은 이제 다시 일할 필요가 없게 되었기 때문에 너무 기뻐하였다. 이제 어머니의 잔소리를 듣지 않아도 되었다. 켈올란은 바로 집으로 뛰어갔다. 어머니는 새 옷을 입은 켈올란을 금방 알아보지 못했다. 켈올란은 신나서 그 동안 일어난 일을 빠짐없이 어머니한테 이야기하였다.

“엄마, 이제 일할 필요가 없게 되었어요. 어려운 날은 다 끝났어요. 좋아하지 않는 이 아들 덕분에 이제부터 뜨거운 물과 차가운 물에 손을 넣지 않아도 편하게 살 수 있을 거예요.”

켈올란은 먼저, 크고 아름다운 집, 가구, 하인, 음식으로 가득한 밥상, 그리고 금은보석이 나오기를 빌며 머리카락을 하나씩 하나씩 뽑았다. 그 후에도 계속 필요한 것들이 생길 때마다 빌었다. 아주 쉬운 일도 노력하지 않고 앉은 곳에서 머리카락을 뽑아서 하고 있었다.

켈올란의 어머니는 이렇게 재산이 많이 늘어난 것을 좋아하지만은 않았다. 자기 아들이 전보다 더 게을러지고 일을 하기 싫어하여 너무 속상했다. 어머니가 켈올란이 하는 짓이 나쁜 것이라고 아무리 설명해도 켈올란은 한 귀로 듣고 한 귀로 흘려버렸다. 켈올란이 누구인데 어머니의 말씀을 들을 것인가. 켈올란이 뽑은 머리카락 자리에는 새로운 머리카락이 나오지 않아서 엷은 황갈색 머리카락이 점점 줄어들었다. 그런데도 켈올란은 이런 상황을 무시해버렸다.

“아직도 내 머리카락이 많잖아. 앞으로 머리카락이 생기도록 빌면 되지, 뭐.”

라고 대수롭지 않게 말하였다.

마침내 머리카락이 한 가닥만 남았다. 켈올란은 마지막으로 남은 머리카락을 뽑아 머리카락이 다시 생기도록 빌었다. 그때는 뽑힌 머리카락이 바람으로 날아갔지만 머리에 변화가 일어나지 않았다. 새가 ‘소망을 지혜롭게 선택해야 된다’는 말이 기억나서 한탄했지만 아무 소용이 없었다. 머리카락이 다시 나오도록 모든 의사를 찾아가고 좋다는 약을 구해 발라도 보았지만 아무 소용이 없었다. 가지고 있던 재산도 시간이 갈수록 점점 없어졌다.

켈올란은 다시 무일푼인데다가 대머리가 되었다. 그때서야 켈올란은 일하면서 얻는 것이 얼마나 더 소중한가를 깨달았다. 게으름의 대가로 머리카락이 모두 없어진 것이다. 그가 얻은 제일 중요한 것은 게으름을 버리는 것이었다. 다시 어머니를 슬프게 하지 않았다. 그때부터 돈을 벌기 위해서 힘껏 노력하고 쉽게 얻는 것을 좋아하지 않았다. 땀 흘려 버는 돈의 가치를 알았다.

03
켈올란의 어린 시절

켈올란은 시골에서 자라는 여느 아이들처럼 어린 시절을 지냈어야 했는데 그렇지 못했다. 다른 아이들은 켈올란을 좀 이상하게 여겼다. 그 아이들은 짙은 검은색에서 옅은 갈색으로 머리숱이 아주 많았는데 켈올란은 대머리라서 거울처럼 윤이 났기 때문이다. 모자를 쓰고 벗을 때, 머리에 햇빛이 닿으면 보름달처럼 반들반들거렸다. 그래도 그의 친구들은 모두 착한 아이들이어서, 아무도 켈올란을 비웃거나 조롱하지 않았다.

켈올란이 대여섯 살이 되었을 때, 다른 아이들과 달리 자기에게 머리카락이 하나도 없다는 것에 신경이 쓰이기 시작했다. 왜 그럴까? 다른 아이들은 무성한 머리카락이 있어서 괜찮은데 켈올란은 머리카락이 없어서 부직포*로 만든 모자를 써야 했다. 모자 속에서 땀이 주르륵 흘러 아주 불편했다. 그 당시 모든 사람들은 부직포로 만든, 원추형의 큘라흐를 썼다. 다른 아이들은 기분이 좋을 때 뛰어가며 큘라흐를 하늘로 던질 수 있었다. 그리고 큘라흐를 벗으면 땀 때문에 이마에 붙은 멋진 머리카락을 보여줄 수 있었다. 그런데 우리 불쌍한 켈올란은 큘라흐를 벗으면 땀방울이 맺혀 있는 대머리를 다른 사람들이 보면서 웃는다고 생각했다. 그래서 다른 아이들처

* 베틀에 짜지 아니하고 섬유를 적당히 배열하여 접착제나 섬유 자체의 밀착력이나 섬유들의 엉킴을 이용하여 서로 접합한 시트 모양의 천.

럼 큘라흐를 벗고 하늘로 던질 수 없었다.

어느 날, 이웃에 사는 '에르다나'라는 아이가 켈올란의 인내심에 한계가 오게 했다.

에르다나는 원래 나쁜 아이는 아니었다. 다만 질투심이 좀 많았다. 켈올란은 힘은 별로 세지 않아도 민첩한 아이였다. 또, 다른 시골 아이들보다 똑똑했다. 아이들이 술래잡기를 할 때 아무도 켈올란을 따라잡을 수 없었다. 켈올란은 친구들과 수수께끼 놀이를 할 때 큘라흐를 뒤로 밀고, 반짝반짝하는 눈을 크게 뜨며 상대방이 물어보자마자 금방 정답을 맞힌다. 그런데 에르다나는 켈올란 같지 않았다. 그의 몸집은 크고 근육이 돌처럼 아주 딱딱하고 튼튼했다. 감동적인 이야기를 들으면 내일 울고, 재미있는 이야기를 들으면 모레 웃기 시작하는 이해가 아주 느린 아이였다. 센 힘 때문에 다른 아이들을 겁먹게 했다.

어느 날, 아이들이 예실yeşil(초록) 강 주변에 모여 등을 뛰어넘는 놀이를 하고 있었다. 이 놀이는 술래가 몸을 기울이면 다른 아이들이 그 술래의 등을 뛰어 넘는 것이다. 이 놀이를 할 때마다 힘이 약한 켈올란은 자주 술래가 되었다. 그 날도 술래가 된 켈올란이 몸을 구부리고 있을 때 에르다나가 그 육중한 몸으로 등을 힘껏 누르며 넘어갔다. 불쌍한 켈올란은 심장이 입으로 나올 정도로 아팠다.

그래서 켈올란은 복수하려고 다음 날을 기다렸다. 자기를 괴롭힌 에르다나에게 매운 맛을 보여주고 싶었다. 아이들이 다 모이자 켈올란은 말했다.

"얘들아! 내가 너희에게 우리들 중에 누가 가장 힘이 센지 보여주는 놀이를 알려줄게. 저쪽 나무 그늘에서 낮잠을 자고 있는 씨름꾼이 보이지?"

"응, 잘 보여."

캘올란이 거위 깃털 한 개를 보여주며 말을 이었다.

"누가 가서 저 씨름꾼의 모자에 깃털을 꽂고 올 수 있을까?"

아이들은 겁이 나서 서로 쳐다보기만 했다. 씨름꾼은 힘이 아주 세고 무서운 사람이기 때문이다. 만약에 그 아저씨가 깨면 가만 두지 않을 것이라고 여겨 두려워했다. 그래서 아무도 켈올란의 제안을 못들은 척했다.

바로 그때 에르다나가 켈올란에게 말했다.

"켈올란! 이 놀이를 네가 알려주었으니 어디 네가 한번 해보아라. 그러면 우리가 따라 할 수 있지."

켈올란이 대답했다.

"이보다 더 쉬운 일은 없지."

켈올란은 손에 거위 깃털을 들고 씨름꾼 옆으로 슬슬 걸어갔다. 씨름꾼은 잠을 잘 때 아주 작은 소리에도 민감하여 바로 눈을 떴다.

"너 여기서 뭘 하니?"

아저씨는 잠에서 덜 깬 채로 켈올란을 쳐다보면서 말했다. 켈올란은 당황하여 엉겁결에 씨름꾼의 허리띠를 잡고 말했다.

"아이고 아저씨! 아무것도 아니에요. 아저씨가 주무실 때 바람이 불면 깃털이 얼굴에 붙을까봐 걱정이 되어 그 깃털을 없애려고 했는데 아저씨가 바로 일어나셨군요."

그 아저씨는 옛날부터 켈올란을 알고 그를 불쌍히 여겼다.

"잘했군. 네가 좀 비켜주면 내가 좀 더 눈을 붙일게. 나중에 너에게 볶은 병아리콩을 사줄테니 내가 잊지 않게 해."

"아저씨! 그렇게 안 하셔도 되는데……."

켈올란은 속으로는 좋아하면서 마음에도 없는 말로 대답했다.

"겸손한 아이로구나. 너에게 볶은 병아리콩만 아니고 빨간 사탕도 사줄게. 내가 이걸 잊어버리지 않았으면 좋겠는데."

그때 켈올란이 말했다.

"그러면 아저씨! 괜찮으시다면 이 약속이 기억에 남도록 아저씨가 아저씨 모자에 깃털을 꽂아 두세요. 이걸 보는 사람이 이 깃털이 무엇이냐고 물어 보면 약속하신 말씀이 생각나게요."

켈올란은 아저씨가 말을 들어주지 않을까 걱정이 되었다.

"그럼 네가 깃털을 꽂아봐."

아저씨는 눈을 감았다.

켈올란은, 나무쪽으로 머리를 돌려 이런 이야기를 듣지 못한 아이들을 쳐다보며 보란듯이 깃털을 씨름꾼의 모자에 꽂았다. 그러고 나서 켈올란은 양손을 흔들면서 천천히 아이들 옆으로 갔다. 모든 아이들은 켈올란이 부러워서 쳐다보고 있었다.

에르다나는 켈올란이 그 일을 잘 해내서 그만 화가 나고 말았다.

“야! 네가 잘 한 것 같아? 나 같으면 깃털을 하나가 아닌 여러 개를 꽂았을 걸.”

에르다나는 팔을 흔들거리며 깃털을 찾기 시작했다. 그때 까마귀 깃털 두 개가 날리고 있었다. 에르다나는 그것을 잡으려고 뛰어갔으나 잡지 못했다. 바람은 깃털을 씨름꾼이 자고 있는 나무쪽으로 데려갔다.

마침내 에르다나는 조금만 더 몸을 기울이면 깃털을 잡을 수 있었다. 그러나 그는 몸집이 크고 균형이 잡히지 않아 뒤뚱거렸다. 끝내는 그의 윗몸이 아저씨의 배 위로 바위처럼 넘어졌다. 그래서 잠시 눈을 붙이려고 한 씨름꾼은 깜짝 놀라 잠을 깨고 말았다. 아저씨는 우레 같은 큰 소리로 말했다.

“무슨 짓을 한 거야?”

깜짝 놀란 에르다나는 겁에 질려 말을 더듬었다.

“아~아 이~이고~! 아~아저씨, 아저씨 모자에 꽂혀 있는 거위 깃털이 아름답지 않습니다. 그래서 제가 반짝거리는 이 까마귀 깃털을 두 개나…….”

씨름꾼은 에르다나의 머리를 자기 겨드랑이에 끼고 살려 달라고 애원하며 빌 때까지 무자비하게 때렸다. 아이들은 씨름꾼이 에르다나를 때리는 모습을 보지 못했다. 씨름꾼이 일어나자마자 무서워서 다들 여기저기로 사라졌기 때문이다.

묶음 둘

켈올란이 공주와 결혼하는 이야기

01. 켈올란과 두 명의 왕
02. 켈올란과 왕
03. 켈올란과 알리 젱기즈
04. 지하 칠층에 있는 켈올란
05. 목욕탕 주인과 켈올란
06. 켈올란과 나스레딘 호자
07. 켈올란과 마법 '마준'
08. 우는 공주
09. 켈올란과 마법 고깔
10. 켈올란과 고독한 의사
11. 켈올란의 사즈
12. 켈올란과 빨간 돌
13. 붙어라! 떨어져라!

01
켈올란과 두 명의 왕

옛날 옛날 한 마을에 부모님을 여의고 혼자 사는 켈올란이 있었다. 아무도 돌봐주는 사람이 없는 켈올란은 산에서 열매를 따먹기도 하고, 먹을 것이 없으면 바닥에 누워 하늘의 별을 관찰하곤 했다. 그는 하늘에 떠있는 별이 전갈자리인지, 천칭자리인지 다 구별할 수 있었다.

그는 가난해서 여기저기 옷을 기워 입었고 끼니를 해결하는 것도 어려웠다. 그렇기 때문에 그는 어린 나이에 이미 일을 해서 생계*를 꾸려나가는 법을 배웠다. 또래 아이들이 이리 저리 뛰어다니며 재미있는 놀이를 할 때, 켈올란은 무거운 물건을 나르며 땀 흘려 일하는 법을 배웠다.

어느 날, 켈올란이 왕궁을 지나고 있을 때 궁궐 창문에 서 있는 아리따운 아가씨를 발견했다. 아가씨는 매우 아름다워서 달처럼 빛이 났다. 켈올란은 그 앞을 지나치지 못하고 멍하니 아가씨를 바라보고 있었다. 켈올란은 그만 넋이 빠졌다. 가던 길을 가려고 발을 내딛으면 어느 순간 다시 궁궐 창문 앞으로 돌아와 있었다. 몸이 말을 듣지 않아 아무것도 할 수 없었다.

저녁 무렵, 사냥에서 돌아온 임금이 궁전 창문 앞에서 멍하니 서 있는 켈올란을 발견하고는,

"창문 앞에서 무엇을 찾고 있느냐?"

* 살림을 살아 나갈 방도. 또는 현재 살림을 살아가고 있는 형편.

하고 물었다. 아무것도 두려운 것이 없는 켈올란은 솔직하게 대답했다.

"임금님, 저는 궁궐 창문에 서 있는 따님을 보고 사랑에 빠졌습니다. 그래서 아무 것도 하지 못하고 주변을 배회하고* 있었습니다."

임금은 겁 없고 무례하며 주제를 모르는 켈올란을 보고 화가 머리끝까지 났다.

"여봐라, 저 무례한 놈을 궁궐 감옥에 가두어라."

찾는 이도, 돌보는 이도 없는 켈올란은 이렇게 아무 죄도 없이 칠 년 동안 어두운 감옥에 갇혀 지냈다.

그러던 어느 날, 인도**의 임금이 켈올란이 살고 있는 나라의 임금에게 편지와 함께 지팡이 하나를 보냈다. 편지에는

'그대에게 지팡이 하나를 보내노라. 이 지팡이의 어느 쪽 끝이 더 무거운지 알아 맞혀라. 만약 알아내지 못하면 큰 군대를 보내어 그대의 나라를 공격할 것이다.'

라고 쓰여 있었다.

임금은 신하들을 불러 함께 지팡이를 살펴보았다. 지팡이는 기계로 맞춘 듯 곧았고 양끝도 모양과 크기가 같았다. 임금은 목수들을 불러 지팡이의 치수를 재게 하고, 금 세공인***들을 불러 지팡이의 무게를 재게 했다. 또 지혜로운 사람들을 찾아다니며 지팡이를 보여주었다. 그러나 그 누구도 지팡이의 어느 쪽 끝이 더 무거운지 알아내지 못했다. 임금은 고민에 빠져 공주를 찾아갔다. 그러자 공주는

"아바마마, 지하 감옥에 켈올란이라는 자가 있지 않습니까? 그를 한번 만나보는 게 좋겠습니다."

하고 말했다. 공주는 지하 감옥에 내려가 감옥 문을 열게 했다. 그리고 켈올란을 찾아가 상황을 차근차근 설명했다. 공주의 설명을 듣던 켈올란은

* 아무 목적 없이 어떤 곳을 중심으로 어슬렁거리며 돌아다니다.

** 터키 민담에서는 인도나 중국 등 다양한 동양의 나라가 등장한다. 이는 터키인들이 과거부터 동양 세계와의 긴밀한 접촉으로 동서양의 교량 역할을 해 왔다는 것을 증명한다.

*** 금을 재료로 하여 작은 물건을 만들거나 파는 사람.

'하하' 웃으며 말했다.

"공주님, 이것은 아주 쉬운 문제입니다. 지팡이를 물에 던져보십시오. 그러면 무거운 쪽은 물에 가라앉게 될 것입니다. 그리고 임금님께 안부를 전해주십시오. 아무 죄도 없이 감옥에 갇혀있는 켈올란을 잊지 마시라고 꼭 전해주십시오."

이 말을 들은 공주는 기뻐하며 임금에게 뛰어가 켈올란이 말한 것을 전했다. 임금은 지팡이를 물에 던져서 물에 가라앉는 쪽을 표시했다. 그리고 인도 임금에게 지팡이를 돌려보냈다. 인도 임금은 지팡이를 보더니

"용케 답을 알아냈구나. 그러나 시합은 항상 삼세 번이지. 두 개의 문제가 더 남았다. 두 개의 문제를 모두 맞추어야 한다."

하고 말했다. 그러더니 이번에는 똑같은 생김새에, 똑같은 크기에, 똑같은 안장을 얹은 말 세 마리를 보냈다. 말들은 너무 똑같아서 구별하는 것이 불가능했다. 인도 임금은 '이 말들 중에 어떤 것이 어미이고, 어떤 것이 새끼이며, 어떤 것이 새끼의 새끼인가?' 하는 문제를 냈다.

임금은 말들을 자세히 살펴보고 생각에 잠겨 수염만 쓰다듬었다. 임금은 수의사부터 말 장수, 마부까지 말과 관련된 모든 사람들을 불렀지만 아무도 문제를 맞추지 못했다. 임금은 공주에게 사람을 보내어 상황을 전했다. 그러자 소식을 들은 공주는 지하 감옥에 내려가 감옥 문을 열게 하고 켈올란을 찾아갔다. 공주는 걱정스러운 표정으로 물었다.

"켈올란아, 세 마리의 말이 왔는데 너무 똑같아서 구별을 할 수가 없단다. 어떤 것이 어미이고, 어떤 것이 새끼이며, 어떤 것이 새끼의 새끼인지 어떻게 알 수 있지?"

켈올란은 잠시 생각하고 나서 대답했다.

"좋습니다. 하지만 이번에도 제가 문제에 대한 답을 드려도 임금님과 공주님은 저를 잊으실 것입니다. 임금님과 공주님은 따뜻하고 편한 궁전에서 맛있는 음식을 드시는 동안 저는 감옥에서 맛없는 음식을 먹고 쓴 물을 마시며 찬 바닥에서 잠을 자면서 평생을 보내겠지요. 임금님께 안부를 전해주십시오. 그리고 저를 이 감옥에서 꺼내주시면 답을 말하겠다

고 전해 주십시오."

공주는 임금에게 뛰어가서 켈올란의 말을 전했다. 그러자 임금은 켈올란을 지하 감옥에서 꺼내주고 좋은 옷을 입혀주었다.

"임금님, 이 문제는 아주 쉽습니다. 지금부터 말들을 모두 마구간에 넣고 문을 닫아 주십시오. 그리고 문 앞에 땅을 파고 그 안에 물을 채워주십시오. 제가 말들을 구분해내겠습니다."

임금은 신하들에게 켈올란이 말한 대로 따르라고 명령을 내렸다. 모두가 마당에 모여서 켈올란이 어떻게 말을 구분하는지 지켜보았다. 켈올란은 채찍을 들고 마구간으로 들어가서 문을 열었다. 그러고는 말을 채찍질하기 시작했다. 세 마리의 말은 모두 마구간 문 앞으로 모여들었다. 먼저 한 마리가 문 앞에서 망설이더니 앞발을 들어 웅덩이를 뛰어넘었다. 이 때 켈올란은 자신있게 소리쳤다.

"방금 나간 말이 어미입니다."

그리고 또 채찍질을 하자 이번에는 다른 말이 문 앞에서 웅덩이를 뛰어넘었다.

"방금 나간 말이 새끼입니다."

그리고 또 채찍질을 하자 가장 마지막으로 남은 말이 놀라며 웅덩이를 뛰어넘었다.

"지금 나간 말이 새끼의 새끼입니다."

마당에 모여 이 광경을 지켜본 사람들은 켈올란의 슬기에 놀라고 말았다. 마부들은 켈올란이 말한 순서대로 말을 표시했고 임금은 인도 임금에게 말들을 다시 돌려보냈다. 인도 임금은 이번에도 정답을 맞춘 것을 보고 마지막 문제가 적힌 편지를 보냈다.

'너희 나라에서 가장 크고, 가장 수염이 많고, 가장 지혜로운 자를 보내거라. 내가 직접 보고 문제를 내겠다.'

임금은 나라 이곳저곳에 방*을 붙여 나라 안에서 가장 크고, 수염이

* 어떤 일을 널리 알리기 위하여 사람들이 다니는 길거리나 많이 모이는 곳에 써 붙이는 글.

많고, 가장 지혜로운 사람들을 모아보려고 했지만 아무도 나서지 않았다. 임금은 하는 수 없이 켈올란을 불러들여 상황을 설명했다. 이 이야기를 들은 켈올란은 의기양양하게 말했다.

"임금님, 제가 가서 인도 임금이 깜짝 놀랄 정도로 기가 막히게 문제를 풀고 오겠습니다. 그리고 인도 임금을 노예로 만들어 임금님 앞으로 끌고 오겠습니다. 이 일을 마치고 나면 꼭 공주님을 저에게 주십시오."

임금은 선뜻 대답하지 못하고 곰곰이 생각했다.

'켈올란을 보내자. 켈올란이 가서 문제에는 답을 할 수도 있겠지만, 어떻게 저 막강한 인도 임금을 노예처럼 끌고 올 수 있겠어? 당연히 약속을 지킬 수 없을 거야. 하지만 지금은 내 딸을 주겠다고 하자.'

임금은 켈올란의 조건에 동의했다.

켈올란은 임금으로부터 낙타 한 마리, 염소 한 마리, 그리고 여행에 필요한 돈을 받은 후 길을 떠났다. 인도까지는 몇 달이 걸렸다. 켈올란이 인도에 도착하자 호위 병정들이 그를 맞이했다. 켈올란은 한 손에는 낙타 고삐, 다른 한 손에는 염소 고삐를 쥐고 사람들에게 손을 흔들기도 하면서 신이 나서 카페트 위를 걸어갔다. 인도 임금은 낙타와 염소와 함께 궁궐에 들어오는 켈올란을 보고 깜짝 놀라 말했다.

"여봐라, 너희 임금에게 나라에서 가장 크고, 가장 수염이 많고, 가장 지혜로운 자를 보내라고 했거늘 그들은 아직 도착하지 않은 것이냐?"

이 말을 들은 켈올란은 낙타를 보여주며 말했다.

"임금님, 바로 이것이 우리 나라에서 가장 큰 것입니다."

그리고 염소를 보여주며 말했다.

"이것이 가장 수염이 많은 것입니다."

이어서 자신을 가리키며 의기양양하게 말했다.

"제가 바로 우리 나라에서 가장 지혜로운 사람입니다."

그러고 나서 엎드려 절을 했다. 이 말을 들은 인도 임금이 다짜고짜 물었다.

"그래? 그럼 어디 한번 말해 보거라. 하늘에 별이 몇 개인고?"

"딱 제 염소의 털 만큼입니다."

"왜 그렇지?"

"세어보는 것은 임금님의 몫입니다."

궁궐에 모인 신하들은 눈이 휘둥그레져서 서로를 쳐다보더니 웅성거리기 시작했다. 그러고는 켈올란의 답이 옳다고 발표했다. 인도 임금은 다시 물었다.

"세상의 중심은 어디인고?"

"제 낙타의 오른쪽 앞발이 밟고 있는 곳입니다. 임금님."

"왜 그렇지?"

"측정하시는 것은 임금님의 몫입니다."

궁궐에 모인 신하들은 다시 서로를 쳐다보더니 웅성웅성거리기 시작했다. 그러더니 켈올란의 답이 옳다고 인정했다. 인도 임금은

"좋다, 이것도 알아냈구나. 내가 너에게 상금을 주겠다."

하고 말하며 주머니에 한 손을 넣더니 큰소리로 말했다.

"돈을 받을 손수건을 펴거라."

켈올란이 손수건을 펴자 임금은 '짤그랑 짤그랑' 하며 손수건 위에 돈을 놓는 시늉을 하기 시작했다. 그러고는 이번에는 다른 손을 주머니에 넣었다가 '땡그랑 땡그랑' 하며 다시 돈을 주는 시늉을 했다. 켈올란은 손수건을 펼쳐들고 임금이 주시는 상을 눈이 빠지게 기다렸지만 인도 임금은 손수건 위에 돈을 꺼내놓지 않았다. 그러자 켈올란은 임금이 자신과 놀이를 하고 있다는 것을 알아챘다.

"감사합니다, 임금님. 부귀영화*가 항상 임금님과 함께 하기를 기원하겠습니다."

켈올란은 손수건 안에 마치 금화가 놓여있는 것처럼 손수건의 네 귀퉁이를 곱게 묶어 안주머니에 넣었다. 인도 임금은 속으로 기뻐했다.

'잘 됐다. 이번에야 말로 내가 이놈의 코를 납작하게 해주었구나.'

* 재산이 많고 지위가 높으며 귀하게 되어서 세상에 드러나 온갖 영광을 누림.

켈올란은 임금의 옷자락에 입을 맞추고 궁 밖으로 나왔다. 그러고는 바로 시장으로 가서 그곳에서 가장 큰 상점을 찾아갔다. 그리고 물건을 고르기 시작하더니 비단부터 연필까지 상점에 있는 여러 가지 물건을 골라 자신이 묵고 있는 여관으로 보냈다.

상점의 점원들은 켈올란이 산 물건들의 값을 계산했다. 물건을 얼마나 많이 샀는지 물건 값을 계산하는 데 한참 걸렸고 어마어마한 금액이 나왔다. 켈올란은 점원이 내민 계산서는 거들떠도 보지 않고 가슴에서 손수건을 꺼냈다. 그러고는 묶여있던 손수건을 풀더니 '짤그랑 짤그랑', '땡그랑 땡그랑' 소리를 내며 손수건 안에서 돈을 꺼내는 시늉을 했다. 한 푼 두 푼……. 한참 동안 돈을 꺼내는 시늉을 하던 켈올란은

"원래 내야 되는 돈보다 좀 더 많이 냈으니 잔돈은 자네들이 갖게. 수고들 하시게."

라고 말하고 상점을 나왔다. 점원들은 멍하니 서로를 바라보다가 켈올란이 '쨍그랑 쨍그랑', '땡그랑 땡그랑' 하며 돈을 내는 시늉만 했지 실제로는 한 푼도 내지 않은 것을 알았다. 그래서 바로 켈올란을 뒤쫓아 가서 붙잡아 재판관에게 데려갔다. 점원들이 자초지종을 설명하자 재판관은 켈올란에게 물었다.

"이것이 모두 사실이냐?"

"재판관님, 이 나라 백성들이 왕에 대하여 얼마나 큰 반역을 하고 있는지 놀랄 뿐입니다. 임금님께서 하사하신 돈을 이들이 인정하지 않고 있습니다. 상점에서 제가 지불한 돈은 신하들이 모두 모인 가운데 임금님께서 '짤그랑 짤그랑', '땡그랑 땡그랑' 하면서 저에게 주신 돈입니다. 저는 상점에서 그 돈을 사용한 것뿐인데 왜 저를 붙잡아 재판관님 앞에 데려왔는지 이해가 되지 않습니다. 이들은 지금 임금님의 돈을 인정하지 않고 제 명예를 더럽히고 있습니다."

이 말을 들은 재판관은 수염을 한번 쓰다듬더니 말했다.

"이 재판은 궁궐에서 진행해야겠다."

그러고는 모두를 데리고 궁으로 갔다. 켈올란은 인도 임금을 만나자마

자

"임금님, 제가 겪은 일을 들어보십시오. 이 사람들이 일하는 상점에서 이것저것을 샀습니다. 그리고 임금님께서 저에게 손수 '짤그랑 짤그랑', '땡그랑 땡그랑' 하사하신 돈으로 지불을 했습니다. 잔돈은 가지라고 넉넉하게 주기까지 했습니다. 그런데 이들은 돈을 받지 않았다고 하며 재판을 열지 뭡니까?"

하고 말했다. 이 말을 들은 임금이 궁궐에 모인 신하들을 둘러보았는데 신하들은 모두 고개를 숙인 채 키득키득 웃고 있었다. 이번에도 켈올란이 임금을 이긴 것이었다. 임금은

"켈올란을 풀어 주거라. 그에게 돈을 사용할 권리가 있다. 그가 사용한 것은 모두 내가 갚겠다."

라고 말했다. 모두 궁궐에서 물러나왔다.

켈올란은 다음날 궁궐 맞은편에 솜 가게를 열었다. 그리고 큰 나무 상자를 구해 한밤중에 솜 가게로 들어갔다. 켈올란은 옷을 벗은 후에 온 몸에 풀을 묻히고 솜 위를 굴러다녔다. 그는 온 몸이 솜으로 뒤덮이자 바로 궁으로 향했다. 궁궐 문을 지키던 문지기들은 켈올란을 보자 겁을 먹고 땅에 엎드렸다. 켈올란은 바로 인도 임금의 방으로 향했다. 침대에 누워있던 인도 임금은 켈올란을 보자 너무 놀란 나머지 아무 말도 할 수 없었다. 인도 임금은 속으로

'아이고, 저승사자*가 나를 잡으러 왔구나!'

하고 생각하고는 이불 밑에 숨어서 꼼짝도 하지 않았다. 그 모습을 본 켈올란은 위엄있게 말했다.

"나는 저승사자다. 옥황상제**께서 너를 데려오라고 하신다. 나와 함께 가자. 만약 소리를 낸다면 너의 목을 조를 것이다. 그리고 바로 너의 목숨을 거두겠다."

* 저승에서 죽은 사람의 넋을 데리러 오는 심부름꾼.

** 흔히 도가(道家)에서, '하느님'을 이르는 말.

임금은 너무 무서워서 덜덜 떨기 시작했다. 켈올란은 임금의 팔을 잡고 계단을 내려갔다. 성문 앞을 지날 때 두 문지기가 이들을 보고 경례를 했다.

켈올란은 임금을 솜 가게로 데려와서 나무 상자에 들어가게 하고 뚜껑을 닫아 열쇠로 잠갔다. 여관으로 돌아온 켈올란은 상점에서 산 모든 물건을 마차에 싣고 마지막으로 솜 가게에 들러서 임금이 들어있는 상자도 실었다. 그러고는 전속력으로 고향을 향해 달렸다.

몇 달이 지나고 나서야 고향에 도착한 켈올란은 임금을 만나기 위해 궁으로 향했다. 궁에 도착한 켈올란은 인도에서 사온 진귀한 모든 물건들을 임금님 앞에 늘어놓으며 말했다.

"임금님, 이것들은 임금님과 신하들 그리고 공주님께 바치는 제 선물입니다."

그러고 나서 한 상자를 남겨 놓고 모두 임금에게 선물로 드렸다. 마지막으로 남은 상자를 열며 대수롭지 않은 듯이 말했다.

"이것은 짜증스럽고 교만하기 짝이 없는 인도의 왕입니다."

그가 상자를 열자 상자에서 인도 임금이 나오더니 땅에 엎드려 대성통곡*을 했다. 인도 임금은 자신이 저승에 도착하여 옥황상제의 앞에 온 것으로 착각한 것이다. 켈올란은 임금에게 인도에서 있었던 일들을 모두 설명했다.

그 후 임금은 북을 울리고 나팔을 불게 하여 결혼식을 열었다. 이웃 나라의 왕들도 모두 참석한 가운데 성대한 결혼식이 열렸다. 결혼식이 끝난 후 임금은 인도 임금을 불쌍히 여겨 인도로 돌려보냈다. 그 후 켈올란은 재상**이 되어 평온하고 조용한 마을에서 공주와 오래오래 행복하게 살았다.

* 큰 소리로 몹시 슬프게 울다.

** 임금을 도와 모든 관원을 지휘하고 감독하는 일을 맡아보던 신하.

02
켈올란과 왕

옛날 옛날에 켈올란이 형과 늙은 어머니와 함께 살고 있었다. 그들의 창고는 텅 비어 있고 밥솥은 바닥이 드러나 있었으며 동전 한 닢도 없었다. 그들은 너무 가난해서 뱃가죽은 등에 붙고 신발은 구멍이 나 있었으며 옷은 누더기였다. 그들은 날마다 구걸을 해서 먹고 살았다.

그러던 어느 날, 온 몸을 벅벅 긁고 있는 어머니를 형이 발견하고는 켈올란에게 말했다.

"켈올란, 어머니께서 많이 더러워지셨다. 게다가 이*까지 생긴 것 같아. 물을 데워 어머니를 깨끗하게 씻겨드리자. 어머니가 지금 온 몸을 벅벅 긁고 계신다. 불쌍한 우리 어머니를 편하게 해드리자."

"형님, 저도 그 이야기를 하려던 참이었습니다. 어서 움직입시다."

"그러면 나는 숲으로 가서 장작을 구해 오겠다. 내가 장작을 패오면 그것으로 불을 지피고 물을 데워 어머니를 씻겨 드리자. 너는 저기서 기다리고 있어."

형은 곧바로 끈과 도끼를 들고 숲으로 향했다. 켈올란은 그 자리에서 형을 기다리고 기다리다가 인내심이 그만 바닥나고 말았다.

'형님은 바보 같기도 하지. 장작을 구하러 왜 숲으로 간담? 형님이

* 사람이나 동물의 털 속에서 살면서 피를 빨아먹는 벌레.

오기 전에 내가 장작을 구해서 어머니를 씻겨드려야지.'

켈올란은 팔을 걷어붙이고 도끼를 손에 쥐었다. 그리고 도끼로 대들보*를 떼어 패기 시작했다. 그는 집의 한 구석에서 오래된 큰 솥을 발견하고 그것을 굴려 아궁이로 가져와 얹었다. 그리고 솥에 물을 한가득 채우고 대들보로 만든 장작을 아궁이에 넣어 불을 지폈다. 나무가 오래 되어서 불을 지피자마자 활활 타올랐고 물은 금세 뜨거워졌다.

그때 켈올란은 구석에서 온 몸을 벅벅 긁고 있는 어머니를 안아 모시고 왔다. 그리고 그는 뜨거운 물이 가득한 커다란 솥에 어머니를 넣었다. 힘없이 앉아있던 어머니는 뜨거운 물 때문에 온 몸이 빨개지자 그제야 버둥거리며 소리를 지르기 시작했다. 켈올란은 어머니의 앞으로 가서 머리털이 없는 머리를 긁적이며 어머니를 지켜보았다. 어머니는 계속해서 버둥거리며 소리를 지르고 있었다. 그러자 켈올란은 화가 나서

"어머니, 더러워서 씻으셔야 돼요. 씻고 나면 이도 없어질 거예요. 소리 지르지 마시고 편하게 누워서 때도 미세요."
하고 말하며 어머니의 머리를 솥 안으로 밀어 넣었다. 불쌍한 어머니는 잠시 동안 '고로록 고로록' 소리를 내더니 죽고 말았다. 그런데도 켈올란은 무슨 일이 일어났는지 눈치조차 채지 못했다. 그는

"어머니가 이제야 편히 목욕을 하시는구나. 솥에 기대서 꼼짝을 하지 않으시네."
하고 말하며 한쪽 구석에 앉아서 어머니가 목욕이 끝나기를 기다렸다. 한참 동안 아무 소리도 없고 움직임도 없자 켈올란은 어머니를 살펴보았다. 어머니는 솥에서 새빨개진 채로 솥에 기대어 이미 오래 전에 돌아가셨다. 그러나 켈올란은 아직도 어머니가 돌아가신 것을 모르고 말했다.

"어머니, 목욕을 하시니 깨끗해지셨네요. 게다가 새색시처럼 붉어지셨어요. 이제 시장하시지요?"

그러고는 불쌍한 어머니를 솥에서 꺼내어 한쪽 구석에 기대어 놓고

* 집의 무게를 받치고 있는 기둥과 기둥 사이를 가로지르는 들보.

옷을 꺼내와 입혀드렸다. 그는 어머니를 다시 벽에 기대어 놓고 계란을 꺼내 계란 프라이를 만들었다. 그리고 어머니 앞에 놓은 후 벽에 기대어 어머니가 드실 때까지 기다리고 있었다. 그러나 참을성이 없는 켈올란은 기다리는 것이 금세 지겨워져서 형을 마중하러 숲으로 향했다.

그는 숲의 입구에서 형을 만났다. 형은 장작을 한 짐 해서 줄로 묶은 후 이마로 줄을 끌며 거친 숨을 몰아쉬면서 걸어오고 있었다. 켈올란은 형의 옆에 서서 자신이 한 일을 더 부풀려서 신나게 이야기했다. 형은 그의 이야기를 듣자마자 장작을 내팽개치고 헐레벌떡 집으로 뛰어갔다. 그때 형은 어머니가 온몸이 새빨개진 채로 돌아가신 것을 발견했다.

"멍청이 켈올란! 무슨 짓을 한 거야? 어머니를 죽게 만들다니……."

형은 소리를 지르며 울부짖기 시작했다. 그리고 그는 켈올란에게 달려들어 주먹을 휘두르고 목 놓아 울었다. 그렇지만 바뀌는 것은 아무 것도 없었다. 형은 켈올란에게 말했다.

"멍청이, 아무 생각도 없는 켈올란. 나는 무덤을 팔 테니 너는 여기서 기다려라. 잠시 후에 어머니의 시신을 누구에게도 보여주지 말고 무덤에 묻어야하니 사람이 없는 길을 이용해서 무덤까지 모시고 와야 된다. 명심해라."

"형님, 걱정 마세요. 아무에게도 보이지 않고 시신을 가져갈게요."

그는 어머니의 시신을 옆에 모셔놓고 기다리기 시작했다. 그는 집 주위를 몇 차례 서성이더니 기다리는 것에 금세 지쳐버렸다.

'이 정도면 오래 기다렸다. 형님이 무덤을 다 팠을 거야. 어머니를 등에 지고 무덤으로 모시고 가야겠다.'

켈올란은 어머니를 등에 지고 길을 나섰다. 그러나 마당을 벗어나기도 전에 지쳐서 숨을 헐떡였다. 그는 시신을 바닥에 내려놓고 시신의 다리를 밧줄로 묶어 질질 끌고 가기 시작했다. 얼마쯤 지나 한 노파가 켈올란의 앞을 지나가다가 그가 하는 짓을 보고

"아이고, 이놈아! 이게 뭐 하는 짓이냐? 천벌을 받을 놈!"

하며 저주를 퍼붓기 시작했다. 켈올란은 노파가 하는 말을 듣고 있다가

화가 나서

"할머니, 가던 길이나 가시고 저를 내버려두세요."

하고 말했다. 그러자 노파는 더욱 화가 나서 지팡이를 탁탁 땅에 치며 큰소리로 말했다.

"이놈! 동네 사람들과 알라*에게 부끄럽지도 않느냐? 옳은 말을 하는데 들을 생각은 하지 않고 개처럼 으르렁 거리다니."

켈올란은 화를 참지 못하고 땅에서 커다란 돌을 집어 들어 노파에게 던졌다. 머리에 돌을 맞은 노파는 피를 흘리며 그대로 땅에 고꾸라졌다. 켈올란이 가까이 가서 노파를 살펴보니 그는 죽어 있었다. 켈올란은 어머니의 시신을 묶었던 줄의 다른 끝으로 노파의 다리를 묶었다. 그리고 줄의 중간을 어깨에 지고 두 노인의 시신을 질질 끌고 가기 시작했다. 무덤 근처에 가자 형이 아직도 무덤을 파고 있는 것이 보였다.

"형님, 형님, 무덤을 파는 김에 하나 더 파야겠습니다."

형은 하던 일을 멈추고 물었다.

"멍청이 켈올란, 또 무슨 짓을 한 것이냐?"

"형님, 무덤 하나로는 부족해요. 어머니가 무덤에서 혼자 심심하실까봐 말동무 하시라고 한 사람 더 데리고 왔어요. 그러니 하나 더 파세요. 무덤을 두 개 파야 해요."

형은 손에 들고 있던 삽을 내동댕이치고 구덩이 밖으로 나와서 켈올란에게 다가갔다. 그리고 켈올란이 줄 하나에 두 노파를 묶어 질질 끌고 온 것을 보았다.

"멍청이 켈올란, 대책이 없는 놈, 생각이 없는 놈! 도대체 또 무슨 짓을

* '알라(Allah)'의 어원은 신을 뜻하는 '일라흐(ilāh)'에, 정관사 '알(al)'이 붙은 '알일라흐'에서 온 것이다. 이슬람교의 창시자 무함마드가 처음으로 그 말에 명확한 의미를 부여하고 이슬람의 유일신으로 만들었다. 그는 처음에 다른 신들도 인정하였으나, 나중에는 모두 부정하고 알라만을 신으로 보았다. 이슬람의 신조 고백(信條告白)에는 "알라 외에 신은 없다"고 규정하고 있으며, 『코란』에도 알라는 유일의 신, 세계의 창조자, 전지전능한 존재로 묘사되어 있다. 알라의 의지·결정·심판은 절대적이고 위협적이지만, 한편 그는 대자대비한 덕을 갖추고 있고 초월적이면서 가장 친근한 존재라는 것 등이 강조되고 있다.

한 것이냐? 나를 왜 이렇게 힘들게 하는 것이냐? 아이고!"

형은 이렇게 말하고 하는 수 없이 어머니의 무덤을 다 파고 나서 옆에 무덤을 하나 더 팠다. 그리고 그는 어머니와 노파의 시신을 묻었다. 그리고 집에 가는 척하고 비석 뒤에 숨어서 혹시 또 무슨 사고를 치는 것이 아닌지 켈올란을 지켜보았다. 잠시 후 켈올란이 자리를 뜨자 형은 비석 뒤에서 나와 노파의 무덤을 파서 시신을 꺼내어 어머니의 옆에 묻었다. 그리고 노파의 빈 무덤에 염소를 죽여서 묻고 집으로 돌아왔다.

며칠이 지난 후, 노파의 아들이 행방불명이 된 어머니를 찾아 돌아다니기 시작했다. 아들은 집집마다 돌아다니며 호소했다.

"동네 사람들, 제 어머니가 실종되신지 사흘이 지났습니다. 마을 구석구석을 돌아다녔지만 어머니를 찾지 못했습니다. 제 어머니를 보았거나 소식을 들은 사람이 있으면 제발 저에게 알려 주십시오. 저를 도와주신 분은 알라가 축복해 주실 것입니다. 조금이라도 아는 것이 있다면 저에게 알려주십시오."

그리고 사람들에게 동네를 돌아다니며 이 말을 전하게 했다.

어느 날, 그 중 한 사람이 시장에서 외치고 있을 때 마침 켈올란도 그 곳에 있었다. 이 말을 들은 켈올란은 그가 찾고 있는 사람이 얼마 전에 자기가 죽게 한 노파라는 것을 알고 그에게 가서 태연스럽게 물었다.

"당신이 지금 찾고 있는 그 노파는 내가 돌을 던져 죽게 하였소. 왜 찾으시오?"

그러자 그 사람은 켈올란의 멱살을 잡고 노파의 아들에게 데려갔다. 노파의 아들은 켈올란에게 노파가 어디에 있는지 다그쳐 물었지만 켈올란은 그에게 어처구니없는 말로 대꾸하였다.

"잠깐! 먼저 나에게 돈을 지불하시오. 그 후에 노파가 어디에 묻혔는지 말하겠소. 공짜는 없소."

아들은 그에게 울며 겨자 먹기로 돈을 주었다. 켈올란은 앞장서서 그 노파의 아들과 마을 사람들을 데리고 무덤으로 갔다. 그는 노인을 묻은 무덤을 파면서 구덩이로 내려갔다. 잠시 후 그는 구덩이 밖에 있는 사람들에게 의아한 듯이 물었다.

"당신 어머니에게 꼬리가 있었소?"

그러자 무덤 앞에서 기다리고 있던 사람들도 서로를 쳐다보며 이상하게 여겼다. 그러더니 '도대체 무슨 일을 꾸미는지 보자' 하며

"있었지, 있었어. 작은 꼬리가 있었지."

하고 대답했다. 잠시 후 켈올란이 또 물었다.

"당신 어머니에게 뿔이 있었소?"

"있었지, 있었어. 가늘고 꼬불꼬불한 뿔이 한 쌍 있었지."

"당신 어머니는 다리가 몇 개 있었소?"

그가 계속해서 이상한 질문들을 하자 사람들은 화가 나서 크게 소리쳤다.

"켈올란! 너 지금 우리와 장난을 하는 거야? 왜 계속 이상한 질문들을 하는 거야?"

사람들은 켈올란을 무덤 밖으로 끌어내어 두들겨 패주었다. 그러고 나서 직접 무덤으로 내려가서 확인해보니 무덤에는 염소가 묻혀있었다.

이 소식을 들은 형은 켈올란을 쫓아냈다. 켈올란은 일이 없이 시장을 돌아다니다가 이스탄불*의 짐꾼들이 돈을 잘 번다는 소식을 듣고 이스탄불로 향했다.

그는 산을 넘고 강을 건너 여섯 달 동안 걸은 후에 이스탄불에 도착했다. 그는 시장을 돌아다니며 짐꾼 일에 적합한 바구니를 사서 등에 지고 짐꾼 일을 시작했다. 그리고 한 늙은 과부의 집에서 머물면서 생활하기 시작했다. 이 과부는 남편이 죽고 나서 오리고기를 튀겨서 시장에 돌아다니며 그것을 팔아 생활을 하고 있었다.

* 이스탄불은 흑해 어귀에 있는 구릉성 3각형 반도의 요충지에 있다. 보스포루스 해협 양쪽에 걸쳐 있어서 유럽·아시아 양 대륙에 속한다. B.C. 8세기말경 그리스인들이 비잔티움을 세운 곳으로, 324년 로마의 콘스탄티누스 1세가 수도로 채택했고, 후에 콘스탄티노플로 고쳐 부르게 되었다. 1453년에는 오스만 제국의 수도가 되었다. 1923년 터키 공화국이 수립되면서 수도가 앙카라로 옮겨졌고, 1930년 이스탄불이라는 이름으로 공식 개칭되었다. 터키의 역사·문화의 중심지였으며 수많은 유적들이 남아 있다.

어느 날, 과부가 아파서 침대에서 일어날 수 없게 되자 저녁에 켈올란을 불러서 말했다.

"켈올란, 내가 아파서 도저히 일어날 수가 없구나. 그러니 내일 내 대신 오리고기를 시장에 내다 팔아줄 수 있겠니?"

"할머니, 오리고기를 파는 것은 일도 아니에요. 걱정 마시고 편히 쉬세요."

다음 날 그는 튀긴 오리를 쟁반에 담아 시장으로 갔다.

"바삭바삭하게 튀긴 오리가 왔어요! 토실토실 오리가 왔어요!"

켈올란은 이렇게 외치며 이리저리 구석구석 돌아다니기 시작했다. 그러던 중 그는 시장에서 그 나라의 왕을 만나게 되었다. 왕은 흥정도 하지 않고 쟁반에 담긴 튀긴 오리 고기를 모두 다 샀다.

"이것들을 모두 궁전으로 가져가서 음식을 담당하는 상궁에게 전해주거라. 그리고 내 옷을 달라고 하여 목욕탕으로 가지고 오너라. 옛다, 돈은 여기 있다."

켈올란은 매우 기뻐하며 궁전으로 갔다. 궁전 문이 열려 안으로 들어간 켈올란은 상궁에게 오리고기를 건네주며 왕이 말한 것을 전했다. 상궁은 왕의 옷을 보자기에 싸서 곧바로 켈올란에게 주었다.

켈올란은 목욕탕으로 향하던 중 궁금함을 참지 못하고 길 한 구석에 앉아 보자기를 풀어보았다. 보자기 안에는 비단으로 된 속옷과 고급 수가 놓인 바지와 가운 등이 들어 있었다. 고급스러운 옷을 보자 켈올란의 눈동자가 반짝이기 시작했다. 그리고 오리고기를 팔아 번 돈과 보자기에 쌓여있는 옷을 팔면 받을 수 있는 돈을 계산해보았다. 그러고는 목욕탕으로 향하던 발걸음을 돌려 곧장 시장으로 가서 옷을 팔고 그 돈으로 집에서 앓아누운 할머니를 위해 먹을 것과 옷감을 샀다. 그리고 자신을 위해서도 여자 옷을 하나 샀다.

집으로 돌아간 켈올란은 할머니에게 말했다.

"할머니, 이것은 요리해서 드시고, 이 옷감으로는 옷을 지어 입으세요. 그리고 저를 위해서 기도해주세요."

그러고는 시장에서 사온 여자 옷을 입고 궁전으로 향했다. 궁에 도착한 켈올란은 정원에서 그네를 타기 시작했다. 그때 마침 창밖을 내다보고 있던 왕은 그네를 타는 아리따운 여인을 발견하고 마음이 설레었다. 그는 바로 나무 연필과 금색 잉크를 가져와 종이에 편지를 썼다. 그러고는 편지를 접어 여인을 향해 던졌다. 그 편지에는 그가 사랑에 빠져 상사병*으로 매우 마음이 아프다는 것, 밤에 창밖으로 줄을 내릴 테니 줄을 잡고 자신의 방으로 올라와 달라는 것, 그리고 자기에게 있는 황금과 보석을 선물하고 싶다고 쓰여 있었다.

편지를 읽은 켈올란은 밤이 오기를 기다렸다. 밤이 되자 정말 창문 밖으로 줄이 내려져 있었다. 켈올란이 줄을 잡자 왕은 영차, 영차 줄을 잡아당겨 그를 방으로 끌어올렸다. 왕이 여자로 변장한 켈올란과 도란도란 이야기를 나누고 알콩달콩 사랑을 속삭일 때, 켈올란은 왕이 눈치 채지 못하게 그의 주머니에서 보물창고 열쇠를 슬쩍 훔쳐내었다. 그러고는 말했다.

"나리, 제가 너무 배가 고프네요. 상궁의 바구니에 담긴 빵 한 조각을 저에게 가져다주세요. 그렇지 않으면 저는 엉엉 울어버릴 거예요. 저는 배고픔을 도무지 참지 못한답니다."

그러자 왕은 안절부절하는 여인의 모습을 보고 하는 수 없이 구석으로 살금살금 아무도 모르게 부엌으로 내려갔다. 그리고 대들보에 매달려 있는 빵 바구니를 내려 칼로 빵을 자르려는 찰나, 그의 뒤를 조용히 따라간 켈올란은 왕의 다리를 낚아채 그를 머리부터 거꾸로 빵 바구니에 집어넣었다. 그러고는 빵 바구니의 줄을 당겨 다시 대들보로 끌어올리고 줄을 묶었다.

왕은 바구니 속에서 고개가 가슴에 닿을 정도로 몸이 접힌 채로 바둥바둥거렸다. 몸이 공처럼 말린 그는 소리를 질렀지만 그르렁 그르렁 소리가 날 뿐이었다. 그때 켈올란은 궁전의 보물창고로 뛰어가서 열쇠로 문을 열고 모든 값진 물건들을 자루에 담았다. 그러고는 왕의 방으로 돌아가

* 남자나 여자가 마음에 둔 사람을 몹시 그리워해서 생기는 마음의 병.

창문에 걸려있는 줄을 통해 정원으로 내려가 궁전에서 도망쳤다.

아침이 되자 궁전의 하인들은 왕을 찾느라 혈안*이 되었다. 궁전의 모든 곳을 샅샅이 살펴보았지만 어디에서도 왕을 찾을 수 없었다.

요리사들과 상궁들이 부엌에 들어가자 빵 바구니에서 무슨 소리가 들려왔다. 그들은 곧장 줄을 풀어 빵 바구니를 내렸다. 그러자 빵 바구니에서 곡예사처럼 몸을 둥글게 말고 있는 왕을 발견했다. 그들이 바구니에서 왕을 꺼내자 그는 전날 밤 자신에게 일어난 일과 매우 전문적인 도둑이 자신을 기절시키고 빵 바구니에 집어넣었다고 자초지종**을 말했다.

하인들은 손이 발이 되도록 싹싹 빌면서 왕의 팔과 다리를 펴고 그를 방으로 모시고 갔다. 왕이 이야기한 것의 절반은 진실이고, 나머지 절반은 공포로 인해 부풀려진 것이었다.

신하들은 왕이 당한 일을 듣고, 또 직접 궁전으로 와서 왕의 모습을 보고 두려워하기 시작했다. 그래서 그들은 나라에서 가장 지혜롭고 계략이 뛰어난 학자들을 불러 모으고 이 전문적인 도둑이 왕에게 한 일들을 설명했다. 그러자 학자들은 잠시 생각하더니 도둑을 잡을 수 있는 책략을 자세히 말했다.

"이 도둑 걱정에서 벗어나기 위해서 가장 좋은 방법은 그를 사로잡는 것입니다. 낙타를 한 마리 구해 황금과 진주로 장식을 하고 들판에 내놓으십시오. 그리고 낙타 뒤에 병사 한 명을 숨겨두십시오. 보석으로 장식한 낙타를 보면 틀림없이 그 도둑은 낙타를 훔치려고 할 것입니다. 그때 바로 그를 잡으면 됩니다."

신하들은 학자들이 말한 대로 하기로 했다. 그러나 켈올란은 아무도 눈치 채지 못하게 한밤중에 낙타 우리로 들어가 낙타를 죽이고 낙타 고기를 등에 지고 집으로 돌아왔다. 그리고 그는 낙타 고기로 육포***를 만들었다.

* 어떤 목적을 이루기 위해 미친 듯이 날뛰다.
** 처음부터 끝까지의 과정.
*** 고기를 얇게 저미어 말린 포.

다음 날, 아침이 되자 신하들은 들판으로 내보내기도 전에 낙타를 도둑맞았다는 것을 알게 되었다. 우리에는 고기도 남지 않고 가죽만 남아 있었다. 그러자 그들은 다시 꾀를 내어 온 마을에 전령*을 보내어 이렇게 전하게 했다.

"지금 임금님이 많이 편찮으신데 이 병에는 낙타 육포가 가장 좋다고 한다. 이 육포를 가져 오는 사람에게는 황금 한 주머니를 하사할 것이다."

전령들이 마을의 시장과 골목마다 돌아다니며 소리칠 때 켈올란은 시장에 있었다. 그는 잠시 머리를 긁적였다.

'과부 할머니가 낙타 육포를 내놓으면 안 될 텐데…….'

그는 집으로 쏜살같이 뛰어갔다. 아니나 다를까 집 문고리 앞에 빨간색으로 표시를 한 것이 보였다. 할머니는 황금 한 주머니를 받기 위해 낙타 육포를 신하들에게 주었고, 신하들은 낙타 육포를 준 사람들의 문에 빨간색 물감으로 표시를 남긴 것이었다. 집안으로 들어간 켈올란은 벌컥 화를 내며 말했다.

"할머니! 지금 무슨 짓을 한 지 알고 계세요? 저한테 묻지도 않고 이런 일을 벌이시다니! 내일 아침이면 왕의 병사들이 마을을 돌아다니며 우리 둘을 잡아 목을 매달 것이에요."

그는 곧장 시장으로 가서 빨간색 물감과 붓을 사왔다. 그리고 밤에 나가서 동네의 모든 문에 똑같은 표시를 했다. 아침이 밝자 병사들이 마을에 왔지만 모든 문에 빨간색 물감으로 표시가 되어있는 것을 보고 도둑을 잡지 못한 채 궁전으로 돌아갔다.

왕이 다시 학자들을 불러다가 이 도둑을 어떻게 잡을 수 있을지 궁리하고 있을 때, 켈올란은 시장에 가서 꿀 한 통을 사왔다.

밤이 되어 모든 상점이 문을 닫고 사람들이 집에 돌아갔을 때 켈올란은 온 몸에 꿀을 발랐다. 그리고 과부가 한쪽 구석에 모아둔 거위 털 위에 몸을 굴려 유령 같은 모습을 만들었다. 그는 갈고리 사슬을 성벽에 던져

* 명령을 전하는 사람.

걸고 왕의 정원으로 들어갔다. 그리고 몸을 숨기고 궁전의 모든 사람들이 잠들 때까지 기다렸다. 사람들이 잠이 들고 궁전이 조용해지자 켈올란은 다시 갈고리 사슬을 왕의 침실의 난간으로 던져 걸고 줄을 타고 올라갔다. 그는 난간 문 사이에 칼을 넣어 천천히 문을 연 후, 고양이 걸음으로 살금살금 걸어서 왕의 침대 머리로 갔다. 왕은 완전히 곯아떨어져 자고 있었다.

"어서 일어나라. 너의 시간이 다 찼기에 생명을 거두러 왔다. 나는 알라의 명을 받고 온 저승사자*다."

켈올란이 이렇게 말하자 왕은 깜짝 놀라 눈을 떴다. 왕은 켈올란의 무시무시한 모습을 보고 화들짝 놀랐다. 그리고 켈올란을 저승사자라고 생각하고 살려달라고 애원하기 시작했다. 켈올란은 위엄있게 말했다.

"나는 저승사자다. 할 일이 많으니 빨리 나를 따라오라. 그대 다음으로 바그다드로 가야하고 인도에도 가야한다. 아침까지 할 일이 많다."

그러자 왕은 저승사자에게 애걸복걸**하기 시작했다. "조금만 더 시간을 달라", "안 된다"라고 두 사람은 실랑이***를 벌였다. 그러다가 켈올란은 아침이 오기 전까지 끝내야 하는 일이 있다며 왕의 생명을 거두는 일을 다음 날 밤으로 미루겠다고 하고는 들어온 길로 스르륵 사라졌다. 왕은 놀란 가슴을 쓸어내리며, 또 한편으로 기뻐하며 침대로 올라가 다시 잠이 들었다.

아침이 되었지만 왕은 전날 잠을 설쳤기 때문에 오후까지 잠을 잤다. 왕이 느지막이 일어나 커피를 마시고 나니 머릿속에서 생각이 정리되었다. 지금까지 있었던 일과 한 밤중에 일어난 일을 하나하나 떠올려보고 이리저리 생각을 했다. 그러다가 결국 도둑의 소행으로 생각이 모아지고 지금까지 벌어진 모든 일의 진실을 알게 되었다.

그리고 곧장 마을과 시장에 전령을 보내어 소리치게 했다.

* 저승에서 염라대왕의 명을 받고 죽은 사람의 넋을 데리러 온다는 심부름꾼.
** 소원 따위를 들어 달라고 애처롭게 사정하며 간절히 빎.
*** 옳으니 그르니 하며 남을 못살게 굴거나 괴롭히는 일.

"임금님께서, 자신을 대들보에 매달고, 왕의 낙타로 육포를 만들고, 저승사자 흉내를 내고 궁전에 들어온 꾀 많은 도둑을 용서한다고 하신다. 또 그에게 벼슬까지 주고 딸과 결혼을 시키겠다고 하신다."

전령이 여기저기에서 소리를 칠 때 시장에 있던 켈올란은 이 이야기를 듣고 바로 궁전으로 가서 왕의 앞에 섰다.

왕은 켈올란을 보고 "허허" 웃었다. 그리고 그의 대머리에서 어떻게 이렇게 많은 꾀가 나왔는지 놀랐다. 그러고는 그를 총리로 임명하고 그의 딸과 혼인을 시켰다. 그 후 켈올란은 오리고기를 파는 늙은 과부를 잊지 않고 성으로 불러 함께 행복하게 살았다.

03
켈올란과 알리 젱기즈

옛날 한 마을에 켈올란이 늙은 홀어머니를 모시고 가난하게 살고 있었다. 켈올란은 마을의 양떼들을 초원으로 몰고 나가 풀을 먹이는 목동 일을 하며 살았다. 양떼들을 이 산 저 산으로 몰고 다니면서 살아 온 켈올란은 어느 덧 청년이 되었다.

그러던 어느 날 그는 어머니에게 웃으며 말했다.

"어머니, 제 나이 또래의 친구들은 모두 결혼을 해서 아이도 있답니다. 저도 이제 결혼시켜 주세요."

"얘야, 나는 나이가 많이 들어 이 한 몸 건사*하기도 힘이 든다. 실을 뽑고 양말을 만들고 닭이든 달걀이든 무엇이든 보이는 것이 있으면 시장에 가서 내다 판단다. 너도 양떼를 몰고 나가 목동 일을 하지만 겨우 배를 곯지** 않고 살 수 있을 뿐이다. 무슨 돈으로 너를 결혼시킬 수 있겠니? 손님들에게 어떤 음식을 대접할 수 있겠니? 신부는 무슨 돈으로 먹여 살릴 거니?"

어머니는 켈올란을 결혼시키기 어려운 이유를 하나하나 설명했다. 하지만 켈올란은 개의치 않고 미소를 지으며 말했다.

* 자신에게 딸린 것을 보살피고 돌보다.
** 양에 모자라게 먹거나 굶다.

"고생이 많으신 우리 어머니, 앞뒷일을 생각하느라 걱정이 많으시지요? 모든 문제에는 해답이 있기 마련입니다. 산이 아무리 높다고 해도 하늘보다 높겠습니까? 아무 걱정 마시고 신붓감을 만나러 갈 준비나 하세요."

어머니는 그의 이야기를 듣고 잠시 생각해 보니 신부가 한 명 들어온다면 집안일을 나누어서 할 수 있고 대화 상대도 될 수 있어 아들을 결혼시키는 것도 나쁘지 않겠다고 생각했다. 어머니는 켈올란에게 물었다.

"그럼 아들아, 결혼을 할 수 있는 방법을 찾았다 치자. 그리고 우리가 결혼식을 치룰 수 있는 돈을 마련하게 되었다면 신부로는 누가 좋겠느냐? 내가 어떤 신붓감의 집을 찾아가랴?"

켈올란은 어머니의 말이 끝나기가 무섭게 또 다시 미소를 지으며 대답했다.

"어머니, 생각할 필요가 뭐가 있습니까? 당연히 이 나라에서 가장 아름다운 처녀인 공주와 결혼해야지요."

아들이 누구를 흠모*하고 있는지 알게 된 어머니는 깜짝 놀라 한동안 아무 말도 하지 못하다가 고개를 절레절레 흔들며 말했다.

"얘야, 이 나라의 임금님을 만나 본 사람들은 모두 두려움에 떤단다. 임금님은 사람도 죽일 수 있어. 그런 분이 공주를 너에게 주겠느냐? 내가 궁전에 가면 문 앞에서 바로 쫓아낼 것이다. 그러지 말고 아들아, 내가 너에게 부모가 계시지 않는, 불쌍한 아가씨 하나를 찾아서 데려오겠다."

하지만 켈올란은 벌떡 일어나며 단호하게 말했다.

"안 돼요!"

그는 화가 나서 대머리까지 빨개졌다. 잠시 화를 가라앉힌 그는 조곤조곤 말하기 시작했다.

"어머니, 아무 걱정 마시고 궁전 문으로 가세요. 거기에 임금님이 백성들의 소원을 들어주는 '소원 바위'가 있으니 거기에 앉아 계세요. 그러면 신하들이 어머니를 임금님 앞으로 데리고 갈 것입니다. 임금님을 만나면

* 기쁜 마음으로 사모함.

공주를 달라고 하세요. 제가 어디 부족한 것이 있나요? 어머니 아들은 사자 같이 용감한 청년입니다. 임금님이 공주를 저에게 주지 않으면 다른 누구에게 주겠어요? 내일 아침 일찍 궁전으로 가서 '소원 바위'에 앉아 계세요. 임금님 앞에 가셔서 제가 공주와 결혼하기 원한다고 말씀하세요. 전혀 두려워하지 마세요. 저는 꼭 공주와 결혼할 것입니다."

어머니는 하는 수 없이 아침 일찍 일어나 가지고 있는 옷 중에서 가장 좋은 옷으로 꺼내 입은 후 머리와 옷매무새를 가다듬고 궁전으로 향했다.

궁전에 도착한 어머니는 소원 바위에 앉았다. 궁전의 문지기와 신하들은 소원 바위에 앉아있는 켈올란의 어머니를 보고 무슨 일인지 묻자 어머니는 임금님께 간청할 소원이 있다고 말했다. 그러자 그들은 임금에게 이 말을 전했다.

임금은 자신을 만나고자 하는 이 가난한 여자를 불쌍하게 여기고 자신의 곁으로 데리고 오게 하였다. 신하들은 어머니를 부축해 궁전으로 데리고 들어갔다. 그들은 궁전 문을 지나고, 정원을 지나고, 긴 복도를 지나고, 계단을 올라 드디어 임금의 방 앞에 도착했다.

어머니는 두려움에 부들부들 떨기 시작했다. 그는 자신이 궁전에서 쫓겨나는 것보다 임금이 화가 나서 자기의 아들 켈올란을 죽이기라도 할까 봐 더 두려워했다. 그러나 이제 돌이킬 수 없었다. 어머니가 방 안으로 들어가자 임금은 이 불쌍한 여자를 바라보고 말했다.

"아무것도 걱정하지 말고 너의 소원이 무엇인지 말해 보아라."

어머니는 임금의 근엄함에 또 한 번 기가 죽어 고개를 푹 숙이고 두 손을 꼭 맞잡았다. 어머니가 긴장해서 혀가 꼬여버려 아무 말도 하지 못하고 있자 기다리다 지친 임금이 다시 재촉했다.

"이리 가까이 와서 어서 너의 소원이 무엇인지 말해 보라니까."

그러자 어머니는 조심스럽게 임금 앞으로 다가가서 말했다.

"임금님, 저에게 켈올란이라는 아들 하나가 있습니다."

"그래. 계속 말해 보거라. 켈올란에게 무슨 일이 있는 것이냐? 무엇을 원하는 것이냐?"

"제가 소원을 말씀드리면 임금님께서 화를 내실까 봐 걱정되어서 얼른 말씀을 드리지 못하겠습니다."

임금은 어머니의 모습을 불쌍히 여기고

"네가 어떤 소원을 말하든지 절대 화를 내지 않겠다고 약속하겠다." 하고 말했다. 그러자 어머니는 크게 숨을 들이마시고 나서 말했다.

"제 아들은 마을의 양떼를 돌보는 목동입니다. 저는 밭일을 하고 닭을 키우고 실을 뽑아 양말을 만들지요. 우리 모자는 돈이 되는 일이라면 무엇이든 해서 하루하루 먹고 살고 있습니다. 어제 저녁에 아들이 저에게 오더니 자기 또래의 친구들은 모두 결혼을 해서 아이까지 있다며 자기도 결혼을 시켜달라고 했습니다. 제가 적당한 신붓감을 찾아보자고 했지만 제 아들은 꼭 공주님과 결혼을 하고 싶다고 하는 것이 아니겠습니까? 자신에게 어떤 흠이 있냐며, 굳이 공주님과 결혼을 해야겠다고 합니다. 임금님, 저를 용서해주십시오."

"내가 무엇 때문에 화를 낸다는 말이냐? 젊은이가 최고의 신부를 원하는 것은 당연한 것이다. 내 딸을 너의 아들과 결혼시키겠다. 단, 한 가지 조건이 있다. 너의 아들이 알리 젱기즈의 요술을 배워오면 내가 그때그때 내 딸을 주겠다."

어머니는 전혀 기대하지 않았던 대답을 듣고 매우 놀랐다. 그녀는 임금과 신하들에게 공손하게 일곱 번 인사를 하고 왕의 방에서 나왔다. 어머니는 날아갈 것 같이 들뜬 기분으로 집으로 돌아와서 켈올란에게 이 소식을 전했다.

"아들아! 너의 인생에 해가 뜨는구나. 임금님이 한 가지 조건만 만족시키면 공주를 너와 결혼시키시겠다는구나. 알리 젱기즈를 찾아서 그의 요술을 모두 배워오면 공주와 결혼할 수 있단다. 어서 가서 알리 젱기즈를 찾아보거라."

어머니가 이렇게 말하자 켈올란은 미소를 지으며 말했다.

"어머니, 아무 걱정하지 마세요. 알리 젱기즈에게 요술을 배우는 것만큼 쉬운 일이 또 어디에 있겠어요? 저는 지금 당장 알리 젱기즈를 찾으러

출발하겠습니다. 알리 젱기즈의 요술을 모두 배워서 돌아오겠습니다."

그리고 그는 어머니와 함께 길을 떠났다.

그들이 한참을 걸은 후에 한 마을에서 사람들에게 물어 알리 젱기즈라는 유명한 요술쟁이 이야기를 듣게 되었다. 마을 사람들은 그의 소문을 듣고 나라의 이곳저곳에서 젊은이들이 찾아온다고 했다. 알리 젱기즈는 40일 동안 요술을 가르치고, 40일이 되었을 때 젊은이들에게

"나의 요술을 모두 배웠느냐?"

하고 물어본다고 했다. 그리고 젊은이들이

"스승님, 모두 배웠습니다."

하고 대답하면 그들을 집 아래에 있는 동굴에 데리고 가서 모두 죽인다고 했다. 이 젊은이들이 요술을 모두 배워 자신처럼 뛰어난 요술쟁이가 되는 것을 원치 않았기 때문이다.

켈올란과 어머니는 이 이야기를 들은 후 산을 넘고 강을 건너 먼 마을로 향했다. 배가 고파진 그들은 나무 그늘 아래에 앉아 쉬며 집에서 준비해 온 요깃거리를 꺼내 먹기 시작했다. 그때 한 남자가 그들에게 다가오더니 켈올란에게 궁금하다는 듯이 물었다.

"어디에서 오는 것인가? 여기서 무엇을 찾고 있는 것인가?"

"요술을 배우기 위해 물어물어 알리 젱기즈 요술사를 찾고 있습니다."

실은 켈올란에게 다가온 이 남자가 바로 알리 젱기즈였다.

"자네가 찾고 있는 알리 젱기즈가 바로 나일세. 나를 따라 오게. 우리 집에 가서 40일 동안 나에게 봉사하고 내 요술을 배우게. 40일째 되는 날 자네를 시험해 보겠네. 요술을 다 배우면 집으로 돌아가도 좋다네."

이 말을 들은 켈올란은 음식을 보따리에 다시 넣고 자리에서 벌떡 일어나 그의 손에 입을 맞췄다. 켈올란은 어머니와 헤어져 알리 젱기즈의 뒤를 따라 갔다.

알리 젱기즈의 집에는 그의 부인과 딸이 있었다. 알리 젱기즈는 켈올란을 빈 방에 넣고 문을 잠근 후 외출을 했다. 그의 부인과 딸은 켈올란을 불쌍하게 여겼다. 그의 딸은 잠겨있는 문에 기대어 열쇠 구멍으로 켈올란에

게 조심스럽게 작은 목소리로 말했다.

"켈올란, 우리 아버지가 너에게 40일 동안 모든 요술을 알려줄 것이다. 40일째 되는 날 저녁 너를 시험해 보실 것이다. 그러면 아무것도 모르는 것처럼 행동해라. 아버지가 물어보는 모든 질문에 잘못된 대답을 해라. 만약에 '다 배웠습니다.'라고 하면 아버지가 너의 목을 베고 깊은 동굴에 던져버릴 것이다."

이 이야기를 들은 켈올란은 방에 앉아 알리 젱기즈를 기다렸다. 오래지 않아 알리 젱기즈가 집으로 돌아왔다. 첫날, 알리 젱기즈는 켈올란에게 쉬운 것부터 어려운 것까지 하나하나 가르치기 시작했다. 켈올란은 쉬운 것이든 어려운 것이든 하나를 배우면 열을 깨우치며 빠르게 배워나갔다.

40일째 되는 날 저녁 알리 젱기즈는 켈올란을 불러 배운 것들에 대해서 물어보며 시험하기 시작했다. 그러나 켈올란은 그가 무엇을 묻는지 잘 모르겠다는 대답을 했다.

"켈올란, 이 요술을 배웠느냐? 저 요술은 깨달았느냐?"

켈올란은 겸연쩍게 미소를 지으며 말했다.

"아이고 스승님, 자꾸 헷갈리네요. 이것이었는지 저것이었는지 기억이 잘 나지 않습니다. 다시 한 번만 가르쳐주십시오."

알리 젱기즈는 속으로는 기뻐하면서 겉으로는 화를 내며

"바보 같은 켈올란, 내가 너를 가르치느라고 얼마나 고생을 했는데 이것을 아직도 깨우치지 못했느냐?"

하고 말했다. 그러고는 켈올란에게 하루 더 시간을 주기로 했다. 켈올란은 꾀를 내었다. 다시 요술을 배우기 전에 하루 휴가를 받아 외출을 하기로 했다. 그는 짐을 챙겨서 등에 지고 지팡이를 짚고 집을 나섰다. 그리고 아들을 마중 나온 어머니와 함께 고향으로 도망가기 시작했다. 그들은 가는 길에 큰 숲을 지나게 되었다. 켈올란은 숲에서 토끼를 쫓고 있는 사냥꾼들을 보고 어머니에게 말했다.

"어머니, 저는 지금 사냥개로 변신해서 토끼를 쫓을 것입니다. 사냥꾼들이 저를 사기 원할 것입니다. 그러면 금화 다섯 냥에 파십시오. 하지만 절대 제 목에 있는 목줄은 주지 마십시오. 만약 목줄까지 주시면 저는 죽을 것입니다."

켈올란은 말을 끝내자마자 "합!" 하는 소리와 함께 사냥개로 변신했다. 사냥개가 된 켈올란은 수풀 사이를 헤치며 토끼의 뒤를 쫓더니 마침내 토끼를 잡았다. 그는 토끼를 입에 물고 사냥꾼들에게 가서 내려놓았다. 사냥꾼들은 독수리처럼 빠르게 뛰어 토끼를 물어온 사냥개가 매우 마음에 들었다. 그들은 어머니에게 가서 사냥개를 사고 싶다고 말했다. 어머니는 켈올란과 이야기했던 것처럼 사냥개를 금화 다섯 냥에 사냥꾼들에게 팔았다. 어머니는 잊지 않고 목줄을 풀고 새로운 목줄을 꺼내어 묶어주고 사냥개를 넘겨주었다.

사냥꾼들은 사냥개를 데리고 토끼를 찾으러 수풀 사이로 들어갔다. 수풀 사이에서 토끼가 바스락거리는 소리가 들리자 그들은 사냥개를 풀어주었다. 사냥개는 토끼를 쫓아 수풀로 뛰어 들어갔다. 그리고 곧 사냥꾼들의 시야에서 사라졌다. 그 후 켈올란은 손에 도끼를 들고 있는 늙은 나무꾼으로 변신했다. 그리고 나무를 베기 시작했다.

사냥꾼들은 사냥개를 쫓아 숲의 이곳저곳을 찾으며 돌아다녔다. 그때 나무꾼 할아버지를 보자 그에게 다가가 물었다.

"할아버지, 토끼 뒤를 쫓고 있는 사냥개가 이 앞을 지나갔습니까?"

"방금 이 앞을 지나서 저 언덕으로 뛰어갔소."

그러자 사냥꾼들은 그가 말한 방향으로 바로 뛰어갔다. 나무꾼의 모습을 한 켈올란은 산에서 내려와 어머니에게 갔다. 그리고 사냥개를 팔아 번 돈을 챙겨 집으로 향했다.

켈올란과 어머니가 집으로 돌아온 후 얼마간 시간이 지났다. 켈올란이 돌아오지 않자 알리 젱기즈는 무슨 일이 일어난 것인지 알게 되었다. 켈올란이 자신을 속인 것과 모든 요술을 다 배웠지만 일부러 바보처럼 행동하여 죽지 않고 도망친 것까지 모두 알게 되었다. 그는

"한 하늘 아래 두 개의 태양이 있을 수 없는 법. 한 나라에 알리 젱기즈가 두 명 있을 수 없다."

하고 말하며 켈올란을 찾으러 길을 떠났다.

한편, 켈올란은 어느 날 아침 어머니에게 부탁을 했다.

"어머니, 사냥개를 팔아서 받은 돈이 떨어졌습니다. 돈이 하나도 남지 않았습니다. 요술을 부려 또 돈을 벌어야겠습니다. 이번에는 제가 염소로 변신할 테니 이 줄을 제 뿔에 묶어 시장에 데려가십시오. 금화 열 냥 이하로는 절대 팔지 마십시오. 저를 팔게 되면 뿔에서 이 줄을 풀고 넘겨주십시오. 만약 이 줄을 풀지 않고 주신다면 저를 다시는 보실 수 없을 것입니다."

켈올란은 말을 끝내자마자 꼬불꼬불한 뿔을 가진 커다란 염소로 변신했다. 어머니는 켈올란이 준 줄을 염소의 뿔에 묶고 시장으로 데리고 갔다. 시장에 가자 많은 사람들이 이 크고 멋진 염소를 사기 위해 다가왔다. 마침 켈올란을 찾으러 돌아다니던 알리 젱기즈도 시장에 가 그의 어머니를 알아보고 다가갔다. 하지만 켈올란의 어머니는 그를 알아보지 못했다. 알리 젱기즈는 사람들 틈을 비집고 들어가 어머니에게 친절하게 물었다.

"아주머니, 이 염소를 얼마에 파시겠습니까?"

"금화 열 냥 이하로는 안 파오. 이렇게 좋은 염소는 다른 시장에서도 못 볼 것이오."

염소를 사기 원하는 사람들은 저마다 열 냥보다 높은 가격을 부르기 시작했다. 그러자 알리 젱기즈는

"제가 금화 이십 냥을 드리겠습니다. 이 염소가 아주 마음에 듭니다. 이 염소를 사서 우리 염소 떼의 대장으로 삼을 것입니다. 하지만 뿔에 묶여있는 줄도 함께 주셔야 합니다."

하고 말했다. 어머니는 금화 이십 냥을 주겠다는 말을 듣자 가슴이 뛰기 시작했다. 그리고 알리 젱기즈가 금화 이십 냥을 하나하나 손에 쥐어주자 아들이 말했던 부탁을 잊어버리고 뿔에 묶인 줄과 함께 염소를 넘겨주었다.

알리 젱기즈의 손으로 넘겨지던 염소는 폴짝폴짝 날뛰더니 갑자기 참새로 변해 날기 시작했다. 그러자 알리 젱기즈는 독수리가 되어 참새를 뒤쫓기 시작했다. 독수리가 참새를 거의 따라잡았을 때 참새는 한 다발의 장미꽃으로 변하여 궁전의 창문으로 들어갔다. 그리고 마침 창문 앞에 서있

던 공주의 품으로 떨어졌다.

공주는 하늘에서 날아와 자신의 품에 떨어진 장미 다발이 아주 마음에 들었다. 그리고 그것을 품에 안은 채 향기를 맡았다. 이 모습을 창문 밖에서 지켜본 알리 젱기즈는 바로 거지로 변신하여 궁전으로 향했다. 임금을 만난 그는 말했다.

"임금님, 제 손에 장미 한 다발이 있었는데 새 한 마리가 와서 제 꽃을 물어갔습니다. 그리고 공주님의 창문 안으로 장미 다발을 떨어뜨렸습니다. 임금님, 명령을 내리셔서 이 가난한 거지가 장미 다발을 돌려받을 수 있게 해주십시오."

마침 그때 공주가 장미 다발을 들고 아버지에게로 오다가 거지가 하는 말을 들었다. 그녀는 아버지에게 귀엽게 투정부리듯이 말했다.

"아버지, 이 꽃다발은 저에게 운명처럼 찾아왔답니다. 아무에게도 줄 수 없어요. 이것은 제 것입니다."

임금은 공주와 불쌍한 거지를 번갈아 쳐다보다가 입을 열었다.

"어여쁜 딸아, 주인이 와서 돌려달라고 하는 데 주지 않는 것은 옳지 않단다."

공주가 여전히 장미를 돌려주기를 원하지 않자 임금은 얼굴을 찌푸리며 장미 다발을 억지로 빼앗아 거지에게 건네주려고 하였다. 그 순간 장미 다발이 좁쌀로 변해 바닥에 흩어졌다. 이것을 본 거지는 토실토실한 엄마 닭으로 변해 좁쌀을 쪼아 먹기 시작했다. 좁쌀이 되어 바닥에 흩어진 켈올란은 상황이 불리하게 돌아가자 바로 붉은 털을 가진 여우로 변신했다. 그리고 바로 닭을 잡아먹었다.

임금과 공주는 한 쪽 구석에서 이 모든 것을 지켜보고는 눈이 휘둥그레졌다. '도깨비가 왔다 간 것인가? 꿈을 꾸고 있는 것인가?' 하고 생각하며 서로를 쳐다보았다. 여우는 손과 발을 핥으며 털을 손질하다가 갑자기 잘생긴 젊은이로 변신했다. 아버지와 딸은 이 젊은이를 보고 안심이 되었고 그 청년이 마음에 들었다. 켈올란은 임금에게 고개를 숙여 인사를 하며 말했다.

"임금님, 켈올란이라는 청년이 바로 저입니다. 제가 어머니를 궁전에 보냈었지요. 알리 젱기즈의 요술을 배워오면 공주님을 신부로 주신다고 약속하셨습니다. 방금 이 곳에서 저의 요술로 알리 젱기즈를 이기는 것을 보여드렸습니다. 이제 저의 요술이 높은 경지에 이르러 이 세상에서 저 외에 이 요술을 아는 사람이 없습니다. 저는 약속을 지켰습니다. 이제 임금님께서도 약속을 꼭 지키셔서 공주님과 결혼하게 해 주시길 바랍니다."

임금은 앞에 서 있는 사람이 켈올란이란 말을 듣고 잠시 생각하였다. 그리고 켈올란의 어머니와 약속한 것을 기억해 냈다. 그 약속을 깨뜨리고 싶어도 켈올란이 자신에게 알리 젠기즈 게임으로 해를 입힐까 봐 두려웠다. 이미 약속한 것이라 어기는 것도 왕의 체면에 맞지 않아 할 수 없이 허락하였다.

"켈올란, 나의 딸을 그대에게 주겠다. 그리고 그대를 이 나라의 총리로 삼겠다. 여봐라, 이웃 나라에 소식을 보내 손님들을 초대하라. 그리고 이 결혼을 축하하는 아름다운 음악을 울려라!"

켈올란은 공주와 결혼하여 오래오래 행복하게 살았다.

04
지하 칠층에 있는 켈올란

옛날에 한 왕에게 세 아들이 있었다. 이 세 명의 왕자들은 공원에 있는 사과 나무에서 사과를 도무지 따 먹을 수 없었다. 왜냐하면 거인이 먼저 사과를 계속 따 먹기 때문이었다. 화가 난 왕자들은 거인을 죽이기로 했다.

먼저, 첫째 왕자가 화살을 가지고 나무 옆에 앉아서 거인을 기다렸다. 기다리고 기다리다 지쳐서 그만 깜빡 잠이 들고 말았다. 마침 그때 거인이 와서 사과를 따 먹었다.

이번엔 둘째 왕자가 나무 옆에서 기다렸다. 그런데 그도 잠 들어 버렸다. 다음 차례는 막내인 켈올란이었다. 켈올란은 잠을 자지 않으려고 새끼 손가락의 끝부분을 잘랐다. 손가락이 매우 아파서 잠을 자지 못했다. 하지만 자는 척하면서 바닥에 누워 코를 골기 시작했다.

조금 후에 거인이 와 보니 어떤 아이가 나무 옆에서 잠을 자고 있었다. 거인은 나무에 다가가 사과를 따 먹기 시작했다. 그때 켈올란은 조용히 일어나서 거인의 팔을 향해 활을 쏘았다. 팔을 심하게 다친 거인은 아이인데도 어쩌지 못하고 바로 도망가서 어떤 우물 안으로 들어갔다.

켈올란은 형들에게 달려가서 이 사실을 알렸다. 형제들은 모두 그 우물 앞으로 왔다. 첫째 왕자가 이렇게 말했다.

“밧줄을 묶어 나를 우물 안에 내려놓아라. 내가 ‘탔다!’라고 소리 지르면 나를 위로 끌어당기고, ‘얼었다!’라고 하면 아래로 계속 내려놓아라.”

두 왕자는 첫째 왕자를 밧줄로 묶은 다음에 우물 안에 내려놓았다. 얼마 후에

"탔다!"

라는 소리가 들려서 밧줄을 끌어당겼다. 이번에는 둘째 왕자가 우물 안으로 내려갔다. 얼마 후에 그도

"탔다!"

라고 했다. 그래서 그도 끌어당겼다. 다음은 켈올란의 차례였다. 켈올란은 신기하게 계속

"얼었다!"

라고 했다. 켈올란이 그런 말을 할 때마다 형들은 밧줄을 더 내려 주었다.

켈올란은 드디어 우물 맨 밑에 도착했다. 그러나 거기에는 물이 없었다. 그때 발에 어떤 물건이 달라붙은 것을 느꼈다. 보니까 쇠로 된 둥근 테 모양이었다. 곧 그것을 떼어놓았다.

그때 앞에 아주 멋진 파란 길이 보였다. 길가에 어떤 방이 있었는데 그 방 안에는 한 여자가 있었다. 그녀는 머리를 빗고 있었다. 두 번째 방 문을 열어 보고 매우 놀랐다. 왜냐하면 거기에는 다른 한 여자가 머리카락으로 천장에 매달려 있었기 때문이다. 이번에는 세 번째 방 문을 열었다. 그 곳에서는 자고 있는 거인 옆에서 한 여자가 거인의 머리 위에 날아다니는 파리를 좇고 있었다. 그 여자는 켈올란이 방 안에 들어오려 하자 다급하게 작은 목소리로 말했다.

"저기요, 제발 여기에 들어오지 마세요. 거인이 일어나게 되면 저뿐만 아니라 당신도 잡아 먹을 거예요."

"저는 거인을 찾으러 왔어요. 일단 거인을 깨워보세요."

그녀는 큰 못으로 거인의 등을 쑤셨다. 거인은 투덜거리면서 일어났다. 앞에 있는 켈올란을 본 거인은 좋은 기회가 왔다고 생각했다. 자기를 다치게 한 아이를 잡아먹어야겠다고 마음먹었다.

"켈올란, 거기서 그냥 있지 말고 활을 당기지 그래!"

"사람이라면 아무 이유 없이 다친 사람에게 화살을 당기지 않는 법이

지요."

거인은 켈올란의 이 말을 듣고 더 화가 났다. 그래서 옆에 있는 큰 돌을 들어 켈올란에게 던졌다. 그러나 켈올란이 재빠르게 피하여 그 돌은 벽을 망가뜨렸다. 바로 그때 켈올란은 거인에게 활을 쏘아서 거인의 눈을 맞혔다. 볼 수 없게 된 거인은 꼼짝할 수 없게 되었다.

그 순간 켈올란은 벽에 걸려 있었던 칼로 거인의 목을 베었다. 거인이 죽은 것을 확인한 켈올란은 거기에 있는 여자를 데리고 나왔다. 그리고 머리카락으로 천장에 매달려 있었던 여자를 풀어내려 첫 번째 방에 있었던 여자와 함께 우물로 돌아왔다. 그 여자들 중에서 가장 아름다운 여자를 자신의 약혼자로 삼고 다른 여자들은 밧줄에 묶었다. 그리고 "탔다!"라고 소리치자 두 형들이 위로 당겼다. 그의 약혼녀가 말했다.

"먼저 당신이 올라가서 저를 당겨주세요!"

"안 돼요. 당신이 먼저 올라가요. 당신이 올라간 후에 우리 형들이 저를 당길 거예요."

"내가 올라간 후에 당신의 형들은 당신을 당기지 않고 밧줄을 잘라 버려 당신을 여기에 갇히게 할 거예요. 그래서 내가 당신에게 깃털 두 개를 드릴 거예요. 그 중에서 흰 깃털을 만지면 흰 염소가 나타날 거예요. 그 염소가 당신을 지하 칠층으로 데려갈 거예요."

켈올란과 약혼녀는 이별 인사를 했다. 위에서 기다리고 있었던 켈올란의 형들은 그녀를 위로 당겼지만 그녀가 말한 대로 켈올란은 당기지 않고 우물 안에 놓고 가버렸다. 왜냐하면 켈올란의 약혼녀가 매우 아름답기 때문이었다. 형들이 행한 일에 켈올란은 기분이 몹시 상해 실수로 검은 깃털을 만졌다. 갑자기 나타난 염소가 켈올란을 지하 칠층으로 데려갔다.

켈올란은 그 곳에 도착해 염소에서 내린 후 앞에 나타난 길을 따라 걷기 시작했다. 한참 후에 한 시골에 도착했다. 거기에서 어떤 할머니를 만났다.

아주 먼 길을 걸었기 때문에 목이 마른 켈올란은 그 할머니에게 물을 요청했다.

"아이고 어떡해! 우리 시골에는 물이 나오는 샘이 있긴 한데 거인이 계속 거기를 지키고 있어. 그래서 우리는 거인에게 잡아 먹으라고 매일 한 사람을 주고, 거인이 그 사람을 잡아 먹을 동안 우리는 물을 가져올 수 있어. 하여튼 지금 우리 집에 물이 다 떨어졌어. 이따가 거인에게 왕의 딸을 주기로 했어. 그때 물을 받아 올 수 있으니 그때까지 기다려야 한단다."

켈올란은 왕의 딸이 희생될 것을 알게 되자 마음을 다잡았다.

"할머니, 저를 그 샘까지 데려가 주세요."

할머니와 켈올란은 함께 샘에 갔다. 마침 그때 왕의 딸이 거인에게 넘겨지고 있었다. 켈올란이 즉시 활을 당겨 화살이 거인의 눈을 명중시켰다. 그러고 나서 칼을 꺼내어 거인의 목을 한 순간에 베어 버렸다. 그래서 왕의 딸을 살릴 뿐만 아니라 시골 사람들도 이제 마음 놓고 물을 먹을 수 있게 되었다.

왕은 거인을 죽이고 딸을 살린 사람이 누군지 알고 싶었다. 왕의 딸도 모여 있는 사람들 사이에서 켈올란을 찾았지만 그는 보이지 않았다. 나중에 켈올란이 어떤 할머니 집에 있다는 소식을 들었다. 왕의 딸은 곧 나갈 채비를 하고 켈올란이 있는 곳에 가서 그를 보았다. 그녀가 켈올란을 궁전에 데려갔다. 왕은 씩씩한 켈올란을 보자 이마에 입을 맞추고 자기 딸을 거인에게서 살려 주었다고 거듭 감사했다.

"원하는 것이 있으면 뭐든 이야기해 보아라!"

"저는 아무것도 원하지 않습니다. 다만 왕께서 항상 건강하시길 빕니다."

왕은 거듭 켈올란에게 원하는 것을 말하라고 해도 켈올란은 왕에게 아무것도 원하지 않는다고 말했다. 그리고 궁전을 나섰다.

길을 가는 중에 한 나무 밑에서 쉬려고 앉았다. 한참 후에 새들이 크게 '지약지약'* 우는 소리를 들었다. 머리를 들어 올려다보니 나무 위에 있는

* 터키에서는 새들이 우는 소리를 'ciyak ciyak'(지약지약)이라고 한다. 이 밖에 재미있는 터키의

새 집에 뱀이 들어가고 있었다. 켈올란은 즉시 활을 쏘아서 뱀을 죽이고 새들을 살리고는 거기서 잠이 들었다. 켈올란이 자는 동안에 엄마 새가 새끼들을 살린 켈올란을 위해서 날개를 펴 그림자를 만들어 주었다.

켈올란이 한참 자고 난 후 눈을 떠보니 큰 그림자가 자기 몸을 가리고 있었다. 무슨 일인가 싶어 위를 쳐다보니 엄마 새가 큰 날개를 펴고 있는 것이 아닌가. 그때 엄마 새가 말했다.

"당신은 나한테 정말 큰 은혜를 베풀었어요. 저 뱀은 해마다 나의 새끼들을 잡아먹었어요. 그러나 그 뱀이 죽었으니 나의 새끼들도 이젠 마음 놓고 살아갈 수 있을 거예요. 얼마나 행복한지 몰라요. 나도 이 은혜를 보답하고 싶어요. 나한테 원하는 것이 있으면 뭐든 얘기하세요!"

"나는 해야 할 일을 했을 뿐이에요. 굳이 나에게 은혜를 갚고 싶다면 나를 세상으로 내 보내주세요."

"나는 지금 나이가 많이 들어서 당신에게 해줄 수 있는 것이 별로 없습니다. 그래도 당신이 원하는 것을 해 주고 싶어요. 당신은 지금 양의 주둥이 사십 개와 물 사십 모금을 가져 오세요."

켈올란은 곧바로 궁전에 가서 왕에게 양의 주둥이 사십 개와 물 사십 모금을 요청했다.

"양의 주둥이 사십 개가 뭐야. 원하면 모든 양들을 가져가도 돼."

"고맙습니다, 전하. 오직 양의 주둥이 사십 개와 물 사십 모금이면 충분합니다."

왕은 켈올란이 요청한 것을 모두 주었다. 그 후에 켈올란이 다시 새 옆으로 돌아갔다. 새는 켈올란에게 이렇게 말했다.

"당신을 내 등에 업을 거예요. 내가 '고체'라고 말하면 고기를 주고, '액체'라고 하면 물을 주어야 해요!"

동물 울음소리(의성어) 몇 개를 소개한다.
소 : möö(뫼외), 양 : mee mee(메에 메에), 닭 : gıt gıt gıdak(근 근 그닥), 강아지 : hav hav(하우하우), 고양이 : miyav(미야우), 개구리 : vrak vrak(브락 브락) 등.

켈올란은 새의 등에 타고 한 날개에 고기를 놓고 한 날개에 물을 놓고 출발했다. 새가 '고체'라고 하면 켈올란은 고기를 주고 '액체'라고 했을 때는 물을 주었다. 그런데 세상에 가까이 왔을 때쯤 고기가 다 떨어졌다. 새가 '고체'라고 하자 켈올란은 자기 허벅지살을 잘라서 새에게 주었다. 새가 그것이 켈올란의 허벅지살인 것을 알고 먹지 않고 입 안에 숨겼다. 세상에 거의 도착했을 때 새가 켈올란을 등에서 내리게 하고 인사를 했다.

"자, 켈올란씨 잘 가요!"

켈올란이 다리를 절면서 걷기 시작하자 새는 입 안에 있던 허벅지살을 켈올란의 다리에 붙여 주었다. 그래서 켈올란은 편하게 걸을 수 있었다. 켈올란은 새와 헤어지고 혼자 아주 먼 길을 갔다. 가다가 어떤 정원사를 만났다.

"정원사 아저씨, 저는 혼자 살고 있어요. 아저씨를 옆에서 도우면서 일하고 싶은데 괜찮으신지요?"

정원사는 켈올란이 불쌍해 보여 그렇게 하라고 했다. 서로 이야기하다가 켈올란은 현재 있는 곳이 자기 고향인지 알게 되었다.

그날은 마침 큰형이 켈올란의 약혼녀와 결혼하는 날이었다. 며칠 전부터 결혼식 준비를 하고 있었다고 했다. 그 결혼식에 정원사도 참석하기로 했다. 정원사는 켈올란에게 말했다.

"우리 같이 가서 결혼식 구경을 합시다."

사람들이 결혼식에 간 다음에 켈올란은 예전에 약혼녀가 준 깃털을 서로 비볐다. 그랬더니 말 한 마리가 나타났다. 켈올란은 그 말을 타고 결혼식장에 갔다.

궁전에서는 큰형이 많은 청년들과 말을 타고 활 쏘기 게임을 하고 있었다. 켈올란도 그들 사이에 끼어들어 놀기 시작했다. 켈올란이 쏜 화살이 형의 발을 뚫었다. 그러고는 켈올란은 서둘러 거기에서 도망쳤다. 다시 깃털을 비볐더니 말이 사라졌다.

저녁때가 되자 정원사가 자기 집으로 돌아왔다. 켈올란에게 결혼식 이야기 끝에 이렇게 말했다.

"씩씩하고 아주 멋진 말을 탄 청년이 결혼식에 왔어. 그가 실수로 쏜 화살이 신랑의 발을 뚫었는데 그 신랑이 거기서 바로 죽고 말았지 뭐야. 그래서 내일 신부를 다른 왕자와 결혼시킨다고들 하네."

다음 날 정원사가 또 다시 결혼식에 참석하려고 나간 후에 켈올란은 깃털을 또 비볐다. 이번에는 검은 말과 검은 양복이 나타났다. 켈올란은 그 양복을 입고 말을 타고 결혼식장에 갔다. 거기서 많은 청년들 사이에 끼어들어 지난번과 똑같이 활을 쏘기 시작했다. 그리고 이렇게 중얼거렸다.

"나의 약혼녀를 속이고 결혼하려고 한 우리 형을 살짝 다치게 해서 벌을 주어야 해."

그러고는 켈올란이 활을 계속 쏘았다. 그런데 화살이 켈올란의 형의 심장을 뚫고 말았다. 형이 쓰러지자마자 즉시 켈올란은 도망쳐 나왔다. 그리고 깃털을 다시 비벼서 말과 양복을 없앴다.

결혼식장에 갔다 온 정원사는 머리를 갸우뚱하며 말했다.

"이상하게 왕자들이 한 명 한 명 죽네. 오늘 결혼식장에는 검은 양복을 입은 청년이 왔는데 그가 쏜 화살이 왕자의 심장을 뚫었지 뭐야. 그래서 왕자가 죽고 말았어. 내일 신부가 사과 한 개를 가지고 궁전의 테라스에서 있을 거야. 모든 청년들이 궁전 앞으로 지나갈 때 신부가 마음에 든 남자에게 사과를 던질 거라네. 그러면 그 남자와 신부가 결혼할 거래. 이번에 켈올란도 꼭 참석해 봐!"

아침이 되어 정원사와 켈올란이 궁전 앞에 가 보니 벌써 많은 청년들로 붐볐다. 사람들이 한 명 한 명 궁전 테라스 아래를 지나갔다. 맨 마지막에 정원사와 켈올란이 남았다. 켈올란이 지나갈 때 신부가 켈올란이 누군지 알아채고 사과를 켈올란에게 던졌다. 그러나 신부를 켈올란 같은 가난한 남자와 결혼시키기 싫은 사람들은 이렇게 말했다.

"아니야, 사과가 켈올란에게 우연히 맞은 거야. 다시 해 봐야겠어."

그러고는 그 일이 세 번이나 반복되었지만 신부는 매번 사과를 켈올란에게 던졌다. 결국 왕은 어쩔 수 없이 신부를 켈올란과 결혼시키기로 했다.

켈올란의 아버지와 어머니는 매우 기뻐 켈올란을 꼭 껴안았다. 켈올란은 그 동안 겪은 일을 모두 말했다.

켈올란을 위해 사십일 동안 아주 흥겨운 결혼식을 치른 후에 모두 행복하게 살았다.

05
목욕탕 주인과 켈올란

이주 먼 옛날에 한 여인에게 아들이 하나 있었는데 사람들은 이 아이를 '켈올란'이라고 불렀다. 그들은 아주 가난했다. 이 가족은 닭을 기르며 계란을 팔아서 살림을 꾸려가곤 했다.

어느 날, 닭이 알을 낳지 않자 어머니는 켈올란에게 닭 한 마리를 팔아 빵을 사오라고 했다. 켈올란은 닭 한 마리를 가지고 시장에 가서 목욕탕 주인에게 팔았다. 그런데 목욕탕 주인은 돈을 주지 않고 그냥 가버렸다. 그래서 켈올란은 목욕탕 주인을 따라갔다. 목욕탕 주인이 집에 들어가는 것을 보고 그를 따라 들어갔다. 그리고 주인이 말하는 것을 몰래 엿들었다. 목욕탕 주인은 닭을 부인에게 주면서 말했다.

"이 닭을 삶아요. 그리고 삶은 물로 밥을 지어요. 저녁에 사람을 보낼 테니 그 사람에게 그 음식을 줘요."

그리고 그는 밖에 나갔다.

켈올란은 목욕탕 주인이 말한 것을 들은 후 저녁이 되어 바로 목욕탕 주인의 집으로 갔다.

"주인께서 음식을 달라고 하십니다."

목욕탕 주인의 부인은 남편이 원하는 음식을 이것저것 냄비에 넣어 켈올란에게 주었다. 켈올란은 냄비를 받자마자 자기 집에 가서 그 냄비를 어머니에게 드렸다. 그리고 어머니에게

"제가 닭을 어떤 목욕탕 주인에게 팔았지만 그 사람이 돈을 저에게 주지 않고 가버렸어요. 저는 그를 집까지 따라가서 부인과 이야기하는 것을 몰래 들었지요. 그는 부인에게 '닭을 요리해. 저녁때 사람을 보낼 테니 그 사람에게 음식을 줘'라고 했어요. 그래서 저는 저녁이 되자마자 곧바로 그의 집에 가서 음식을 받아왔어요."
라고 말하고 나서 함께 음식을 맛있게 먹었다.

목욕탕 주인은 부인이 준비한 음식을 먹으려고 집에 와서 부인에게 음식이 어디에 있느냐고 물었다. 부인은 아무것도 모르는 채 어떤 사람이 와서 음식을 이미 가져갔다고 말했다.

목욕탕 주인은 화가 많이 났다. 부인에게 '누가 왔었느냐? 어떤 사람이더냐?'라고 여러 가지 질문을 던졌다. 부인은 어떤 남자 아이가 와서 주인께서 밥을 가져오란다고 말해서 음식을 주었다고 했다. 목욕탕 주인은 부인의 말을 듣고 기분이 매우 상해 바로 목욕탕으로 갔다.

한편, 켈올란은 음식을 맛있게 먹고 어머니에게 말했다.

"어머니, 목욕탕 주인에게 한번 더 골탕을 먹일까요?"

어머니가 좋다고 하자 켈올란은 아가씨처럼 예쁜 옷차림을 했다. 그리고 화장도 예쁘게 한 다음에 목욕탕에 가서 문을 두드렸다. 목욕탕 주인이 문을 열자 켈올란은 목소리를 낮추면서 말했다.

"저기요, 당신과 잠깐 할 얘기가 있어요. 당신의 집에 가서 같이 이야기하면 안 될까요?"

목욕탕 주인은 그 예쁜 여자가 켈올란인지 모르고 매우 기뻐했다. 집에 도착하자 켈올란은

"아무도 볼 수 없는 곳에서 이야기하는 것이 더 좋을 것 같아요."
라고 말하여 주인의 마음을 흔들었다. 주인은 아래 층에 있는 창고에 내려가기 시작했다. 뒤따라가던 켈올란은 계단 중간 쯤 왔을 때 목욕탕 주인의 허리를 발로 힘껏 찼다. 그러자 목욕탕 주인은 곤두박질치며 굴러 떨어졌다. 그가 계단 아래에서 끙끙거리고 있을 때 켈올란은 위에 올라가서 집 구석 구석을 자세히 살펴보기 시작했다. 집안에서 돈으로 치면 비싸고 무게

로 치면 가벼운 금과 은 같은 물건들을 가지고 바로 자기 집으로 갔다.

목욕탕 주인의 부인이 아이들과 함께 집에 오자 어디선가 신음 소리가 들렸다. 아이들 중에서 한 아이가 그 소리가 아버지 신음 소리임을 바로 알아챘다. 모두 다 같이 집 구석 구석을 찾다가 넘어져 다친 아버지를 아래 층에서 찾을 수 있었다. 어떻게 넘어졌느냐고 물어보았더니 목욕탕 주인은 계단을 내려가다가 넘어졌다고 대답했다.

부인은 남편이 심하게 다쳐 신음하는 모습을 보고 당장 의사를 부르러 갔다. 그리고 주변 사람들에게 남편이 넘어져서 다쳤다고 말했다. 이 소식을 들은 켈올란은 목욕탕 주인에게 다시 한번 계교를 부리기로 했다. 당장 옷을 바꾸어 입고 가방을 가지고 밖에 나갔다. 사람들이 모여 있는 곳에서 자기를 소개했다.

"저는 의사입니다. 환자들을 잘 낫게 합니다."

마침 목욕탕 주인의 친구가 거기에 있었다. 그는 켈올란에게 친구가 다친 이야기를 한 다음에 함께 목욕탕 주인 집으로 갔다. 켈올란은 전혀 내색하지 않고 말했다.

"높은 곳에서 넘어지셨군요. 제가 당신을 치료해 드리겠습니다. 목욕탕에서 치료를 하는 것이 좋겠습니다. 그런데 거기서는 우리 둘만 있어야 합니다."

그리고 켈올란과 목욕탕 주인은 목욕탕에 갔다. 켈올란은 문을 닫고 목욕탕 주인의 옷을 벗기고 머리부터 씻기기 시작했다. 먼저 물통에 있는 물을 다 써 버린 후에 비누로 머리를 문지르고 바닥에서 주운 채찍으로 목욕탕 주인을 때렸다. 목욕탕 주인이 실신하자 거기에 두고 바로 목욕탕 주인집에 가서 가족에게 말했다.

"환자 분이 다 나으셨습니다. 목욕탕에 가서 데려오시면 됩니다."

이 말을 들은 목욕탕 주인의 가족은 모두 기뻐했다.

목욕탕 주인의 가족들이 목욕탕으로 달려가 보니 목욕탕 주인이 불쌍하게 목욕탕 중간에 정신을 잃고 누워 있는 것이 아닌가. 모두 슬퍼하면서 아버지를 집으로 데려갔다.

결국, 목욕탕 주인은 자기가 겪은 일의 장본인*이 닭을 판 켈올란임을 알아채고 복수할 좋은 방법을 생각했다. 목욕탕 앞 여러 곳에 금을 놓고 켈올란을 잡으려고 하였다.

그런데 켈올란이 목욕탕 주인의 이 계획을 알게 되어 바로 대비했다. 위에는 거지 옷을 입고 긴 구두를 신었다. 그리고 그 구두 밑에 타르**를 칠했다. 그리고 손에 가방을 가지고 목욕탕에 들어가서 사람들한테 빵을 달라고 했다. 그렇게 목욕탕 안에서 돌아다니며 금이 구두 밑에 달라붙게 했다. 그 후에 바로 목욕탕에서 나가서 보이지 않는 곳에서 구두를 벗었다. 그러고는 금을 가방 안에 넣고 곧바로 자기 집에 갔다. 시간이 조금 지난 다음에 켈올란을 잡으려고 했던 사람들이 금이 줄어든 것을 알았다.

그들은 오랜 생각 끝에 다른 방법을 찾았다. 낙타 한 마리를 예쁘게 꾸며서 시장에 팔러 갔다. 켈올란이 시장에 오면 그를 바로 잡기로 했다.

그러나 켈올란은 이 계획도 알게 되어 시골 여자 복장을 하고 당나귀를 데리고 시장에 갔다. 예쁘게 꾸며진 낙타 옆에서 외치며 파는 행상인에게 얼굴 덮개를 살짝 열어 얼굴을 보여 주며 미소를 지었다. 행상인은 자기에게 미소 짓는 여자를 보고 놀라 정신을 빼겼다. 둘이 나란히 걸어가면서 이야기하기 시작했다. 어느 순간 켈올란은 당나귀의 끈을 행상인에게 주고 낙타의 끈을 자기가 받았다. 사람이 무척 많아 들키지 않고 재빨리 도망칠 수 있었다. 켈올란은 집에 도착하자마자 낙타를 잡아 그 고기를 볶았다. 그리고 어머니에게 아무 말도 하지 않았다.

행상인이 당나귀의 끈을 들고 온 것을 본 목욕탕 주인은 낙타도 켈올란이 훔쳐간 것으로 짐작했다. 목욕탕 주인이 이번에는 아픈 척하기로 했다. 목욕탕 주인의 친구들이 집마다 낙타 고기를 찾으러 갔다. 마지막으로 켈올란의 집에 들어갈 순서였다. 그들이 켈올란의 집에 들어가서 낙타 고기가 있는지 확인했다. 그때 켈올란이 집에 없어서 켈올란의 어머니가 낙타 머리

* 어떤 일을 꾀하여 일으킨 바로 그 사람.

** 목재나 석탄 등을 건류 또는 증류할 때 생기는 갈색·흑색의 끈끈한 액체.

를 그 사람들에게 주었다.

그 사람들은 낙타 머리를 보고 켈올란이 확실히 낙타를 가져갔다고 판단했다. 켈올란의 집 출입문에 타르를 칠하고 켈올란을 잡았다고 동네에 소문을 퍼뜨렸다.

낙타 고기를 찾으러 온 사람들이 떠난 후에 켈올란이 집에 와서 어머니에게 물었다.

"오늘 집에 누가 왔었어요?"

그 상황을 하나도 모르고 있었던 어머니가 낮에 있었던 일을 켈올란에게 다 이야기했다. 어머니의 이야기를 들은 켈올란은 목욕탕 주인에 의해 잡혀갈 것 같아 타르 한 통을 가지고 동네에 있는 집 모든 출입문에 칠했다.

다음 날 목욕탕 주인의 친구들이 켈올란을 잡으러 나가 보니까 동네에 있는 모든 출입문이 타르로 칠해져 있는 것이 아닌가! 그들은 헷갈려서 켈올란의 집을 찾지 못했다. 그들이 결국 켈올란을 잡지 못하겠다고 생각해 왕에게 잡아 달라고 간청을 했다. 왕은 바로 명령을 내렸다.

"집에 닭이 많이 있는 사람은 닭을 가지고 내 앞으로 와라!"

켈올란도 닭을 왕에게 가져가려고 준비했다. 그때 어머니가 이렇게 말했다.

"켈올란, 왕에게 닭을 가져가면 어떡해?"

"어머니, 상관하지 마세요. 저는 왕에게도 한번 계교를 꾸밀 거예요. 두고 보세요."

켈올란은 닭을 가지고 왕에게 갔다.

"전하, 저는 켈올란올시다. 보시다시피 닭을 가지고 왔소."

"이건 또 뭐냐! 어떻게 나한테 그렇게 무례하게 말할 수 있어!"

왕은 켈올란을 감옥에 보냈다. 그리고 켈올란이 가져온 닭을 잡아서 요리하게 했다.

켈올란은 감옥에서 도망갈 수 있는 방법을 생각하다가 한 꾀를 냈다. 감옥을 지키는 문지기에게 금 한 봉투를 주고 말했다.

"저한테 한 30분만 허락해주세요. 급히 할 일이 있는데 그걸 하고 바로 돌아오겠습니다."

문지기는 켈올란이 밖에 나갈 수 있게 허락했다. 감옥에서 나간 켈올란은 모피를 구해 모피의 털마다 종을 매달았다. 일을 마친 켈올란은 저녁쯤 감옥에 돌아왔다.

다음 날 켈올란이 문지기에게 다시 금 한 봉투를 주고 한 시간 허락을 받고 밖에 나갔다. 왕이 잠을 잘 때 그 방에 들어가서 왕의 침대 밑에 숨었다. 왕이 깊이 잠들자 켈올란은 모피를 입고 몸을 흔들면서 종이 울리게 했다. 종 때문에 아주 시끄러운 소리가 나자 갑자기 일어난 왕이 소리를 질렀다.

"이게 무슨 소리야!"

왕 옆에 자고 있던 왕비는 깜짝 놀란 표정으로 왕을 쳐다보고는 그 소리가 어디에서 나오는가 하고 눈을 두리번거렸다. 소리가 멈춘 다음에 왕과 왕비가 다시 잤다. 조금 이따가 켈올란이 다시 몸을 흔들었다. 이번에 왕과 왕비는 아주 무서워했다. 그들이 무서워하는 것을 본 켈올란은 침대 아래에서 나와 천천히 왕 옆으로 다가갔다. 불쌍한 왕은 덜덜 떨면서 말했다.

"넌 누구냐?"

"나는 아즈라엘*입니다. 당신의 영혼을 가져가려고 왔어요."

"제가 어떤 잘못을 했는데 저한테 오셨어요?"

"당신은 나의 무죄한 동생을 감옥에 가두었어요. 그래서 나는 당신의 영혼을 가져가려고 왔어요. 자, 이리 오시지요."

하며 왕을 무섭고 곤혹스럽게 했다.

"아니에요! 그 사람은 당신의 동생일 수가 없어요. 저는 닭이 많은 사람을 감옥에 가두었을 뿐이에요."

"바로 그 사람이 저의 동생이라고요. 지금 당장 제 동생을 풀어 주지

* 죽음의 천사. 아즈라엘은 이슬람교, 유대교에서 죽을 때 육체에서 영혼을 분리시키는 죽음의 천사이다.

않으면 당신의 영혼을 가져 갈 거예요!"

그 말을 들은 왕은 덜덜 떨면서 이렇게 간청했다.

"원하시는 것을 다 해 드릴게요. 제발 제 영혼만을 살려주세요. 지금 바로 당신의 동생을 풀어주러 갈게요."

켈올란은

"아니에요, 지금은 밤이라서 무서울 수도 있어요. 그러니 일단 내일 아침에 풀어주고 목욕탕에서 씻겨주세요. 그 다음에 좋은 옷을 입혀주시고요. 그리고 두 번째 딸을 제 동생과 결혼시켜 주면 당신의 영혼을 살려줄게요."

라고 말한 다음에 바로 나가서 옷을 바꾸어 입었다. 그리고 감옥에 돌아가서 잤다.

다음 날 아침에 왕이 일어나서 사람을 보내서 켈올란을 감옥에서 풀어주었다. 그리고 좋은 옷을 주고 목욕탕에 보냈다. 그 후 살 집을 따로 준비하고 두 번째 딸과 결혼시켰다. 그들은 40일 동안 멋진 결혼식을 올렸다. 켈올란은 자기 어머니를 곁에 모시고 행복하게 살았다.

06
켈올란과 나스레딘 호자

어느 날, 켈올란이 닭 두 마리를 팔러 시장에 가서 손님을 찾기 시작했다. 어떤 남자가 닭 값으로 금 한 개를 준다고 했다. 켈올란은 그렇게는 팔지 않겠다고 했다. 닭 한 마리의 값을 금 한 개로 쳐서 닭이 두 마리이니 금 두개를 원한다고 했다. 한 개의 금으로 닭을 사지 못한 그 남자는 말했다.

"저기 켈올란, 나한테 보물 지도가 있어. 나는 혼자 살고 나이도 많이 먹었어. 그래서 보물을 찾으러 가지 못해. 옛날에 나는 젠긴오울루*의 대저택에서 일하고 있었어. 이 지도를 젠긴오울루가 나에게 주었지. 내가 그 닭 두 마리를 갖고 그 대신에 너는 지도를 가져 가. 그리고 그 보물을 찾아 평생 행복하게 살아"

켈올란은 그 남자의 말을 믿고 닭과 지도를 바꾸었다. 켈올란은 저녁때 몹시 피곤한 채 집에 돌아왔다. 어머니가 야단쳤다.

"내 대머리 아들아, 호박 같은 아들아. 이런 종이와 닭을 어떻게 바꿀 수 있니? 닭을 팔아서 등유와 소금을 산다고 했잖아. 그 사람이 널 속였나 봐. 이제 어두운 방에 앉아 맛없는 음식이나 먹고 정신 차려봐."

* 젠긴오울루(Zenginoğlu)라는 말은 '부자의 아들'이란 뜻이다.

켈올란은 보물만 생각하고 못들은 척 했다. 아침이 되어 켈올란은 일찍 일어나 어머니에게 말했다.

"어머니, 전 보물을 찾으러 갑니다. 곧 겨울이 다가와 곡식을 좀 준비해서 가져가요. 등유가 없어도 괜찮고 소금이 없어도 괜찮아요. 등유가 없을 때는 일찍 주무시고 소금이 없을 때는 이웃집에 가서 달라고 하시면 돼요. 보물을 찾으면 어머니를 공주처럼 편하게 살게 해줄게요."

켈올란이 이미 결심한 것을 알고 어머니도 마음을 바꾸었다.

"잘 가라, 켈올란. 보물을 꼭 찾기를 바란다."

켈올란은 산을 넘기도 하고 강을 건너기도 하며 날마다 보물을 찾다가 드디어 지도에 있는 우물을 발견했다. 보물은 그 우물 안에 있었다. 우물 안에 돌을 던지자 '탁' 하고 소리가 났다. 그래서 우물 안에 물이 없다는 것을 알았다. 문득 작년에 마른 우물에 내려갔다가 다시는 올라오지 못했다는 세 사람이 생각났다. 켈올란은

'시골에서 가져온 줄이 옆에 있어. 그 줄로 내려가면 될 텐데, 나도 남들처럼 유독 가스 때문에 정신을 잃어버리고 못 나오면 어떻게 하지? 일단은 용감하고 믿을 수 있고, 우물 안에서 위험을 없앨 수 있는 누군가가 필요해. 이런 사람을 어디서 찾을 수 있을까'
라고 생각하다가 나스레딘 호자*가 떠올랐다.

"그래, 호자는 그 방법을 찾을 수 있을 거야."라고 혼잣말을 했다.

* 나스레딘(Nasreddin, 1208~1284) 호자는 13세기 셀주크 투르크에서 살았던 인물이다. 그는 현재의 터키가 있는 아나톨리아 지역 가난한 시골의 이맘(이슬람교 교단조직의 지도자를 가리키는 직명)이었다. 그는 마을 판사를 도와 백성들의 억울한 송사를 지혜롭게 해결하기도 했다. 항상 올바른 말을 했으며, 자신의 생각을 숨김없이 대담하게 털어놓았다. 청렴결백했기 때문에 재산을 모을 틈이 없었다. 그래서 한시도 평화로운 날이 없을 만큼 부인과 자주 다투었지만 밖에 나가면 마을 사람들로부터 후한 대접을 받았다. 마을 사람들의 놀림을 아무렇지도 않은 듯 받아주며 스트레스 해소의 대상이 되어 주다가도, 비열하거나 속 좁은 사람이 있으면 기상천외한 방법으로 골려주어 인생의 교훈을 주기도 했다.
그는 아나톨리아 지역이 당시 몽골의 침략과 비잔틴 제국의 위협 속에 정치적으로 매우 혼란하고 불안한 시기에 특유의 재치와 유머로 음울한 사회적 분위기를 반전시키며 인내와 모범적인 행동으로 백성들에게 희망을 심어준 지도자였다. 여기에서 '호자(터키어 Hoca)'란 '교사', '선생'의 뜻이다. 나스레딘 호자는 우리나라의 김삿갓과 봉이 김선달을 합쳐 놓은 인물이라고 할 수 있다.

켈올란은 가다가 가다가 드디어 아크쉐히르*에 도착했다. 길에서 우연히 만난 한 사람에게 나스레딘 호자의 집이 어디냐고 물어보았다. 그 사람은 호자의 집을 알려주었다. 켈올란이 그 집에 가서 노크를 하니 나스레딘 호자가 문을 열어주었다.

"누구요? 내가 나스레딘 호자인데 무슨 일이 있소?"

"호자, 우리 시골에서는 사람들이 나를 켈올란이라고 불러요. 중요한 일이 있어서 부탁하러 왔어요. 부탁을 들어주면 참 좋겠어요."

호자는 켈올란을 들어오라고 했다. 켈올란은 보물 지도부터 시작하여 어머니에 대한 얘기까지 호자에게 다 말했다.

"만약에 그 보물을 찾으면 호자와 반으로 나눌 수 있어요. 어때요, 호자?"

이 말을 들은 나스레딘 호자는 대답했다.

"오랫동안 사용하지 않았거나 땅에서 안으로 유독 가스가 들어가는 우물에서는 환기가 되지 않아 이 유독 가스가 모이게 마련이오. 이런 우물에 들어가면 사람이 정신을 잃어버리고 죽을지도 몰라요. 우물의 깊이가 9~10m나 되지요. 우물의 주변을 파는 것은 너무 힘든 일이니까 둘이 할 수는 없어요. 도와줄 사람을 찾다 보면 이 일이 귀에서 귀로 전해져 많은 사람들이 이 우물을 찾아올 수 있어요. 그러니 다른 방법을 찾아야지요, 켈올란, 며칠 우리 집에 머무르는 동안 내가 좋은 방법을 알아볼 게요."

나스레딘 호자는 이틀 동안 계획을 세우고 필요한 기구의 모양을 그렸다. 그 그림을 대장장이에게 가져가서 그림에 있는 연장들을 마련해 달라고 했다. 대장장이는 다음 주까지 연장을 다 준비하겠다고 말했다. 호자는 당나귀 두 마리가 끄는 마차를 사 왔다. 연장들과 음식을 그 마차에 다 싣고 아내에게 작별 인사를 했다. 두 사람은 마차를 타고 출발했다.

그들은 며칠 동안의 힘든 여행 후에 보물이 있는 우물에 도착했다.

* 아크쉐히르(Akşehir)는 중부 아나톨리아에 있는 콘야(Konya)의 옛 이름이다. 옛날에 '나스레딘 호자'라는 사람이 살고 있었기 때문에 지금도 나스레딘 호자의 이야기로 유명하다.

호자는 우물을 자세히 보고 나서 켈올란과 같이 한 파이프를 통해 우물 안에 있는 유독가스를 밖으로 빼기 시작했다. 이 일을 사흘 동안 계속했다. 호자와 켈올란은 유독 가스가 이제 다 빠져나온 것을 알면서도 확인하려고 가져온 고양이를 부대 안에 넣었다. 그리고 부대를 줄에 묶어 우물로 내려 보냈다. 삼십 분 뒤에 고양이를 꺼내 보고는 아무 일도 없다는 것을 알게 되었다.

켈올란은 줄로 허리를 묶고 우물에 내려갔다. 지도에 그려져 있는 대로 돌을 빼낸 후, 땅을 조금 파니 상자 하나가 보였다. 그 상자를 다른 줄로 묶어 놓고 켈올란은 올라갔다. 바로 호자와 같이 상자를 우물 밖으로 끌어 냈다. 상자를 열어 보니 상자에 금이 가득 차 있었다. 두 사람은 기뻐서 어쩔 줄 몰랐다. 두 사람은 그 자리에서 금을 나누어 가졌다.

다음 날 호자는 당나귀를 타고 아크쉐히르로 가고, 켈올란은 마차를 타고 시골로 돌아갔다.

켈올란은 시골에서 아주 좋은 집을 짓고 논과 밭을 많이 샀다. 어머니와 함께 왕처럼 부자로 살기 시작했다. 켈올란의 이 소문은 왕에게까지 전해졌다.

어느 날, 왕이 사냥하다가 켈올란의 집에 잠깐 들렀다. 켈올란은 왕을 위해 맛있는 음식을 준비하여 잘 맞이했다. 왕은 켈올란의 융숭한* 대접에 무척 흐뭇했다. 그래서 켈올란을 다음 달에 있는 명절에 궁전으로 꼭 오라고 했다.

켈올란이 명절을 맞아 궁전에 갔을 때, 선녀 같은 예쁜 공주를 보았다. 그는 한 눈에 반하여 사랑에 빠지게 되었다. 공주도 켈올란을 보자마자 그를 좋아하게 되었다. 켈올란이 왕에게 공주와 결혼하고 싶다는 말을 하니 왕이 즉시 허락해주었다. 그들은 바로 결혼식 준비를 시작했다.

나스레딘 호자는 아크쉐히르에 돌아가, 켈올란과 나누어 가졌던 금으로 가난한 사람들을 도와주었다. 얼마 후에 호자는 켈올란의 얘기를 들

* 대접이 아주 정성스러운.

었다. 켈올란이 호자를 결혼식에 초대하자 호자도 기쁜 마음으로 아내와 같이 갔다. 켈올란은 예쁜 공주와 결혼하여 평생 행복하게 살았다.

07
켈올란과 마법 '마준'

옛날에 켈올란이라는 사람이 있었다. 그는 늙은 어머니와 함께 살고 있었다. 어머니가 아들에게 어떤 일을 시키면 말을 잘 듣지 않았다.

어느 날, 켈올란은 왕의 딸을 보고 한 눈에 반했다. 켈올란은 어머니 옆에 와서 졸랐다.

"어머니, 궁전에 가서 왕에게 저를 사위 삼으라고 하세요."

"아들아, 너는 돈도 없고 또 하는 일도 없잖아. 너처럼 대머리 남자에게 왕이 자기 딸을 줄까?"

"어머니, 틀림없이 줄 거예요. 어머니, 가서 꼭 달라고 하세요."

어머니는 어쩔 수 없이 궁전에 갔다. 왕의 앞에 가서 조심스럽게 말했다.

"임금님, 저에게 아들이 하나 있습니다. 그런데 그 아들이 날마다 나를 때리며 임금님의 딸을 달라고 하랍니다. 저는 이제 얻어맞기에 지쳤습니다. 저를 죽이거나 매달아 주십시오."

이 말은 들은 왕은

"켈올란을 나에게 데려 오라."

라고 했다. 집에 돌아 온 어머니가 켈올란에게 말했다.

"왕이 너를 보고 싶어 하신다."

켈올란은 궁전에 갔다. 왕은 켈올란을 보고 '저런 대머리 남자에게

어떻게 사랑스러운 내 딸을 줄 수 있어?'라고 생각했다. 그리고 켈올란에게 딸을 주고 싶지 않아서

"나는 너에게 딸을 주겠다. 다만 조건이 하나 있다. 이 세상에 있는 모두 새들을 나에게 가져와야 한다."

라고 말했다.

켈올란은 궁전에서 나오며, '내가 어떻게 모든 새들을 찾을 수 있을까? 나는 그 일을 도저히 할 수 없을 거야. 그러면 왕이 나를 죽일 테지. 나는 피신할 수밖에 없어.'라고 생각하며 하염없이 걸어다녔다.

어느 날, 들을 거닐고 있을 때 우연히 탁발승*을 만났다. 그 남자는 켈올란에게 물었다.

"너는 지금 어디 가는 거야?"

켈올란은 그 동안의 일과 자기의 걱정거리를 자세히 설명했다. 그 탁발승은 켈올란에게

"자! 어디어디를 가 봐. 그러면, 그곳에 큰 사이프러스 나무**가 있어. 네가 그곳에 앉아 있으면 모두 새들이 그 나무에 머물 거야. 그때 네가 '마준***'이라고 말하면 새들이 그 나무에 달라붙을 테니 그때 너는 그 새들을 잡아서 왕에게 가져가면 돼."

라고 말했다.

켈올란은 그의 말을 듣자마자 바로 사이프러스 나무 옆에 가서 "마준"이라고 말했더니 신기하게도 새들이 나무에 달라붙었다. 이렇게 하여 켈올란은 모든 새를 잡아서 왕에게 가져갔다.

왕은 이번에는

"자! 지금도 너의 머리에는 머리털이 없어. 머리털이 좀 나게 되면 너에게 딸을 주겠다."

* 탁발하는 승려. '탁발'은 도를 닦는 승려가 경문을 외면서 집집마다 다니며 동냥하는 일을 말함.
** 삼나무의 일종으로 상록수이다.
*** 오스만 시대에 만들어 먹은 음식인데, 입에 잘 달라붙기 때문에 '마준'이라고 불렀다.

라고 말했다.

켈올란은 침통한 표정으로 궁전에서 나와 집으로 왔다. 며칠 동안 집에 있으면서 '어떻게 하면 머리털이 나게 할 수 있을까'라는 생각을 많이 했다. 그 사이에 왕은 자기 딸을 장관의 아들과 약혼을 시켰다. 켈올란은 이제 궁전에 갈 수 없었다.

켈올란은 그들이 결혼식을 올린다는 소식을 듣고 바로 궁전에 갔다. 결혼식이 끝난 후 왕의 딸과 장관의 아들이 자고 있을 때, 켈올란은 "마준" 하고 외쳤다. 그 순간 그들은 침대에 달라붙었다.

아침이 되었지만 신부와 신랑은 방에서 나오지 않았다. 얼마 후, 한 사람이 궁금하여 그 방문 옆에 갔을 때 켈올란이 다시 "마준" 하니 그 사람도 문에 달라붙었다. 그것을 본 사람이 그 사람 옆에 가면 그도 달라붙었다. 그리고 마침내 궁전에 있는 모든 사람들이 문 앞에 달라붙었다.

임금님은 그들을 보며 남자 몇 사람을 불러 말했다.

"야! 이거 큰일 났구나. 어떻게 방법이 없을까?"

그 남자들이 해결 방법을 찾다가 어느 정육점에 들어갔다. 마침 그곳에 있었던 켈올란이 "마준"이라고 말하니 모두 고기에 달라붙었다. 왕은 그 남자들을 한참 동안 기다렸지만 아무도 오지 않았다. 왕은 궁전 밖으로 나가 고기에 달라붙은 그 사람들을 보고 바로 탁발승의 집으로 갔다.

탁발승은 왕에게 말했다.

"켈올란이 임금님 딸을 달라고 했지만 임금님께서는 그에게 주시지 않았습니다. 그래서 켈올란이 그런 일을 했습니다."

만약에 임금이 켈올란에게 딸을 주지 않으면 그 어려운 상황에서 헤어날 수가 없었다.

왕은 궁전에 돌아왔다. 켈올란을 찾기 위해서 사람들을 그의 집에 보냈다. 켈올란이 궁전에 오자마자 왕은 공주와 결혼을 시켜 줄 테니 이 일들을 해결하라고 했다.

켈올란이 침대에 달라붙은 공주와 장관의 아들을 향하여

"마준, 떨어져라."

라고 말하니 침대에 붙어있던 두 사람이 떨어졌다. 장관의 아들은 겁이 나서 바로 도망갔다.

켈올란은 사십 일 동안 성대하게 결혼식을 치르고 내내 행복하게 잘 살았다.

08
우는 공주

옛날 옛날 아주 먼 옛날에, 수풀이 우거진 산 속의 한 시골에 켈올란이 살고 있었다.

켈올란은 어머니와 함께 살고 있었다. 다른 식구가 없어서 둘은 늘 서로 아껴가며, 마른 빵을 먹어도 절대 불평하지 않았다. 켈올란은 대머리였는데 머리가 아주 좋았다. 반면에 아주 게을렀다. 어머니가 켈올란에게

"얘야, 샘에 가서 물을 길어와라."

라고 하면 두어 시간 이리 뒤척 저리 뒤척하다가 그 일을 했다. 그래서 이 게으른 아들 때문에 어머니의 고민이 이만저만이 아니었다.

어느 날, 켈올란의 어머니가 병에 걸려 집안일을 켈올란이 다 해야 했다. 어머니가 어떤 심부름을 시켜도 켈올란은 단번에 다 했다. 마치 게으른 아들은 사라지고, 부지런한 아들이 새로 온 것 같았다. 켈올란의 이런 모습은 오래오래 갔다. 그러다가 켈올란은 너무 피곤이 쌓여 쓰러졌다. 그때 쥐 한 마리가 나타났다.

"켈올란아, 게으른 소년아! 일하는 게 어때? 어렵지?"

피곤한 켈올란은 너무 화가 나 쥐를 쫓아냈다. 쥐가 다시 나타나 이번에 더 가까이 와서 말했다.

"가만히 좀 있어 봐. 그렇게 화 내지마! 내가 농담을 했을 뿐이야. 자, 좋은 소식이 있어. 술탄*의 따님이 병에 걸리셨대. 그 공주님의 병을

누군가가 고친다면, 술탄이 그를 사위 삼을 거래."

켈올란은 쥐에게 주려고 치즈를 조금 가져왔다. 쥐가 그것을 먹으면서 이야기를 계속했다.

"사실은 아주 예쁜 공주님께서 오랫동안 계속 울고 있었는데 아무도 그 이유를 모른대. 아무리 달래도 공주님께서는 계속 울기만 한다는군. 그래서 술탄은 아주 슬퍼하며 자기 딸을 누가 웃게만 할 수 있다면 딸과 그를 결혼시킬 거라고 말했대."

켈올란은 이 이야기를 들었을 때 마음이 들떠 피곤함을 싹 잊어버렸다.

'그래. 내가 한번 그 공주님을 웃게 해 보자.'

그 쥐는 모르는 게 하나도 없어서 켈올란에게 살짝 일러 주었다.

"저 산에 노란색 꽃들이 있다고 들었어. 이 꽃들이 향기로운 냄새를 풍기기도 하고 사람을 웃게 하기도 하지."

켈올란은 쥐에게 고맙다고 하고, 곧 어머니한테 가서 손에 입을 맞추고 어머니의 축복을 받았다. 켈올란은 어머니에게 따뜻한 수프를 만들어 드렸다. 병에 걸린 어머니는 건강을 회복하게 되었다. 어머니는 켈올란의 성격을 잘 알고 있었다. 켈올란은 한번 마음먹으면 다른 사람이 말려도 그 일을 꼭 하고야 말았다. 그래서 어머니는 떠나겠다는 켈올란을 말리지 못했다.

켈올란은 노래를 부르며, 산을 덮은 노란색 꽃을 따서 한 다발을 만들었다. 그 냄새를 맡았을 때 갑자기 코가 간지러워서 웃지 않을 수 없었다. 그는 기쁜 마음으로 궁전으로 향했다. 산과 밭과 들을 지나 한참 후에 술탄의 궁전에 도착했다.

궁전 밖에는 많은 사람들이 모여 있었다. 다들 자기의 순서를 기다리고

* 술탄(Sultan)은 이슬람교의 종교적 최고 권위자인 칼리프가 수여한 정치적 지배자의 칭호이다. 술탄의 어원은 '통치자', '권위'를 의미하는 아랍어에 있으며, 역사적으로 다양한 의미를 지녀왔다. 본래 이슬람의 『코란』에서는 종교적인 의미에서 '도덕적 책임과 종교적 권위를 수행하는 통치자의 역할'을 의미하는 비인격적인 용어로 사용되었으나, 시간이 지날수록 칼리프제하에서 칼리프로부터 권한을 위임받아 특정한 지역을 지배하는 무슬림 통치자를 지칭하는 칭호로 사용되었다.

있었다.

"공주님을 내가 웃게 할 거야."

"나는 공주님을 꼭 웃게 할 수 있어."

"내가 공주님을 웃게 할 자신이 있어."

저녁이 되었을 때 켈올란의 순서가 왔다. 그가 궁전 안으로 들어갔다. 켈올란은 손에 들고 있는 꽃다발을 공주에게 주었다. 공주는 그 꽃다발을 받자마자 웃기 시작했다. 공주가 예쁘게 웃음을 터뜨리니 주변에 있는 사람들도 다 웃었다.

술탄은 아주 행복했다. 곧 명령을 내려, 켈올란과 공주의 결혼 준비가 시작되었다. 켈올란의 늙은 어머니도 궁전으로 오게 되었다. 40일 40밤의 성대한 결혼식 후에 두 사람은 평생 행복하게 살았다.

09
켈올란과 마법 고깔

옛날 옛날 옛적에... 이 세상이 처음 열렸을 때 재미있는 일이 있었어... 밤이 낮을, 낮이 밤을 따라갔고... 달이 연인들을 비추어 주었고, 파리들이 사즈*를 쳤단다.

아주 옛날, 머나먼 나라들 중의 한 나라에 가난한 한 할머니와 켈올란이 살고 있었다. 켈올란은 그 할머니가 곁에 아무도 없어서 외로울 것이라고 생각하고 친하게 지냈다. 켈올란은 아주 강하고 힘이 있는 청년이었다. 그는 궁수가 되고 싶어 열심히 연습하였다. 18살 때에 훌륭한 궁수가 되어 이웃 나라에서도 유명해졌다. 이 젊은 궁수는 때때로 다른 도시에 가서 경기를 했다.

* 사즈(Saz)는 손으로 퉁겨서 소리를 내는 현악기이다. 사즈는 터키와 그리스, 알바니아, 그리고 중앙아시아의 튀르크 민족들의 민속 악기의 한 부류이다. 이 악기는 류트나 바로크 만돌린과 같은 원통형의 울림통을 가지고 있으며, 일반적으로 2현씩 복현 구조로 총 6현으로 되어 있고, 일부 사즈 종류들은 7~8현으로 되어 있다. 현은 현대에 들어와서 기본적으로 철현을 사용한다는 점에서 기타와 비슷하다. 울림통은 전통적으로 호두나무, 단풍나무와 같은 단단한 목재를 사용하지만, 현대에 들어와서는 일렉트로닉 사즈도 있다.
이러한 사즈류 악기는 오스만 제국시기 발칸 반도에까지 퍼져나가게 되었고, 각 민족의 음악에 맞게 개량화하여 오늘날에 이른다. 사즈는 수십 가지의 종류가 있다.
터키에서 사용되는 사즈 종류만 하더라도, 제일 작은 주라(Cura)부터, 가장 일반적인 바을라마(Bağlama), 가장 큰 보죽 사즈(Bozuk Saz)와 메이단 사즈(Meydan Saz)에 이르기까지 20여 종류에 달한다.

한번은 먼 다른 나라에 갔을 때 잔치를 하는 곳이 있어 들어가 보았다. 주변을 둘러보고 있는데 멀리서 영양*같은 예쁘고 큰 검은 눈을 가진 열다섯 살쯤 되어 보이는 여자가 보였다. 그 예쁜 여자를 보는 순간 숨이 멎을 것 같았다. 그 여자의 큰 눈이 자신을 보고 있다는 것을 알고 마음속에 사랑의 화살을 맞은 것처럼 마음이 두근거렸다. 아름다움의 대명사가 된 그 여자는 과연 왕의 딸인가. 그 후 그 여자가 왕의 딸이라는 사실을 알게 된 뒤에 "아!" 하고 놀라면서 혼란에 빠졌다.

'이 여자를 어떻게 하면 얻을 수 있지?'

아무리 생각해도 그 여자를 얻는 것은 매우 어려울 것 같았다. 하지만 사랑이란 화살이 이미 마음 깊이 박혀서 이것을 떨쳐버리기 어려웠다.

할머니는 켈올란이 시간이 지날수록 점점 말라 가는 모습을 보고 너무 슬펐다. 하지만 무슨 이유로 이렇게 되었는지 알지 못했다. '고통은 나누면 반으로 줄어든다.'라고 한다. 할머니가 그 이유를 자꾸 묻자, 어쩔 수 없이 할머니에게 왕의 딸을 사랑하게 된 것을 다 털어 놓았다. 할머니는 그 사실을 듣고는 더 마음이 아팠다. 왜냐하면 그녀와 계속 사랑을 나눈다는 일은 전혀 가능하지 않다는 것을 알기 때문이었다. 이루어질 수 없는 사랑이 그를 망가뜨릴 수 있다는 사실을 생각하며 눈물을 흘렸다.

왕의 딸에게 푹 빠진 켈올란은 무엇을 어떻게 해야 할지 몰라 할머니에게 애원했다.

"사랑하는 할머니, 당신은 할 수 있어요. 왕에게 가서 왕의 딸을 나에게 달라고 간청해 보세요. 그렇지 않으면 내가 살 수가 없어요."

"아들아, 네가 미쳤어? 우리는 가난한 사람이야. 왕이 자기 딸을 우리한테 줄 리가 있겠어?"

켈올란은 이 말을 듣지 않고 계속 고집을 부렸다. 할머니는 더 이상 견딜 수가 없어 왕에게 갔다.

* 솟과의 포유류 중 야생 염소와 산양 따위의 짐승을 통틀어 이르는 말. 초식성으로 대부분 아프리카와 유라시아 지역에 분포한다.

왕은 할머니를 친절하게 맞아주며 원하는 것이 무엇인지 물었다.

"위대하신 왕이시여! 어떻게 말해야 할지 모르겠어요. 그러나 제 마음속에 있는 것을 꼭 말하고 싶어요. 하지만 왕이 저에게 어떤 일을 하라고 하셔도 저는 그대로 하겠어요. 저에게 아들이 하나 있어요. 사자처럼 강하고 잘 생긴 유명한 궁수이지요. 게다가 우리 아이는 유명한 씨름꾼이에요. 하느님의 뜻으로 당신의 딸을 그의 아내로 주시기를 원해요. 당신의 딸에게 아주 잘 해줄 거예요."

왕은 할머니에게 좀 더 다가와 말했다.

"인연이 있으면 잘 될 거야. 이 일을 허락하기 위해서는 어떤 조건이 있어. 그 동안 우리 딸을 사랑하는 많은 사람들이 왔었어. 그런데 내가 원하는 조건을 이루지 못해서 다 죽여 버렸어. 그래서 아무도 우리 딸을 얻지 못했지. 자! 조건은 이래. '이상한 나라'란 곳이 있는데, 그곳에 도착하는 비결은 우리 딸과 바닷속에 사는 사람만 알아. 지금 나는 너의 아들을 우리 딸과 같이 거기로 보낼 거야. 거기에 도착해서 내가 시키는 일을 다 하고 살아오면 내 딸을 너의 아들에게 줄 거야."

이 말을 들은 할머니는 근심스런 표정으로 집에 왔다. 왕과 나눈 이야기를 켈올란에게 말했다. 켈올란은 떠나지 말라는 할머니의 애원을 듣지 않고 바로 떠나 왕의 딸에게 갔다. 두 사람은 곧 출발했다. 공주는 출발할 때 신발 70켤레를 가지고 떠났다. 공주가 이 많은 신발을 들고도 너무 빨리 가서 켈올란은 쫓아가기도 힘들었다.

두 사람은 밤이든 낮이든 걸어서 아주 멀리 떨어진 어느 바닷가에 도착했다. 공주가 허리에 숨긴 칼을 꺼내 바다를 두드리자마자 바다는 물길이 끊어져 가운데에 길이 생겼다. 공주는 이 길로 서둘러 나갔다. 켈올란도 그 길로 가고 싶었지만 바다가 켈올란에게 길을 터주지 않았다. 금세 물이 덮였기 때문이다.

바닷가에 남은 켈올란은 이제 공주가 떠난 것을 슬퍼할까, 할머니와 멀리 떨어져 있는 것을 더 슬퍼할까, 또 성공하지 못한다면 죽을 수도 있다는 사실을 더 두려워할까.

그때 바닷속에서 어떤 소리가 들려왔다. 켈올란은 바로 바닷속으로 뛰어들어 그 소리가 들리는 곳으로 헤엄쳐 갔다. 그 곳에 도착하니 삼형제가 재산을 나누고 있는 것이 보였다. 그들은 서로 재산을 더 차지하려고 실랑이하고 있었다. 그들이 나눌 것들은 막대기와 체, 그리고 고깔이었다. 그런데 셋은 서로 이 고깔을 갖겠다고 말다툼을 하고 있었다. 켈올란은 그 고깔이 마법의 고깔이란 것을 알고 바로 꾀를 냈다. 다투고 있는 삼형제의 옆에 가서 이렇게 말했다.

"얘들아, 이 말다툼이 곧 피 터지게 싸우는 싸움이 될 거야. 이런 일이 일어나지 않도록 내가 한 가지 제안을 할게. 모두가 좋다면 그렇게 하자."

"그 제안이 뭔데?"

"내가 지금 돌 한 개를 멀리 던질 거야. 그 돌을 나한테 먼저 가지고 오는 사람이 이 고깔을 갖는 거야. 괜찮지?"

그들은 모두 좋다고 했다.

켈올란은 돌을 아주 멀리 던졌다. 그들이 돌을 주우려고 떠나자마자 켈올란은 고깔을 가지고 체를 작은 배로, 막대기로 노를 저으며 멀리 도망치기 시작했다. 노를 저을 때마다 작은 배는 100m씩 앞으로 갔다.

이렇게 가서 드디어 어떤 땅에 도착했다. 왕이 말한 '이상한 나라'란 바로 그 곳이었다. 산의 언덕에 있는 나무 아래에 한 여자가 앉아 있었다. 켈올란은 그녀가 공주인 것을 알고 너무 기뻤다. 공주는 친구 한 사람과 같이 밥을 먹고 있었다. 켈올란이 머리에 고깔을 쓰고 있어서 그 여자들은 켈올란을 보지 못했다.

한 순간 식탁에 있는 접시가 움직이기 시작했다. 그들은 놀라 의아하게 생각하고 서로 쳐다보았지만 도대체 접시가 왜 움직이는지 이해할 수 없었다. 공주는 순간 머릿속에 켈올란을 떠올렸다.

'켈올란은 도저히 바다를 건너올 수 없어. 바닷가에 남아 있을 텐데…….'

하고 머리를 갸우뚱했다. 사실은 켈올란이 고깔에게 명령을 해서 접시를 움직이게 한 것이다. 밥을 먹은 후에 공주가 친구와 같이 공놀이를 시작했는데 어느 순간 그 공이 없어졌다. 이 후에 또 둘이 반지로 어떤 게임을 하기 시작했다. 이번에도 반지가 어디론지 사라졌다. 두 사람은 반지를 아무리 찾아도 찾을 수 없었다.

켈올란은 그 공과 반지를 가지고 바로 자기 나라에 돌아가서 왕을 찾아갔다. 켈올란은 공과 반지를 임금에게 보여주며 의기양양하게 말했다.

"임금님! 이걸 보시지요."

"야, 대단한데. 어떻게 거기를 갔다 왔어?"

그 후에 임금은 자기 곁으로 돌아온 딸에게 공과 반지를 보여주었다. 딸은 자기가 가지고 놀던 공과 반지를 보고 매우 놀랐다. 이 현명하고 영리한 남자가 자기에게 좋은 배우자가 될 수 있다고 생각했다. 왕도 켈올란을 딸의 배우자로 인정하고 사위로 삼았다. 40일 동안 결혼 잔치를 한 후, 그들은 행복하게 살았다.

10
켈올란과 고독한 의사

먼 옛날 어떤 마을에 한 여인이 아들과 같이 살고 있었다. 아들의 이름은 켈올란이었다. 왜냐하면 태어나면서부터 대머리이기 때문이었다. 그들은 가난하게 살았다.

어느 날, 어머니가 켈올란한테 달래듯이 말했다.

"나의 대머리 아들아, 가난하게 사는 것에 이제 지쳤어. 밥을 못 먹어서 이렇게 살도 빠졌어. 네가 일자리를 구하여 일하는 것이 어떠냐? 이젠 나도 어쩔 수가 없어."

켈올란은 어머니의 말을 거역하지 않았다. 어머니의 손에 입을 맞추고 지게를 지고 아버지가 남긴 집을 떠났다. 켈올란이 어디로 가는지 아무도 몰랐다. 수많은 마을과 도시를 돌아다녀도 일자리를 찾지 못했다. 그래서 부끄러워 이제 자기 마을엔 돌아가지 않기로 했다.

넓은 초원과 높은 산을 넘었다. 짚신이 낡아 새로운 짚신을 샀다. 한참 걷다 보니 왕이 있는 도시에 도착하였다.

여기서도 몇 달 동안이나 일자리를 찾았지만 찾지 못했다. 너무나 배가 고파서 견딜 수 없었다. 어떤 집 앞에서 실을 잣고 있는 할머니 옆으로 다가갔다. 할머니는 아래위를 훑어보며 말했다.

"얘, 너는 이 시골 사람이 아닌가 봐! 우리 시골 남자들과 하나도 닮지 않았어. 너무나 가난해 보인다. 넌 누구지?"

켈올란은 혀로 거친 입술을 핥으며 대답을 했다.

"됐어요. 할머니. 저를 혼자 있게 두세요."

켈올란의 체념한 듯한 대답을 들은 할머니는 너무나 슬펐다. 혼자 사는 할머니는 켈올란을 아들로 삼고 싶었다.

"이리 와서 여기 앉아. 네가 누군지, 어디서 와 어디로 가는지 얘기해 봐. 내가 알고 싶어."

켈올란은 할머니한테 따뜻한 마음을 느꼈다. 그 순간 고향과 어머니 생각이 나서 속이 타는 것 같았다.

"나는 불쌍한 켈올란입니다. 아주 먼 곳에서 왔어요. 할 일도 못 찾고 배도 고픕니다."

"너는 고민이 많구나. 내가 한 마디 할 테니 잘 들어. 여기서 나와 같이 살자. 내가 너한테 일자리도 구해 주고 밥도 줄 거야. 그리고 나와 사는 동안 내 아들로 살자."

켈올란은 이 제안을 진지하게 생각하지 않았다.

"할머니, 할머니 문제나 먼저 해결하세요. 그래도 매우 고마워요. 저의 처지를 잠깐이라도 잊게 해줘서……."

할머니는 켈올란을 많이 좋아했다. 특히 대머리를 좋아했다. 그리고 웃을 때 이가 보이는 것도 좋아했다. 할머니는 진심으로 다시 말했다.

"켈올란! 여기는 네 집이야! 오늘 밤에 여기서 자. 내 청을 거절하여 나를 슬프게 하지 마. 너를 위해 기도할게."

할머니의 집은 너무 낡고 초라했다. 그래서 켈올란은 마음에 내키지 않았지만 이렇게 말했다.

"그래요, 할머니. 기도만 해 주셔도 충분해요."

켈올란은 집안으로 들어가 보고 깜짝 놀랐다. 집 안은 밖과 반대로 다 새롭고 좋았다. 켈올란은 양탄자가 깔려 있는 방에 앉았다. 앉자마자 어떤 여인이 밥상을 들고 들어왔다.

켈올란은 배가 고픈 것도 잊었다. 왜냐하면 여인이 매우 예뻤기 때문이었다. 켈올란은 그 여인만 보고 있었다. 조금 후에 정신을 차리고 여인이 방에서 나가는 것을 보았다.

바로 밥을 먹기 시작했다. 그 여인이 한참 후에 손에 식탁보를 들고 다시 방에 들어왔다. 그리고 켈올란에게 주었다. 그런데 그 여인은 켈올란에겐 별 관심이 없는 듯 할 일을 끝내자마자 방을 나갔다.

켈올란은 그 날 밤에 새털로 만든 침대에 누웠다. 피곤하였지만 그 여인의 모습이 자꾸 눈앞에서 어른거려 한 숨도 못 잤다. 하지만 아침에 그 여인을 다시 볼 생각을 하니 생각할수록 기뻤다. 아침을 먹으려고 밥상에 앉았지만 그 여인은 보이지 않았다. 그래서 많이 실망하고 할머니에게 물어보았다.

"그 천사가 어디 갔어요?"

할머니는 웃으며 말했다.

"그 여인은 천사가 아니야. 궁전으로 갔어."

켈올란은 할머니가 농담하는 줄 알고 기분이 나빴다. 할머니는 켈올란이 떠날까봐 걱정을 하며 사실대로 말했다.

"그 날 본 여인은 왕의 딸이야. 왕은 나의 오라버니시고. 내가 좀 늙어서 그 조카가 가끔 나를 보러 우리 집으로 와서 밥을 차려 주곤 해."

켈올란의 머리가 좀 복잡해졌다.

"나는 도저히 이해할 수 없어요, 할머니! 그 여인이 왕의 딸이라는 사실을 인정한다고 하더라도 이 집은 어떻게 설명할거예요? 밖은 낡았지만 안은 궁처럼 예뻐요. 할머니는 왜 여기서 살고 있어요? 왕의 동생이 이런 집에서 산다는 건 말도 안 돼요."

할머니가 한 숨을 쉬는데 벽까지 흔들릴 정도였다. 그러고는 한참을 잠자코 있다가 눈시울을 적시며 이야기를 시작했다.

"옛날 옛날에 나는 정말 예쁜 여자였어. 어느 날, 궁전에서 베푼 잔치에서 본 어떤 시골 남자에게 나는 반했어. 그 남자도 나한테 반했지. 나는 왕의 동생이어서 우리가 혼인하는 것을 절대로 허락하지 않을 것이라는 사실을 알고 궁을 빠져 나갔어. 오라버니가 사람을 시켜 우리를 잡게 했어. 그리고 그 사랑하는 남자를 잔인하게 죽이고 나는 먼 곳에 유배를 보냈지.

그런데 나는 왕실 사람이어서 그런 곳에서는 살 수 없었어. 그래서 초라한 여자로 변장을 해서 돌아와 여기서 살게 되었지. 조카는 나를 알아보고 가엾게 여겼지. 이 집을 수리하고 새로운 가구를 들여 주었어. 조카는 매일 와. 절대로 날 혼자 두지 않아."

"아이고, 불쌍한 우리 할머니."

할머니가 겪은 일들을 들은 켈올란은 한순간에 모든 희망을 잃었다. 왕이 켈올란과 공주와의 혼인을 절대로 허락하지 않을 거라는 것을 깨달았기 때문이다.

이 시골에서 줄곧 일자리를 찾았지만 찾지 못했다. 밤이 되어 피곤한 채 집으로 돌아와서 바로 잤다. 다음날은 일자리를 구하러 나가지 않기로 했다. 공주가 금방 올 거라고 기대했기 때문이다. 정말로 공주가 집으로 왔다. 당연히 켈올란은 입이 귀에 걸리도록 싱글벙글 웃었다.

켈올란은 순수한 마음으로 이렇게 말했다.

"어서 오세요, 공주님."

켈올란이 이렇게 환하게 웃는 모습을 보고 공주는 첫눈에 반했다. 그들의 시선이 마주치고 한 동안 다른 데를 볼 수가 없었다.

할머니는 공주와 켈올란이 서로 사랑한다는 것을 알았지만 전혀 불쾌하지 않았다.

'나도 오래 전에 이렇게 시골 남자한테 반하지 않았던가?'
하고 그 날을 기억했다.

할머니는 갑자기 이런 생각을 했다.

'오라버니가 나한테 시골 남자를 사랑해서 벌을 주었잖아. 먼 곳으로 유배를 보내고 게다가 사랑하는 남자를 잔인하게 죽였어. 지금은 딸에게 어떻게 할 건지 두고 보자. 하지만 나는 이 둘의 혼인을 위해 최선을 다할 거야. 오라버니에게 복수할 거야.'

며칠이 지났다. 켈올란은 일자리를 구하지 못했다. 돈을 벌지 못해서 공주한테 사랑한다는 말도 못했다. 아무리 노력해도 불행하게도 일자리를 구하지 못했다. 하지만 켈올란은 기회가 되면 공주한테 사랑한다고 고백할 거라고 이미 마음을 먹었다.

"당신을 많이 사랑해요, 공주님. 당신과 혼인하지 못한다면 죽고 말거예요."

공주는 켈올란의 이 말을 듣고 많이 기뻤다. 그런데 어쩔 수 없이 진실을 말할 수밖에 없었다.

"순수한 대머리 아이야! 헛된 꿈을 꾸지 마. 아바마마께서는 우리의 혼인을 허락하지 않을 테니까! 그런데 나에게는 네가 특별한 사람이야."

이 말을 듣고서는 켈올란이 노래를 했다.

"나는 당신을 사랑하고, 당신은 나를 사랑한다.

왕이 허락하지 않아도, 방법을 꼭 찾고 말 거야."

마침내 켈올란은 대장간에서 도제*로 일하게 되었다. 돈을 넉넉히 벌고 새로운 재주도 배웠다.

사람은 누구한테, 언제, 무슨 일이 생길지 아무도 모른다.

어느 날, 왕은 모든 것이 자신을 두렵게 만드는 병에 걸렸다. 많은 의사가 와서 진찰을 하고 치료를 했지만 무엇을 해도 낫지 않았다.

근처 마을에 한 나이 많은 의사가 살고 있었다. 그 의사는 유명한 어의**였다. 아무도 그 이유는 모르지만 의사는 고향에 돌아와 살게 되었다. 의사는 그 누구도 만나지 않았다.

신하들이 그 의사 집으로 찾아갔다.

"저희 임금님이 병에 걸리셨어요. 의사님께서 오셔서 한 번만 진찰을 해주세요."

그런데 의사는 단호하게 거절하여 신하들은 그냥 돌아갈 수밖에 없었다.

공주는 아바마마께서 불치병에 걸려서 너무 슬펐다. 공주의 고모는 조카가 슬퍼하는 모습을 보며 불쌍한 생각이 들었다. 할머니는 켈올란을

* 직업에 필요한 지식, 기능을 배우기 위하여 스승의 밑에서 일하는 직공.

** 궁중에서 임금이나 왕족의 병을 치료하던 의원.

불렀다.

“네가 할 일이 생겼구나. 만약 네가 이것만 할 수 있다면 너의 운명을 바꿀 수 있다.”

이 말을 들은 켈올란은 바짝 할머니 앞으로 다가가

“듣고 있어요, 할머니. 계속 해 주세요.”

라고 이야기를 재촉했다. 할머니는 켈올란에게 무엇을 해야 되는지 하나씩 하나씩 말했다.

“이 근처에 어떤 시골이 있어. 그 시골에 유명한 의사가 있는데 이 의사는 아무하고도 말을 하지 않는대. 왕인 내 오라버니의 병을 치료할 사람은 그 의사밖에 없어. 너는 그 의사를 찾아가 얘기를 잘 하여, 의사를 궁전으로 데려 와. 만약 성공하면 장가도 들 수 있고 우리 조카를 행복하게 만들 수 있어.”

켈올란은 바로 출발했다. 얼마 가지 않아 그 의사를 찾았다. 그런데 켈올란은 의사가 전혀 마음에 들지 않았다. 켈올란은 의사에게 자기가 찾아온 이유를 말했지만 그 의사는 아무 대꾸도 하지 않았다. 생각에 깊이 빠진 모습이었다.

켈올란은 다른 방법을 시도하려고 했다. 땅바닥에 있는 돌을 주워 의사와 눈이 마주칠 때 돌을 입에 물었다. 의사가 외쳤다.

“돌았어? 이 바보야. 돌을 먹을 수 있어?”

오랫동안 얘기를 하지 않아 목소리가 깨져 나왔다.

켈올란은 아무런 내색을 하지 않은 채, 의사를 웃기려고 자기 모자를 하늘로 던졌다. 그러면서

“아이고, 내 대머리야. 나는 켈올란이라고 합니다. 도와주세요, 의사 선생님. 공주가 내 마음을 빼앗았어요.”

라고 말하고 마구 뛰기 시작했다. 그 모습을 본 의사는 큰 소리로 웃었다. 그러더니 갑자기 조용해지면서 깊은 목소리로 이야기를 시작했다.

“몇 년 전에 한 환자가 있었어. 너와 같이 대머리였어. 머리도 좀 부족한 애였지. 아휴 그 시절들…….”

의사가 말을 시작하자 켈올란은 용기를 얻었다.

"의사 선생님, 저는 환자가 아니에요, 오해하셨네요."

"그럼 누가 환자야?"

"사랑하는 여인의 아버지……. 도와주시면, 제가 사랑하는 사람과 만날 수 있어요. 제가 이 일을 잘 해내야 공주와 결혼할 수 있어요. 도와주세요, 선생님. 도와주세요."

켈올란의 이 간절한 부탁에 의사는 마음이 움직였다. 두 사람은 같이 집을 떠났다. 켈올란과 같이 걷고 있는 의사를 본 마을 사람들이 빈정거렸다.

"지구의 끝이 왔나 봐. 고독한 의사님이 어디 가신다."

의사는 궁에 도착하여 왕을 진찰했다. 몇 시간 동안 왕으로부터 병의 증상을 들었다. 다 들은 후에 왕에게 진지하게 말을 했다.

"임금님, 임금님의 치료는 이것입니다. 저를 여기까지 오게 만든 켈올란을 계속 옆에 있게 하세요. 이 사람은 임금님을 웃게 만들 거예요. 아니면 그 병은 나을 수 없어요."

왕은 곧바로 명령했다.

"켈올란을 찾아와라!"

왕 앞에 나아 온 켈올란은 공손하게 말했다.

"임금님, 분부만 내리십시오. 어떤 일이든 다 하겠습니다."

"켈올란아, 네가 내 병을 낫게만 해 준다면 어떤 소원이라도 들어줄 테다. 여기 있는 이 사람들이 증인이야."

사랑하는 여자와 결혼할 수 있다는 말을 들은 켈올란은 너무 좋아 펄쩍 뛰었다. 켈올란은 그 순간부터 왕을 웃게 할 수 있는 이런 저런 행동을 시작했다.

켈올란은 왕의 옆으로 다가가 장난을 치기도 하고, 저글링*을 하면서 왕의 모든 두려움을 이겨낼 수 있게 해주었다. 왕은 짧은 시간에 병이

* 저글링은 공, 접시, 칼 등의 물건을 던지고 받으며 균형을 잡는 묘기이다.

깨끗이 다 나았다.

40일째 되는 날, 건강을 되찾은 왕은 켈올란에게 물었다.

"자, 이제 말해 보거라. 네 소원이 뭐냐?"

켈올란은 얼굴이 빨개지면서 말했다.

"소원을 물으셨으니 말할 거예요. 임금님의 사위가 되고 싶어요."

그 소원을 들은 왕은 안색이 안 좋아졌다. 그런데 소원이 무엇이든 들어줄 거라고 약속을 했던 일을 기억했다. 그렇지만 이 결혼을 막아보려고 켈올란에게 말했다.

"머리가 없는, 발을 벗은 남자야! 내 딸도 너와 결혼하고 싶어 할까?"

당연히 싫다고 할 줄 알고 물었던 이 물음에 공주도 켈올란과 결혼하고 싶다고 하였다.

"내 딸도 좋다고 하니 나는 이제 할 말이 없다."

이 일을 가장 좋아한 사람은 왕의 누이였다. 켈올란과 결혼하게 된 왕의 딸도 아주 행복해했다.

켈올란과 왕의 딸은 결혼했다. 결혼식은 40일 동안 계속되었다. 그런데 켈올란은 계속 어머니 생각이 머리를 떠나지 않았다. 집에 가서 어머니를 모시고 궁전으로 왔다.

어느 날, 왕이 갑자기 돌아가셔서 켈올란은 왕이 되었다. 남은 사람들은 다 같이 행복하게 살았다.

11
켈올란의 사즈

옛날 옛적에 아름다운 한 시골에 켈올란이라는 소년과 그의 어머니가 같이 살고 있었다. '빈곤'은 그들의 운명 같았다. 켈올란의 어머니는 가난에서 벗어나려고 오랫동안 열심히 노력했지만 결국 벗어나지 못했다.

켈올란은 당나귀 한 마리와 염소 몇 마리를 가지고 있었다. 날마다 해가 뜰 때 초라한 집에서 나와 목초지에서 당나귀와 염소에게 풀을 먹였다. 해가 질 녘 노래를 부르면서 집으로 돌아왔다.

그의 친구들은 켈올란을 볼 때마다 조롱했다.

"늙은 할멈의 아들아, 당나귀의 안장조차 없는 사람아."

켈올란은 놀림을 당할 때마다 어머니에게 이야기하자 어머니는 이렇게 말했다.

"나에게 하나밖에 없는 대머리 아들아, 날 보고 어쩌라고? 우리 운명이 이런데. 사람들이 항상 놀려대도 그들의 입을 억지로 닫게 할 수는 없잖아. 걱정하지 마. 그리고 나도 그 일로 마음 쓰게 하지 마라."

그러나 켈올란은 어머니의 말에 반박했다.

"아니야 엄마, 친구들의 말 때문에 내가 상처를 많이 받아요. 내일부터 당장 시내에 나가 일감을 찾아보고 돈을 많이 벌어 올 거예요. 내가 그들에게 어떤 사람인지 꼭 보여주고 말 거예요."

켈올란의 어머니는 이 말에 아무 말도 하지 못했다.

"그래 아들아, 네 생각대로 해라. 그러나 이 엄마를 잊지 말거라. 잘 갔다 와."

켈올란은 시내에 도착하자마자 화장실에 갔다. 화장실을 지키는 사람이 제자리에 없는 것을 보고 마침 잘 됐다면서 그 자리에 앉아 화장실을 쓰는 사람들한테 돈을 받았다. 그날 켈올란은 15리라를 벌었다. 그 돈으로 약간의 양식과 양털을 사가지고 집에 돌아왔다.

"엄마, 이것은 우리가 먹을 양식이고 이것은 양털이에요. 양털로 양말을 만들어주면 내가 시내에 가서 팔도록 할게요."

"아들아, 이제 내 눈이 잘 보이지 않는단다. 그래서 양말을 만들어 줄 수 없으니 어떡하니?"

켈올란은 아무 말도 못하고 어머니 앞에서 조용히 앉아 있었다. 그런데 밖에서 친구들이 계속 놀려댔다.

"늙은 할멈의 아들아, 당나귀의 안장도 없는 사람아."

켈올란은 이런 말을 듣고 더 이상 참을 수가 없었다. 어떻게든 빈곤에서 벗어나겠다고 마음 먹었다. 많은 계획을 세웠지만 그것들을 이룬다는 것은 아주 어려울 것 같았다.

어느 날, 한 시골에서 결혼식이 있었다. 켈올란은 어머니의 허락을 받고 그곳에 갔다. 거기에서 한 소년이 '사즈'라는 악기를 연주하면서 재미있는 민요를 부르고 있었다. 사람들은 그 노래를 들으며 아주 즐거워했다. 소년이 민요를 다 부르자 사람들은 그 소년에게 돈을 주었다. 돈을 지갑에 넣은 소년은 민요를 한 곡 더 불렀다.

켈올란은 이 모습을 보고 좋은 생각이 떠올랐다. 사즈를 치는 그 소년처럼 민요를 부르면서 많은 돈을 벌어 어머니와 함께 잘 살고 싶었다. 그렇게 하려면 우선 사즈가 필요했다. 그런데 사즈를 살 돈이 한 푼도 없었다. 돈을 빌릴 수 있는 친구도 없었다. 그는 할아버지에게서 유산으로 받은 뽕나무 한 그루가 있었다. 그 나무의 굵은 가지를 잘라 사즈를 만드는 악기 선생님에게 가져가 사정했다.

"선생님, 이 뽕나무로 사즈 좀 만들어 주세요."

"켈올란, 돈은 가져왔니?"

"아뇨, 선생님."

"그러면 사즈를 만들어 줄 수 없어. 돌아가거라."

그러나 켈올란은 돈을 벌려면 사즈가 꼭 필요하여 그냥 갈 수 없었다.

"선생님, 그러면 그 대신 나무를 많이 가져올게요. 그러면 만들어주실 수 있지요?"

"그래 켈올란아, 이번에 머리를 잘 써서 나를 설득했구나. 내가 만들어 놓을 테니 사흘 뒤에 와서 찾아가거라. 다만, 올 때 나무를 꼭 챙겨 와야 해. 만약에 잊고 오면 빈손으로 돌아간다."

켈올란은 아주 신나 밖으로 나갔다. 마침 바닥에 떨어진 지팡이를 주워 사즈로 삼고 연주 연습을 하기 시작했다. 그리고 사흘 뒤에 뽕 나무를 가지고 사즈 선생님을 찾아갔다. 하지만 사즈를 연주할 줄 모르는 켈올란은 선생님에게 다시 간청했다.

"고명*하신 선생님, 저에게 자비를 베풀어 주세요. 제가 사즈 연주하는 법을 꼭 배워야 하니 제발 좀 가르쳐주세요."

"이 녀석, 마침 오늘 기분 좋은 날인데……. 나에게 떼를 쓰네. 그래 이리 앉아 봐."

선생님은 켈올란에게 사즈를 연주하는 방법을 가르치기 시작했다.

짧은 시간에 연주하는 것을 배운 켈올란은, 날마다 아침부터 저녁까지 들판에서 염소와 당나귀가 풀을 뜯는 동안 사즈를 치며 민요를 불렀다. 얼마 후, 켈올란의 연주 실력은 뛰어나게 좋아졌다. 하지만 마을 사람들은 이런 사실을 알지 못하고 매일같이 조롱했다.

켈올란은 자신을 조롱하는 사람들에게 매번 이렇게 말했다.

* 높이 알려진 이름. 이름이 높이 남.

웃어라, 이 사람들아. 웃어라
내일 무슨 일이 생길지 모르잖아
웃어라, 이 사람들아. 웃어라
내가 멋진 사즈 선생님이 되고 말거야
모든 것은 기다리는 자에게 온단다!

켈올란은 가끔씩 결혼식장에 가서 사즈를 치면서 민요를 부르기 시작했다. 아직도 그의 실력을 과소평가하는 사람들이 있었다. 켈올란은 그들에게 이렇게 노래했다.

나를 그리 조롱하지 마라
나는 더 이상 당신들과 만날 일이 없어
사즈를 든 내 손을 좀 보아라
당신들은 내 주머니에 돈을 넣게 될 것이다

이 말을 들은 사람들의 웃음소리가 하늘에 닿았다. 화가 난 켈올란은 다시 노래했다.

나는 가난한 켈올란이야
당나귀의 안장도 없는 사람
내 모든 자산은 충실함뿐이야
거짓말을 아예 싫어하는 사람이야

얼마 후, 켈올란의 주머니에 꽉 찰 정도로 돈이 들어왔다. 그래서 어머니를 찾아가니 어머니는 매우 기뻐했다.

이렇게 결혼식장을 다니며 연주하는 켈올란은 이제 유명한 사람이 되었다.

어느 날, 어머니가 말했다.

“아들아, 이젠 내가 많이 지치고 힘들어. 눈도 잘 안 보이고 일도 제대로 할 수 없어. 우리 집에 며느리가 들어왔으면 참 좋겠어. 나도 이제 좀 쉬고 싶어. 내 아들아, 네 생각은 어때?”

켈올란은 어머니의 말이 마음에 와 닿았다.

“엄마, 아직은 마음에 있는 여자가 없어요. 엄마가 생각하는 좋은 여자가 있으면 소개해 줘요.”

어머니는 이때가 기회다 싶어 한 여자를 추천했다.

“항아리 알리의 딸이 있는데 그 여자가 우리 집에 딱 맞을 것 같아.”

“안 돼요, 엄마. 안 돼요. 항아리 알리는 너무 가난해요. 그래서 그 여자를 나의 아내로 삼을 수는 없어요.”

어머니는 목소리를 높여 다시 말했다.

“우리 순진한 아들아! 부자는 우리에게 문을 열지 않는단다. 그 꿈은 포기해라. 우리 형편을 네가 뻔히 알잖아.”

켈올란은 어쩔 수 없이 어머니의 말을 듣기로 했다.

“그래요 엄마. 엄마의 마음을 아프게 하고 싶지 않으니 알아서 하세요.”

어머니는 아픈 허리를 잡고 항아리 알리의 집을 찾아가 문을 두드리며 이렇게 말했다.

“하느님의 명령, 선지자의 말에 따라 댁의 따님을 우리 아들 켈올란의 아내, 나의 며느리로 삼으려고 합니다.”

항아리 알리는 씩 웃으면서 빈정대듯이 말했다.

“이 여자 좀 봐라. 이봐요, 그냥 가세요. 자기 먹을 밥도 없는 사람이 우리 딸과 결혼하고 싶다고요?”

문 뒤에서 아버지의 말을 들은 딸은 너무 슬펐다. 왜냐하면 그녀는 한 결혼식장에서 사즈를 연주하는 켈올란을 보고 이미 사랑에 빠졌기 때문이다. 그러나 그녀는 아버지를 너무 무서워하기 때문에 아무 말도 하지 못했다.

켈올란의 어머니가 집에 돌아가자 켈올란은 어머니의 얼굴을 보고 뭔가 잘 안 되었다는 것을 알아채고 말했다.

"엄마, 무슨 일이에요? 항아리 알리가 나와 그 딸의 결혼을 반대하셨어요?"

어머니는 울면서 대답했다.

"나한테 먼저 우리 양식거리나 챙기라고 하면서 쫓아버렸어."

켈올란은 조금도 슬퍼하지 않았다. 그러면서 항아리 알리에게 자기가 얼마나 부자가 될 수 있는지 보여주기로 굳게 마음먹었다. 켈올란은 사즈를 손에 들고 헛간에서 당나귀를 끌고 나와 어머니의 손에 입을 맞추었다.

켈올란은 당나귀를 타고 출발했다. 마침 항아리 알리의 집 앞으로 지나가는 길에 노래를 부르기 시작했다.

잘 들어라 항아리 알리
오늘은 화요일
당신은 나와 우리 엄마를 멸시했어
곧 혼내 줄 거야. 조금만 기다려봐

가난하다고 결혼을 반대하고
오만하게 굴고
나와 우리 엄마를 과소평가했어
곧 혼내 줄 거야. 조금만 기다려봐

이 노래를 들은 항아리 알리가 한심하다는 듯이 투덜거렸다. 그의 딸은 슬픔에 잠겨 몰래 켈올란을 보고 있었다.

고향을 떠난 켈올란은 한참을 간 후 당나귀가 힘들 것 같아 당나귀에서 내렸다. 고삐를 잡고 오랜 시간 길을 걸었다. 켈올란을 본 사람들은 말했다.

불쌍한 소년
어떤 고민이 있는지
손에 사즈를 들고 있지만

얼굴엔 슬픔이 보이는구나

아주 긴 시간이 지나서야 켈올란은 어떤 큰 도시에 도착했다. 마침 고향이 몹시 그리운 켈올란은 주변 사람들을 신경 쓰지 않고 손에 사즈를 들고 가장 잘 부르는 민요를 부르기 시작했다. 궁전 앞을 지나가면서도 그곳이 궁전인지 몰랐다. 시간이 지날수록 목소리가 더 좋아져 사람들의 호기심을 자극했다. 그때 술탄의 딸이 창가에서, 연주하는 낯선 소년을 유심히 바라보았다.

켈올란은 그 순간 이런 민요를 부르고 있었다.

나한테 늙은 엄마가 계시고
닭 몇 마리와 소 한 마리가 있다.
매일 내 대머리에 앉는다
집이 없는 파리 몇 마리가.

나는 바로 이런 사람이야
의롭지 않은 돈엔 관심 없고,
가난한 자의 권리를 빼앗는 자에게
몇 마디 할 말이 있지.

마음씨 착한 예쁜 공주는 켈올란의 노래 소리가 매우 마음에 들었다. 그리고 햇빛 때문에 거울처럼 빛나는 켈올란의 대머리도 아주 보기 좋았다. 그래서 그녀가 빨간 장미 다발을 던졌는데 마침 켈올란의 대머리에 떨어졌다. 켈올란이 머리를 들어 보니 요정 같이 아름다운 여자가 자신을 바라보고 있었다. 그녀가 손을 흔들자 켈올란은 부끄러워하며 얼굴이 빨개졌다. 공주는 창가에서 사라졌다.

꿈에서나 볼 수 있는 일이라고 생각한 켈올란은 그냥 가던 길을 걸어갔다. 오랜 시간 동안 도시를 이리저리 다니며 방황했다. 저녁이 되자 하룻밤을 묵을 여관을 찾았다. 그는 가지고 있는 적은 돈으로 수프 한 그릇을 먹고 활력을 되찾았다. 그런데 머릿속에는 자꾸만 공주가 아른거렸다. '꿈일 뿐이야'라고 생각하며 아픈 마음으로 사즈를 들고 연주를 하는데 여관 주인이 나타나서 켈올란에게 물었다.

"저기 낯선 소년아, 마음이 슬픈 소년아! 도대체 이 먼 길을 온 이유가 뭐야? 누구하고 사랑에 빠졌어? 도망자야? 아니면 여행자야? 도대체 너는 누구야?"

켈올란은 이 질문을 듣고 기뻤다.

"고맙군요, 아저씨. 저는 고민거리가 참 많아요. 어떤 것부터 얘기할지 모르겠네요. 이 낯선 곳에 오자마자 마음속에 또 다른 하나의 걱정거리가 생겼어요."

여관 주인은 켈올란이 왠지 마음에 들었다. 불쌍한 생각까지 들었다. 그래서 켈올란의 고민거리가 무엇인지 더 깊이 알고 싶어졌다.

"혹시 사랑에 빠졌니? 그렇다면 지독한 상태구먼!"

"예, 아저씨. 맞습니다. 그런데 헛된 사랑이에요."

여관 주인이 그 이유를 물었다.

"왜 그렇게 단정적으로 말해. 응? 켈올란, 희망 없이는 살 수 없잖아? 그것도 몰라?"

켈올란은 아저씨에게 속내를 털어놓았다.

"아저씨, 다름이 아니라 전에 제가 사스 연주를 하며 노래를 부르고 있을 때 궁전 창문에서 저를 내려다보는 사람이 있었어요. 누구일까요? 당연히 공주겠지요? 그녀가 장미를 던졌는데 내 대머리에 떨어졌어요. 아주 예쁜 걸 보니 정말 요정같았어요."

여관 주인이 매우 놀랐다.

"와! 그럴 수가? 너 정말 운이 좋구나. 공주가 너한테 사랑에 빠졌나보다. 공주는 아무에게나 장미를 던지지 않거든! 나는 잘 알아."

하지만 켈올란은 다시 절망적인 목소리로 말했다.

"사랑은 무슨 사랑이요? 저의 대머리가 이상해서 그랬을 거예요. 그리고 장미도 우연히 떨어졌을 거예요."

여관 주인은 정이 많은 사람이었다. 그는 켈올란에게 이렇게 말했다.

"켈올란아, 네가 이 여관에서 원하는 날수만큼 있어도 돼. 밥도 먹을 수 있고 잠도 잘 수 있고. 이런 것들은 걱정하지 마."

이렇게 시간이 지나갔다. 켈올란은 거의 날마다 궁전 주위를 돌았다.

공주도 매번 창문 멀리서 켈올란을 몰래 지켜보았다. 볼 때마다 그녀의 마음이 찢어질 듯 아팠다. 가문과 권위를 내세우는 아버지가 절대로 낯선 남자와 결혼을 허락하지 않을 거라고 생각했기 때문이다. 심지어 그는 대머리였다. 그래서 공주는 너무 절망적이었으며 아무에게도 이런 자기의 고민을 말하지 못했다.

한번은 공주가 켈올란하고 눈이 마주쳤다. 마치 서로에게 '사랑해'라고 말하는 듯했다. 이제 공주는 밤에 잠을 잘 수 없었다. 켈올란이 가끔 사즈를 들고 궁전 앞에서 공주를 향해 노래를 불렀다. 아침부터 밤늦게까지 켈올란의 노래를 듣는 공주는 큰 병에 걸릴 것만 같았다. 그때까지도 아무에게 속마음을 얘기하지 못한 것이다.

이 세상은 안 될 것 같은 일이 이루어지기도 하고, 예상치 않은 일도 생기기 마련이다. 원기 왕성했던 술탄이 어느 날 갑자기 세상을 떴다. 공주는 슬프기도 했지만 한편 좋기도 했다. 궁전과 도시 전체에서 사십일 동안 술탄의 죽음을 애도*했다.

켈올란은 갈수록 희망이 생겼다. 공주의 눈을 보면 이 희망이 꼭 이루어질 수 있음을 느꼈다.

어느 날, 당나귀를 타고 사즈를 치며 궁전 주위를 돌았다. 켈올란이 부른 노래가 공주를 대단히 슬프게 만들었다. 켈올란은 그 동안 그를 수상하게 여긴 궁전 경비에게 붙잡혀 팔이 뒤틀린 채 궁전 안으로 끌려갔다. 그때 돌아가신 술탄의 아들인 새 술탄은 궁전에 없었다. 왜냐하면 그는 긴 항해 중이었기 때문이다. 그래서 켈올란은 어쩔 수 없이 한 고관 앞에

* 사람의 죽음을 슬퍼함.

끌려갔다. 고관은 양심 바른 사람이었다.

"당신은 어디서 왔나? 궁전 주위를 돌아다니는 이유가 뭔가? 당신 바보야? 아니면 간첩*이야?"

켈올란이 대머리를 한두 번 긁적인 후 드디어 용기를 내어 말했다.

"고관님, 저는 아주 멀리서 온 사람입니다. 보시다시피 당나귀 한 마리와 사즈 하나를 가지고 있습니다. 여기저기에서 일감을 알아보고 있지만 어려움이 많아 아직까지 찾지 못했습니다."

"그래 어떤 재주가 있는가?"

"사즈를 아주 잘 칩니다. 그리고 노래도 잘 부릅니다. 이 정도면 충분하지 않습니까?"

고관은 아주 기뻤다.

"그러면 딱 됐네! 우리 공주님이 술탄께서 돌아가신 이후로 웃음도 잃고 말도 없어졌어. 네가 할 일은 이제부터 공주님을 즐겁게 하여 웃음을 되찾아주는 거야. 만약에 성공하면 큰 상을 받을 것이고, 그렇지 못하면 '지옥 계곡'이라는 곳에 던져질 거야."

켈올란은 바로 공주를 찾아가 민요를 부르며 공주를 기쁘게 해 주었다. 노래를 들은 공주는 행복하여 날아갈 것 같았다. 켈올란은 속으로 예기치 않은 행운이 왔다고 아주 좋아했다.

어느 날 밤, 궁전 정원을 산책하는 공주를 본 켈올란은 사즈를 들고 나무 아래에 앉아 민요를 부르기 시작했다.

내가 가진 것은 당나귀 한 마리와 사즈밖에 없다
다른 사람에게는 절대로 아무 것도 부탁을 못한다
굶주림 때문에 입 냄새도 난다
나에겐 공주만 필요하다

* 한 국가나 단체의 비밀이나 상황을 몰래 알아내어 경쟁 또는 대립 관계에 있는 국가나 단체에 제공하는 사람.

공주는 켈올란이 자기 옆에 와서 사랑을 고백하기 바랐지만, 켈올란은 워낙 수줍음이 많기 때문에 고백하기는커녕 공주 옆에 가까이 가지도 못했다. 공주가 여자 하인 중에서 한 사람을 부르며 명했다.

"가서 켈올란을 데리고 와."

켈올란은 부끄러워하며 공주 앞으로 다가왔다.

"공주님, 저를 부르셨습니까? 저, 왔습니다."

공주는 여자 하인에게 손으로 나가라고 표했다. 그러고는 공주는 켈올란과 한참 이야기를 나눈 후 거듭 힘주어 말했다.

"당신하고 결혼하기로 결심했어요. 당신의 대머리가 아주 아름답게 빛나는군요. 볼수록 편안함을 느끼게 돼요. 만약에 고관님께서 당신에게 원하는 것을 물어보면 공주와 함께 있고 싶다고 말해요."

켈올란은 꿈을 꾸는 것만 같았다. 순간적으로 이게 꿈인지 생시인지 의심스러워 자신의 머리를 나무에 박아보고 나서야 꿈이 아닌 것을 알았다. 켈올란은 펄쩍펄쩍 뛰면서 궁전 문을 나왔다.

얼마 후, 고관이 켈올란을 불렀다.

"켈올란, 공주님께서 웃음을 되찾으셨어. 이제부터는 네가 궁전에 있을 필요가 없어. 네 소원을 얘기해 봐."

켈올란은 솔직하게 말했다.

"공주님하고 결혼하고 싶습니다."

이 사실을 공주에게 이야기하자 그녀는 반대하지 않았다. 바로 결혼 준비가 시작되었다. 켈올란은 공주의 팔을 살짝 잡으면서 말했다.

"나는 당신을 우리 고향으로 데려가고 싶어요."

공주는 거절하려고 했지만 바로 거절하지 못했다.

"내일 해가 뜰 때쯤 내 생각을 얘기할게요."

아침까지 어떤 답을 주어야 할지 고민하던 공주는 해 뜰 시간이 될 때쯤 궁전의 정원에 있는 풀장으로 내려갔다. 그곳에서 새의 소리를 듣고 기분이 좋아졌다. 그리고 풀장 물을 보면서 자신의 머리를 빗질할 때 켈올란이 나타났다. 켈올란의 대머리가 거울처럼 빛났다. 켈올란이 물었다.

"나한테 솔직하게 얘기해요. 나랑 같이 우리 고향에 갈 거예요 말 거예요?"

"당신 참 웃기네요. 터무니없는 제안이군요. 당신 제 정신이에요? 이런 화려한 궁전 생활을 마다하고 어떻게 당신 고향에 가요? 사람들이 나를 어떻게 생각할까요? 그리고 우리 엄마도 절대로 허락하지 않을걸요."

켈올란이 슬픈 목소리로 말했다.

"나한테 불쌍한 어머니가 있는데 나는 자꾸만 우리 엄마가 걱정돼요. 오랫동안 뭘 드시고 어떻게 사시는지 걱정이 된다고요. 아마 돌아가셨을지도 몰라요."

공주는 켈올란의 말을 듣고 많이 슬펐다. 원래 켈올란과 같이 가지 않으려고 했지만 순간 켈올란의 대머리를 생각하며 그 생각을 포기했다. 켈올란의 아름다운 대머리를 잊을 수 없다고 생각했다. 특히 재미있는 노래들과 함께…….

공주는 어찌할 바를 몰랐다. 내일 같은 곳에서 같은 시각에 마지막 결정을 알려준다고 하며 그림자처럼 조용히 가버렸다. 켈올란은 어찌할 바를 몰라 고민에 빠졌다. 몹시 짜증이 나 그날 밤에 궁전에서 도망가기로 했다. 그런데 마침 그 순간에 어떤 노인이 나타났다. 노인이 이렇게 말했다.

"켈올란아, 너무 조급하게 굴지 말아라. 네 엄마는 건강하게 잘 계시니 내일 아침까지 공주의 결정을 기다려라. 그리고 잘 되기 위해 기도하고 있어라."

자정까지도 잠을 이루지 못한 공주는 켈올란을 포기할 수 없었다. 만약에 켈올란과 몰래 도망가면 오빠가 뒤 따라 올까 봐 두려웠다. 당장 어머니의 방에 가서 엄마를 깨웠다.

"엄마, 켈올란은 참 똑똑하고 좋은 사람이에요. 그가 매일 아침저녁으로 자기 고향에 가자고 해요. 그런데 나는 그를 설득시키지 못하겠어요. 나는 켈올란하고 같이 가고 싶어요. 허락해 주세요. 나중에 다시 궁전으로 돌아올게요."

공주의 어머니가 눈물을 흘리며 말했다.

“사랑하는 딸아, 영원히 행복하길 빌게. 만약에 이곳 생각이 간절히 나면 바로 궁전으로 돌아와야 돼. 알았지?”

켈올란과 공주는 성대한 결혼식을 치렀다. 켈올란은 결혼식장에서 사즈도 연주하고 노래도 아주 잘 불렀다. 결혼식이 끝나고 공주와 같이 고향길로 향했다. 두 사람이 당나귀를 같이 탈 수 없기 때문에 공주만 당나귀를 타고 켈올란은 걸어서 갔다.

길에서 공주를 보는 사람들이 놀라며 이렇게 말했다.

“어이고, 이제 세상 끝이 왔나 봐. 이런 일은 처음이야.”

수많은 산과 마을을 지나 드디어 켈올란의 고향에 도착했다. 켈올란의 어머니가 아들과 공주 며느리를 보고 무척 기뻐했다.

이 세상에 어떤 일이 생길지 알 수 없는 것처럼 얼마 지나지 않아 켈올란의 어머니가 돌아가셨다.

그 후 켈올란과 공주는 다시 궁전으로 돌아가 행복하게 살았다.

12
켈올란과 빨간 돌

옛날 옛날 아주 먼 옛날에, 멀리 있는 한 나라에 켈올란과 그의 어머니가 살았다.

어느 날, 켈올란의 어머니가 바구니에 달걀을 담아 켈올란에게 주면서 산 너머에 있는 이웃 마을 시장에 가서 팔라고 했다. 그러면서 그에게 단단히 당부했다.

"아들아, 착한 내 아들아! 딴 데로 새지 말고 곧장 시장에 가서 달걀을 팔아라. 그 후에는 바로 돌아오너라. 길을 갈 때 제발 빨간색 돌과 놀지 마라. 너의 어미를 울리지 말아라."

"알겠어요, 어머니! 예쁜 우리 어머니, 전혀 걱정하지 마세요."

켈올란은 길을 나섰다. 천천히 한참을 갔다. 계곡, 언덕을 지나갔다. 길을 반쯤 왔을 때, 켈올란은 한 마리의 새를 보았다. 그 새가 말했다.

켈올란, 순진한 아들아!
저 산을 좀 봐라.
빨간 돌을 본다면
생각하지 말고 바로 주워라.

켈올란은 새가 말하는 것에 놀라 바로 알아들을 수 없었다. 그러고는 그 새를 잡고 싶어 손에 있던 달걀 바구니를 바닥에 놓고, 새를 따라 뛰기 시작했다. 다행히 새를 잡았다. 새가 갑자기 울기 시작했다. 켈올란은 슬펐다.

"아름다운 나의 새야, 사랑스러운 나의 새야! 울지 마렴! 가만 있어 봐. 네가 원한다면 바로 너를 놓아줄게."

켈올란은 바로 새를 놓아주었다. 새는 나무 가지에 앉았다. 그 새는

> 켈올란, 순진한 아들아!
> 빨간 돌을 주워라.
> 공주를 찾아라.

라고 말하고는 날아갔다.

켈올란은 다시 정신없이 새를 쫓다가 주변을 둘러보았다. 자신이 너무 멀리 와 있다는 것을 알았다. 마치 다른 나라에 온 것 같았다. 그곳에는 빨간 돌들이 여기저기 있었다.

켈올란은 새가 말했던 것을 떠올리며 '빨간 돌을 주워, 공주를 찾아!'가 무슨 뜻인지 생각했다. 그러고는 가까이에 있는 돌 하나를 줍고 싶었다. 돌이 있는 쪽으로 몸을 굽혀 만지려고 하는 순간 돌은 도망치기 시작했다. 켈올란은 빨간 돌과 놀지 말라는 어머니의 말을 잊어버렸다. 자기가 마치 빨간 돌에게 조종당하는 것 같았다. 그것을 쫓아가면 갈수록 점점 더 멀어졌다. 마침내 빨간 돌 한 개를 잡을 수 있었다. 기쁜 마음으로 손에 넣었다.

밤이 되어 켈올란은 할 수 없이 숲에서 밤을 보냈다. 그 다음날 길을 계속 갔다. 마침내 걷다가 걷다가 엄청나게 큰 성 근처에 왔다. 성의 문에는 또 그 아름다운 새가 있었다. 켈올란은 손에 있는 빨간 돌을 새에게 바로 던졌다.

"받아, 바로 이거! 네가 원하던 빨간 돌이야."

빨간 돌이 새의 날개에 닿는 순간 새는 날개를 푸드덕거리며 날아와 켈올란의 옆에 앉더니 홀연히 곱디고운 여자로 변했다. 아름다운 그 여

자는 사실은 공주였던 것이다. 공주의 아버지를 덫으로 옭아맨 한 나쁜 신하가 공주를 새로 변하게 한 것이다.

공주는 자신을 구해준 켈올란과 결혼했다. 그들은 그들의 마을로 돌아가 아주 행복하게 살았다.

13
붙어라! 떨어져라!

옛날에 켈올란이란 젊은이가 살았다.

어느 날, 길을 가는데 갑자기 비가 오기 시작했다.

'어떻게 하면 내 옷이 젖지 않게 할 수 있을까?'

그는 곰곰이 생각하였다. 마침내 좋은 생각이 떠올랐다. 그는 재빨리 옷을 벗어서 바위 위에 올려놓고 그 위에 주저앉았다. 이제 아무리 비가 와도 그의 옷은 젖지 않게 되었다. 비가 그치자 깔고 앉았던 옷을 다시 입었다.

켈올란은 계속해서 길을 가다가 한 남자를 만났다. 그 남자는 옷이 흠뻑 젖어 있었다. 그는 켈올란의 옷이 조금도 젖지 않은 것을 보고 놀라서 물었다.

"여보시오, 켈올란! 어떻게 된 거요? 보시오. 나도 당신도 길을 가는 중이었는데 나는 옷이 흠뻑 젖어 버렸고 당신은 조금도 젖지 않았잖소. 무슨 비밀이라도 있는 게 아니요? 당신이 그 비밀을 알려 준다면 나는 당신에게 '붙어라' 주문*을 가르쳐 주리다."

켈올란은 교활하게 웃으며 대답했다.

"히히! 당신이 먼저 그 주문을 말해 주면 나도 나의 비밀을 알려 드리지

* 술수를 부리거나 귀신을 쫓으려고 할 때에 중얼거리며 외는 일정한 말.

요. 물론 나도 비에 젖지 않을 주문을 알고 있답니다."

"자, 그럼 내가 먼저 당신에게 알려 주겠소. 손을 내밀어 봐요."

켈올란이 손을 내밀자, 그 남자는

"붙어라!"

하고 말했다. 그러자 켈올란의 손은 그 남자의 손에 철썩 붙어 버렸다. 켈올란은 더 이상 자기의 손을 마음대로 움직일 수 없었다. 그런데 그 남자가

"떨어져라!"

하고 말하자마자 그의 손은 다시금 자유로워졌다. 켈올란은 그 주문을 배우고, 스스로 그 주문이 듣는지를 실험해 보았다.

그 남자는 켈올란에게 말했다.

"그러면 이번에는 당신이 내게 비밀을 가르쳐 주시오."

"그것보다 쉬운 일은 없지요. 비가 오기 시작하면 재빨리 옷을 벗어서 바위 위에 놓아요. 그러고는 그 위에 주저앉아요. 비가 그치면 그 옷을 입고 다시 길을 가면 됩니다."

"천벌을 받아 눈이 멀어 버려라. 켈올란! 나를 감쪽같이 속여먹다니."

켈올란은 기분이 아주 좋아서 계속 길을 갔다. 그는 오래 전부터 왕의 딸과 결혼하려는 욕심을 가지고 있었다. 하지만 왕이 자기의 사랑하는 딸을 켈올란에게 줄까? 아니다. 그것은 상상도 할 수 없는 일이다.

켈올란은 곧장 대궐로 갔다. 드디어 그에게 '붙어라' 주문을 쓸 수 있는 좋은 기회가 온 것이다. 때마침 대궐에서는 왕의 딸과 대신의 아들의 혼인 잔치가 벌어지고 있었다. 그 두 사람이 막 신부의 방에 들어서는 순간에 켈올란은 문 뒤에 숨어서 외쳤다.

"붙어라!"

그러자 신랑과 신부는 정말 서로 붙어 버리고 말았다. 아침이 되었지만 아무도 신랑과 신부를 볼 수 없었다. 왕은 하인을 불러서

"빨리 가서 내 사위에게 무슨 일이 일어났는지 알아보고 오너라."

하고 명하였다. 하인은 달려가서 문을 열어보니 신랑과 신부가 서로 붙어

있는 기막힌 광경이 보였다. 그 순간에 켈올란은 다시 한 번

"붙어라!"

하고 외쳤다. 그러자 하인도 서 있던 자리에서 꼼짝을 할 수 없게 되었다. 왕은 다른 사람을 또 보냈다. 그러나 그 사람도 그 하인과 마찬가지로 돌아오지 않았다. 마침내 왕이 직접 가서 보았다. 그리고 몹시 놀라서

"도대체 무슨 변고란 말이냐? 누가 저들을 떼어 놓을 수 없느냐?"

라고 말했다. 한 사람이 앞으로 나와서 왕에게,

"전하, 고정하소서! 저 건너 마을에 요술쟁이가 살고 있습니다. 그 사람이라면 저들을 떼어 놓을 수 있을 것입니다."

라고 말했다.

왕은 즉시 병사를 보내어 그를 데려 오게 했다. 켈올란은 요술쟁이가 오는 것을 보고 요술쟁이의 등이 말의 안장에 달라붙게 하였다. 요술쟁이는 사지를 버둥거려 보았지만 말에서 내려올 수 없었다. 결국 사람들은 그의 등에 붙은 말안장까지 함께 말에서 들어 내렸다.

왕은 머리를 짜내었지만 좋은 생각이 떠오르지 않았다. 그때 켈올란이 왕에게 말했다.

"저쪽 마을에 노파 한 사람이 살고 있습니다. 그 노파만이 저들을 떼어 놓을 수 있을 것입니다."

왕은 켈올란을 시켜서 그 노파를 데려오도록 했다.

"명하신 대로 거행하겠습니다. 전하!"

켈올란은 즉시 길을 떠났다. 그는 노파를 찾아내어 함께 돌아오고 있었다. 그들은 강에 이르러 그곳을 건너야 했다. 켈올란은 옷을 벗어 들고 강을 건넜다. 노파는 그때까지 강가에 서 있다가 소리쳐 그를 불렀다.

"켈올란, 나도 건너게 해 주게!"

"내가 한 대로 해요!"

노파는 옷을 벗어서 겨드랑이에 끼고 강을 건너기 시작했다. 그때에 켈올란은

"붙어라!"

하고 소리쳤다. 그러자 옷은 노파의 팔에 붙어 버렸다. 그런 꼴로 그들은 계속 길을 갔다. 그리고 한 무리의 대상을 만났다.

"어이, 켈올란! 어떻게 된 일인가?"

하고 대상의 우두머리가 말했다. 대상의 우두머리기 손으로 노파를 가리킬 때에 켈올란은

"붙어라!"

하고 외쳤다. 우두머리의 손은 노파에게 달라붙었다. 이렇게 해서 대상들은 차례차례 서로 붙어 버렸다. 그래서 그들은 줄줄이 성을 향해 갔다. 왕이 그들을 발견하고는 사람들이 더욱 곤경에 처한 것을 알고 크게 놀랐다. 왕은 여러 신하들과 함께, 과연 이런 짓을 저지른 사람이 누구인지 알아보았다. 어느 한 사람이 말했다.

"켈올란 외에는 아무도 이런 짓을 저지를 사람이 없습니다."

왕은 곧 켈올란을 불러 오게 하였다. 그리고 물었다.

"켈올란, 자네가 한 짓인가?"

"그렇습니다, 전하. 전하께서 딸을 저에게 주신다면 사람들을 다시 자유롭게 해 주겠습니다. 그러나 주시지 않는다면 온 나라 사람들이 서로 달라붙게 할 것입니다."

"그래, 약속하마, 켈올란. 사람들을 이 고통으로부터 벗어나게 해 준다면 너에게 내 딸을 주겠다."

이 말을 듣고 켈올란은,

"떨어져라!"

하고 외쳤다. 그 말이 떨어지기 무섭게 서로 붙어있던 사람들이 다시 자유롭게 되었다. 그리고 모든 사람들은 재빠른 걸음으로 성 밖으로 나갔다. 마침내 켈올란과 공주만 남게 되었다.

이렇게 해서 켈올란은 왕의 딸을 아내로 맞이했다. 궁궐에서는 사십 일 동안 밤낮으로 호화로운 잔치를 벌였다. 그리고 켈올란과 공주는 행복하게 살았다.

묶음 셋

켈올란과 거인 이야기

01
켈올란과 거인들

옛날 한 마을에 할머니와 함께 사는 켈올란이라는 젊은이가 있었다. 켈올란은 좀처럼 움직이지 않고 집 밖으로도 나가지 않으며 전혀 일을 하지 않았다. 그는 늘 낮잠을 자며 게으름을 피웠다. 켈올란의 할머니는 혼자 집안을 돌보는 것에 지치기 시작했다. 할머니는 켈올란을 다독이기도 하고 부탁을 하기도 했지만 그가 말을 듣지 않자 마침내 몽둥이를 들고서 그를 집에서 쫓아냈다.

켈올란은 아랑곳하지 않고 문밖에 서서 기지개를 켰다. 그리고 뜰에 있는 나뭇가지를 꺾어 칼을 만들어 차고는 길을 떠났다.

한참을 걷던 중 켈올란의 머리 위로 파리 떼가 꼬였다. 그래서 자신이 만든 목검을 휘둘렀더니 한 번에 파리 열 마리가 죽었다. 그는 나무 칼 위에 '한 번에 열 마리를 죽였다네'라고 적고는 가던 길을 계속 갔다. 해가 지고, 저녁이 되었다. 나무 밑에 자리를 잡고 잠을 청하려던 그때, 멀리서 반짝이는 불빛을 보았다.

'나에게 먹을 것과 잠자리를 줄지도 모르겠다.'

켈올란은 불빛이 반짝이는 곳을 향해 걸어갔다. 그곳에 도착한 그는 깜짝 놀랐다. 커다란 거인들이 한 집에 모여서 아주 큰 솥에 불을 지피고 음식을 만들고 있는 것이 아닌가. 켈올란은 겁도 없이 거인들의 집에 들어가 인사를 하고 목검을 품에 안은 채 거인들 사이에 앉았다. 그를 본 거인이 물었다.

“품고 있는 것이 무엇이냐?”

“보면 모르나. 칼이지. 내가 이 칼로 한 번에 파리 열 마리를 죽였다. 칼 위에 쓰여 있는 글귀를 봐.”

켈올란이 거인들에게 칼을 보여주었다. 칼을 보고 거인들이 겁을 먹은 것을 알아챈 켈올란은

“너희들에게서 황금 한 보따리를 받으러 왔다. 나에게 가지고 오너라.”

하고 말했다. 그러자 거인들은 매우 당황하며 말했다.

“내일 아침까지 기다려줘. 네가 잠을 자면 우리가 나가서 황금을 모아 올게. 아침까지 황금 한 보따리를 가져오지.”

거인들이 밖으로 나가자 켈올란은 거인들의 방에 들어가서 침대 위에 구부러진 통나무를 놓고 이불로 덮었다. 그리고 천장으로 올라가 숨어서 거인들을 기다렸다.

밤이 깊어지자 거인들이 천천히 집안으로 들어오기 시작했다. 거인들은 침대에 켈올란이 아닌 통나무가 누워있는 줄도 모르고 몽둥이로 내리치기 시작했다. 충분히 때렸다고 생각한 거인들은 때리기를 멈추고 각자 구석으로 흩어져 잠을 자기 시작했다.

거인들이 산이 울릴 정도로 코를 골기 시작했을 때, 켈올란은 천장에서 내려와 이불 밑에 있던 통나무를 빼고 침대에 누웠다. 날이 밝고 아침이 되어 침대를 본 거인들은 입을 다물지 못했다. 켈올란이 아무 일도 없다는 듯이 누워서 자고 있는 것이 아닌가. 깜짝 놀란 거인들은 태연한 척 물었다.

“아니, 켈올란! 어젯밤에 잘 잤는가?”

“침대가 푹신하고 편해서 잘 잤지. 그런데 벼룩이 있는지 등이 좀 가려웠네.”

거인들은 서로 얼굴을 마주보며 겁먹은, 작은 소리로 말했다.

“우리가 어제 몽둥이로 때린 것을 벼룩이 문 것 정도로 밖에 느끼지

않았다는 말이야? 이제 우린 어쩌지?"

"자, 아침이 되었으니 이제 황금을 가져 오거라."

켈올란이 소리치자 거인들은 어쩔 줄 몰라 하며 더듬거렸다.

"어젯밤 사방을 돌아다니며 황금을 찾아봤지만 한 보따리만큼은 모으지 못했어. 내일까지는 무슨 일이 있어도 꼭 황금을 모아오겠어."

다음 날 저녁이 되자, 거인들은 머리를 맞대고 궁리하기 시작했다.

"이번에는 켈올란을 확실히 처리하자! 팔팔 끓는 물을 부으면 반드시 죽을 거야."

거인들의 이야기를 들은 켈올란은 또 다시 침대에 통나무를 놓고 이불로 덮고 천장으로 올라가 숨었다.

한 밤중이 되자 거인들이 천천히 집안으로 들어오기 시작했다. 그들은 곧이어 밖에서 커다란 솥에 한가득 끓여온 뜨거운 물을 침대 위에 부었다. 일을 마친 거인들이 다시 각자 구석으로 흩어져 코를 골며 잠을 자기 시작하자 켈올란은 침대로 내려와서 누웠다. 아침이 되어 켈올란이 자는 모습을 본 거인들은 깜짝 놀라 뒤로 넘어질 뻔했다.

"아니, 켈올란! 어젯밤에 잘 잤는가?"

"침대가 푹신하고 편해서 잘 잤지. 그런데 솜이불을 덮어서 그런지 아침에 일어나보니 땀이 조금 났지 뭐야."

이 말을 들은 거인들은 속으로 큰 일 났다고 생각하며

"한 솥 가득 뜨거운 물을 부었는데 땀이 조금 날 정도로 밖에 뜨겁지 않았다니! 이제 우린 어쩌지?"

하고 걱정하기 시작했다.

"자, 아침이 되었으니 이제 황금을 가져 오거라."

켈올란이 말하자 거인들은 또 당황하여 어쩔 줄 몰라 하며 머리를 맞대고 궁리하더니 말했다.

"우리가 너에게 황금을 주는 대신 조건이 있다. 마당에 있는 쇠로 만든 공을 우리보다 멀리 던질 수 있으면 황금을 주고, 만약 멀리 던지지 못하면 너의 목을 베겠다."

거인들의 조건을 승낙한 켈올란은 거인들과 함께 마당으로 나갔다. 거인들은 순서대로 커다랗고 무거운 쇠공을 들어 올려 던졌다. 순서가 지날수록 거인들은 앞에 던진 공보다 훨씬 멀리 던졌다. 마지막으로 켈올란이 쇠공을 던질 차례가 되었다. 앞에 놓인 쇠공은 그가 들어 올리지도 못할 정도로 무거워보였다. 켈올란은 전후좌우를 살폈다. 이를 본 거인들은 의아한 듯이 물었다.

"왜 빨리 던지지 않고 두리번거리는 거야?"

"공을 어디로 던질지 생각 중이다. 잘 살피지 않고 던지면 큰 일 난다. 오른쪽으로 던지면 할머니에게 날아갈 것이고, 왼쪽으로 던지면 가녀린 내 애인에게 날아갈 것이고, 앞으로 던지면 내 형제들에게 날아갈 것이니 뒤로 던져야겠다."

"잠깐! 뒤에는 우리 형제들이 있단 말이야. 뒤로는 던지지 마."
라고 급히 말하고는 켈올란과 겨루기를 포기했다. 거인들과의 내기에서 이긴 켈올란은 옆에 차고 있던 칼을 꺼내며, 의기양양하게 말했다.

"자, 내가 내기에서 이겼다. 지금 당장 황금을 가져오지 않으면 너희 모두의 머리를 날려버리겠다."

그러자 거인들은 황금을 보따리에 가득 채워서 가져왔다. 그러고는 거인 한 사람의 등에 지게 했다. 거인에게 고삐를 매어 끌면서 집으로 향했다. 집에 도착하자마자 켈올란은 할머니에게 속삭이듯 말했다.

"할머니, 집에 있는 놋그릇을 부딪쳐서 큰 소리를 내세요. 저는 거인의 등을 타고 올라가서 칼로 찌르는 흉내를 낼게요. 그럼 멍청한 거인이 겁을 먹고 도망갈 거예요."

이 이야기를 듣고 할머니는 집에 있는 놋그릇을 부딪쳐 큰 소리를 냈다.

"아이고, 여기 와서 좀 붙잡아주시오! 고모부, 이모부, 삼촌, 남동생들, 아버지, 할아버지! 여기 와서 이놈 좀 잡아주시오!"
라고 켈올란이 소리를 지르자 놀란 거인은 걸음아 나살려라 삼십육계 줄행랑*을 놓았다.

켈올란은 황금 보따리를 할머니에게 드렸다. 그리고 마을 사람들을 초대해 잔치를 열고 행복하게 살았다.

* 『삼십육계』는 병법서로서, 전쟁에서 쓸 수 있는 36가지의 책략을 적은 책이다. 숫자가 낮을수록 고급이고 숫자가 높을수록 저급한 책략이다. 그 중에서 흔히 줄행랑으로 알려진 제36계는 상대가 너무 강해서 맞서 싸우기가 어려울 때는 달아나는 것이 가장 나은 계책이라는 내용을 담고 있다. 힘이 약할 때는 일단 피했다가 힘을 기른 다음에 다시 싸우는 것이 옳다는 것을 강조한 말이다. 오늘날에 와서는 '무조건 달아나는 것이 상책'이라는 뜻으로 쓰인다.

02
여자 거인과 켈올란

옛날 어느 시골 마을에 켈올란이 살았다. 켈올란은 어려서 부모님을 여의고 두 여동생을 돌보며 살고 있었다. 켈올란과 두 동생은 아주 가난한 데다가 돌봐줄 사람이 없었기 때문에 매 끼니 집집마다 돌아다니며 동냥을 해야 했다.

몇 달 동안 매일 집집을 돌아다니다보니 이제 동네에서 그들이 동냥을 하지 않은 집이 없게 되었다. 그러던 차에 켈올란과 두 동생은 마을 변두리 숲에서 여자 거인의 집을 발견하게 되었다. 몹시 지치고 배가 고팠던 그들은 그곳에서 하룻밤을 지내면서 끼니를 해결하기로 했다. 켈올란과 두 동생은 여자 거인이 차려준 맛있는 음식을 배부르게 먹고 잠자리에 들었다. 사람 고기가 먹고 싶었던 여자 거인은 켈올란과 동생들을 잘 대접한 후에 난로 앞에 앉아 세 남매가 잠들기만을 기다렸다.

여자 거인은 사람 고기를 먹을 생각에 눈이 핑글핑글 돌고 배가 꼬르륵 거려서 견딜 수가 없었다. 켈올란은 여자 거인이 난로 앞에 앉아 커다란 장작으로 이를 쑤시며 입맛을 다시는 것을 보았다. 그리고 세 남매가 잠든 사이에 여자 거인이 그들을 잡아먹을 것을 눈치 챘다. 켈올란은 두 동생에게 조심스럽게 작은 목소리로 말했다.

"얘들아, 여자 거인이 우리를 잡아먹으려고 해. 절대 잠들면 안 돼."

하지만 두 동생은 하루 종일 돌아다닌 탓에 너무 피곤했고 배부르게 먹은 저녁 때문에 쏟아지는 잠을 참지 못하고 잠들었다. 켈올란은 침대에 누워서 눈을 뜨고 여자 거인이 찾아오기를 기다렸다.

난로 앞에서 입맛을 다시며 한 밤중이 되기를 기다리던 여자 거인은 남매들이 자고 있는 방으로 살금살금 들어왔다. 그러고는 방을 스윽 둘러보니 켈올란은 아직도 자지 않고 있었다.

"누가 자고 누가 안 자니?"

하고 여자 거인이 물었다. 그러자 켈올란이 누워있던 침대에서 벌떡 일어나서 대답했다.

"다들 자는데 저는 아직 자지 않아요."

"너는 왜 아직 자지 않니?"

"우리 엄마는 자기 전에 항상 계란 프라이를 해주셨어요. 그럼 그걸 먹고 자곤 했지요."

이 말을 들은 여자 거인은 바로 부엌에 달려가서 계란 프라이를 만들어서 가져왔다. 켈올란은 그릇에 묻은 노른자까지 싹싹 핥아먹고 자리에 누웠지만 여전히 잠은 자지 않고 있었다. 여자 거인은 난로 앞에 앉아 시간이 더 지나기를 기다렸다가 또 다시 살금살금 남매의 방으로 들어와서 방을 스윽 둘러봤다. 그런데 켈올란은 아직도 자지 않고 있었다.

여자 거인은 물었다.

"누가 자고, 누가 안 자니?"

켈올란은 누워있던 침대에서 벌떡 일어나서 대답했다.

"다들 자는데 저는 아직 자지 않지요."

"너는 왜 자지 않니?"

"우리 엄마가 자기 전에 항상 신선한 아이란*을 만들어주셨어요. 그럼

* 아이란(Ayran)은 소금이 곁들여진 차가운 요구르트 음료이다. 요구르트는 터키의 음식 가운데 기본이 되는 것으로 식사 때 빠지지 않는 음식이다. 터키의 요구르트는 걸쭉하여 보통 떠서 먹는데, 아이란은 여기에 시원한 물(탄산수)을 섞어 묽게 만든다. 소금으로 간을 하고 때에 따라 허브 등으로 향을 내기도 한다. 섞는 과정에서 부드러운 거품이 생긴다. 특히, 더운 여름에 흔히 마시는 음료수로 갈증을 해소하고 숙면을 도와준다.

그걸 마시고 자곤 했지요."

이 말을 들은 여자 거인은 부엌에 달려가서 요구르트와 물을 섞고 한참 흔들어서 아이란을 만들어 가져왔다. 켈올란은 아이란 그릇에 머리를 박고 쭉 들이켰다. 그러고는 다시 침대에 가서 누웠지만 잠은 자지 않았다. 여자 거인은 난로 앞에 앉아 시간이 지나기를 또 기다렸다. 그러고는 다시 살금살금 남매들의 방으로 들어와서 방을 스윽 둘러봤다. 그런데 켈올란은 여전히 자지 않고 있었다.

"누가 자고 누가 안 자니?"

하고 거인이 묻자 켈올란은 누워있던 침대에서 벌떡 일어나 대답했다.

"다들 자는데 저는 아직 자지 않지요"

"너는 왜 자지 않지?"

"우리 엄마는 자기 전에 계곡에서 체*로 맑은 물을 떠오셨어요. 그럼 그걸 마시고 자곤 했지요."

이 말을 들은 여자 거인은 얼른 기둥에 걸려있던 체를 가지고 계곡으로 뛰어갔다. 여자 거인은 계곡물에 체를 담갔다가 건져내면서 물을 길으려고 애를 썼지만 물을 도저히 뜰 수가 없었다.

그 사이에 켈올란은 재빨리 동생들을 흔들어 깨워 도망치기 시작했다. 그들은 얼마나 급하게 도망을 갔던지 신발을 제대로 신지도 못하고 뛰었다. 한참을 도망치던 켈올란은 자신의 주머니칼을 여자 거인의 집에 놓고 온 것을 깨달았다.

"너희들은 집에 먼저 가있어. 나는 주머니칼을 다시 찾아올게."

켈올란은 동생들을 집으로 보내고 자신은 다시 여자 거인의 집으로 뛰어갔다. 켈올란이 여자 거인의 집에 도착하고 얼마 되지 않아 여자 거인도 체로 물을 긷는 것을 포기하고 집으로 돌아왔다. 켈올란은 여자 거인을 보고 재빨리 찬장으로 숨었다. 그러고는 되찾은 주머니칼로 찬장의 한쪽 벽을 조심스럽게 깎아내기 시작했다. 여자 거인은 벽에서 '슥삭 슥삭' 소리

* 가루를 곱게 치거나 액체를 거르는 데 쓰이는 기구.

가 나는 것을 듣고 있다가

"슥삭 슥삭 소리가 나는 것이 집에 쥐가 들었나. 아니면 그 녀석이 숨어들었나?"

하면서 찬장 문을 벌컥 열었다. 찬장 안에 숨어있던 켈올란을 발견한 여자 거인은 흐뭇한 미소를 지으며 말했다.

"너로구나! 너를 놓친 줄 알고 있었는데 내 손아귀로 잘도 돌아왔구나."

거인은 켈올란을 붙잡아 자루에 담았다. 그런 뒤 자루를 묶고 고리에 걸어서 천장에 매달았다. 여자 거인은 자루에 담긴 먹잇감을 두들겨 패려고 크고 단단한 몽둥이를 찾으러 숲으로 나갔다.

켈올란은 여자 거인이 숲에 가서 몽둥이를 찾는 동안 지니고 있던 주머니칼로 자루의 입구를 찢어서 탈출했다. 그러고는 여자 거인이 애지중지 여기는 송아지를 자루에 담고 입구를 묶은 후 고리에 걸어 다시 천장에 매달았다. 켈올란은 여자 거인이 돌아오기 전에 빨리 도망쳤다. 여자 거인은 숲에서 구해온 커다란 몽둥이로 천장에 매달려있는 자루를 내리치기 시작했다. 그런데 이상하게 자루에서 '음메 음메' 소리가 났다. 여자 거인은

"이 거짓말쟁이 같으니. 네가 동정심을 얻으려고 송아지 흉내를 내고 있구나!"

라고 말하며 몽둥이로 자루를 계속 내리쳤다. 잠시 후 '음메 음메' 하는 소리가 그치고 아무 기척이 없자 여자 거인은 매달려있던 자루를 바닥에 내려 열어보았다. 그 순간 여자 거인의 눈앞에는 자신이 아끼던 송아지가 죽어있는 참혹한 광경이 펼쳐졌다. 여자 거인은 사랑하는 송아지를 품에 안고 엉엉 울다가 머리를 쥐어뜯으며 분노하기 시작했다. 그러고는 켈올란을 뒤쫓기 시작했다. 도망친 켈올란은 두 동생과 함께 강 건너편에 다다라 있었다. 세 남매를 발견한 여자 거인이 화가 난 마음을 숨기고 다정하게 말했다.

"켈올란아, 켈올란아. 강을 건넜다니 정말 대단하구나! 어떻게 건넜는지 나에게도 말해주렴."

"거기에 망가진 수레가 하나 있는데 바퀴를 다리에 묶고 걸으면 강을 건널 수 있어요."

여자 거인은 곧바로 수레에서 바퀴를 떼어내어 다리에 묶고 강으로 걸어 들어갔다. 하지만 걸을수록 발이 강바닥으로 깊이 박혀 뺄 수 없게 되었다. 여자 거인은 점점 강물 깊이 빠져들더니 결국은 보이지 않게 되었다.

마침내 켈올란과 그 동생들은 여자 거인의 손에서 살아남게 되었다. 그리고 오래 오래 우애 좋게 살았다.

03
켈올란과 대장 거인

옛날 한 마을에 39명의 아이를 낳은 부부가 살고 있었다. 그들은 40번째 아이도 낳아서 키우고 싶었다. 드디어 바라던 40번째 아이는 그들이 매우 나이가 들었을 때 생겼다. 아버지는 40명이나 되는 아이들을 키우느라 늙은 나이에도 일을 해야만 했다.

어느 날, 아버지는 40명의 아이를 모두 불러 앉혔다. 40명의 아이들은 큰형부터 막내까지 아버지 앞에 무릎을 꿇고 앉아 아버지의 말씀을 들었다.

"아들들아, 나는 이제 늙었다. 너희들을 키우려고 지금까지 일을 했지만, 이제는 나이가 많이 들어서 일을 할 수가 없구나. 너희들은 이제 나가서 일을 찾아 돈을 벌거라. 우리 늙은 부부는 집에서 너희들을 기다리며 기도하고 있겠다. 이제 가거라. 너희들의 앞길이 활짝 열려있기를 바란다."

늙은 아버지는 아들들에게 이렇게 말하며 한 사람, 한 사람의 손에 낫을 쥐어 주었다. 그러면서 지금은 추수 기간이라서 추수할 일꾼을 찾는 농부가 많이 있기 때문에 낫으로 곡식을 베고, 추수한 곡식을 떨고, 마차에 싣는 일을 하면서 돈을 벌 수 있을 것이라고 조언을 해주었다. 그리고 40명의 형제가 모두 함께 힘을 합쳐 일을 하고, 한 사람도 따로 떨어져 있지 말고 함께 있으면 아무도 형제들에게 나쁜 짓을 하지 못할 것이라고도 이야기해 주었다.

형제들은 아버지의 말씀을 듣고, 순서대로 나와 아버지의 손에 입을 맞추었다. 그리고 식량 보따리와 낫을 순서대로 챙기고 신발의 끈을 졸라매었다. 40명의 형제들은 첫째부터 막내까지 길을 나섰는데 사람 수가 많다 보니 긴 행렬처럼 보였다. 그들은 산을 넘고 강을 건너 한 마을의 입구에 도착했다. 그들이 가서 보니 그곳에는 아주 넓은 밭이 있었다. 밭의 곡식은 노랗게 무르익었고 고개를 숙이고 있었다. 바람이 불 때면 바다의 파도처럼 출렁거려 매우 아름다웠다.

"곡식이 다 익었으니 밭의 주인도 추수를 하려고 할 것이다."

형제들은 이렇게 말하며 밭에 들어갔다. 그리고 "하나, 둘! 하나, 둘!" 하고 외치면서 모두가 일제히 낫으로 곡식을 베기 시작했다. 형제들은 세 걸음 앞으로 나아갈 때마다 볏단을 묶었다. 또 오십 걸음 앞으로 나아가고 나서는 방향을 틀어서 옆줄의 곡식을 베었다. 40개의 낫이 동시에 움직일 때마다 햇빛이 반사되어 눈이 부시게 반짝반짝 빛이 났다. 또 40명이 동시에 '하나, 둘! 하나, 둘!' 하고 외칠 때마다 마치 합창을 하는 것 같았다. 이 40명의 형제 중 막내는 켈올란이었는데, 그는 형들과 함께 낫으로 곡식을 베면서 한 걸음씩 앞으로 나아갈 때, 크고 멋진 목소리로 노래를 불러 형들이 힘들지 않게 일을 할 수 있었다.

한편, 밭의 주인인 대장 거인은 40명의 형제가 함께 추수를 하고 있다는 소식을 들었다. 다음 날, 밭으로 향한 그는 멀리서부터 그들이 '하나, 둘! 하나, 둘!' 외치는 소리를 들었다. 그가 가까이 가서 보니 곡식을 베는 일은 벌써 끝이 났고 곡식을 떠는 일만 남아있었다. 40명의 형제들은 모두 활기차게 일하고 있었다. 형제들이 일하는 모습을 지켜본 대장 거인은 그들이 매우 마음에 들었다.

"대단하군. 벌써 곡식을 다 베다니……. 품삯에 대해서 이야기를 하지 않았지만, 매년 밭에서 일한 일꾼들에게 준만큼의 품삯을 너희들에게도 주겠다. 지금 나는 집에 가서 새참*을 가져오겠다."

대장 거인은 이렇게 말하고 집에 가서 40명의 형제가 먹을 빵과 요깃거

* 일을 하다가 잠시 쉬는 동안에 먹는 음식.

리*를 준비하고 하인을 시켜 그것을 보냈다. 밤이 되어 40명의 형제들은 일을 끝내고 밭의 가장자리에 있는 나무 밑동에 모였다. 그들은 손과 얼굴을 씻고 대장 거인이 보낸 음식을 먹었다. 그때 대장 거인이 형제들에게 다가와서 맞은편에 앉더니 어둠속에서 부리부리한 눈으로 형제들을 둘러보며 말했다.

"40명의 형제들아, 특히 너 막내 켈올란아, 이곳은 밤에 매우 춥다. 게다가 이불도 없으니 오늘 밤은 우리 집에 와서 지내거라. 이부자리를 마련해 줄 테니 집에 와서 편히 쉬어라."

형제들은 잠시 생각하더니 아버지가 하신 말씀을 떠올리고는 조심스럽게 말했다.

"대장 거인, 고맙소만 우리는 볏단 속에서 자고 아침에 바로 일을 시작할 테니 걱정 마시오. 해가 뜨기 전에 아침 식사가 도착하게만 해주시오."

"그래, 알았다. 아침에 만나자."

할 수 없이 거인은 집으로 돌아갔다.

한밤중에 늑대도, 새도, 나무도, 모두가 잠들었을 때 이 거인은 '지금이다!' 하며 밭으로 향했다. '30명은 칼로 썰어서 항아리에 담아 소금에 절여 놓아야지. 토실토실한 것들! 살은 부드럽고 뼈는 바삭바삭하겠지!'라고 생각하니 군침이 돌았다.

대장 거인은 밭에 가서 나무 밑을 살펴보았다. 그러나 그곳에는 아무도 없었다. 그래서 그는 볏단 속을 살펴보았지만 그곳에도 아무도 없었다. 그는 화가 나서 입에 거품을 물고 밭을 샅샅이 뒤졌지만 아무도 찾을 수 없었다. 거인은 다음 기회를 노려야겠다고 생각하며 다시 집으로 돌아갔다.

아침이 되어 날이 밝자, 대장 거인은 형제들을 위해 수프를 준비하여 밭으로 갔다. 그런데 어젯밤에는 한 명도 보이지 않던 40명의 형제가 모두 팔을 걷어붙이고 아침부터 곡식을 떨고 있었다. 대장 거인은 벼를 신기

* 먹어서 시장기를 면할 만한 음식.

위해 다섯 대의 마차를 불러왔다. 그러고는 친절하게 말을 걸었다.

"형제들아, 어젯밤에 어디에서 잤어? 밤에 너희들을 위해 하인을 시켜 야참*을 보냈는데, 하인들이 너희를 찾지 못했다고 했어. 오늘 밤에는 어디에서 잘 생각이야? 나한테 말해주면 내가 거기로 야참을 보내 줄게."

막내인 켈올란이 미소를 지으며 대답했다.

"대장 거인, 고맙습니다. 밤에 잘 때 추워서 밭 옆에 난 구덩이 밑에 들어가서 잤습니다. 오늘 밤에도 거기에서 잘 예정이니, 야참을 보낼 것이라면 거기로 보내주십시오."

40명의 형제들은 하루 종일 열심히 일을 했다. 하루가 끝나고 또 저녁이 되어 저녁 식사가 도착했다. 형제들 중 제일 어리지만 가장 슬기로운 켈올란이 말했다.

"형님들, 거인의 눈이 맘에 들지 않아요. 밤이 되면 눈이 번쩍번쩍 빛이 나요. 오늘 밤에 그가 또 우리를 찾으러 올 거예요. 그리고 우리를 잡아먹으려고 하겠지요. 이번에는 구덩이에서 자지 말아요. 아침에 우리가 어디에서 잘 것인지 물어본 것이 수상해요."

날이 어두워지고 캄캄해지자 형제들은 밭 주변을 샅샅이 뒤졌다. 대장 거인이 어디에선가 지켜보고 있을지도 모른다고 생각했기 때문이다. 주변에 아무도 없는 것을 확인하자 형제들은 한 사람씩 큰 나무 위로 올라가 앉았다.

한밤중이 되어 늑대도, 새도, 나무도, 모두가 잠이 들었고 물조차 고요해졌을 때, 대장 거인은 어슬렁어슬렁 거리며 천천히 밭으로 향했다. 밭에 도착한 그는 가장 먼저 밭의 옆에 난 구덩이로 향했다. 그는 구덩이 속으로 손을 뻗어 무엇이 있는지 확인했지만 그곳에는 아무것도 없었다. 대장 거인은 화가 나서 피가 거꾸로 솟는 것 같았다. 그는 밭을 뛰어다니고 땅을 파헤치며 풀을 모조리 뽑아버렸다. 그러고는 볼멘소리로 중얼거렸다.

"이렇게 머리가 좋고 조심성이 많은 아이가 40명 중에 누구일까? 바로

* 저녁밥을 먹고 난 뒤 밤중에 먹는 음식.

켈올란일 거야. 그 막내의 고기가 가장 부드럽고 뼈가 바삭바삭 할 거야."

그러자 그의 입에 침이 고였다. 그는 다음 기회를 노려야겠다고 생각하며 이를 부득부득 갈면서 집으로 돌아갔다.

밤에 나무 위에서 거인의 행동을 지켜 본 형제들은 무서워 잠도 제대로 자지 못했다.

"오늘 저녁이 되기 전에 일을 끝내고 품삯을 받아 집으로 돌아가자. 저녁이 되면 또 거인이 여기저기 돌아다니면서 우리를 잡아먹으려고 노릴 것이다. 나쁜 일이 생기기 전에 어서 이 일을 끝내고 도망가자."

아침이 되어 날이 밝자 대장 거인은 아침식사로 수프를 만들어 밭으로 가지고 갔다. 그가 밭에 가서 보니 40명의 형제들이 모두 팔을 걷어붙이고 일을 하고 있었다.

형제들은 아침식사로 도착한 수프도 먹지 않고 열심히 일만 했다.

얼마 지나지 않아 밭일을 끝낸 형제들은 대장 거인에게 와서 품삯을 달라고 했다. 대장 거인은 하는 수 없이 순서대로 모든 형제들의 손에 품삯을 쥐어주었다. 막내인 켈올란의 순서가 되자 대장 거인은 그에게 품삯을 다섯 쿠루쉬* 부족하게 주며 말했다.

"아이고, 켈올란아. 내가 가지고 있는 돈이 이게 다지 뭐야. 나랑 같이 우리 집에 가자. 그럼 내가 너에게 품삯에 돈을 더 얹어주겠다."

그러나 켈올란은 미소를 지으며 반짝거리는 눈으로 거인을 바라보며 말했다.

"대장 거인, 고맙습니다. 알라가 축복하기를 바랍니다. 다섯 쿠루쉬는 별 것 아니니 그냥 가지십시오."

막내 켈올란을 비롯한 40명의 형제들은 보따리를 등에 지고 길을 떠났

* 터키의 화폐는 200리라, 100리라, 50리라, 20리라, 10리라, 5리라 등 6종류의 지폐와 1리라, 50크루쉬, 25쿠루쉬, 10쿠루쉬, 5쿠루쉬, 1쿠르쉬 등 6종류의 동전으로 되어 있다. 1리라는 100쿠루쉬이다. 2005년 화폐 개혁 이후 신 터키 리라(Yeni Türk Lirasi)를 사용하였지만, 2009년 1월부터 신 터키 리라보다 크기가 더 작고, 100만분의 1로 통화 절하한 터키 리라(TL)를 사용하기 시작했다. 지폐에는 모두 터키의 영웅인 초대 대통령 아타튜르크의 얼굴이 들어 있다.

다. 고향에 도착한 그들은 목욕탕에 가서 목욕을 하고 시장으로 향했다.

그때 마침 왕이, 소식을 전하는 사람을 보내어 시장을 돌아다니며 이렇게 외치게 했다.

"백성들은 들으시오. 누구든지 저 산 너머에 사는 대장 거인의 회색 말을 훔쳐 온다면 임금님께서 그에게 황금 한 주머니를 상으로 내리실 것이오."

이것을 들은 켈올란은 형들을 집으로 보내고 자신은 궁전으로 향했다. 그는 임금 앞에 나아가 자신 있게 말했다.

"저 산 너머에 사는 대장 거인의 회색 말을 제가 훔쳐오겠습니다. 이 일은 저만이 할 수 있습니다."

그는 왕 앞에서 고개를 빳빳하게 들고 거만하게 서있었다. 그러자 왕은 켈올란의 거만함에 화가 나서 눈썹을 치켜 올리며 큰 소리로 말했다.

"켈올란! 그렇게 거만한 태도로 어떻게 대장 거인의 회색 말을 훔쳐 가지고 오겠다는 거냐? 말도 안 되는 소리를 하지 말고 어서 썩 물러 나거라."

켈올란은 그 자리에서 꼼짝도 안하고 서서 왕의 말을 듣다가, 왕 앞에 엎드려 다시 간곡하게 말했다.

"임금님, 저는 이 대장 거인을 잘 알고 있습니다. 그의 성격과 어디에 살고 있는지 알고 있고, 회색 말을 훔쳐낼 꾀도 있습니다. 그의 밭에서 형들과 함께 일주일 동안 일을 한 적이 있습니다. 그때 제가 우리들의 품삯을 모두 받아내고 목숨도 구해냈지요. 제가 대장 거인의 꾀에서 형제들을 구해내어 여기까지 온 것입니다. 명령을 내리기만 하시면 제가 꾀를 내어 대장 거인의 회색 말을 궁으로 가지고 오겠습니다. 저를 믿어 주십시오."

그가 이렇게 말하자 왕은 켈올란의 그럴싸한 말을 들으며 미소를 지었다. 왕이 허락을 하자 켈올란은 바로 대장 거인이 살고 있는 산으로 향했다.

그는 산을 넘고 강을 건너서 대장 거인의 집에 도착했다. 그는 먼저 대장 거인의 집 주변을 탐색했다. 집 주변에 아무도 없다는 것을 확인한

켈올란은 살금살금 마구간으로 들어가서 회색 말을 묶고 있는 줄을 풀기 시작했다. 하지만 회색 말은 낯선 사람이 다가가자 앞발을 들고 '히이잉' 울기 시작했다. 결국 켈올란은 회색 말을 마구간 밖으로 데리고 나오지 못했다. 대장 거인이 멀리서 말의 울음소리를 듣고 크게 외쳤다.

"내가 곧 갈 테니 조금만 기다려라."

이 소리를 들은 켈올란은 곧장 마구간으로 들어가 건초더미 뒤에 숨었다.

대장 거인은 마구간에 들어와서 손바닥으로 말의 등을 찰싹 내리치며 말했다.

"워 워! 보통 때는 '히이잉' 울지 않는데 왜 그러는 거야? 갑자기 미치기라도 한 것이냐?"

거인은 벽에 걸려있던 채찍을 들고 와서 회색 말의 머리를 마구 때렸다. 거인이 마구간을 나가고 나서 숨어있던 켈올란은 건초더미에서 나와 회색 말의 고삐를 다시 풀기 시작했다. 주인에게 얻어맞은 회색 말은 앞발을 들어 올리지도, '히이잉' 울지도 않고 켈올란의 뒤를 순순히 따라나섰다.

대장 거인의 집에서 어느 정도 멀어진 켈올란은 회색 말의 등에 올라타고 아침이 밝을 때까지 마을을 향해 달렸다. 궁에 도착한 그는 회색 말을 왕에게 드렸다. 왕은 켈올란의 지혜에 매우 감격했다. 그리고 켈올란에게 약속한 것보다 더 많은 황금 두 주머니를 상으로 내리면서 켈올란의 등을 쓰다듬으며 칭찬을 했다.

며칠이 지난 후 왕은 또 소식을 전하는 사람을 보내어 시장을 돌아다니며 이렇게 외치게 했다.

"백성들은 들으시오. 누구든지 저 산 너머에 사는 대장 거인의 짤랑짤랑 소리가 나는 종이 달린 이불을 가져온다면 임금님께서 그에게 황금 두 주머니를 상으로 내리실 것이오."

이것을 들은 켈올란은 형들에게 궁으로 간다는 말을 하고 곧장 떠났다. 그는 왕 앞으로 가서 정중히 인사를 올렸다.

“제가 대장 거인의 짤랑짤랑 소리가 나는 종이 달린 이불을 가져오겠습니다. 명령만 내리십시오.”

그러자 왕은 켈올란이 얼마나 지혜로운지, 전에 어떻게 회색 말을 훔쳐왔는지 알기 때문에 “허허” 웃으며 바로 허락을 하였다. 왕은 켈올란에게

“자, 켈올란, 이번에도 성공하고 돌아 오거라!”

하고 말하며 등을 쓰다듬었다.

켈올란은 왕명을 받고 길을 떠났다. 그는 산을 넘고 강을 건너 대장 거인의 집에 도착했다. 그는 먼저 대장 거인의 집 주변을 탐색했다. 집 주변에 아무도 없다는 것을 확인한 켈올란은 마구간의 지붕으로 올라가서 창고 창문을 통하여 집의 지붕으로 올라갔다. 그는 준비해간 끝에 갈고리가 달린 줄을 허리에서 풀었다. 그리고 대장 거인이 자고 있는 방의 위로 갔다.

천천히 지붕에 있는 기와들을 하나씩 옮긴 후 천장을 덮고 있는 판자를 찾아냈다. 대장 거인이 코를 고는 소리가 천장과 지붕을 흔들고 있었다. 판자의 틈을 찾아낸 그는 아래를 내려다보았다. 종이 달린 이불은 대장 거인이 덮고 있었다. 그는 줄을 천천히 내려서 이불을 갈고리에 걸었다. 그리고 거인이 눈치 채지 못하도록 조심스럽게 천장으로 줄을 잡아당겼다. 그러자 이불에 달린 종들이 가볍게 ‘짤랑 짤랑’ 소리를 내기 시작했다. 그러나 대장 거인이 코를 고는 소리가 어찌나 크던지 종소리가 잘 들리지 않았다. 하지만 몸을 덮고 있던 이불이 들어 올려지자 추위를 느낀 대장 거인은 잠에서 덜 깬 상태로, 옆에서 자고 있는 부인이 이불을 끌어당긴 것으로 생각하고 소리를 질렀다.

“여보! 이불을 끌어 당기지마. 추워!”

그 소리를 듣고 켈올란은 이불을 당기다가 그대로 멈췄다. 거인의 부인도 남편이 이불을 잡아당긴 것으로 생각하고 소리를 질렀다.

“뭐라고 하는 거예요! 당신이야 말로 이불을 당기지마세요. 얼어 죽겠어요!”

거인 부부는 서로 다투기 시작했다. 그러다가 완전히 잠에서 깨어난

대장 거인은 이상하게 생각하고 천장을 보았다. 그는 갈고리가 달린 줄과 공중에 떠있는 종이 달린 이불과 천장 사이로 지켜보고 있는 켈올란을 발견했다. 그는 깜짝 놀라 이불을 잡아당겼다. 그러자 이불과 갈고리가 달린 줄과 함께 켈올란도 바닥으로 떨어졌다. 대장 거인은 곧바로 켈올란을 자루에 담아 주둥이를 묶은 후에 창고 천장에 매달았다. 이 일을 하면서 그는 입맛을 다시며 말했다.

“켈올란! 뼈까지 바삭바삭한 켈올란! 39명은 도망가서 내 손에서 벗어났지만 가장 맛있는 네 놈이 내 손에 들어왔다. 너를 아침 식사로 먹어야겠다. 구워서 뼈까지 다 먹어버리겠다.”

시간이 얼마쯤 지나고 대장 거인의 코 고는 소리가 벽을 흔들기 시작했을 때, 켈올란은 주머니에서 칼을 꺼내 자루 입구를 열고 밖으로 나왔다. 그리고 천천히 마구간으로 가서 거인이 아끼는 송아지를 품에 안고 돌아왔다. 그는 자루에 송아지를 넣은 후 주둥이를 묶어 다시 천장에 걸어놓았다.

아침이 되자 거인 부부가 잠에서 깨어났다. 대장 거인이 창고로 가는 동안 부인 거인은 아궁이에 불을 지피기 시작했다. 대장 거인은 창고에 매달려있는 자루를 주먹으로 내리쳤다.

“켈올란, 살은 부드럽고 뼈는 바삭바삭한 켈올란…….”

하고 그가 말할 때 자루 속에서 송아지의 소리가 들렸다. 거인은 놀라서 잠시 멈추고 말했다.

“켈올란 자식! 내 송아지 소리를 잘도 흉내 내는구나. 이번에는 절대 속지 않을 테다!”

이 때 켈올란이 숨어있는 곳에서 말했다.

“멍청이 거인아, 나에게 빚진 다섯 쿠루쉬를 내놓아라!”

이 소리를 들은 대장 거인은 켈올란을 찾으려고 이리저리로 뛰어 다니며 마당을 뒤지고 마구간을 뒤지기 시작했다. 이 때 켈올란은 갈고리 줄로 종 달린 이불을 걸어서 낚아챈 후 거인이 마구간에 있는 동안 지붕에서 지붕으로 뛰어 도망갔다. 대장 거인은 켈올란을 발견하지 못 하자

"켈올란! 다섯 쿠루쉬 여기에 있다. 내가 여기에 돈을 더 얹어 주겠다." 하고 말하며 침을 질질 흘리면서 돌아다녔다. 그러나 켈올란은 이미 말을 몰고 재빨리 마을로 돌아간 후였다.

그는 곧장 궁으로 가서 왕에게 훔쳐온 종 달린 이불을 드렸다. 왕은 켈올란의 슬기에 놀라며 약속한 것보다 더 많은 황금 세 주머니를 상으로 내렸다. 그러면서 왕은 켈올란의 등을 쓰다듬으며 그가 한 일을 칭찬했다.

며칠이 지난 후, 왕은 또 소식을 전하는 사람을 보내어 시장을 돌아다니며 이렇게 외치게 했다.

"백성들은 들으시오. 누구든지 저 산 너머에 사는 대장 거인을 산 채로, 또는 죽여서 데려온다면 임금님께서 그에게 황금 한 자루를 상으로 내리고 그를 총리로 삼을 것이오."

이것을 들은 켈올란은 형들에게 이 소식을 전하고 곧장 궁으로 향했다. 왕의 앞에 도착한 켈올란은 정중히 인사를 올리고 말했다.

"저 산 너머에 살고 있는 대장 거인을 산 채로, 또는 죽여서 임금님께 데리고 오겠습니다. 명령만 내리십시오."

왕은 켈올란의 지혜와 전에 한 일을 알고 있기 때문에 "허허" 웃으며 그에게 허락하였다.

"자, 영리한 켈올란아, 이번에도 성공해서 돌아 오거라."

켈올란은 궁에서 나온 후 바로 시장으로 향했다. 그는 시장에서 쇠로 만들어진 커다란 새장을 구했다. 그는 새장을 마차에 싣고 그 안에 네 사람의 시체를 넣었다. 밤부터 마차를 몰아 아침에 대장 거인의 집에 도착한 그는 거인을 향해 소리쳤다.

"이봐 대장 거인! 너에게 아침 식사를 가져왔다. 어서 일어나."

그는 이렇게 말하고 나서 새장의 문을 열어놓고 자신은 한 구석으로 가서 몸을 숨겼다.

대장 거인은 잠이 덜 깬 상태로 밖으로 나왔다. 그는 새장 안에 있는 시체를 보자 눈이 돌아갔다. 마침 배도 고프고 하여 바로 새장 안으로 뛰어 들어갔다. 켈올란은 숨어있던 곳에서 슬그머니 나와 거인이 눈치를 채지 못하게 새장의 문을 잠갔다. 그리고 마차를 몰고 마을로 돌아왔다.

궁의 마당에 도착한 그는 왕에게 거인을 잡아왔다는 소식을 전했다. 왕은 마당으로 내려와서 켈올란이 정말 거인을 잡아온 것을 보았다. 그리고 그의 지혜에 매우 놀라고 기뻐했다. 왕은 그를 칭찬하고 그에게 손뼉을 쳐주었다. 그리고 그에게 황금 한 자루를 상으로 내리고 그를 총리로 삼았다.

켈올란은 총리가 된 후, 39명의 형제들에게 이 소식과 함께 황금 한 자루를 보냈다. 켈올란은 대장 거인을 사형집행자에게 넘겨주고, 총리 궁전으로 어머니, 아버지를 모시고 와서 함께 살았다. 그리고 형제들과 똑같이 황금을 나누고 아름다운 여인을 만나서 결혼도 했다. 부모님과 형제들과 오래오래 행복하게 살았다.

04
켈올란과 우물 속의 거인

옛날 옛날 어느 마을에 대머리 총각과 그의 늙은 어머니가 한 오두막집에서 가난하게 살았다. 이 총각은 아주 똑똑하고 능력이 많았으나 게으르고 일하는 것을 싫어했다. 먹고 자고 그냥 앉아 있는 것만 좋아했다. 게다가 머리털이 하나도 없고 너무나 못생겼다고 마을 사람들은 그를 '켈올란'이라고 불렀다. 어머니가 남의 집 빨래를 해 주면서 받는 돈으로 모자는 근근이 살아갔다.

어느 날, 켈올란은 시장 구경을 하려고 집을 나섰다. 시장에 가니 한 곳에 사람들이 많이 모여 있었다. 어떤 사람이 큰 소리로 말했다. 켈올란은 궁금하여 그 곳에 바싹 다가섰다. 큰 소리로 말하는 사람은 술탄의 명령을 백성에게 전해주는 사람이었다.

"여기 매우 어려운 일이 있어요. 그 일을 하기 위해 한 사람이 필요합니다. 이 일을 하는 사람에게는 금 백 개를 주겠습니다. 혹시 하고 싶은 분이 있으면 말해 주세요."

금 백 개라는 말을 듣는 켈올란은 관원에게 자신 있게 말했다.

"제가 하겠습니다."

"그래? 네가 자신이 있다면 해도 돼. 나는 이제 네가 할 일을 설명할게. 아주 먼 곳까지 말을 타고 가서 아주 귀한 물건을 가져 오는 일인데 네가 할 수 있겠니?"

"그럼요. 저는 제가 할 수 있다고 한 것은 꼭 해냅니다."

"그럼 돈을 지금 받고 싶어, 아니면 돌아올 때 받고 싶어?"

"지금 주세요. 조금만 쓰고 나머지는 어머니에게 다 드리겠어요."

켈올란은 바로 집에 가서 어머니에게 지금까지 벌어진 이야기를 했다. 어머니에게 돈을 드리고 작별 인사를 했다.

켈올란은 관원과 약속한 일을 하려고 일행들과 말을 타고 떠났다. 사흘 동안 말 등에 있었던 켈올란은 아주 피곤했다. 말 등에서 내리지 않고 계속 갔기 때문이었다. 켈올란은 몸도 많이 아팠다. 하지만 그는 관원과의 약속 때문에 참았다. 저녁때가 되어 켈올란과 같이 가는 사람들이 쉬려고 했다. 그곳에 우물이 하나 있었다.

일행의 대표가 켈올란에게 말했다.

"켈올란! 저기에 우물이 있어. 네가 그 우물 안으로 내려가야 한다. 무섭지 않지?"

켈올란은 우물 앞으로 가서 왼쪽, 오른쪽을 살핀 후 그 우물 안을 들여다보고 우두머리에게 말했다.

"아니요. 무섭지 않아요. 내려갈 수 있어요."

켈올란은 무서워도 무섭지 않은 척했다. 사람들이 켈올란의 허리에 끈을 매었다. 그리고 우물 속으로 켈올란을 넣었다.

켈올란이 우물의 반쯤 내려오자 어둠 속에서 오른쪽의 문이 열리며 한 사람이 켈올란을 잡아 그 문으로 데리고 들어갔다. 잠시 어리둥절해진 켈올란이 정신을 차리고 보니 자기가 넓은 정원에 있는 것을 알았다. 정원 가운데에 큰 궁궐이 있었다. 정원 안에 있는 장미꽃들의 한 가운데에 아주 예쁜 소녀가 앉아 있었고, 소녀 뒤에는 입술이 매우 큰 흑인 한 사람이 서 있었다. 그리고 꽃들 사이에서 공작 한 마리가 날아다녔다. 켈올란은 놀라 눈이 휘둥그레진 채 이것들을 보고만 있었다. 그때 갑자기 뒤에서 큰 소리가 나서 켈올란이 놀라 뒤를 돌아다보니 거기에 거인이 있었다. 거인은 큰 소리로 말했다.

"야! 나에게 말해 봐, 여기서 보이는 것 중에 무엇이 제일 예뻐?"

켈올란은 거인의 모습이 무서워서 덜덜 떨었다. 잠시 생각한 다음에 대답했다.

"자기 마음이 어떤 것을 좋아한다면 바로 그것이 가장 예쁩니다."

거인은 이 대답을 좋아했다. 다시 물어보았다.

"이 여자는 예쁘고 저 공작도 예쁘지만 저 흑인은 예쁘지 않아. 그렇지 않아?"

켈올란은 이제 무섭지 않아 아까와 같은 대답을 했다.

"자기 마음이 어떤 것을 좋아한다면 바로 그것이 예쁩니다."

"옳지! 너는 참 똑똑한 총각이야."

그 대답에 만족한 거인은 옆에 있는 나무에서 큰 석류 세 개를 따서 주었다.

"이것을 가져가서 어머니와 같이 먹어."

그리고 거인은 거기를 떠났다.

그 거인은 원래 우물을 내려오는 모든 사람에게 이런 질문을 하였다. 원하는 대답을 듣지 못하면 그는 몹시 화가 나서 그 사람을 죽였다. 우물을 내려온 사람들은 보통 "소녀가 예쁘다."라거나 "공작이 예쁘다."라고 하는데 그렇게 말하면 거기서 죽고 다시 올라갈 수 없었다.

그 문으로 나간 켈올란은 위로 어떻게 올라갈까 생각하고 있을 때 마침 위에서 두레박이 내려와 그걸 타고 올라갔다. 켈올란이 우물에서 올라온 것을 보고 사람들은 매우 놀랐다.

지금까지는 그 일행들이 이 우물에서 물을 마시고 싶을 때마다 거인에게 한 사람을 제물로 주어야 했다. 우두머리는 놀라서 켈올란에게 물었다.

"지금까지 이 우물에서 살아나온 사람이 없었는데 어떻게 네가 살아나왔어?"

켈올란은 웃으면서 말했다.

"어떻게 살아나왔는지는 상관없어요. 내가 '살아나왔다'는 것이 중요해요."

일행은 다시 길을 떠났다. 목적지에 도착하여 귀한 물건을 가지고 고향으로 돌아왔다.

켈올란은 어머니에게 거인에게 받은 석류 세 개를 드렸다. 석류를 자른 어머니가 깜짝 놀랐다. 그 안에 다이아몬드가 가득 들어 있었기 때문이다. 그래서 켈올란은 다이아몬드를 팔아 부자가 되었다. 켈올란은 어머니와 행복하게 살았다.

묶음 넷

켈올란과 동물 이야기

01
켈올란과 까마귀

옛날 옛날 한 마을에 켈올란이 살고 있었다. 어느 날, 아버지가 돌아가시자 홀어머니를 모시기 위해 일감을 구하러 다녔지만 아무도 그에게 일감을 주지 않았다. 어쩔 수 없이 그는 봇짐을 메고 먼 길을 떠났다. 그가 마을을 돌아다니며 일자리를 알아보는 동안 시간이 흘러 여섯 달이 지났다.

하루는 또 다른 마을로 향하던 중에 길가에서 다리가 부러진 까마귀를 발견하였다. 그는 까마귀를 봇짐에 조심스럽게 넣었다.

'내가 운이 좋구나! 까마귀가 내 길동무가 되어주다니.'

그는 기쁜 마음으로 다시 길을 가기 시작했다. 한참을 걸어 날이 저물었을 때 어느 마을에 도착했다. 그는 밤을 보낼 곳을 찾기 위해 한 집을 골라 문을 두드렸다. 그리고 집주인에게 먼 길을 떠나 걸어온 것과 밤을 보낼 곳을 찾고 있다는 것을 말했다. 집주인은 그를 불쌍히 여겨 그 집에서 머무는 것을 허락했다.

집주인은 켈올란을 난롯가로 불러 그가 돌아다니며 보고 들은 것에 대해 이것저것 물어보았다. 켈올란은 한참을 이야기하던 중 잠시 손을 씻으러 부엌으로 향했다. 그리고 부엌으로 가는 동안 음식 저장고의 문이 살짝 열려있는 것을 발견했다. 그 문을 더 열어보니 그곳은 뵈렉*과 돌마**, 튀김과 후식까지 맛있는 음식들로 채워져 있었다. 음식들을 보자 켈올란의 배에서 꼬르륵 소리가 나고 입에는 침이 고였다. 그는 배고픔을 꾹 참고 손을 씻고 돌아와 식사 때가 되기를 기다렸다.

식사 때가 되자 집주인은 거실 한 가운데에 커다란 상을 펴고 빵을 잔뜩 꺼내놓았다. 그리고 식구들과 켈올란을 식탁으로 불러 모았다. 켈올란은 봇짐에 넣어두었던 까마귀를 가슴에 품고 돌아와 식탁에 앉았다. 그러나 커다란 식탁과는 어울리지 않게 식사로 나온 것은 멀건 보리 수프와 치즈뿐이었다. 주인이

"어서 먹게."

하고 말하자 켈올란은 숟가락을 들어 수프를 먹기 시작했다. 그러나 양을 많게 하려고 수프에 물을 어찌나 많이 부었던지 아무 맛도 나지 않았고 건더기도 없었다. 빵과 함께 치즈라도 먹어야겠다고 생각한 켈올란은 치즈를 한 숟가락 먹었지만 치즈는 소금 맛밖에 나지 않았다.

안되겠다고 생각한 켈올란은 품에 안고 있던 까마귀의 다리를 힘껏 눌렀다. 까마귀가 다리가 아파 "까악 까악" 소리를 내자 켈올란은 고개를 숙이고 까마귀의 말을 듣는 시늉을 했다. 이를 지켜본 집주인은 켈올란에게 물었다.

"켈올란, 그게 무엇인가? 방금 누가 소리를 냈나? 자네는 무엇을 듣고 있는 것인가? 자네에게 뭐라고 하던가?"

"아저씨, 저에게는 다리를 다친 까마귀가 한 마리 있습니다. 제 길동무이지요. 저와 늘 함께 돌아다니고 늘 저에게만 조용히 말을 합니다. 이 친구가 배가 고프다며 돌마가 먹고 싶다고 하네요. '음식 저장고에 돌마가 있는데 보리 수프를 먹다니……. 수프 대신 돌마를 먹고 나에게도 조금만

* 뵈렉(Börek)은 밀가루 반죽을 밀방망이로 밀어서 얇고 넓적하게 만든 밀가루 반대기에 치즈, 갈은 고기, 시금치 등을 넣고 튀긴 음식이다.

** 돌마(Dolma)는 여러 가지 채소에 속을 채워서 만든 중동지역 및 그리스의 요리이다. 특히 어린 포도나무 잎에 레몬즙을 뿌린 쌀·양파·양고기 등을 함께 싸먹는 것이 유명하다. 보통은 전채 요리로서 차게 해서 먹지만 양고기로 만드는 돌마 요리(돌마데스)는 달걀노른자와 레몬즙으로 만든 아브골레모노라는 소스와 함께 정식 코스에서 뜨겁게 나온다. 포도나무 잎 외에 서양 호박·피망·양배추·근대잎·양파 같은 채소도 사용된다.

떼어줘.'라고 말했습니다. 죄송합니다. 이 까마귀가 염치가 없습니다. 이 친구는 원하는 것은 바로 말하는 편이라서요."

집주인은 부인을 한번 쳐다보더니 부끄러워 얼굴을 붉혔다. 그가 고갯짓을 하자 부인은 하는 수 없이 음식 저장고에 가서 돌마를 꺼내왔다. 한참 맛있게 식사를 하다가 켈올란은 다시 한 번 까마귀의 다리를 힘껏 눌렀다. 그러자 까마귀가 "까악 까악" 하고 소리를 냈고 켈올란은 다시 한 번 듣는 시늉을 했다. 주인은 그것을 보더니 또 물었다.

"켈올란, 방금 누가 소리를 냈나? 자네는 무엇을 듣고 있는 것인가? 자네에게 뭐라고 하던가?"

"이번에도 다리 다친 제 까마귀 친구입니다. 늘 저에게만 조용히 말을 하지요. 돌마를 먹고 배가 부릅니다. 정말 고맙습니다. 그런데 제 친구가 '음식 저장고에 튀긴 닭이 있는데 돌마로 배를 채울 생각이야?'라고 말하네요. 튀긴 닭을 먹고 자기에게도 조금만 나누어 달라고 합니다. 죄송합니다. 이 친구가 염치가 없고 직설적이긴 해도 허튼소리는 하지 않습니다."

집주인과 부인은 서로를 쳐다보더니 또 부끄러움을 느꼈다. 집주인이 부인에게 신호를 보내자 부인은 어쩔 수 없이 음식 저장고로 가서 튀긴 닭을 꺼내왔다. 튀긴 닭을 거의 다 먹어갈 때쯤 켈올란은 다시 까마귀의 다리를 눌렀다. 그러자 까마귀가 "까악 까악" 소리를 냈다. 켈올란은 까마귀에게 귀를 가까이 대며 또 듣는 시늉을 했다. 그러자 집주인이 그에게 물었다.

"켈올란, 방금 누가 소리를 냈나? 자네는 무엇을 듣고 있는 것인가? 자네에게 뭐라고 하던가?"

"말하기가 부끄럽습니다만 또 제 까마귀가 소리를 냈습니다. 말하기를 좋아하는 친구이지요. 게다가 욕심이 많아서 본 것이 있으면 꼭 달라고 합니다. 그래도 어쩌겠습니까? 제 친구이자 길동무인데……. 방금은 '지금까지 아주 잘 대접을 받아서 기분이 좋은데 식사의 마무리까지 잘 이어졌으면 좋겠다. 음식 저장고에 후식이 있는데 설마 이것으로 식사가 끝나는 것은 아니겠지?' 하고 말했습니다. 죄송합니다. 정말 염치가 없지요. 그래도 근거 없는 말은 하지 않습니다."

그러자 집주인과 부인은 서로를 쳐다보고 또 부끄러워했다. 집주인은 하는 수 없이 부인에게 후식을 내오라고 고갯짓으로 신호를 보냈다. 부인은 어쩔 수 없이 음식 저장고로 가서 후식을 내왔다.

이렇게 해서 저녁식사가 끝이 나고 그들은 상을 접어 한 쪽으로 치웠다. 그리고 난로 앞에 모여 앉아 도란도란 이야기를 나누었다. 그러고 나니 잠 잘 시간이 되어 모두 잠자리로 갔다. 다른 식구들은 모두 편안한 침대에서 잤지만 켈올란은 좁은 방 한 구석에서 잘 수밖에 없었다. 켈올란은 자기 전에 까마귀를 봇짐에 조심스럽게 넣었다.

켈올란은 다음날 이른 아침, 아직 해가 뜨기 전에 일어나 조심스럽게 집안을 돌아다녔다. 집에 있는 서랍장들을 열어보고 옷의 주머니를 뒤지면서 무엇이 있나 확인해보고 값이 나갈 만한 물건을 찾으면 자루에 담았다. 그리고 아무 소리도 나지 않게 조용히 집을 떠났다.

집주인과 식구들은 아직도 잠을 자고 있었다. 그들은 해가 중천에 떴을 때야 눈을 비비며 일어났다. 그런데 눈을 뜨고 주변을 보니 옷가지들은 바닥에 널려있고 서랍은 모두 열려있었으며 물건들이 뒤섞여 있었다. 그들이 세수를 하고 옷을 입으려고 할 때 주머니에 넣어두었던 돈주머니가 없다는 것을 발견했다. 그리고 집에 있는 모든 값나가는 물건들과 함께 켈올란이 없다는 것을 알고 그가 한 짓이라는 것을 알아차렸다.

"이런 켈올란! 다리가 부러진 까마귀와 함께 와서 우리 집의 모든 음식을 먹어치우고 우리 집에서 신세를 지더니 우리의 물건까지 모두 훔쳐 갔구나!"

집주인은 펄펄 뛰면서 집 밖으로 뛰쳐나갔지만 아무 소용이 없었다. 식구들은 말을 타고 위스퀴다르*까지 한 걸음에 달려갔고 마을 사람들에

* 위스퀴다르(Üsküdar)는 터키 이스탄불 주에 있는 도시로, 옛 이름은 스쿠타리(Scutari)이다. 고대에는 크리소폴리스(Chrysopolis)라고 했다. 이 지명은 페르시아 어로 '사자(使者)'라는 뜻으로 동양으로 가는 사자가 이 도시를 기점으로 하였기 때문에 붙여진 것이다.
6·25 전쟁 때 터키군(軍)에 의해 유포된 민요로 한국에 널리 알려진 도시이다. 보스포루스 해

게도 이 소식을 알려 켈올란의 뒤를 쫓게 했다.

한편, 켈올란은 산을 넘고 강을 건너 한참을 걷고 있었다. 그러던 중 언덕 중턱에서 양떼를 몰고 있는 목동 한 사람을 만났다. 마침 끼니때가 되어 그의 새참을 나누어 먹게 되었다. 맛있게 먹은 후에 목동이 켈올란의 봇짐 속에 있는 까마귀를 보게 되었다. 그는 물었다.

"왜 까마귀를 봇짐에 넣고 다니나요?"

그러자 켈올란은

"이 까마귀는 우리 아버지가 유산으로 물려주신 아주 귀한 까마귀다. 똑똑하고 재주가 많은 까마귀이지. 나와 항상 함께 돌아다니는 내 길 동무야. 무엇보다 이 까마귀는 매일 황금 알을 낳기 때문에 아주 귀하지."

하고 말하며 까마귀를 양손에 움켜쥐고 봇짐에서 꺼냈다. 그러면서 훔친 금화도 한웅큼 집어 들었다. 이것을 본 목동의 눈이 보석처럼 반짝이기 시작했다.

'저 까마귀를 어떻게 하면 얻을 수 있을까? 저 까마귀만 있으면 비오는 날, 해가 쨍쨍한 날, 산으로, 들로 양떼를 치면서 돌아다니지 않아도 될 텐데…….'

하고 목동이 마음속으로 생각하고 있을 때 켈올란이 말했다.

"이제 까마귀와 함께 이 마을 저 마을 여행하는 것도 지쳤다. 한 마을에 자리를 잡고 결혼해서 애도 낳고, 가축이나 치면서 살았으면 좋겠어. 저 양떼와 너의 옷을 준다면 나는 너에게 이 까마귀를 주겠다. 나와 바꾸자."

목동은 너무 기뻐 그 자리에서 옷과 신발까지 모두 벗어서 켈올란에게 주고 그의 다리 다친 까마귀를 받았다. 목동이 신이 나서 집으로 돌아갈 때 목동의 모습을 한 켈올란은 양떼를 몰고 언덕 한 쪽으로 가서 그를 지켜보았다.

협을 사이에 두고 이스탄불 지구와 마주하고 있다. 페리보트가 해협을 왕래하며 1973년 해협을 가로지르는 현수교가 가설되었다. 경치가 아름다우며, 소아시아를 횡단하는 바그다드철도의 시발점이기도 하다. 1548년 세워진 미리마사원 등 유적이 많고, 크림전쟁 때의 영국군 요새와 나이팅게일이 지휘하던 야전병원 등이 남아 있다.

얼마 지나지 않아 켈올란을 쫓고 있던 무리가 켈올란의 옷을 입고 있는 목동을 잡아서는 마구 두들겨 패고 강으로 던져버렸다.

켈올란은 그 날 길에서 밤을 보냈다. 다음날 그는 양떼를 몰고 마을로 돌아갔다. 양떼를 몰고 나타난 그를 보고 마을 사람들은 모두 놀랐다.

"켈올란! 어제 강에 빠져 죽은 것 아니었어? 이 양떼는 어디서 난거야?" 하고 마을 사람들이 묻자 켈올란은 미소를 지으며 말했다.

"빠져죽기는요! 강 속에 들어갔더니 양떼가 가득하던 걸요. 그 중에서 아주 조금만 데리고 나왔어요. 여러분이 저를 강물이 아니라 가축들이 차고 넘치는 곳으로 던진 거예요. 우리 고향은 보물과 기회로 가득하지요. 사기꾼과 멍청이들에게조차요."

그러자 마을 사람들은 너나 할 것 없이 양떼를 건지러 강으로 뛰어 들어갔다. 그러나 모두 양떼를 찾지 못하고 물에 빠져 죽고 말았다.

켈올란은 양떼를 몰고 노래를 부르며 길을 떠났다. 그리고 어머니의 집에 돌아가 양떼를 키우며 오래오래 살았다.

02
켈올란과 그의 친구 다람쥐

옛날 어느 시골에 어머니와 아들 단 두 식구가 살았다. 그들은 아주 가난하여 어렵게 지냈다. 아들은 머리털이 하나도 없어서 사람들은 그를 '켈올란'이라고 불렀다.

이들은 아주 가난하여 집에 먹을 것이 하나도 없는 때도 있었다. 그럴 때면 켈올란은 바구니를 들고 숲 속으로 들어갔다. 여기저기에서 버섯을 따와 어머니와 같이 먹었다.

어느 날, 안개가 끼고 비도 내리는데 켈올란은 버섯을 따려고 숲으로 갔다.

켈올란은 길을 걸어 갈 때 항상 노래를 불렀다. 그 노래를 듣는 시골 사람들은

"아이고 켈올란아! 불쌍한 켈올란아! 굶어서 입에서 냄새 나는 켈올란아!"

라고 하곤 했다. 그렇지만 그는 이 말을 새겨듣지 않았다. 켈올란은 그저 휘파람을 불며 노래를 불렀다.

켈올란은 숲으로 들어갔다. 숲 속에서 꼬리가 길고 커다란 여우 한 마리를 보았다. 켈올란은 무서워서 어떻게 할 줄 몰라 얼른 나무 뒤에 숨었다. 여우는 멀리서 "꼬끼오" 하고 우는 닭 소리를 듣고 눈 깜짝할 사이에 없어졌다. 그 후에 켈올란은 무서운 마음이 없어지고 기분이 좋아졌다.

그래서 다시 버섯을 따기 시작하였다.

얼마 후, 피곤하고 배도 고파서 참나무 밑에 앉아 집에서 가져 온 빵과 치즈를 먹었다. 그때 참나무 위를 보았다. 그 나무 위에는 다람쥐가 있었다. 켈올란은 다람쥐를 참 좋아했다. 다람쥐가 나무 위에서 뛰어 다니는 것을 재미있게 보았다.

그런데 왠지 그 다람쥐는 아주 쓸쓸해 보였다. 켈올란을 물끄러미 보고 있던 다람쥐는 잠시 후 나무 위에서 내려 왔다. 켈올란은 다람쥐를 안아주고 그 머리에 입을 맞추었다.

다람쥐는 갑자기 눈물을 흘리며 한참 울었다. 이 마음 아픈 다람쥐는 이런 친구를 만나서 무척 반가웠다. 다람쥐는 켈올란에게 말을 하였다

"켈올란! 왜 여기 있어? 그까짓 버섯만 가지고 배가 부르겠어?"

이 말을 들은 켈올란은 매우 슬펐다. 눈물을 닦으면서 대답했다.

"가난해서 그래. 어쩔 수 없어. 우리 어머니를 위해 여기까지 올 수밖에 없었어. 어머니 아니고 나 혼자라면 어디든지 가서 무엇이든지 배불리 먹을 수 있어."

이 말을 들은 다람쥐는 켈올란을 안타깝게 생각하고 말했다.

"내가 너를 위해 은혜를 베풀고 싶어. 나를 따라 와."

켈올란은 다람쥐와 같이 길을 나섰다. 가고, 또 가고 하여 어떤 숲속에 들어갔다. 그 곳은 어디나 가시로 덮여 있었다. 그래서 켈올란이 걸을 때 대머리와 얼굴에서 피가 났다.

그 다음에, 다람쥐는 켈올란을 업고 나무들을 뛰어넘어 숲속을 지나갔다. 그들은 함께 개울가에서 내렸다. 그렇지만 개울물이 너무 깊어서 켈올란은 건너갈 수 없었다. 다람쥐는 다시 켈올란을 업어 개울을 건넜다. 그들은 이렇게 한참을 갔다.

얼마 후 다람쥐는 슬프게 말했다.

"켈올란! 나는 여기까지야. 더 이상 갈 수 없어. 그 이유는 묻지 마."

다람쥐는 멀리 있는 벼랑을 가리키며 이어서 말했다.

"저기 벼랑이 보이지? 너는 그 곳에 가야 해. 거기에는 들꿩들이 많아.

그 들꿩들이 너에게 세 가지 질문을 할 거야. 네가 정답을 제대로 말하면 생각하지도 못했던 좋은 일이 생길 거야."

이 말을 들은 켈올란은 매우 기뻤다. 그는 다람쥐에게 고맙다고 말한 다음, 다람쥐에게 원하는 것이 있느냐고 물었다. 다람쥐는 다음에 자기의 소원을 말할 거라고 했다.

켈올란은 곧 벼랑으로 갔다. 들꿩들이 켈올란을 기쁘게 맞이하였다.

여왕 들꿩이 켈올란에게 말했다.

"너에게 할 세 가지 질문이 있다. 정답을 말한다면 금 두 항아리를 주지."

"질문을 하세요. 제가 다 정답을 말하겠어요."

들꿩 여왕이 벚나무를 가리키며,

"켈올란! 저 벚나무에 버찌가 몇 개 있는지 알아?"

켈올란은 입가에 미소를 지으면서 말했다.

"알고말고요. 여왕님의 금색 머리털만큼 있습니다."

"그걸 어떻게 알아?"

"여왕님이 한번 세어보세요."

여왕이 두 번째 질문을 했다.

"켈올란! 지구의 중심지는 어디냐?"

이렇게 쉬운 질문에 켈올란은 아주 기뻤다.

"그곳은 바로 여왕님이 앉아 계신 곳입니다."

"그걸 어떻게 알아?"

"여왕님이 한번 측정해 보세요."

여왕은 켈올란의 이 대답도 정답으로 삼았다. 이제 마지막 질문이었다. 두 개의 호두를 손에 든 여왕은,

"켈올란! 이 두 호두 중에 어느 것이 더 무거운지 맞추어 보아."

호두를 손에 든 켈올란은 두 개의 무게가 비슷해 보여 그것들을 호수에 넣으며 말했다.

"물 속에 더 깊이 가라앉는 호두가 무겁습니다."

모든 질문에 대답을 잘 한 켈올란에게 여왕 들꿩은 약속대로 금 두 항아리를 주었다. 켈올란은 금을 가지고 집으로 돌아와 어머니에게 보여드렸다. 어머니는 그 많은 금을 보자 너무 기뻐서 울었다.

켈올란은 자신에게 도움을 주었던 다람쥐를 잊지 않았다. 켈올란은 자신에게 이렇게 큰 행운을 준 다람쥐를 돕고 싶다고 어머니에게 말하고 집을 떠났다. 그리고 다람쥐를 찾아 나섰다.

켈올란을 다시 만난 다람쥐는 켈올란에게 자신의 사정을 이야기했다.

"나는 원래 왕의 딸이야. 그런데 아버지를 질투한 어떤 적이 나에게 마술을 걸어 내가 이렇게 된 거야."

"아이구, 불쌍해!"

그 이야기를 들은 켈올란은 눈물이 났다.

"내가 어떻게 도와줄 수 있겠어?"

"그건 너무 어려워 켈올란! 카프 산* 에 올라가 에메랄드의 물을 가져다 나에게 주어야 해. 그런데 그건 보통 힘든 일이 아닐 거야."

그렇지만 켈올란은 다람쥐를 꼭 도와주어야겠다고 결심했다.

"좀 더 자세히 설명해 줘. 그래야 내가 그 일을 잘 할 수 있어."

"그 마법의 산에 큰 동굴이 있는데, 그 동굴 안에 옥의 물이 있대. 하지만 그곳은 늘 커다란 용이 지키고 있다고 해."

그 말을 들은 켈올란은 날카로운 칼을 지닌 채 말을 타고 많은 산과 골짜기를 지나갔다. 가고, 또 가고, 그러기를 여섯 달이 지나 결국 그 마법의 산을 찾았다. 들판에 말을 풀어 놓고 칼을 허리에다 찼다.

허리에서 칼을 뽑아 지키고 있던 파수꾼 뱀을 죽이고 위로 올라갔다. 큰 동굴의 문까지 왔을 때 갑자기 큰 휘파람 소리가 들렸다. 동굴 안에

* 카프 산(Kaf Dağı)은 터키 설화에 자주 등장하는 마법의 산이다. 이 산은 모든 산의 어머니이고 아주 먼 옛날에 이곳에서 불사조가 살았다고 전해져 온다. 고대인들의 믿음에 따르면 지구에 있는 모든 산들은 땅 속에서 이 산과 연결되어 있다. 아나톨리아에서 구전으로 전해 오는 이야기 속에 나오는 외눈박이 거인들이 이 산에서 살았다고 한다. 그리고 이 산의 뒤쪽에서는 '예쥐즈-메쥐즈'라는 전설상의 고대 종족이 살았다고 한다.

있는 뱀들이 휘파람을 불어 용에게 위험이 다가온 것을 알려주었다. 켈올란은 구석에 숨어 돌을 던졌다. 파수꾼 뱀들이 얼른 그 쪽으로 몰려갔다. 그러자 동굴의 문이 열렸다. 그런데 안에 용이 있는지 없는지 켈올란은 알 수 없었다. 뱀들이 계속 휘파람을 불었다. 켈올란은 조금 더 위로 올라갔다. 하지만 너무 피곤하여 칼을 들 힘조차 없었다.

잠시 후에 동굴이 흔들렸다. 강한 지진이 일어난 것 같았다. 뱀의 휘파람 소리를 들은 용은 밖으로 나가 서서히 동굴의 아래쪽으로 내려갔다. 이 기회를 놓치지 않고 켈올란은 재빨리 동굴 안으로 들어가 가져 온 병에 옥의 물을 담았다.

켈올란은 곧바로 돌아가 다람쥐를 찾아 그 옥물을 주었다. 이것을 받은 다람쥐는 매우 기뻐하며 그 물을 마셨다. 마시자마자 다람쥐는 아주 고운 소녀가 되었다. 그리고 켈올란의 대머리에 뽀뽀를 했다. 그들은 함께 바로 성으로 갔다. 소녀는 아버지에게 그 동안의 모든 이야기를 했다. 왕은 낙타가 지고 갈 수 있을 만큼 많은 금을 선물로 주고 켈올란을 고향까지 데려다 주었다.

켈올란과 어머니는 그 날부터 행복하게 오래 살았다.

03
켈올란과 마법의 물고기

하루는 켈올란의 어머니가 켈올란에게 구멍가게에 가서 빵을 사오라고 하였다. 켈올란은 가게를 가려고 다리를 건너가다가 그만 손에 있는 돈을 개울에 떨어뜨렸다. 켈올란은 엉엉 소리를 내며 울었다.

"큰 일 났네! 어떻게 하면 좋을까? 어머니에게 어떻게 말씀드려야 하나?"

켈올란의 울음소리를 들은 물고기 한 마리가 개울 위로 올라와 켈올란에게 왜 우느냐고 물었다.

"개울에 내 돈이 떨어졌어. 어머니가 나를 많이 혼내실 텐데 어쩌지. 그거보다 더 큰 일은 돈이 없어서 이제 굶을 수밖에 없다는 사실이야."

"걱정 말아요. 굶지 않게 도와줄게요."

물고기가 이렇게 말을 하며 개울 안으로 쏙 들어갔다.

조금 후에 물고기가 상자를 든 채로 올라와 켈올란에게 그 상자를 주며 말했다.

"이 상자를 향해 '열려라! 식탁아, 열려라! 음식아 나와라.'라고 말하면 상자가 열리고 음식이 나올 거예요."

켈올란은 고맙다고 말하고, 상자를 가지고 집에 와서 어머니에게 그대로 말했다. 그들은 상자에서 나온 음식으로 배부르게 먹었다. 짧은 시간에 신기한 이 상자의 소문이 널리 퍼졌다.

이 소문을 들은, 근처에 있는 도둑들은 이 상자를 훔치기로 마음먹었다. 밤이 되어 켈올란과 어머니가 잠이 들자 도둑들이 몰래 켈올란의 집으로 들어왔다. 그들은 마법의 상자를 훔치고 대신에 비슷한 다른 상자를 놓았다. 아침이 되어 켈올란은 배가 무척 고팠다. 켈올란이 상자를 방 가운데에 갖다 놓았다.

"열려라! 식탁아, 열려라! 음식아 나와라."

그런데 상자가 열리지 않았다. 켈올란이 다시 말을 해도 상자는 열리지 않았다. 그래서 켈올란은 다시 개울가로 갔다. 켈올란의 슬픔을 알아챈 물고기가 다시 개울 위로 올라왔다.

"켈올란 무슨 일인데 그렇게 슬퍼해요?"

"무슨 일이라니? 그 상자를 도둑맞았단 말이야."

"걱정 마세요. 지금 당신에게 마법의 당나귀를 줄게요. 그 당나귀에게 금을 만들어 달라고 하면 금을 만들어 줄 거예요. 그 금은 당신 마음대로 쓰세요."

켈올란은 고맙다고 하고 당나귀를 데리고 집에 왔다. 켈올란과 어머니는 금을 만드는 당나귀 덕분에 한 동안 잘 살았다. 그런데 이번에도 도둑들이 당나귀를 훔쳐갔다. 켈올란이 다시 개울을 찾아가 울고 있을 때 물고기가 다시 나타났다.

"이번에도 무슨 일이 생긴 건가요?"

"무슨 일이라니? 그 당나귀를 도둑맞았어."

"이번에는 아주 특별한 것을 줄게요. 이것을 잘 쓰면 빼앗긴 것까지 다시 돌려받을 수 있을지도 모르겠어요. 게다가 평생 마음 편히 살 수 있단 말이에요."

조금 후 물고기가 막대기를 가지고 왔다. 물고기는 켈올란에게 막대기를 주며 말했다.

"'때려라, 막대기야. 때려라!'라고 말하면 막대기가 그 사람을 때릴 겁니다. 당신이 멈추라고 말할 때까지 때릴 겁니다."

켈올란은 막대기를 받고 기분이 아주 좋아졌다. 켈올란은 마을에 돌아다니며

“저에게 마법의 막대기가 있어요.”
라는 말을 여러 번 했다. 이 소문을 듣게 된 도둑들은 그 막대기를 빼앗기로 결심했다. 밤이 되었으나 켈올란은 자지 않고 문 뒤에 숨었다. 얼마 후 도둑들이 슬그머니 집에 들어왔다.

막대기를 잡은 켈올란이

“때려라! 막대기야. 때려라!”
라고 말했다. 막대기가 도둑들을 때리기 시작했다. 온몸을 심하게 맞은 도둑들은 어안이 벙벙했다.

“이런! 내 상자와 당나귀를 훔친 사람들이 네놈들이구나! 빨리 가서 상자와 당나귀를 데려 오너라! 안 그러면 막대기가 계속 때릴 것이다.”

“켈올란님, 알겠어요. 빨리 가져 오겠어요. 그러니 막대기를 멈추게 해 주세요.”

막대기 덕분에 당나귀와 상자를 다시 얻은 켈올란은 많은 재산을 가난한 사람들과 나누며 어머니와 함께 행복하게 살았다.

04
켈올란과 하얀 비둘기

옛날 옛날 아주 먼 옛날에 어떤 한 시골에 가난한 할머니가 살고 있었다. 이 불쌍한 할머니에게 아들이 하나 있었다. 그는 머리카락이 없어서 다들 '켈올란'이라고 불렀다.

켈올란은 아침에 일찍 일어나 도끼를 가지고, 밧줄을 허리에 매고 산으로 나무를 하러 다녔다. 해 온 나무를 장작으로 만들어 시내로 가져가서 팔았다. 당나귀가 없어서 장작을 등에 지어 날랐다. 이렇게 번 돈으로 어머니와 아들은 힘들게 살고 있었다.

어느 날, 켈올란은 다시 산으로 갔다. 높은 나무에 올라갔다. 그때 위를 쳐다보니 한 새매*가 하얀 비둘기를 잡으려고 하는 모습이 보였다. 새매가 발톱으로 비둘기를 할퀴어 비둘기의 날개를 다치게 했다. 비둘기는 켈올란이 올라 간 나무에 내려앉았다. 부리에 아주 가느다란 올리브 나뭇가지를 물고 있었다. 비둘기는 둥지를 수리하기 위해 나뭇가지를 나르고 있었다.

* 수릿과의 새로 몸의 길이는 28~38cm이고 암컷이 수컷보다 훨씬 크다. 등은 회색, 아랫면은 흰색이고 온몸에 어두운 갈색의 가로무늬가 있다. 수컷을 '난추니', 암컷을 '익더귀'라 하고 길들여 작은 새 따위를 잡는 데 쓴다. 텃새 또는 떠돌이새로 숲 속과 숲 부근의 개활지에서 단독으로 사는데 북위 30도에서 북극권까지 분포 · 번식한다. 북부 지역에 번식하는 집단은 겨울에 남하하여 겨울을 보내고 남부 지역에서 번식하는 집단은 정주한다. 천연기념물 제323-4호.

새매가 비둘기를 보고 따라왔다. 비둘기는 새매가 따라오는 모습을 눈치 채고 방향을 바꾸었다. 비둘기는 자기 둥지의 위치를 새매에게 알리고 싶지 않았다. 자기 새끼들을 잡아먹을까 봐 겁이 났다. 그런데 새매는 계속 따라와 켈올란이 올라간 나무에 내려앉았다. 그러고는 비둘기를 뚫어지게 쏘아보고 있었다. 비둘기가 잡힐 뻔했을 때 켈올란이 크게 소리 질렀다.

"가라, 이 나쁜 새야. 비둘기한테 무슨 짓을 하려고 해?"

켈올란은 새매가 내려앉은 가지를 도끼로 잘랐다. 새매는 곧 날아가서 다른 가지에 내려앉았다. 켈올란은 그 가지도 잘라 버렸다. 이번에도 새매가 또 다른 가지에 내려앉았다. 켈올란이 계속 가지를 잘라버려 나뭇가지가 한 개도 남지 않았다.

결국 새매는 다른 곳으로 날아갔다. 그때 뱀 한 마리가 나무를 감고 기어 올라오기 시작했다. 켈올란이 소리쳤다.

"야, 너, 음흉한 괴물아! 내 하얀 비둘기를 건드리지 마."

뱀이 '쉬쉬' 하는 소리를 내면서 공격했다. 켈올란은 도끼로 뱀을 내리치자 두 동강이 났다. 이번에는 뱀의 남은 반쪽이 공격했다. 켈올란은 이것도 죽여버렸다. 그러고나서 떨며 꼼짝하지 못하고 있는 비둘기를 가슴에 안았다. 나무에서 간신히 내려와 장작을 등에 지고 집에 돌아가고 있었다. 그때 어디선가 소리가 들렸다.

"비둘기를 살려준 켈올란! 가난에서 벗어나기 바랍니다."

켈올란은 이 말을 누가 했는지 알고 싶어 주변을 둘러보았는데 아무도 없었다. 계속 걸었다. 조금 후에 수염이 하얗고 얼굴도 하얀 할아버지를 만났다.

"얘야, 혹시 여기서 하얀 비둘기를 못 보았어?"

켈올란은 할아버지에게 새매 공격을 받고 다친 비둘기에 대한 이야기를 시작했다.

"이걸 한번 보세요. 말씀하신 비둘기가 이거예요? 저의 집에 데려가 치료하려고 하는데요."

켈올란은 가슴에 품고 있던 하얀 비둘기를 보여드렸다. 할아버지는 무척 기뻐하였다.

“고마워, 마음씨 착한 소년아. 내가 찾고 있는 비둘기가 바로 이거야. 나에게 줘. 내가 치료할 수 있어.”

켈올란은 할아버지에게 비둘기를 드렸다. 할아버지는 비둘기를 받자마자 날개를 쓰다듬었다. 그러자 비둘기가 언제 다쳤냐는 듯이 날개를 치며 날아갔다. 켈올란과 할아버지는 그 모습을 한참 바라보았다.

할아버지는 다정한 눈빛으로 켈올란을 보며 말하였다.

“네가 한 일로 신이 만족하셨으면 좋겠다. 내 하얀 비둘기를 두 괴물에게서 구했구나! 하나는 ‘무지와 광신’이라는 나라에서 온 공격자이고, 또 하나는 ‘이기심과 탐욕’이라는 나라에서 온 공격자야. 나한테 네 소원을 모두 말해 보거라.”

켈올란이 부끄러워하면서 대답했다.

“어르신께서 건강하시기만을 바랍니다.”

“나한테 원하는 것을 모두 말해 보라니까.”

“건강하시기를 바랍니다.”

할아버지가 다시 물어보았다. 켈올란이 다시 같은 말을 하자 할아버지는 미소를 지었다.

“만족할 줄 아는 소년이구나! 그런데 좋은 일을 한 사람은 다른 좋은 일로 보상받아야 한단다.”

켈올란이 어깨를 움츠리면서 말했다.

“별 말씀을요. 비둘기를 새매에서 구했을 뿐이에요. 꼭 좋은 일을 하려고 한 것은 아니예요. 그저 비둘기가 불쌍해서 그렇게 한 것뿐이에요.”

할아버지는 슬며시 미소를 짓더니 갑자기 어디론가 사라졌다. 켈올란은 너무 놀랐다. 조금 후에 정신을 차렸다. 켈올란은

‘도대체 내가 무슨 짓을 했지? 소원 하나라도 말했으면 좋았을 걸…….’ 라고 하면서 후회하고 있었다. 그런데 갑자기

“네가 무엇을 생각하면 생각한 대로 그대로 될 거야. 소원은 다만 두 개까지야. 셋까지는 없다.”

라는 소리가 들렸다.

켈올란은 무척 행복해져서 눈이 반짝반짝 빛났다.

'무엇을 빌면 좋을까? 무엇을 빌면 좋을까?'

켈올란은 허리가 굽을 정도로 무거운 장작을 나르는데 불만이 많았던 터라 이마에 흐르는 땀을 닦고 얼굴을 찡그리면서

"아이고, 옛날부터 등에 장작을 지어 나르다 보니 이젠 그만 하고 싶다. 노새 한 마리가 있었으면 좋겠는데……."

라고 말하자마자 말굽 소리가 들렸다.

켈올란이 뒤를 돌아다보니 튼튼한 노새 한 마리가 보였다. 장작을 빨리 노새에다가 옮겨놓은 후 자신도 노새를 탔다. 이것이 첫 번째 소원이었다. 켈올란은 비둘기에게 고맙다는 생각을 하며 노새를 타고 시골에 도착했다. 어머니는 아들이 노새를 타고 오는 모습을 보고 깜짝 놀랐다.

어머니는 도대체 이 동물이 어디서 났느냐고 물어보았다. 켈올란이 신나서 대답했다.

"어머니, 어머니, 깊이 물어보지 마세요. 일단 배가 고픈지 안 고픈지를 물어보세요. 굶어 기절할 것 같아요. 뜨겁고 고추가 많이 들어간 타르하나*를 먹었으면 좋겠는데……."

말이 채 끝나기도 전에 바로 식탁에 뜨겁고 고추가 많이 들어간 타르하나가 차려졌다. 켈올란과 어머니는 같이 앉아 마음껏 먹었다. 풍성한 식탁이었는데 새의 젖만 없었다.** 후식이 있고, 과자도 있고, 얼음으로 차게 한 물까지 다 있었다.

두 번째인 마지막 소원도 이렇게 이루어졌다.

켈올란은 시간이 조금 지난 후에 정신을 차렸다. 생각 없이 마지막 소원을 음식을 위해 써서 후회했다. 그런데 아무 소용이 없었다. 처음부터 정신 차리고 소원을 잘 말했어야 했는데…….

* 여러 야채와 요구르트로 만든 터키의 전통 수프 중 하나이다.

** 터키에서는 없는 것이 없이 모두 갖추어졌을 때 이런 표현을 쓴다.

켈올란아, 켈올란아.
많은 소원 중에
어떤 사람이
노새와 음식을 빌어?

어머니가 켈올란이 한 일을 알게 되었을 때 매우 슬퍼했다. 그래서 켈올란을 꾸짖었다.

"어리석은 아들아, 무슨 인간이 이러한 좋은 기회가 왔는데 그걸 잘 사용하지도 못하니?"

희망이 사라진 켈올란의 어머니는 얼마 지나지 않아 병에 걸렸다. 건강은 시간이 갈수록 나빠졌다. 켈올란은

'우리 불쌍한 어머니, 이런 일은 다 나 때문이야.'

라고 하면서 슬퍼했다. 켈올란은 어머니의 곁을 떠나지 않고 보살피고 있었다.

어느 날 밤 문을 두드리는 소리가 났다.

"누구세요?"

"갑작스럽게 찾아온 손님입니다."

켈올란은 문을 열렀다. 양치기 옷을 걸치고 손에는 막대기를 들고 있는 늙은 남자 한 사람이 문지방에 서 있는 모습을 보았다. 눈은 현인처럼 빛나고 있었다.

켈올란이 그를 집안으로 모셨다. 누구냐고 물었다.

"이리저리 떠돌아다니는 사람이에요."

켈올란은 부끄러워하면서 말했다.

"손님, 미안해요. 손님을 제대로 접대할 수가 없어요. 우리 어머니가 너무 편찮으시기 때문이에요."

남자는 집구석에서 오래된 옷을 둘러쓰고 누워 있는 늙은 여성을 보았다. 보는 순간 희망이 없다는 듯 머리를 절레절레 흔들었다. 그 모습을 본 켈올란은 더욱 슬퍼져 울음이 나왔다.

"희망이 조금도 없나요?"

남자가 잠시 생각한 후에 대답했다.

"희망이 단 하나 있어. 그 희망은 산 뒤에 있지."

켈올란이 슬퍼하면서도 희망이 있다는 말에 귀가 솔깃했다.

"마지막 희망이 산 뒤에 있다고요?"

"응, 그래. 그 산은 카프 산이란다. 요정들의 산이지. 거기에는 생명 정원이 있어. 생명 정원에는 일곱 거인이 보호하고 있는 일곱 나무가 있단다. 첫째는 무화과, 두 번째는 대추야자, 세 번째는 보리수, 네 번째는 뽕나무, 다섯 번째는 모과, 여섯 번째는 사과, 일곱 번째는 석류란다. 자, 아들아, 이 일곱 과일을 따와서 어머니에게 먹이면 어머니가 건강을 회복할 수 있을 거야."

켈올란이 깊이 생각하고 있는 모습을 보고 남자가 물어보았다.

"뭘 생각하고 있어?"

"카프 산을 생각하고 있어요. 그 산이 어디에 있어요?"

"아주 멀리 있지."

"거기에 갈 수 있을까요?"

"그럼. 그런데……. 너, 어머니를 사랑하니?"

"그럼요. 정말로 많이 사랑해요."

"그렇다면 갈 수 있을 거야."

"만약에 그곳에 가면, 일곱 거인이 보호하고 있는 일곱 나무에서 일곱 과일을 딸 수 있을까요?"

"어머니를 정말 사랑하니?"

"그렇다니까요."

"그렇다면 따올 수 있어."

"어머니가 저 때문에 아프신 거예요. 어머니의 병을 고치기 위해 제 힘을 다 하겠습니다."

켈올란은 안낭*을 등에 메고 바로 출발했다.

한참을 가다가 사람을 만나 카프 산의 위치를 물어보았다. 그 사람이 손으로 멀리 있는 곳을 가리켰다.

"저기에 있는 산이야."

켈올란은 사흘 동안 쉬지 않고 계속 걸어 그 산에 도착했다. 그곳에서 만난 사람에게 물어보았다.

"이 산이 카프 산인가요?"

"이것은 카프 산이 아니고 코프 산이야. 눈에 보이는 모든 산을 다 카프 산으로 착각하지 마라."

켈올란이 또 다른 사람에게 물어보았는데 그 사람은 켈올란의 이야기를 듣고 말했다.

"얘야, 내가 볼 때는 너는 도저히 거기에 갈 수 없을 것 같아."

"왜요?"

"왜냐하면 네 그림자가 어디로 가면 너도 그림자를 따라가기 때문이야. 너는 그림자에게 구속이 되었구나."

켈올란은 이 말을 듣고는 무슨 말인지 도대체 몰라 머릿속이 복잡해졌다. 어떻게 해야 할지를 몰라 고민했다.

'카프 산에 어떻게 도착할 수 있을까? 거인 일곱 사람을 물리치고, 일곱 나무에 달린 과일 일곱 개를 어떻게 따올 수 있을까?'

'하늘은 스스로 돕는 자를 돕는다.'라는 말이 있듯이 그때 어디선가 산에서 만났던 수염이 하얀 사람이 나타나 깃털 하나를 주었다.

"자, 이걸 받아라. 이것은 하얀 비둘기가 보냈어. 깃털을 문지르면 원하는 것을 찾을 수 있고, 어떤 소원도 다 이루어진단다."

켈올란이 고맙다는 말을 하기도 전에 그 사람은 사라졌다. 켈올란이 하얀 깃털을 문지르며 말했다.

"나를 돕는 천사님, 내 소원은 카프 산으로 가는 것이에요."

그때 빨간 재킷과 파란색 바지를 입은 한 남자가 나타났다. 손에는 상자 하나를 들고 있었다. 그 사람이

* 말 안장 앞 양쪽에 달린, 여러 가지 물건을 넣는 가죽 주머니.

"소년아, 이거 한번 봐."

라고 말하는 순간 상자 안에서 불꽃이 나오기 시작했고 켈올란은 분홍색 먼지로 변했다. 빨간 재킷을 입은 남자가 '훅' 하고 불자 분홍색 먼지가 털실 뭉치로 변했다. 그 남자가 '훅' 하고 계속 불자 서서히 강한 바람이 되어 분홍색 털실 뭉치는 바람을 타고 카프 산까지 보내졌다.

카프 산 뒤에서는 어떤 사람이 기다리고 있었다. 그 사람의 재킷은 금으로 수놓아져 있었고 손에는 막대기를 들고 있었다. 그 막대기를 분홍색 털실 뭉치에 대자 켈올란으로 다시 변했다. 금으로 수놓은 재킷을 입은 사람이 사라지기 전에 이렇게 말해주었다.

"나중에 집에 돌아가려면 이 네거리에서 '넵튠 사람, 넵튠 사람' 하고 나를 불러라."

켈올란은 다시 출발했다. 어떤 난쟁이를 보았는데 그는 수염이 바닥까지 길게 늘어져 있었다.

"나에게 하얀 비둘기의 깃털을 줘. 그 대신 금 막대기와 로쿰* 일곱 개를 줄 게."

"금 막대기와 로쿰 일곱 개는 무엇에 쓰지요?"

"금 막대기는 금 문에 대어 문을 열고, 로쿰 일곱 개는 일곱 거인에게 먹으라고 줘."

이어서 집게손가락을 흔들며 말을 계속했다.

"꼭 지켜야 할 것 하나 더 말해 주마. 누구든지 널 부르면 절대 뒤를 돌아 보지마! 내 말 꼭 지켜. 그렇지 않으면 나쁜 일이 생길 거야."

멀리서 반짝반짝 빛나는 순금으로 된 성 한 채가 보였다. 켈올란이 그 성에 도착하니 거대한 성문이 있었다. 그런데 그 문에는 자물쇠도, 열쇠도, 손잡이도 없었다. 당황한 켈올란은 금 막대기가 있다는 것을 미처 생각하지 못했다. 시간이 조금 지난 후에야 난쟁이가 준 금 막대기가 생각났다.

* 로쿰(Lokum)은 설탕에 전분과 견과류 (호두, 피스타치오, 아몬드, 헤이즐넛, 코코넛)를 더해 만든 터키의 과자다. 발칸 반도, 그리스 등지에도 알려져 있다.

금 막대기를 꺼내서 문에 댔더니 문이 서서히 열렸다.

그 문 뒤에는 아주 아름다운 정원이 있었다. 정원의 끝이 보이지 않았다. 붉은색을 띤 새들이 푸른 가지 위에서 노래하고 있었고, 부드러운 바람이 울긋불긋한 꽃들의 향기를 뿌리고 있었다. 가는 곳마다 물 흐르는 소리가 아주 잘 들렸다. 날씨가 화창하고 바람이 살랑살랑 불어와 켈올란은 기분이 아주 좋아졌다. 켈올란이 조금 걸어가 밝은 곳에 도착했을 때, 무화과나무와 그 앞을 지키고 있는 무서운 거인을 보았다.

무화과를 보고 따먹지 못하도록 거인에게는 눈이 없었고 이마는 아주 넓었다. 코와 귀는 아주 민감했다. 냄새를 맡는 능력이 아주 뛰어나서 주변에서 걸어다니는 살아 있는 모든 것의 존재를 다 느낄 수 있었다.

누군가가 오고 있는 것을 멀리서 알아 챈 거인은, 중얼거리며 걸어오는 켈올란을 향해 걸어오기 시작했다. 거인은 켈올란이 가는 대로 줄곧 따라갔다. 그때 켈올란은 난쟁이가 준 로쿰을 거인에게 던져주었다. 거인이 로쿰 조각을 받아먹은 후에야 켈올란을 좇아가는 것을 포기하고 누워서 바로 코를 골며 잤다.

켈올란은 무화과 한 개를 따 가지고 대추야자 정원으로 갔다. 여기에서는 하늘의 색이 대추야자 색이었다. 정원을 보호하는 눈 없는 거인이 무서운 이를 드러내며 공격했다. 켈올란이 던진 로쿰 조각을 받아먹자 거인은 그대로 쓰러져 잠이 들었다.

그리하여, 일곱 정원의 일곱 거인을 모두 잠들게 한 켈올란은 일곱 나무의 일곱 과일을 따서 안낭에 넣었다.

보리수 정원에서는 하늘의 색이 보리수 색이었고, 뽕나무 정원에서 하늘의 색은 뽕나무 색이었으며, 모과 정원에서 하늘의 색은 모과 색이었다. 사과 정원에서 하늘의 색은 사과 색이었고, 석류 정원에서 하늘의 색은 석류 색이었다. 나무의 과일들을 보지 못하는 눈 없는 거인들이 코를 고는 소리 외에는 아무 것도 들리지 않았다.

켈올란은 죽은 사람도 살려낼 수 있는 일곱 나무의 일곱 과일을 딴 후 그 곳을 떠났다.

그때였다.

"켈올란아, 켈올란아!"

뒤에서 누군가가 자기를 부르는 소리에 켈올란은 깜짝 놀랐다.

'어머나, 이런! 무슨 소리지? 이 소리는 우리 어머니의 목소리인데, 어머니가 여기에 오실 리가 없는데…….'

라고 생각하며 뒤를 돌아보려는 순간, 난쟁이의 말이 떠올랐다.

"절대 뒤를 돌아보지 마. 내 말 꼭 지켜."

"켈올란아, 켈올란아!"

계속 부르는 소리에 켈올란은 미칠 것 같았다. 분명히 어머니의 목소리인줄 알았지만 난쟁이의 말이 생각나 뒤를 돌아볼 수 없었다.

'혹시 어머니가 여기까지 나를 찾기 위해 오셨다면?'

'나를 못 찾고 여기서 길을 잃으신다면?'

이런 저런 생각을 하면서도 난쟁이의 말이 생각나서 뒤돌아보지 못하고 금으로 만든 문을 향해 뛰기 시작했다.

"켈올란아, 켈올란아!"

어디에 가도 이 소리가 들리는 것 같았다. 소리가 서서히 커지고 있었다. 켈올란은 이 소리를 듣고 싶지 않아서 귀를 막았다. 그런데도 소용없었다. 소리가 더욱 가까이 들렸다. 켈올란은 정말 뒤를 돌아보고 싶었다. 이 욕구를 이겨내지 못했다. 결국 참을 수 있는 능력을 잃어버렸다. 그때 난쟁이의 축 늘어진 수염이 생각났다. 또 그의 말도 생각났다.

"켈올란아, 켈올란아!"

이번에는 소리가 아주 가까이 들렸다. 짧은 웃옷 안에 머리를 숨겼는데 소용없었다. 더 이상 참을 수 없어 뒤를 돌아볼 뻔했을 때 켈올란이 어떻게 했을까?

"힘 내! 힘 내! 조금 남았다. 힘 내!"

라고 자신에게 크게 소리쳤다.

"켈올란아, 켈올란아!"

라고 하면서 귀에서 쟁쟁거리면 거릴수록 켈올란은

"조금 남았다, 힘 내! 조금 남았다. 힘 내!"
라고 소리치면서 그 소리를 듣지 않으려고 했다.

드디어 켈올란은 금 문에 도착했다. 금 막대기를 문에 급히 대니 문이 열렸다. 켈올란은 그 곳을 허겁지겁 빠져 나왔다. 이제 그 소리는 들리지 않았다.

켈올란은 뒤를 돌아보지 않고 거기를 떠났다. 피곤하여 한참 앉아서 쉬었다가 다시 출발했다. 조금 간 후에 어느 사람을 우연히 만났다. 그 사람의 머리는 곱슬곱슬하고 눈 주위가 거무스레했으며, 뼈만 앙상하게 남아 있었다. 그의 손에는 긴 칼 한 개가 들려 있었고, 옆에는 쟁기 한 개가 있었다. 켈올란에게 자기의 생명을 계속 이어가려면 일곱 나무의 일곱 과일을 꼭 얻어야 할 거라고 했다.

"나에게 금 막대기와 일곱 과일을 주어라. 그 대신 나는 긴 칼과 쟁기를 줄게."

켈올란은 어머니를 생각해서 거절했다. 그 앙상한 사람이 이렇게 말했다.

"긴 칼은 신용이다. 이것은 널 보호하고, 쟁기는 널 배부르게 한다. 이 두 가지를 가진 사람은 일생 동안 행복하게 살 수 있다."

"좋긴 좋은데, 생명을 계속 이어갈 수 있는 일곱 나무의 일곱 과일을 우리 어머니에게 먹여드리지 못하면 어머니가 죽을 거예요."

"아니야, 네 어머니는 죽지 않을 거야. 어머니가 건강을 회복한 채로 널 기다리고 있을 거야"

켈올란은 너무 행복해졌다. 금 막대기와 일곱 과일을 그 사람에게 주고 대신 긴 칼과 쟁기를 받았다. 고향을 향해 계속 걸어갔다. 길고 구불구불한 길을 지나 네거리에 도착했을 때, 켈올란이 불렀다.

"넵튠 사람이요! 넵튠 사람이요! 빨간 재킷을 입은 분이요! 벨벳으로 만든 옷을 입은 분이요!"

금으로 수놓은 재킷을 입은 사람이 보였다. 손에는 상자 한 개가 있었다. 상자 안에서는 불꽃이 나오고 있었다. 그때 켈올란은 곧바로 분홍색 먼지로 변했다. 금으로 수놓은 재킷을 입은 사람이 입김을 불어 강한 바람이 생겼다. 이 강한 바람이 분홍색 먼지를 서쪽 방향으로 보냈다.

서쪽에서는 빨간 재킷과 푸른 바지를 입고 있는 사람이 기다리고 있었다. 손에 막대기 한 개를 들고 있었다. 분홍색 먼지에 막대기를 대자 켈올란으로 다시 변했다. 그때 빨간 재킷과 푸른 바지를 입고 있던 사람은 어디론가 사라졌다.

켈올란은 오랫동안 걷고 또 걸어 결국 고향에 도착했다. 켈올란이 어머니를 보니 어머니는 건강이 좋아져 그전처럼 집안일을 하고 주변을 돌아다니고 있었다. 켈올란은 아주 행복해졌다. 긴 칼과 쟁기 덕분에 켈올란과 어머니는 오래오래 행복하게 살았다.

05
켈올란과 늑대

옛날 옛날 아주 먼 옛날에, 켈올란과 어머니가 작은 오두막에서 살고 있었다. 그들이 사는 곳은 마을에서 좀 떨어진 곳이었다. 그들은 몹시 가난했다.

그 해 겨울은 유난히 길었다. 마을에서는 기근*이 시작되었다. 야생 동물들조차 먹을 것이 없었다. 굶주린 늑대들이 마을로 내려오기 시작했다.

어느 추운 날, 켈올란이 석탄 난로 옆에서 자고 있었다. 켈올란은 좀 게으른 사람이었다. 집에는 먹을거리가 조금도 없어 어머니는 걱정스러웠다.

'켈올란을 깨워야 해, 가서 먹을거리를 얻어왔으면 좋겠어.'

어머니는 자고 있는 켈올란의 어깨를 부드럽게 두드리며 말했다.

"켈올란, 일어나. 먹을거리가 다 떨어졌잖아. 마을에 가서 우리 먹을거리를 좀 얻어 와."

켈올란은 졸린 눈을 비비며 투정부렸다.

"엄마, 나 지금 얼마나 좋은 꿈을 꾸고 있었는데……."

"우리 잘 생긴 아들아, 우린 여기서 굶어서 죽을 거야. 그런데 넌 꿈나라

* 흉년으로 먹을 양식이 모자라 굶주림.

에서 살고 있어?"

켈올란은 졸면서 귀찮다는 듯이 대답했다.

"엄마, 약속해요. 내일 아침 바로 시골로 가서 먹을거리를 찾을게요."

"그래. 지금은 더 자라. 그런데 내일은 좀 일찍 출발해라. 그리고 숲에 가서 나무를 해 와라. 내일 시골 사람들도 나무를 하러 산으로 갈 거야. 그들이 와서 널 숲으로 데려다 줄 거야. 알았지?"

"그래요, 엄마"

켈올란은 잠을 계속 잤다. 석탄 난로에서 나무가 활활 타며 소리를 냈다. 이 소리는 켈올란에게 자장가 같았다.

다음 날 아침에 시골 사람들이 왔다. 어머니가 켈올란을 힘들게 깨웠다.

켈올란은 그들과 같이 길을 떠났다. 숲속으로 가고 있을 때 갑자기 야생 늑대 한 마리를 만났다. 모든 사람이 너무 놀라 뒤도 돌아보지 않고 도망쳤다.

켈올란은 너무 두려워 도망을 못가고 제자리에서 꼼짝도 못했다. 켈올란이 늑대를 보자 늑대도 켈올란을 보았다. 켈올란은 도망가지 않으면 늑대가 자기를 잡아먹을 거라는 사실을 잘 알고 있었다. 켈올란은 늑대에게 다가가 말했다.

"늑대야, 나랑 놀지 않을래?"

켈올란이 앞으로 가자 늑대도 켈올란을 따라왔다. 길을 얼마나 많이 갔는지 켈올란은 이제 피곤해졌다. 그때 어느 오두막집이 보였다. 켈올란은 '다행이네.' 생각하며 그곳을 향해 힘껏 뛰기 시작했다. 늑대도 켈올란을 따라 뛰었다. 조금 후면 켈올란이 잡힐 것 같았다. 켈올란은 간신히 오두막 안으로 들어갔다. 켈올란은 매우 피곤하여 쓰러질 뻔했다. 오두막 안에서 여기저기를 둘러보고 생각했다.

'어디에 숨으면 좋을까?'

갑자기 굴뚝이 보였다.

"자, 찾았다. 이 굴뚝으로 올라가자. 늑대도 날 따라오면 그때 보자……."

켈올란은 굴뚝으로 올라가기 시작했다. 문이 열려 있어 늑대가 켈올란을 따라왔다. 켈올란은 힘들게 굴뚝을 올라갔고 늑대도 켈올란을 따라 굴뚝 안으로 들어갔다. 켈올란이 굴뚝을 나와 지붕으로 내려갔다. 그러고나서 나뭇가지를 잘라 굴뚝을 막았다. 늑대는 굴뚝 안에 갇혀 있게 되었다. 아무리 힘써 보았지만 끝내 나오지도 못하고 기진맥진해버렸다.

켈올란은 곧바로 로프 하나를 찾았다. 너무 피곤하여 움직이지 못하는 늑대를 로프로 단단히 묶어 마을 사람들이 있는 곳에 끌고 왔다. 켈올란은, 늑대가 나타났을 때 도망간 마을 사람들에게 그 늑대를 보여주었다. 마을 사람들이 놀라서 물어보았다:

"켈올란아, 네가 살아 있어서 아주 다행이다. 이 늑대를 어떻게 잡았니?"

켈올란이 자신 있게 대답했다:

"'누워서 떡 먹기' 같이 쉬운 일을 설명할 필요가 있나?"

마을 사람들은 눈을 더 크게 뜨고 물어보았다.

"그러지 마, 켈올란아! 뭐가 쉬워? 이 늑대에게 우리가 잡아먹힐 뻔했잖아. 이 늑대를 어떻게 잡았니?"

켈올란은 어깨를 으쓱거리며 이야기하기 시작했다.

"늑대에게 '멍멍아 이리와!'라고 했지. 그 다음에 귀를 잡아서 오두막 안으로 끌고 갔어. 그러고 나서 너희들이 지금 보고 있다시피 이렇게 묶어서 끌고 왔어."

켈올란이 이렇게 말했을 때 시골 사람들은 더 놀랐다. 그 사람들은 켈올란을 자기 마을로 초대했다.

켈올란의 이 용기가 왕의 귀에까지 전해졌다. 왕은 켈올란에게 금 한 봉지를 보내주었다. 켈올란은 이 금으로 마을에다 집을 지었다. 그리고 어머니와 같이 그 아름다운 집에서 행복하게 살았다.

06
켈올란과 꼬리 없는 여우

켈올란이 어린 시절을 보낸 후 방앗간 주인 옆에서 일을 돕게 되었다. 켈올란이 하는 일은 방앗간에 밀을 팔러 온 사람들이 가득 채워 온 부대를 창고에 쏟아 붓는 것이었다. 켈올란이 매일 창고를 채우는데, 여우가 켈올란이 그 채운 밀을 날마다 먹어버렸다.

어느 날, 방앗간 주인이 켈올란에게 말했다.

"켈올란아! 창고는 밀로 다 채웠어? 가서 한번 확인해 봐."

"주인님, 부대를 받을 때마다 창고에 쏟아 부어 당연히 창고가 가득 찼을 것입니다."

켈올란은 자신만만하게 말했다. 방앗간 주인이 씩 웃으면서 말했다.

"그래도 일단 가서 확인해 봐!"

주인은 아주 똑똑한 사람이었다. 켈올란에게 말하기 전에 주인은 이미 창고가 비어있는 것을 보았지만 그를 시험해 보기 위해 확인하라고 한 것이다. 켈올란이 가서 보니 창고가 비어 있었다.

"주인님, 주인님, 큰 일 났습니다. 제가 매번 부대를 받자마자 분명히 밀을 창고에 쏟았는데 지금 가서 보니 창고가 비어있던데요."

"아이고 이 사람아! 사람이 한 입으로 두 말하면 안 되잖아!"

그 말이 켈올란의 마음에 걸렸다. 켈올란은 왜 일이 이렇게 되었는지 매우 속상했다.

그 날 받은 밀도 다시 창고에 쏟아 부었다. 그러고는 켈올란은 밀이 왜 없어지는지를 알아보기 위해 밤이 깊도록 창고 구석에 숨어 있었다. 그런데 한 밤 중에 웬 여우가 나타났다. 여우는 자기 집에 들어가는 것처럼 몸을 흔들면서 창고 문에 가까이 와서 안을 살펴보았다. 그 여우는 검은 밀인지 하얀 밀인지 구별하지 않고 마구 먹기 시작했다. 켈올란이 숨어 있는 구석으로 여우가 가까이 오자 두 손으로 여우를 꽉 잡았다. 켈올란은 눈을 크게 뜨고 말했다.

"이 능청스러운 여우야! 지금까지 먹을 만큼 먹었잖아? 이제 어떡할 거니? 어디로 도망갈 거니? 이제 도망갈 데가 없잖아?"

여우는 켈올란에게 싹싹 빌면서 말했다.

"아이고, 켈올란님. 동물이란 잘못하기 마련이니 이 불쌍한 나를 제발 주인님에게 넘겨주지 마세요. 날 용서해 주세요. 주인님은 칼 없이 피부를 깎을 만큼 아주 잔인하잖아요. 이 불쌍한 저를 놓아주시면 켈올란님의 은혜를 평생 잊지 않을 거예요. 언젠가는 크게 은혜를 갚을 수 있는 날이 올지도 모르잖아요?"

켈올란은 눈물을 흘리며 사정하는 여우를 보니 불쌍한 생각이 들었다. 그래서 여우를 놓아 주었다. 켈올란은 주인에 대한 말이 나왔을 때 주인이 여우에게 어떤 행동을 할지 상상만 해도 무서웠다. 켈올란은, 그의 주인이 누구나에게 눈에 번개가 칠만큼 따귀를 치는 분이고 정말 칼 없이 피부를 깎을 만큼 무서운 사람이라는 생각을 여러 번 했었다.

여우는 켈올란에게 은혜를 갚고 싶은 마음으로 바로 예멘*으로 떠났다. 예멘에 도착하여 왕에게 말했다.

"저는 풀의 나라에서 온 여우인데, 우리 나라 왕자를 위하여 예멘의

* 예멘은(Yemen) 아라비아 반도 남쪽 끝에 있는 공화국이다. 1990년에 남예멘과 북예멘이 통합되어 이루어진 통일 국가로, 아라비아 반도의 최고봉인 나비슈아이브산과 구약성경에 나오는 고도(古都) 사누아도 있다. 농업과 목축업이 주요산업이며 특히, 모카 커피의 산지로 유명하다. 주민은 아랍계, 인도·파키스탄계, 소말리아계로 구성되어 있고 이슬람교를 신봉하며, 주요 언어는 아랍어이다. 수도는 사나, 면적은 52만 7969㎢.

공주를 요청하러 왔습니다."

왕은 반가워하며 말했다.

"우리 딸이 왕자의 신분과 어울리는 건 알지만, 신랑 될 사람은 어떤 사람이고 어디서 사는지……?"

"묻지도 마세요. 임금님! 그 분은 얼마나 마음이 넓은지 손에 들고 있는 빵을 훔쳐간 사람조차 용서하는 분이어요!"

"그런 사람이 세상에 있다면 두 말할 필요 없이 딸을 시집보내지. 당장 달려가 그를 데려 오너라!"

여우는 다시 켈올란이 사는 나라로 돌아갔다. 방앗간뿐만 아니라 여기저기 켈올란을 찾으려고 다니다가 드디어 켈올란을 그의 집에서 찾았다.

"켈올란아! 너에게 아주 기쁜 소식이 있어. 네가 결혼할 여자가 생겼단 말이야!"

"그래? 그럼 어디로 가야 되는지 먼저 말해 줘! 어머니에게 인사를 드리고 가야지. 그냥 간다는 게 말이 돼?"

"어머니는 언제나 볼 수 있지만 이번 기회를 놓치면 두 번 다시 좋은 기회가 오지 않아!"

그들은 즉시 예멘으로 떠났다. 평탄한 길도 가고 험한 길도 가고, 강이나 언덕까지 올라가기도 했다.

그들이 거의 사나(예멘의 수도)에 도착했을 때 어떤 하천이 눈에 띄었다. 여우가 켈올란을 잡은 채 켈올란의 속옷만 남기고 옷을 다 벗겨 하천에 버렸다. 켈올란은 부끄러워서 어쩔 줄 몰랐지만 그래도 여우를 믿을 수밖에 없었다.

켈올란은 여우가 시키는 대로 어떤 구석에 숨었다. 그리고 여우는 왕을 만나러 갔다. 궁궐 사람들은 모두 여우와 새 신랑을 기다리고 있었다. 여우가 혼자 돌아온 모습을 보고 모두들 많이 놀랐다.

여우가 왕 앞에 서서 말했다.

"임금님, 우리 나라 왕자와 제가 오고 있을 때 무슨 일이 일어났는지 말도 못합니다. 왕자와 그의 일행이 하천을 지나갈 때 모두 물에 빠졌습니다. 안타깝게도 왕자밖에 살아남은 사람이 없습니다. 왕자는 맨몸이라 부끄러워 한 구석에서 기다리고 있습니다. 그런 모습을 임금님에게 보여주기가 창피하여 저를 따라 오지 못했습니다. 그는 예의가 발라서 그런지 맨몸으로 인사를 드릴 수 없다고 전해 달라고 했습니다. 우리 왕자에게 옷을 입게 하도록 제발 명령을 내려 주십시오."

여우는 이 말을 왕에게 하기 전에 이미 수많은 빨간색 모자를 하천에 버렸다.

여우는 다시 임금에게 말했다.

"임금님! 하천을 보세요. 왕자 일행은 모두 하천 밑바닥으로 떨어졌고 모자들만 하천 위에서 떠다니고 있습니다."

왕은 창문에서 밖을 바라보니 여우의 말대로 하천 위에 빨간색 모자들이 흘러가고 있었다. 그런 모습을 본 왕은 너무 슬퍼서 눈물을 흘렸다. 왕은 당장 명령을 하여 왕자에게 어울릴 수 있는 옷을 상자 안에서 꺼내어 여우에게 주었다. 여우는 옷을 받자마자 켈올란 옆에 돌아와 말했다.

"켈올란아! 얼른 이 옷을 입어봐!"

켈올란은 옷을 받아 바짓단이 어딘지 소매가 어딘지도 몰라 옷을 입기 위해 여러 번 애썼다. 다행히 여우의 도움을 받아 옷을 입게 되었다. 그러나 옷이 등을 가렵게 했기 때문에 왕 옆에 가까워지면 가까워질수록 켈올란의 불안감이 더 심해졌다.

그런 모습을 본 왕은 여우에게 물었다.

"내가 보낸 옷이 신랑 마음에 안 들었나?"

"그럴 만한 이유가 있습니다. 우리나라에서는 이런 옷감은 당나귀 안장을 만들 때나 쓰기 때문입니다."

왕은 바로 다른 옷을 가져오라고 하인에게 시켰다. 이번 옷감은 세상 어디에서나 찾을 수 없는, 이 나라에서만 볼 수 있는 아주 귀한 옷감이었다.

옷을 갈아입은 켈올란은 불안감이 더 커졌다. 이를 본 여우가 기회를 잡아

"켈올란아! 너 정신이 어디 갔어? 계속 이러면 왕이 네가 켈올란인지

알고 너도 죽이고 나도 죽인단 말이야! 그러면 왕은 너에게 신부는커녕 거위조차 주지 않을 거야."

라고 말했다.

그런데 왕은 켈올란에게 옷만 준 것이 아니라 그 주머니 속에 금 삼백 개를 넣어 주었다. 켈올란은 그 금을 좌우에 있는 사람들에게 나누어 주면서 왕이 있는 방에 도착했다.

그 금을 받은 백성들은 켈올란을 보고 '세상에, 아직도 이렇게 돈에 욕심이 없는 사람이 있네!'라고 생각했다.

여우는 임금에게 켈올란을 소개했다.

"임금님, 바로 이 분이 신랑감입니다. 두 사람의 결혼을 허락해 주시지요."

왕은 반가운 눈빛으로 말했다.

"내 마음은 벌써 켈올란에게 넘어 갔다. 얼른 결혼식을 올리자!"

"임금님, 임금님은 마음이 넓으신 분이라는 이야기를 여러 번 들었는데 역시 그 이야기가 틀림없군요. 우리 풀의 나라에서는 벌써 결혼식을 시작했습니다. 우리가 먼저 우리나라로 갈 테니 공주와 그 일행은 저희를 따라 오시면 됩니다. 그 곳은 신부를 맞으려고 온갖 준비를 다하고 있을 것입니다."

"그럼 어디로, 어느 집으로 가게 해야 할까?"

라고 왕이 놀라서 물었다.

"우리를 따라 오시면 됩니다. 연기가 나는 곳을 보자마자 공주님을 내리게 하세요."

켈올란과 여우는 먼저 길을 떠났다. 한참 멀리 간 다음 곰 나라에 도착했다.

여우가 곰들에게 심각한 표정으로 말했다.

"여러분! 조심하세요! 누구에게도 당신들을 보이면 안 됩니다. 우리를 따라 온 수많은 사람들이 당신들을 보면 죽일지도 몰라요."

곰들은 멀리서 공주 일행을 보고 나무 뒤에 숨었다. 여우가 교활하다는 말은 괜히 하는 말이 아니다. 여우는 온 숲을 다 태워버렸다. 물론 곰들과 같이. 여우가 이렇게 하여 곰들의 예쁜 궁궐을 빼앗았다. 여우와 켈올란이 함께 궁궐 쪽으로 향했다.

공주 일행 중 한 사람이 멀리 연기가 나는 곳을 가리키며 말했다.

"다 왔구나! 연기가 나는 곳은 바로 저기다!"

공주 일행은 그곳에서 머물렀다. 켈올란과 여우는 그들을 위해 잔치를 베풀면서 곰의 궁궐에 있는 금과 다이아몬드를 나누어 주었다. 그것을 받은 사람들이 입을 모아 칭찬했다.

"신랑감은 이렇게 훌륭해야 돼!"

공주 일행은 공주를 켈올란에게 맡긴 다음에 궁궐에 돌아오자마자 왕에게 켈올란에 대한 좋은 말들을 했다. 이 말을 들은 왕은 매우 기뻤다.

그때 켈올란은 공주와 같이 곰들이 살았던 궁궐에서 자리를 잡았다. 켈올란 가족은 기쁨이나 슬픔을 서로 나누면서 행복하게 살아갔다.

어느 날 여우가 켈올란에게 걱정스럽게 물었다.

"켈올란! 만약에 내가 죽는다면 너는 어쩔 거야?"

"아이고 그런 말은 꺼내지도 말아! 생각하기도 싫다."

"좋은 말이 아닌지는 나도 알지만 이 세상에 끝까지 사는 사람이 어디 있어? 언젠가는 나도 죽을 날이 올 테니 미리 준비하란 말이야."
라고 여우가 한숨을 쉬며 말했다.

"누가 먼저 죽을지 모르지만 만약에 네가 먼저 죽는다면 이 궁궐 맞은편에 똑같은 궁궐을 지어서 너를 묻고 아침저녁마다 찾아가겠다."

여우는 의심스러운 듯이 말했다.

"말은 그럴싸한데 정말 그렇게 할 수 있겠니?"

어느 날, 여우가 궁궐 가운데에 죽은 사람처럼 누워 있었다. 그 날 켈올란은 사냥하러 갔었다. 여우의 그런 모습을 본 켈올란의 아내가 머리카락을 뽑으면서 울기 시작했다.* 켈올란이 와 보니 아내가 소리를 내면서 슬피 울고 있었다.

"여보, 무슨 일로 이렇게 슬피 울어요?"

"어떻게 울지 않을 수가 있어요? 당신의 친한 친구인 여우가 죽었단 말이에요."

"아이고 그것 때문에 우는 거요? 동물밖에 안 되는 여우가 죽든지 말든지 우리와 무슨 상관이 있단 말이오?"

눈치가 빠른 켈올란은 여우가 죽은 시늉을 한 것을 알았다. 그래서 아내에게 알려 주려고 바로 여우의 꼬리를 잡았다. 여우가 있는 힘을 다해 도망가려고 한 바람에 여우의 꼬리는 켈올란 손에 있었다.

여우는 궁궐 밖으로 나와 켈올란이 있는 창문 앞에 와서

"야, 가난한 켈올란아! 네가 은혜를 이런 식으로 갚으면 되겠어?"
라고 화를 내며 말하고 떠났다.

"아이고 못 살아! 내 팔자야. 지금까지 내 남편이 이런 사람인지 몰랐어."
라고 아내는 투덜거리기 시작했다.

여우의 한 마디 말로 켈올란이 가난하다는 사실이 탄로가 나자 켈올란이 여우에게 잔뜩 화를 냈다. 켈올란은 총을 가지고 숲으로 뛰어 갔다. 목표는 여우를 죽이는 것이었다. 그런데 여우를 찾기가 쉽진 않았다. 할 수 없이 집으로 돌아와 부인에게 말했다.

"여보! 도대체 여우 말을 어떻게 믿을 수가 있소? 만약에 여우 말처럼 내가 가난하다면 이런 궁궐에 살 수가 있겠소? 이제 그 여우의 말 한 마디 때문에 그렇게 슬프게 울지 마오."

부인은 말문이 막혔지만 마음은 계속 아팠다.

이제 켈올란 부부 이야기를 그만하고 여우 얘기로 넘어가 보자.

여우는 산속으로 도망갔다. 켈올란이 은혜를 갚은 방식을 본 여우가 많이 실망해서 사람이란 존재는 정말 꼴도 보기 싫어졌다. 같이 지내는

* 터키에서는 옛날에 가족이나 가까운 이웃사람이 죽었을 때, 여자들이 말로 표현할 수 없는 슬픔을 나타내려고 머리카락을 뽑아 땅에 버리고 슬프게 우는 습관이 있었다.

여우들도 그 여우를 괴롭혔다. 그 여우에게 꼬리가 없어서 다른 여우들은 항상

"꼬리 없다! 꼬리 없다!"

라고 말하면서 장난을 쳤다. 여우는 속으로 생각했다.

'꼬리 없다는 말을 너희들도 듣게 해 줄 테니 두고 보자. 내가 여러 번 도움을 준 켈올란도 이렇게 나쁜 행동을 했는데 나를 괴롭히는 너희를 어떻게 가만히 둘 수 있겠어. 두고 보자!'

그러던 어느 날, 그 여우가 다른 여우들에게 말했다.

"저 산기슭에 어떤 포도원이 있는데 포도 한 개가 소 눈만큼이나 크단다. 전 세계를 다녀 보아도 이런 포도는 없을 걸. 우리 거기 가서 실컷 포도를 먹자."

여우들은 다른 음식은 다 참을 수 있는데 포도만은 그럴 수 없었다. 그래서 모두 그 여우를 따라 포도원에 도착했다. 포도들이 정말 여우의 말같이 아주 컸다.

"이봐! 이 포도원이 내 동생 포도원인데 한 송이만 먹어야 돼!"

"그래. 한 송이만 먹을 거야. 우리는 그 이상 안 먹을 거야."

"살다 보면 한 입으로 두 말 하기 마련이야. 세상에 믿을 만한 사람이 없어. 내가 켈올란을 믿었는데 무슨 일이 생겼는지 너희가 알기나 해? 내가 경험해 보니 서로 의지할 수 없을 때 가장 좋은 방법은 꼬리를 그루터기에 묶는 거야. 내가 언덕 위에서 지켜보다가 야경꾼이 오면 바로 알려줄 테니 걱정 말아! 그때 꼬리를 풀고 도망가면 돼."

"알았어."

여우는 모든 여우들의 꼬리를 그루터기에 따로따로 묶고 난 후 큰 소리를 치기 시작했다.

"야경꾼 아저씨! 야경꾼 아저씨! 여우들이 포도원에 왔는데 모르세요? 당장 오지 않으면 포도는 물론 포도잎조차 남지 않을 거예요."

여우들이 이 말을 듣자마자 급하게 도망가려고 했다. 급히 도망가려고 했지만 다들 꼬리가 그루터기에 묶여 있어서 그럴 수가 없었다. 결국, 그들

도 꼬리 없는 여우가 되었다.

"너희들도 꼬리가 없어졌으니 이제는 더 이상 나를 놀릴 생각을 하지 마라!"

라고 말을 하고 여우는 조용히 지낼 수 있는 산으로 떠났다.

07
켈올란과 주근깨 닭 이야기

옛날 옛적, 어떤 나라에 대머리인 켈올란이 살고 있었다. 그는 성격이 원만하여 사람들을 많이 도와주고, 친구들과 늘 좋은 관계를 가졌다. 그리고 유난히 동물을 좋아하였다. 하지만 일하는 것을 아주 싫어했다. 그는 어머니가 일을 시킬 때마다 요리조리 핑계를 대며 일을 하지 않았다. 그러다가 어머니가 화를 내면 여기저기에 숨어버리곤 했다.

어느 날, 켈올란이 대문 앞에서 잠을 자는데 키가 작은 한 아이가 가까이 와 소리쳤다.

"켈올란아, 자기 어머니를 서운하게 하는 켈올란아."

켈올란은 잠에서 깨어 바로 뒤를 돌아보고서는 그 아이에게 신경 쓰지 않고 다시 잠을 잤다. 그리고 꿈을 꾸었다. 꿈속에서 먼 길을 가다가 닭 한 마리를 만났다.

"아! 켈올란아, 나에게 무슨 일이 있었는지 네가 알았다면 얼마나 좋았을까?"

하면서 그 동안 있었던 일을 켈올란에게 이야기해 주었다. 여우가 닭을 잡아먹기 위하여 닭장 앞을 어슬렁어슬렁 돌아다닌다는 것이다. 그래서 켈올란이 닭을 도와주려는 순간 잠에서 깼다.

주위를 둘러보니 자기 집에서 기르고 있는 주근깨 닭이 켈올란의 바로 옆에 앉아 있었다. 켈올란은 꿈속에서의 일이 생각나서 여우가 주근깨 닭을 잡아먹을까봐 날개를 잡아 바로 닭장에 넣었다.

며칠 후, 같은 꿈을 꾼 켈올란은 걱정이 되어 닭장에 가서 한 마리밖에 없는 주근깨 닭을 가져와 자신의 침대에서 같이 자기 시작했다. 이를 본 어머니는 화를 버럭 냈다.

"켈올란, 닭은 닭장에 있어야지 왜 침대까지 가져 왔어?"

켈올란은 눈을 감을 때마다 여우가 주근깨 닭을 잡아가는 장면이 떠올랐다.

결국 안 되겠다싶어 여우를 찾아갔다. 여우는 켈올란을 보고 아주 반가워하며 자기 집으로 데리고 갔다. 켈올란이 여우의 집에 들어가 보니 마을에서 없어진 닭들이 모두 그 곳에 있었다. 켈올란은 이를 보고도 전혀 아무렇지도 않은 듯이 여우를 대했다.

여우는 켈올란을 새장에 넣고 잡아먹을 속셈이었지만 켈올란이 똑똑하다는 것을 미처 생각하지 못했다. 켈올란은 여우의 집에서 잠시 있다가 집으로 가겠다고 했으나 여우는 가지 못하게 막았다.

그때 켈올란은 잽싸게 뛰어 벽에 걸려 있는 등불을 내려 자신의 대머리에 가까이 댔다. 순간 밝은 빛이 머리에 반사되어 눈이 부신 여우는 앞을 볼 수 없었다. 그 사이에 켈올란은 도망쳐 버렸다. 여우는 켈올란을 놓쳐 속이 많이 상했다. 켈올란은 그 위험한 곳을 무사히 탈출하여 껄껄 웃으면서 집으로 향했다.

마을로 돌아 온 켈올란은 닭이 없어진 사람들을 모두 불렀다. 켈올란의 자초지종* 이야기를 들은 마을 사람들은 여우에게 화가 많이 났다. 이를 눈치 챈 여우는 바로 자기 집을 떠나고 말았다. 그 후 이 마을에서 다시 여우를 본 사람은 아무도 없었다.

* 처음부터 끝까지의 과정

묶음 다섯

그 밖의 이야기

01. 켈올란과 마을 사람들
02. 켈올란이 돈을 벌다
03. 죽은 사람도 살리는 켈올란
04. 켈올란이 '전혀'를 사다
05. 켈올란 형제
06. 켈올란과 40인의 도둑
07. 보물 사냥꾼 켈올란
08. 켈올란과 나쁜 친구 하산
09. 켈올란과 땅콩
10. 켈올란과 욕심 많은 부자
11. 켈올란과 노인
12. 켈올란 어머니의 지혜
13. 켈올란이 인도 길로 향하다
14. 게으른 켈올란
15. 켈올란의 망치
16. 켈올란의 꾀
17. 켈올란과 방앗간 주인
18. 켈올란과 산적들
19. 병을 고치는 물
20. 열려라, 내 식탁아, 열려라!
21. 켈올란과 마법의 손수건
22. 켈올란의 운명
23. 켈올란이 부자들의 나라에서 편하게 살다가
24. 켈올란과 에세와 쾨세 이야기
25. 켈올란과 궐유즈 술탄
26. 켈올란과 괴물 이야기
27. 켈올란과 마법의 깃털

01
켈올란과 마을 사람들

옛날 한 마을에 켈올란이 살고 있었다.

어느 날 켈올란이 어머니에게 말했다.

"어머니, 우리 소를 잡아서 마을 사람들을 초대하시지요. 마을 사람들에게 맛있는 식사를 거하게 대접하면 그 다음엔 마을 사람들이 순서대로 우리를 그들 집으로 초대하지 않겠어요?"

켈올란과 어머니는 하나밖에 없는 소를 잡아서 잔치를 열고 마을 사람들을 초대했다. 마을 사람들은 모두 먹고 마시며 즐거운 시간을 보냈다. 하루가 지나 켈올란과 어머니는 자신들을 누가 먼저 집에 초대할까 기대하며 기다렸다. 그런데 거하게 대접을 받은 마을 사람들이 초대는커녕 하나 둘 켈올란의 집으로 오더니 굴뚝으로 소똥을 한 덩이씩 떨어뜨렸다. 굴뚝을 통해 들어온 소똥은 아궁이 위에 철푸덕 떨어졌다.

켈올란은 식사 초대 대신 하늘에서 소똥이 떨어진 것을 보고 처음에는 놀라다가 마침내 꾀를 내어 소똥을 마당으로 날랐다. 켈올란은 소똥에 지푸라기를 놓고 발로 밟아서 반죽을 한 후 그것을 동그랗게 뭉쳐서 공처럼 만들었다. 그리고 그것을 자루에 담아 길을 나섰다. 그는 마을 어귀에 자루를 내려놓고 뽐내듯이 그 위에 앉아 사람이 지나가기를 기다렸다.

그때 무거운 짐을 지고 길을 지나던 대상* 한 무리를 만났다. 대상의 대장이 켈올란 앞을 지나다가 말을 멈추었다. 그는 궁금해 하며 물었다.

"그 자루 안에 무엇이 들었소?"

그러나 켈올란은 말을 빙빙 둘러대기만 하고 자루 안에 들은 것이 무엇인지 말해줄 듯하다가 말해주지 않았다. 대상의 대장은 궁금함을 참지 못하고 켈올란의 거름 자루와 비단 꾸러미를 맞바꾸었다. 켈올란은 비단 꾸러미를 당나귀에 싣고 마을로 돌아오면서,

"거름을 팔았더니 부자가 되었다네!"

라고 소리치며 덩실덩실 춤을 추었다. 이 소리를 들은 마을 사람들은 외양간으로 뛰어가서 거름을 모아다가 연기로 그을린 후에 예쁘게 포장을 하여 시장에 가서 팔기 시작했다.

"따끈따끈하고 신선한 물건이 왔어요!"

마을 사람들은 너나할 것 없이 거름이 최고급 상품인양 자랑하기 시작했다. 지나가던 한 남자가 궁금해서 포장을 열어보고는 소리쳤다.

"아니! 이건 그냥 거름 아니야?"

그러자 시장에서 물건을 팔던 사람들은 거름을 팔고 있는 마을 사람들

* 대상(隊商, Caravan)은 사막이나 초원같이 교통이 발달하지 않은 곳에서 낙타나 말에 짐을 싣고 떼를 지어 먼 곳으로 다니면서 특산물을 맞바꾸는 상인의 집단이다.
아시아와 아프리카에 펼쳐져 있는 건조지대인 사막 또는 초원, 심지어 극지까지 각 문명권을 연결하면서 상업에 종사하였던 상인들은 여행 도중에 닥치는 다양한 위험을 벗어나기 위해 여러 명이 하나의 모임을 만들어 움직였다.
대상은 이동의 범위와 지역에 따라 다양한 양상을 보여주었지만, 대체적으로 건조지역에서는 낙타를 이용하는 경우가 많았고, 산악지역에서는 말, 노새, 당나귀, 야크 등이, 그리고 극지에서는 순록이나 개 등이 주로 사용되었다. 교역물품은 원격지를 이동해야 하기 때문에 생활필수품인 소금과 차 등도 있었지만, 대체적으로 고가의 물품 내지는 각 지역의 특산품이 주를 이루었다.
대상이 왕래하는 교역로에는 일정 거리마다 그들이 휴식하면서 신앙생활을 할 수 있는 거점이 있었는데, 이를 캐러밴사라이(Caravansaray)라고 한다. 이곳은 주위에 방벽을 둘러싼 건물과 그 안에는 작은 방, 그리고 중앙에 종교시설 등이 마련되어 있었다. 대상은 이곳에 일시 머물면서 각지에서 견문한 것을 서로 교환하고 필요한 상품도 거래할 수 있었기 때문에, 다양한 문화가 서로 교류하는 데 큰 역할을 하였다.
대상이 이동하는 경로는 다양하였는데, 그 중에서도 아시아와 유럽을 연결하는 통상로인 '비단길(실크로드)'은 가장 대표적이었다. 중국으로부터 중앙아시아의 오아시스를 거쳐 인도와 이란, 그리고 유럽으로 이어지는 통상로를 통해 동서양의 물품만이 아니라 다양한 문화가 전파되었다. 이 길을 따라 활동한 상인들로는 아라비아인, 그리스인, 시리아인, 페르시아인, 소그드인, 위구르인, 유대인, 중국인들이었다. 이들의 활동 과정에서 대표적으로 서방으로부터 중국으로 조로아스터교, 마니교, 기독교, 불교, 이슬람교 등 다양한 종교와 서방의 문자 등이, 중국으로부터 서방으로는 제지술 등과 같은 기술과 비단과 차 등의 물자가 전파되기도 하였다.

을 때리고 시장에서 쫓아냈다.

며칠이 지난 후, 켈올란은 마을 사람들에게 대접하느라 잡았던 소의 가죽을 팔기 위해 시장으로 갔다. 그는 시장의 한 곡식 장수에게서 기장* 한 되를 받고 소가죽을 팔았다. 그런데 이 장수는 집이 매우 멀어서 켈올란에게 소가죽을 자기 집으로 배달해 달라고 부탁했다. 켈올란은 소가죽과 기장을 담아 갈 곡식 주머니를 당나귀에 싣고 곡식 장수의 집으로 향했다. 그의 집에 도착한 켈올란은 문 앞에 서서 말했다.

"거기 아무도 없소? 소가죽과 기장 한 되를 바꾸러 왔소. 여기 소가죽을 가져가고 기장 한 되를 가져 오시오."

바로 그때 외간 남자**와 함께 밥을 먹고 있었던 곡식 장수의 부인은 그 남자를 급하게 항아리에 숨겼다. 곡식 장수의 부인은 문을 열어 켈올란에게서 소가죽을 받고 창고에서 기장 한 되를 가져왔다. 그런데 켈올란이 곡식 주머니를 잘못 기울이는 바람에 기장의 반을 쏟고 말았다. 그래서 바닥에 앉아 기장을 한 알 한 알 주머니에 담기 시작했다.

이윽고 저녁이 되어 하늘이 어두워지자 곡식 장수가 집으로 돌아왔다. 그는 집 앞에 앉아 기장을 줍고 있는 켈올란을 발견했다. 그는 켈올란이 기장을 다 줍고 가기만을 기다렸지만 일은 쉽게 끝나지 않았다. 배가 고파진 곡식 장수는 기다리다 못해 함께 저녁을 먹자고 켈올란을 초대했다.

곡식 장수의 부인은 어쩔 수 없이 수프 한 그릇을 내왔다. 그들은 수프를 먹는 사이에 친한 사이가 되었다. 그때 배가 고파진 당나귀가 '히히힝' 거리며 여물을 달라고 울었다. 그 소리를 듣고 있던 켈올란은 교활하게 웃기 시작했다. 그것을 본 곡식 장수가 물었다.

"켈올란, 자네 왜 당나귀 소리를 듣고 웃는가?"

* 수수와 비슷한 곡류로 이삭은 가을에 익음. 열매는 담황색이고 떡·술·빵·과자 따위의 원료 및 가축의 사료임.

** 여자가 상대하는, 남편이나 친척이 아닌 남자.

"내 당나귀는 모든 것을 다 안다네. 나 역시 내 당나귀가 말하는 것이 무엇인지 알아들을 수 있지. 당나귀가 '부엌에 맛있는 빵이 있는데 수프나 먹고 있다니'라고 말했다네."

곡식 장수의 부인은 어쩔 수 없이 부엌에 숨겨놓은 맛있는 빵을 내왔다. 켈올란은 빵을 맛있게 먹었다. 그러고 나서 당나귀가 또 '히히힝' 울자 이번에는 부엌에 다른 음식이 있다고 말하며 부인이 숨겨놓은 음식들을 하나하나 먹기 시작했다.

이렇게 맛있는 음식을 먹으며 즐거운 시간을 보내고 있을 때 당나귀가 또 다시 '히히힝' 울었다. 켈올란은 이번에도 귀를 쫑긋 세우고 당나귀의 울음소리를 듣다가 또다시 웃기 시작했다. 이것을 본 곡식 장수는 또 물었다.

"켈올란, 이번에는 당나귀가 뭐라고 하기에 웃는가?"

켈올란은 난로에 걸려있는 솥에서 물이 끓는 것을 보고 그 물을 항아리 안에 부었다. 항아리 안에서 숨어 있다가 뜨거운 물을 뒤집어 쓴 외간 남자가 소리를 지르자 켈올란은 항아리에서 그를 꺼냈다. 외간 남자가 있었다는 것을 알게 된 곡식 장수는 부인과 이혼을 했다.

켈올란이 당나귀를 타고 집으로 돌아가려는데 곡식 장수가 그에게 당나귀를 팔라고 제안했다. 켈올란은 그와 흥정을 하기 시작했다. 곡식 장수는 자신의 전 재산을 주고 켈올란의 당나귀를 샀다. 게다가 그의 당나귀까지 켈올란에게 공짜로 주었다.

켈올란은 공짜로 얻은 당나귀에 기절한 남자를 싣고 집으로 향하였다. 그러다가 길에서 무역상의 무리를 우연히 만나게 되었는데 그들의 마차 한 대가 켈올란의 당나귀와 부딪히게 되었다. 그 바람에 당나귀에 실려 있던 기절한 남자가 바닥에 나동그라졌다. 이것을 본 켈올란은 소리를 지르며 통곡하기 시작했다.

"아이고, 아버지! 당신들이 우리 아버지를 죽였소. 우리 아버지를 살려내시오! 눈에는 눈, 이에는 이! 당신들이 우리 아버지의 목숨을 앗아갔으니 당신들의 목숨으로 갚으시오!"

무역상들은 당황하고 두려워서 어쩔 줄 모르다가 켈올란에게 무역상들이 가지고 있는 마차 열 대로 아버지의 죽음을 보상하겠다고 했다. 이 말을 들은 켈올란은 더 큰 소리로 통곡하기 시작했다. 무역상들은 결국 팔려고 했던 모든 물건을 켈올란에게 보상금으로 넘겨주었다.

켈올란은 무역상의 모든 마차를 이끌고 마을로 돌아오면서

"소가죽을 팔았더니 부자가 되었다네!"

라고 소리치며 덩실덩실 춤을 추었다. 이 소리를 들은 마을 사람들은 바로 외양간으로 달려가서 가지고 있던 모든 소를 잡고는 소가죽을 벗겨다가 시장으로 가지고 나갔다. 모든 마을 사람들이 소가죽을 팔기 위해 시장을 돌아다녔지만 아무도 소가죽을 팔지 못했다.

저녁이 되어 날이 어두워지자 마을 사람들은 팔지 못한 소가죽을 들고 하나 둘 집으로 돌아가기 시작했다. 그리고 이 모든 것이 켈올란의 계략이었다는 것을 알아채고는 켈올란을 죽이기로 결정했다.

마을 사람들은 어느 금요일, 켈올란을 사로잡아 자루에 넣어 주둥이를 묶고 강으로 가져갔다. 마을 사람들이 자루를 강에 던지려던 찰나에 그들 중 누군가가 말했다.

"아이고, 오늘은 금요일이네요. 이슬람 사원에 가서 먼저 기도하고 옵시다. 기도하고 와서 던져도 늦지 않겠어요."

그러자 그곳에 있던 모든 마을 사람들이 이슬람 사원으로 기도를 하러 갔다. 사람들이 기도를 하기 위해서 손발과 얼굴을 씻고 준비하고 있을 때 한 목동이 소떼를 이끌고 강가를 지나가고 있었다. 목동이 소를 몰고 가는 소리를 들은 켈올란은

"이봐, 목동!"

하며 소리쳐 목동을 부르기 시작했다. 이 소리를 들은 목동은 켈올란이 들어있는 자루를 발견하고 묶인 자루를 풀어주었다. 켈올란은 목동에게

"글쎄 말이야, 사람들이 나를 공주와 결혼시키려 하지 뭐야. 나는 공주와 결혼하기 싫어서 도망치다가 붙잡혔는데 나 대신 네가 자루에 들어가서 기다리다가 공주와 결혼하지 않을래?"

라고 말하자 순진한 목동은 켈올란의 말에 속아 자루에 들어갔다. 켈올란은 자루를 원래 묶여있던 대로 단단히 묶었다. 기도를 끝내고 강가로 돌아온 마을 사람들은 자루를 들어 강으로 던지려고 했다.

"아이고, 저를 강에 던지지 마세요. 저는 공주님과 결혼할 몸이랍니다."
하고 목동이 말했다. 이 말을 들은 마을 사람들은 더욱 화가 나서 목동이 든 자루를 강으로 던져버렸다.

켈올란은 목동 없이 남겨진 소떼를 몰고 저녁이 되어 마을에 돌아왔다. 켈올란은

"강물 속에 소떼가 있지 뭐에요. 여러분이 저를 강물로 던지시는 바람에 물속에서 소를 발견해 데리고 나왔답니다."
라고 소리치며 춤을 추었다. 이 이야기를 들은 마을 사람들은 너나할 것 없이 강물로 뛰어들었다. 마을 사람들 중 한 과부가 외아들에게 말했다.

"아들아, 너도 가서 소 한 마리를 끌고 나오너라."

아들은 가장 좋은 소를 골라 오겠노라며 강의 가장 깊은 곳으로 뛰어내렸다. 그리고 물 속 깊이 들어가 숨을 쉴 수 없었다.

'구로로록 구로로록.'

이 광경을 본 과부는 아들이 '구'라고 말하는 것으로 알고

"아들아, 아홉 마리까지는 바라지 않고 한 마리면 충분하단다."
라고 말했다. 아들은 '구로로록' 하면서 물속으로 사라졌다. 이 날 마을의 모든 남자들은 물에 빠져 죽었고 여자들은 모두 과부가 되었다.

02
켈올란이 돈을 벌다

옛날에 홀어머니와 함께 사는 켈올란이 있었다. 켈올란은 아침저녁으로 아무데서든지 머리만 닿으면 잠을 잤다. 자다가 배가 고프면 어머니가 차려주시는 밥을 얼른 먹고 또 자곤 했다.

어느 날 어머니는 자고 있는 켈올란을 쿡쿡 찌르며 말했다.

"아들아, 내가 양털로 털실을 자아서 벌은 이 돈을 가지고 시장에 가서 당나귀를 한 마리 사거라. 그리고 산에 가서 장작을 패어 한 짐은 우리 집 마당에 가져다 놓고, 한 짐은 시장에 가서 팔거라. 겨울이 오고 있는데 준비가 전혀 되어 있지 않구나. 겨울을 날 준비를 하자꾸나."

그러자 켈올란은 하품을 하며 기지개를 켰다. 그리고 자리에서 일어나서 여기저기 누덕누덕 기운 조끼를 입었다. 그는 어머니에게서 받은 돈을 안주머니에 넣고 시장으로 향했다.

시장에 도착한 켈올란은 시장을 구석구석 돌아다니다가 그에게 딱 알맞은 당나귀를 찾았다. 귀가 힘없이 처져있고, 볼도 축 늘어져있는 당나귀이었다. 게다가 당나귀는 눈도 흐리멍덩하고 다리는 굽어있으며 서서 졸고 있었다. 뿐만 아니라 파리들이 달라붙어 있었고 얼굴은 음식물이 잔뜩 묻어 있었다.

켈올란은 이 당나귀를 사서 산으로 향했다. 그는 산에서 팰 수 있는 모든 장작을 패어 당나귀의 등에 실었다. 그러고는 당나귀에게

"지금부터 나와 시합을 하자. 집에 먼저 도착하는 사람이 달걀을 먹는 거다."

하고 말하더니 뒤도 안 돌아보고 뛰기 시작했다. 그는 큰 길을 지나고 작은 길도 지나고 시냇물을 폴짝 건너고 언덕을 뛰어넘은 뒤 집에 도착했다. 그러고는

"내가 시합에서 이겼다! 당나귀를 이겼다!"

하며 닭장에서 달걀을 꺼내 깨어서 호로록 호로록 마시기 시작했다. 그는 달걀을 먹고 난 뒤 마루에 앉아서 당나귀를 기다리다가 잠이 들어버렸다. 한참을 자다가 깬 켈올란은 아직도 당나귀가 집에 오지 않았다는 것을 알아채고 당나귀를 찾아 나섰다.

왔던 길을 되돌아가면서 두리번두리번 당나귀를 찾아 헤매던 그는 장작을 팼던 그 자리에서 당나귀를 발견했다. 당나귀는 무거운 장작 밑에 깔려서 죽어있었다.

켈올란은 다시 큰 길을 지나고 작은 길도 지나고 시냇물을 건너고 언덕을 넘어 집에 돌아왔다. 집에 돌아온 그는 어머니에게 당나귀에 대해 있었던 일을 하나하나 모두 이야기했다. 그의 어머니는 이제 인내심이 한계에 달했다. 어머니는 매우 화가 나서 말했다.

"이제 이 집에서 나가라. 부자가 되기 전에는 집에 돌아올 생각도 하지 말거라!"

켈올란은 집을 나와 먼 길을 떠났다. 그는 산을 넘고 강을 건너 한 농장에 도착했다. 농장의 주인 부부는 켈올란에게 농장 일을 시키고 잠자리와 식사를 제공했다.

어느 날, 남자 주인이 당나귀에 밀 한 포대를 싣고 방앗간에 밀을 빻으러 떠났다. 바람기가 많은 그의 부인은 '기회는 이때다' 싶게 정부*를 불러들였다. 정부가 배가 고프다고 하자 부인은 아궁이 솥에 기름을 올려놓고 달걀을 가지러 닭장에 갔다. 정부는 피곤해서 달걀 프라이가 준

* 남편이 아니면서 사귀는 남자.

비될 때까지 벽에 기대어 잠을 자고 있었다.

켈올란은 문의 열쇠 구멍에 눈을 맞추고 무슨 일이 일어나고 있나 엿보고 있었다. 그러다가 그는 부인이 닭장에 달걀을 가지러 간 것을 보고 입을 헤벌쭉 벌리고 자고 있는 정부의 입에 솥 위에서 펄펄 끓고 있던 기름을 들이 부었다. 아무것도 모르고 자고 있던 정부는 '켁켁' 거리며 이리 저리 구르다가 죽었다. 부인이 닭장에서 달걀을 들고 계단을 올라오는 소리가 들리자 켈올란은 자기 방으로 급히 돌아갔다. 부인은 돌아와서 정부가 죽어있는 것을 보고 깜짝 놀라 발을 동동 구르며 어찌해야 할 줄 몰랐다. 잠시 생각하다가 켈올란에게 사정했다.

"어머! 켈올란아, 이것 좀 보렴. 한 남자가 여기 죽어있지 뭐니. 이 일을 어떻게 하면 좋겠니? 네가 시키는 대로 다 할게. 처리할 방법을 좀 알려다오."

켈올란은 방에서 슬며시 나오며 능청스럽게 말했다.

"저런……. 사람을 죽이고 처리할 방법을 알려 달라고 하시다니. 저는 남편 분에게 이 사실을 말할 수밖에 없습니다."

이 말을 들은 부인은 장신구, 금붙이, 남편 몰래 숨겨두었던 돈 등 자신이 가지고 있는 값비싼 모든 것을 켈올란에게 주었다. 그러면서 시체를 다른 곳에 숨겨달라고 빌었다.

켈올란은 시체를 등에 지고 외양간에 가서 여물통에 숨기고는 구석에 숨어 남자 주인이 오기를 기다렸다. 남자 주인이 방앗간에서 돌아와 당나귀를 외양간에 묶어두고 잠시 쉬려고 여물통에 앉았는데 자신의 엉덩이 밑에 깔려있는 남자를 보았다. 자신이 죽인 줄 알고 당황한 남자 주인은 켈올란을 급히 불렀다. 켈올란이 숨어있던 구석에서 슬며시 나오자 남자 주인은 당황하며 물었다.

"아이고, 켈올란아! 여기 죽은 남자가 있다. 이를 어쩌면 좋겠냐?"

"저런……. 불쌍한 남자를 죽이고, '아이고 켈올란아! 이를 어쩌면 좋겠냐?' 하시면 어찌합니까? 저는 마을 이장에게 가서 이 사실을 알리고 경찰을 부르는 수밖에 없습니다."

사색*이 된 남자 주인은 켈올란에게 엎드려 빌기 시작했다. 자신이 가진 모든 돈과 담배, 장신구, 시곗줄까지 값이 나가는 것은 모두 켈올란에게 주었다.

"원하는 것은 무엇이든지 다 들어 줄 테니 제발 저 시체를 다른 곳에 숨겨 줘."

이 말을 들은 켈올란은 농장 주인 부부에게서 받은 금붙이, 은붙이를 챙기고 시체를 당나귀에 실었다. 그러고는 한참을 걸어 아주 부유한 농장의 오이 밭에 도착하자 당나귀와 시체를 오이 밭에 밀어 넣었다. 당나귀가 오이를 밟아 우지끈 으깨지는 소리가 들리자 농장 주인이 놀라서 뛰어나왔다.

멀리서 당나귀가 밭을 망쳐놓은 것을 본 농장 주인은 화가 나서 막대기를 당나귀 쪽으로 힘껏 집어던졌다. 그러자 당나귀가 놀라 날뛰었고 위에 얹어놓았던 시체가 밭에 떨어졌다. 켈올란은 나무 뒤에서 이것을 몰래 지켜보고 있다가 뛰어나와 시체 위에 엎드려서 큰소리로 통곡하기 시작했다.

"아이고, 아버지! 누가 아버지를 죽였습니까?"

켈올란은 계속 땅을 치고 가슴을 치며 큰 소리로 울었다. 이 소리를 들은 농장 주인이 가까이 다가와 켈올란에게 물었다.

"이보게, 청년! 무슨 일인가? 왜 여기서 울고 있나?"

농장 주인은 가까이 와서 바닥에 누워있는 시체를 보니 켈올란이 왜 울고 있는지 알게 되었다. 자신 때문에 사람이 죽었다고 생각한 그는 켈올란에게

"아이고, 켈올란! 아무에게도 얘기하지 말거라. 원하는 것은 무엇이든지 너에게 주겠다."

하고 말하고는 자신이 가진 전 재산을 켈올란에게 주었다.

켈올란은 다시 시체를 당나귀에 싣고 가다가 한 공동묘지의 담벼락에

* 죽어 가는 얼굴빛. 죽은 사람처럼 창백한 얼굴빛.

내려놓았다. 켈올란은 거두어들인 돈을 허리춤에 차고 어머니가 살고 있는 집으로 돌아갔다. 집에 돌아온 그는 게으름을 잊고 어머니와 가축을 돌보고 밭을 일구면서 행복하게 살았다.

03
죽은 사람도 살리는 켈올란

옛날에 켈올란이 부인과 함께 시골에서 농사를 지으면서 살고 있었다.

어느 날, 켈올란이 수중에 돈이 남지 않게 되자 돈을 벌기 위해 당나귀를 팔기로 했다. 당나귀를 끌고 시장에 나간 켈올란은 시장 한 구석에 자리를 잡고 손님이 오기를 기다렸다. 곡예사 세 명이, 당나귀 고삐를 손에 쥐고 시장에 온 켈올란을 지켜보다가 그에게 접근했다. 시장을 돌아다니며 서커스단에서 곡예*를 하던 이들은 속임수를 써서 켈올란의 당나귀를 헐값에 사기로 했다.

그들은 '누가 손가락을 찔렀나' 놀이, 수수께끼 등 그 동안 사람을 속일 때 사용했던 모든 방법을 동원하여 켈올란을 속여 보려고 했으나 번번이 실패하고 말았다. 속임수가 통하지 않자 곡예사들은 약이 올랐다. 그래서 두 명이 켈올란에게 말을 걸며 시선을 따돌릴 때 한 명이 몰래 당나귀 꼬리의 끝을 잘라버렸다. 당나귀 꼬리의 끝이 잘리면 값이 떨어지기 때문에 켈올란에게 복수하기 위해 그렇게 한 것이다.

켈올란은 곡예사들이 떠난 후 당나귀에게 무슨 일이 일어났는지 전혀 알아채지 못한 채 당나귀를 팔기위해 시장을 이리저리 돌아다녔다. 시간이 오래 지나지 않았을 때 켈올란은 곡예사들이 그의 당나귀에게 무슨 짓을

* 줄타기, 곡마, 요술, 재주넘기, 공 타기 따위의 연예를 통틀어 이르는 말. 서커스

했는지 알게 되었다. 화가 머리끝까지 난 켈올란은 눈에서 불이 나오는 듯 하고, 머리에서는 나쁜 욕들이 맴돌았다.

'세 곡예사에게 본때를 보여 주마'

결심한 그는 외딴 골목으로 들어가 당나귀 꼬리의 잘린 부분에 은화를 붙이고 다시 시장으로 돌아왔다. 그러고는 큰 소리로 외치기 시작했다.

"당나귀 사시오! 당나귀 사시오! 보리를 먹으면 은화를 만드는 당나귀를 사시오!"

시장에 있던 곡예사들은 켈올란을 미친 사람이라고 놀려주려고 주변으로 다가왔다. 그러나 켈올란이 당나귀의 꼬리를 들어 올려 은화를 보여주자 그들은 서로 사겠다고 싸우기 시작했다. 당나귀의 꼬리를 잘랐던 세 곡예사는 다른 곡예사들을 밀치고 은화 100개를 들고 와서는 켈올란에게서 당나귀를 사갔다. 당나귀의 고삐를 잡고 신이 나서 집에 돌아간 세 곡예사는 당나귀를 외양간에 묶어두고 보리와 물을 넘치도록 주었다. 그들은

'내일이면 은화를 낳겠지?'

하고 생각하며 방으로 들어가 아침이 오기를 기다렸다. 잠이 와서 눈꺼풀이 반쯤 감겨있었지만 아침에 '짤랑짤랑' 떨어질 은화를 바가지로 받을까, 양동이로 받을까 생각을 하느라 잠을 이룰 수 없었다. 곡예사들은 잔뜩 기대에 부푼 마음으로 아침이 되기를 기다렸다.

한편, 당나귀는 곡예사들이 넘치도록 주고 간 보리를 한 톨도 남김없이 싹싹 핥아먹었다. 그리고 찰랑거리는 물도 한 방울도 남기지 않고 다 마셨다. 배가 부른 당나귀는 외양간 문에 기대어 잠을 자기 시작했다.

곡예사들 중 하나가 졸린 눈을 비비면서 당나귀가 밤새 만들었을 은화를 생각하며 들뜬 마음으로 외양간으로 갔다. 그가 외양간 문을 밀었지만 열리지 않았다. 그러자 그는

'은화가 문 앞까지 꽉 차서 문이 열리지 않나보다!'

하고 생각했다. 그가 열쇠 구멍에 눈을 대고 외양간 안을 살펴보니 반짝거리는 것이 보였다. 은화가 반짝인다고 생각한 그는 동료들을 깨우러 방으로 뛰어올라갔다. 문구멍으로 반짝거린 것은 무엇일까? 그것은 누워서 자고

있던 당나귀의 발굽이었다.

나머지 두 명도 잠에서 깨어, 세 명의 곡예사는 흥분된 마음으로 신이 나서 재주를 넘으며 계단을 껑충껑충 내려갔다. 외양간 앞에 도착한 그들은 먼저 열쇠 구멍으로 반짝이는 것을 확인하고는 신이 나서 덩실덩실 춤을 추었다. 그러고는 다함께 문을 힘껏 밀기 시작했다.

"영차! 영차!"

겨우 겨우 문을 밀어 외양간 안으로 들어가게 된 곡예사들은 눈앞에 펼쳐진 광경을 믿을 수가 없었다. 당나귀가 보리와 물을 잔뜩 먹고 발굽을 문에 걸쳐놓은 채로 바닥에 널브러져 자고 있는 것이 아닌가. 실망한 곡예사들은 머리를 쥐어 뜯고 가슴을 치며 속상해했다. 그들은 화가 가시지 않아 켈올란에게 복수하기로 결심했다.

켈올란은 곡예사들이 복수를 하러 찾아올 것을 알고 미리 준비했다. 그는 토끼 두 마리를 사서 집에 돌아왔다. 그리고 부인에게 말했다.

"오늘 집을 예쁘게 꾸며놓고 기다려요. 한두 가지 음식도 준비해 놓아요. 염소를 잡아 부뚜막에 걸어놓는 것도 잊지 말아요. 토끼 한 마리를 상 밑에 숨겨놓을 테니 도망가지 않게 잘 지켜봐요. 나는 다른 토끼 한 마리를 가지고 밭에 나갈 것이오. 곧 우리집으로 곡예사 세 명이 올 것이오. 한 명은 키가 작고, 한 명은 중간, 한 명은 키가 커요. 나를 찾으면 집에 없다 하고 집안에 들이지 말아요. 그리고 말을 많이 하지 말고 우리 밭으로 보내요."

켈올란은 토끼 한 마리를 데리고 밭으로 향했다.

시간이 얼마 지나지 않아 곡예사들은 시장에서 켈올란이 사는 곳을 물어물어 겨우 알아내어 곧 그의 집으로 향했다. 곡예사들이 집에 찾아와 그가 어디에 있는지 묻자 부인은 문틈으로 남편이 밭에 있다고 말했다. 세 곡예사가 밭으로 향하니 켈올란이 소로 밭을 갈면서 노래를 부르고 있는 것이 보였다. 세 곡예사들은

"천벌을 받을 놈! 우리에게 한 짓을 생각해 봐라! 우리 돈을 다시 돌려주지 않으면 너를 때려죽일 것이다!"

하고 말하며 켈올란에게 달려들었다. 켈올란은 잠시 일손을 멈추더니 태연한 척 말했다.

"형님들, 우선 숨 좀 쉬시고 진정하시오. 뭔가 실수가 있었던 것 같소. 은화를 낳는 당나귀를 집에 놓고 형님들에게 다른 당나귀를 주었나보오. 미안하오. 제대로 된 당나귀를 주겠소. 당나귀를 교환합시다."

켈올란의 제안에도 화가 난 곡예사들은 들은 척도 하지 않았다.

"당나귀는 필요 없으니 우리 돈을 돌려줘. 그렇지 않으면 가만 두지 않겠다!"

하지만 켈올란은 아랑곳하지 않고 말했다.

"형님들 진정하시오. 지금 돈을 가지고 나오지 않았소. 오늘 밤 우리 집에서 머물고 가시오. 내일 아침에 돈으로 배상할 테니 걱정 마시오."

세 곡예사는 잠시 생각하다가 켈올란이 말한 대로 하기로 했다. 바로 그때 켈올란은 자루에서 토끼를 꺼내더니 토끼 귀에 대고 말하기 시작했다.

"귀가 길고, 발이 빠른 나의 흰 토끼야, 지금 바로 집으로 뛰어가서 저녁에 손님 세 명이 묵을 것이라고 나의 부인에게 전해다오. 집안을 청소하고 손님들이 묵을 방과 함께 먹을 음식을 준비하라고 전해 주렴. 또, 집에 검은 염소가 있으니 그 염소를 잡고 기름에 볶아 음식을 준비하라고 하렴. 자, 어서 가라!"

켈올란이 토끼를 풀어놓자 토끼는 귀를 잠시 매만지더니 깡충깡충 어디론가 사라졌다.

이를 본 세 곡예사는 매우 놀랐다. 그리고 '설마…….' 하고 생각했다. 그러나 진지하게 토끼에게 설명하는 켈올란을 보니 장난처럼 보이지는 않았다. 그러고는 서로를 보면서

"저녁이 되면 진짜인지 아닌지 알게 되겠지. 켈올란의 집에 가서 확인해보자. 이번에는 잘 확인해보고 또 속지말자."

하고 다짐했다.

날이 저물어 세 곡예사들은 켈올란과 함께 그의 집으로 향했다. 집에 들어서자 켈올란이 흰 토끼에게 말했던 모든 것이 그대로 이루어져 있었다.

집안이 정리되어 있었고, 음식도 준비되어 있었다. 그리고 켈올란이 상 밑에 덮어놓았던 소쿠리를 열고 흰 토끼를 꺼내어 쓰다듬기 시작하자 세 곡예사들은 깜짝 놀랐다. 그들은 말을 알아듣고 소식을 전해주는 똑똑한 토끼를 보자 고개를 갸우뚱한 채 깊은 생각에 잠겼다.

그들은 턱수염을 쓰다듬으며 머리를 굴리고 있을 때 부뚜막에 걸려있는 염소 고기를 보고는 영특한 토끼가 분명하다고 확신하기 시작했다. 그러고는 은화를 낳는 당나귀와 당나귀를 위해 허비한 돈은 까맣게 잊었다. 그들은 단지, 말을 알아듣고 소식을 전해주는 지혜로운 토끼를 어떻게 하면 살 수 있을까만 궁리하기 시작했다. 그들은 켈올란에게 사정했다.

"켈올란아, 켈올란아, 우리를 용서해주렴. 저 흰 토끼를 우리에게 팔면 안 되겠니? 값은 얼마든지 줄 테니 걱정 말고!"

"형님들을 실망시켜드려 미안합니다만 이 토끼만은 안 됩니다. 이 토끼는 새끼일 때 사서 제가 직접 키우고 훈련시킨 토끼입니다. 나의 손과 발이자 귀랍니다. 밭에서, 시장에서 일할 때 나를 가장 많이 도와주는 놈이지요. 당나귀, 소, 닭. 마음에 드는 가축이 있으면 뭐든지 팔겠습니다. 그러나 이 흰 토끼만은 팔수 없습니다."

하지만 세 곡예사는 쉬지 않고 토끼를 팔라고 켈올란을 설득했다.

"우리는 꼭 이 토끼를 사야겠어. 제발 팔게."

그리고 얼마면 팔 수 있는지 흥정하기 시작했지만 켈올란은 그래도 안 된다며 가격을 계속 올렸다. 마침내 켈올란은

"이렇게 간곡하게 부탁하시니 어쩔 수 없네요."

하며 흰 토끼를 은화 200개에 팔기로 했다. 세 곡예사는 혹시 아침이 되면 켈올란의 마음이 변할까 싶어 밤에 거래를 끝내기로 했다. 그들은 은화를 켈올란 앞에서 하나, 하나 세어 정확히 200개를 그의 손에 쥐어주었다. 그러고는 토끼를 자루에 담아 침대 옆에 두고 잠이 들었다.

아침이 되어 해가 돋자 세 곡예사는 일찍 일어나 서로를 깨웠다. 켈올란과 그의 부인에게 인사도 하지 않고 침대 옆에 놓아둔 토끼가 담긴 자루를 챙겨 서둘러 길을 떠났다.

그들은 집으로 돌아가는 길에 말을 알아듣고 소식을 전하는 토끼를 시장에서 어떻게 팔까 궁리하기 시작했다. 누구에게 보여줄까, 얼마에 팔까 한참을 서로 상의했다. 결국 그들은 토끼를 산 값의 두 배를 쳐주는 사람에게 팔기로 했다.

마을에 가까워지자 곡예사 중 한 명이 말했다.

"이봐, 친구들. 이 토끼를 한번 시험해보자."

다른 두 명도 잠시 생각하더니

"그게 좋겠어. 시험해 보자."

하고 말했다. 세 곡예사는 길 한 쪽에 앉아서 이야기를 나누다가 그들 중 가장 키가 작고 턱수염이 있는, 이름이 무사인 곡예사의 집으로 토끼를 보내기로 했다. 그리고 자루에 손을 넣어 귀를 잡고 조심스럽게 토끼를 꺼냈다. 그들은 토끼를 품에 안고 등을 쓰다듬으며 자상하게 말했다.

"귀가 길고, 발이 빠른 흰 토끼야, 잘 들으렴. 우리 집은 저 윗동네에 있단다. 이슬람 사원*의 바로 아래에 있는 수돗가 근처란다. 초록색 문에 노란색 문고리가 달려있는 집이란다. 문고리로 문을 탁탁 두드리면 내 부인이 문을 열어줄 것이다. 저녁에 손님 두 명과 함께 간다고 전해라. 손님이

* 이슬람 사원인 모스크(터키어로 '자미'라고 부름)는 아랍어의 '마스지드'에서 유래하였다. '마스지드'는 아랍어로 '이마를 땅에 대고 절하는 곳'을 뜻한다. 회랑이 있고, 안뜰에는 청정 의식을 행하는 샘물이나 우물이 있다. 그리스도교의 교회, 힌두교의 사원이 '신의 집'을 나타내는 것에 비해 이슬람교의 모스크는 단지 공동의 기도 의식을 위한 자유 공간을 뜻한다. 어떠한 신상이나 제단을 불허하며 신비한 장면, 종교적 의례도 없다.
모스크는 메디나에 위치했던 무함마드 집의 기도처를 원형으로 하고 있기 때문에 매우 단순한 구조이며 건축양식에 특별한 방식과 예식도 없다. 건물 내부에는 메카의 방향을 나타내는 '끼블라'가 필요하며 세속의 일상과 구분 짓기 위한 담이나 현관을 설치하도록 되어 있다. 내부의 주요 구조물은 기도하는 벽면(미흐라브)과 설교자를 위한 높은 단(민바르)이 전부이다. 미흐라브는 기도하는 사람이 메카를 향할 수 있도록 지시해 주는 벽면으로 모스크 내에서 가장 화려하게 장식된 곳이기도 하다. '높임'이라는 뜻의 '민바르'는 계단이 달린 설교단으로 보통 나무로 되어 있지만 돌로 만들어진 것도 있다. 항상 미흐라브의 오른쪽에 위치하며 설교자는 무함마드에 대한 존경의 표시로 민바르의 맨 윗단 한 단은 남겨두고 올라 설교한다. 회랑 한쪽에는 1~6개의 첨탑(미나레트)이 있으며 예배 시각이 되면 예배당을 지키는 무에진(무아딘)이 탑에 올라가 예배를 권유하는 '아잔'을 소리 높여 낭송한다(현재는 확성기가 대신하고 있음). 그러면 교도들은 자리에 앉아『코란』을 외면서 예배를 드린다. 터키인들은 아무리 작은 마을이라도 반드시 모스크가 있어 언제든지 찾아가서 기도를 드릴 수 있다.

갈 테니 집안을 청소하고 손님들이 묵을 방과 함께 먹을 음식을 준비하라고 전해주렴. 자, 어서 가라."

그리고 토끼를 풀어놓았다. 토끼는 귀를 한번 매만지더니 언덕 위를 향해 깡충깡충 뛰어갔다. 그리고 더 멀리 가자 시야에서 사라졌다. 그 모습을 지켜 보던 곡예사는 신이 나서 말했다.

"지금쯤 우리 집에 도착해서 문을 두드렸겠지. 내 부인이 문을 열고 토끼가 말을 하는 것을 보고는 깜짝 놀랐을 거야. 이 흰 토끼는 참 대단한 물건이지 않나? 새하얀데다가 훈련을 받아 발 빠르게 소식을 전하지. 토끼 사기를 참 잘 했어."

그들은 토끼가 했을 일을 생각하며 잔뜩 기대했다.

어느 새 집에 도착했다. 키가 작은 곡예사가 집 문고리를 잡고 문을 똑똑 두드렸다. 그러나 집에서 아무 기척이 없자 다시 문을 탁탁 두드렸다. 그래도 아무 기척이 없었다. 어쩔 수 없이 주머니에서 열쇠를 꺼내 문을 열고 집에 들어가 보니 집안은 엉망진창으로 어질러져있고 부인은 쿨쿨 낮잠을 자고 있는 게 아닌가. 부엌에 가보니 아무 음식도 준비되어 있지 않았다. 당황한 곡예사는 부인을 흔들어 깨우면서 소리를 질렀다.

"여보! 일어나보시오! 왜 아직 자고 있는 거요? 조금 전에 귀가 길고 발이 빠른 새하얀 토끼를 집에 보냈건만 집은 하나도 정리되어 있지 않고, 손님방도 준비되어 있지 않고, 음식도 없지 않소? 흰 토끼는 어디 있소? 왜 아직도 게으름을 피우며 잠자고 있는 거요?"

부인은 눈을 비비고 일어나 크게 기지개를 켜며 잠이 덜 깬 목소리로 영문을 모르겠다는 듯 물었다.

"무슨 토끼요? 무슨 소식이요?"

"부인, 내가 방금 전에 귀가 길고 발이 빠른 흰 토끼를 당신에게 보냈단 말이오. 흰 토끼가 말을 전하지 않았소? 아니면 토끼가 한 말을 이해하지 못한 것이오?"

부인은 깜짝 놀라며 말했다.

"아이고 여보, 아침부터 지금까지 계속 집에 있었는데 토끼는커녕 다람쥐 한 마리도 오지 않았어요. 저는 아무 소식도 듣지 못 했어요."

그제야 모든 정황을 알아챈 곡예사는 주먹으로 머리를 치며 큰 소리로 말했다.

"아이고 이보게들, 곡예사 친구들, 이를 어쩌면 좋겠나. 켈올란이 우리를 또 한 번 속였네. 이렇게 오랜 세월 곡예사로 살면서 이런 사기를 당하다니. 어떻게 이럴 수가 있나. 아이고 친구들, 이 켈올란을 가만두면 안 되네. 그를 없애지 않으면 우리를 계속 속일 걸세."

다른 곡예사들도 주먹으로 가슴을 치며, 머리를 쥐어뜯었다. 그래도 화가 식지 않자 그들은 머리를 모아 켈올란에게서 돈을 되찾을 방법과 그를 죽일 방법을 모의하기 시작했다. 그러고는 복수를 다짐하며 켈올란의 마을로 향했다.

세 곡예사가 다시 올 줄 예상하고 있었던 켈올란은 바로 염소를 잡아 내장을 꺼내고 그것에 빨간색 물을 채워 넣었다. 그리고 다락에서 오래된 피리를 찾아 벽에 걸어두었다. 그는 아내에게

"잠시 후 세 곡예사가 올 것이오. 이 염소 내장을 배에 두르고 옷으로 덮으시오. 그들이 도착하면 바로 나와 싸우기 시작하시오. 내가 칼로 당신의 배를 찌르는 척 하면서 염소 내장을 찌를 것이오. 내장에서 빨간 물이 나오면 당신은 바닥에 쓰러져 죽은 것처럼 보이도록 하시오. 그리고 내가 벽에 걸려있는 피리를 불면 점차 다시 살아나는 듯이 천천히 일어나서 서시오. 그러나 조심해야 하오. 절대 실수해서는 안 되오."
하고 말하고 밭으로 나갔다. 얼마 지나지 않아 세 곡예사는 씩씩거리며 다가와, 노래를 흥얼거리며 밭일을 하던 켈올란의 멱살을 잡았다.

"천벌을 받을 놈. 우리를 속이고도 무사할 줄 알았더냐! 우리 돈을 다시 돌려주지 않으면 맞아 죽을 줄 알아라."

곡예사들이 켈올란을 죽일 듯이 협박했지만 켈올란은 전혀 당황한 기색도 없이 차분하게 말했다.

"형님들, 진정하십시오. 저는 형님들을 속인 적이 없습니다. 토끼가 집과 길에 익숙해질 때까지 시간을 주지 않고 바로 일을 시키면 어떻게

합니까? 토끼가 집을 찾지 못했다면 그것은 형님들의 잘못이오. 토끼에게 천천히, 차근차근 집과 길을 설명해주었더라면 토끼는 임무를 완수했을 것입니다. 불쌍한 내 토끼……. 아직도 집을 찾아 헤매고 있을 게 분명합니다. 하지만 돈을 다시 받기를 원하신다면 제 집으로 같이 가시지요. 제가 계산하여 드리겠습니다."

켈올란은 집안에 들어서자마자 부인에게 말했다.

"부인, 어제 내가 준 은화 200개와 금고에 들어있는 은화 100개를 가져와 곡예사 형님들에게 돌려주시오."

켈올란의 부인은 잠시 생각하는 척 하더니 물었다.

"어떤 은화를 말하는 건가요? 금고에 은화 100개가 있었나요?"

켈올란은 화를 내며 큰 소리로 말했다.

"아, 내가 어젯밤에 곡예사 형님들에게서 받은 은화 200개가 있지 않소! 그 전에 은화를 낳는 당나귀를 팔아 받은 은화 100개도 있고. 당신이 보는 앞에서 금고에 넣고 열쇠로 잠그지 않았소. 당신이 돈을 보자기에 고이 싸서 넣었지 않았소?"

부인은 다시 잠시 생각하더니

"여보, 나에게 언제 은화 100개를 주고, 200개를 줬다는 말이에요? 아이고, 내 팔자야! 밖에서 돈을 다 쓰고 들어와서는 집에서 돈을 찾고 있네!" 하며 소리를 지르기 시작했다. 이를 지켜보던 세 곡예사는 '이 둘 사이에 앞으로 무슨 일이 벌어질지 지켜보자' 하고 뒤로 물러섰다.

켈올란은 매우 화를 내며 허리춤에 차고 있던 칼을 꺼내어 부인의 배를 찔렀다. 세 곡예사는 깜짝 놀라고 무서워서 손과 발을 떨기 시작했다. 가여운 부인의 배에서 피가 솟구치기 시작했고 부인은 비명을 지르며 바닥에 쓰러졌다. 그리고 몇 번 움찔움찔 하더니 잠시 후 전혀 움직이지 않았다.

꼼짝도 못하고 얼어있던 세 곡예사는 어찌나 떨었던지 도망을 갈 수도, 제대로 서 있을 수도 없었다. 켈올란에게 돌려받으려던 돈 이야기는 꺼내지도 못한 채 입을 꾹 다물고 서있었다. 켈올란은 피가 뚝뚝 떨어지는 칼을 손에 든 채로 곡예사들을 향해 섰다.

"걱정하지 마십시오. 겁먹을 필요 없습니다. 부인이 어찌나 화를 돋우던지 제가 실수를 했네요. 그러나 걱정 마십시오. 죽이는 것도, 살리는 것도 다 제 손안에 있습니다. 모든 문제에는 해법이 있는 법이지요."

세 곡예사는 켈올란이 너무 놀라서 자신이 무슨 말을 하고 있는지도 모를 것이라고 생각했다. 그러나 켈올란은 매우 당당했고 눈꼽만큼도 겁을 먹은 것 같이 보이지 않았다. 그는 천천히 걸어가서 벽에 걸려있던 피리를 가져와 바닥에 앉았다. 그러고는 '뚯두루 뚯두루' 피리를 불기 시작했다. 세 곡예사들은 넋이 빠진 채 부인의 시체를 바라보고 있었다. 그런데 그때 죽은 부인의 몸이 들썩이고 손과 발이 움직이기 시작하는 것이 아닌가. 세 곡예사는 눈이 휘둥그레졌다.

켈올란이 계속해서 피리를 불자 부인은 천천히 움직이더니 마침내 일어섰다. 이 모든 광경을 지켜본 세 곡예사는 머리를 맞대고 의논을 하더니 켈올란에게 사정하기 시작했다.

"켈올란아, 켈올란아, 우리에게 돌려주려고 했던 돈은 받지 않을 테니 죽은 사람을 살리는 그 피리를 우리에게 팔지 않겠나?"

"안 됩니다, 형님들. 다른 것은 다 팔아도 이 피리만큼은 안 됩니다. 나는 성질이 불같고 화를 잘 내는 성격이고 내 부인은 멍청하다오. 그래서 나는 종종 부인을 죽인다오. 부인을 죽이고 시간이 조금 지나면 화가 가라앉고 후회하게 된다오. 이 피리를 형님들에게 판다면 부인을 다시 살릴 수 없지 않겠소. 그렇게 되면 나는 감옥에 갈 것이고 결국엔 사형을 당할 것이오. 제발 이 피리만은 달라고 하지 마시오."

켈올란이 피리를 팔지 않겠다고 거듭 말했지만 세 곡예사는 포기하지 않았다.

"우리는 이 피리를 꼭 사야겠어."

결국 그들은 흥정에 들어갔다. 은화 100개, 200개……. 피리를 결코 팔지 않겠다던 켈올란은 결국 은화 300개에 죽은 사람을 다시 살리는 피리를 팔기로 했다. 세 곡예사는 행여 켈올란의 마음이 변할까봐 주머니에 있는 돈을 모두 꺼내 금세 300개를 모아서 피리와 교환하고 부리나케 켈올란의 집을 떠났다.

언덕을 넘고 시냇가를 건너 세 곡예사가 그들 중 한 사람의 집에 도착하자 저녁이 되었다. 부인이 아직 밥상을 차리지 않은 것을 본 곡예사는 매우 화가 나서 허리춤에 차고 있던 칼을 꺼내 부인을 찔렀다. 불쌍한 부인은 피를 흘리며 쓰러졌고 잠시 후 숨을 거두었다.

곡예사의 아이들은 자신의 어머니가 칼에 찔려 죽은 것을 보고 울며불며 길거리로 나갔다. 마을 전체가 아이들의 울음소리와 비명으로 시끄러워지자 마을 사람들이 곡예사의 집으로 모여들었고 모두 곡예사의 부인이 죽은 것을 보았다. 그러나 세 곡예사는 슬프거나 두려운 기색이 전혀 없이 태평하게 앉아있는 것이 아닌가. 부인을 죽인 곡예사가 마을 사람들을 향해 자신 있게 말했다.

"동네 사람들! 걱정 말고 이 마법의 피리를 보시오. 내가 이 피리를 불기 시작하면 내 부인은 다시 살아날 것이오."

그러고는 자루에서 피리를 꺼내어 불기 시작했다. 그러나 아무리 피리를 불어도 부인은 일어나지 않았다. 첫 음부터 끝 음까지 하나하나 소리를 내어보았지만 소용이 없었다. 머리부터 발끝까지 땀에 젖어가며 힘껏 피리를 불었지만 죽은 부인은 끝내 살아나지 않았다. 그제야 세 곡예사는 켈올란이 꾸민 짓이라는 것을 깨달았다.

"아이고, 켈올란. 우리에게 세 번이나 사기를 쳤구나. 우리 돈을 가져가는 것으로 모자라서 이젠 사람까지 죽였구나! 꼭 잡아서 복수하고야 말겠다."

세 곡예사는 켈올란의 집으로 다시 향했다. 언덕을 건너고 시내를 건너서 켈올란의 마을에 도착했다. 그가 소를 몰며 밭에서 일을 하고 있는 것이 보였다. 세 곡예사는 부리나케 밭으로 뛰어가 켈올란의 멱살을 잡았다. 그러고는 켈올란에게 한 마디 변명할 새도 주지 않고 그를 자루에 담았다.

그들은 켈올란이 든 자루를 어깨에 지고 강으로 향했다. 밭에서 강까지는 거리가 멀기 때문에 무거운 자루를 들고 가려니 지쳐서 나무 밑에서 잠시 쉬기로 했다. 자루를 나무에 매달아 놓은 채 세 곡예사는 피곤해서 잠이 들었다.

켈올란은 세 곡예사가 코를 고는 소리를 듣고 그들이 자고 있다는 것을 알았다. 그러고는 어떻게 하면 자루에서 벗어나 도망갈 수 있을까 고민하기 시작했다. 손가락으로 자루에 작은 구멍을 뚫어 눈을 대고 보니 저 앞에서 목동 하나가 염소 떼를 몰고 천천히 이쪽으로 다가오는 것이 보였다.

목동은 나무쪽으로 다가오더니 호기심에 자루를 이리저리 살펴보기 시작했다. 그때 켈올란은 자루 속에서 서글피 울며 말하기 시작했다.

"나는 이 나라의 고관이 되기 싫다! 왕의 딸과 결혼하는 것도 싫어. 이를 어쩌면 좋단 말인가."

자루 속에서 나오는 소리를 듣고 있던 목동은 말했다.

"이보시오, 무슨 일이오. 알아듣게 이야기 해보시오."

"이 사람들이 나를 마을로 데려가 고관으로 삼고 왕의 딸과 결혼을 시키려 한다오. 하지만 나는 원하지 않는다오. 목동이 되어 산과 들을 떠돌아다니는 것이 좋다오. 왕의 신하들이 나무 밑에서 자고 있소. 잠시 후 일어나서 나를 어깨에 지고 다시 길을 떠날 것이오."

목동은 이야기를 듣고 놀라서 말했다.

"이보시오, 어떻게 이런 좋은 기회를 마다할 수 있소? 당신이 싫다면 내가 대신 되리다!"

"그렇다면 나를 여기서 꺼내주시오. 그리고 이 자루에 당신이 들어가시오. 내가 떠난 뒤에 '이 나라의 고관이 되겠다. 왕의 딸과 결혼하겠다.' 하고 외치면 목적을 달성할 수 있을 것이오."

목동은 매우 기뻐하며 자루를 나뭇가지에서 내리고 켈올란을 꺼내준 후 자신이 대신 들어갔다. 켈올란은 목동이 든 자루를 나무에 다시 매달고 재빨리 그의 염소 떼를 몰고 사라졌다.

잠시 후 목동은 소리치기 시작했다.

"나는 이 나라의 고관이 되겠다. 왕의 딸과 결혼하겠다."

목동이 외치는 것을 들은 세 곡예사는 깜짝 놀라 잠에서 깨어났다. 그들은 켈올란이 자루 안에서 오래 있더니 미친 것이라고 생각했다.

"곧 죽을 것인데 고관은 무엇이고, 왕의 딸은 또 무슨 말이냐!"

그들은 자루를 다시 어깨에 메고 강으로 향했다. 강에 도착한 곡예사들은 '하나, 둘, 셋'을 세고 자루를 강물에 던졌다.

"이제야 켈올란에게서 벗어나게 되었구나."

그들은 다시 마을로 향했다. 가는 도중에 아주 큰 염소 떼가 지나가는 것을 보았다. 멀리서 보니 목동이 켈올란과 닮아보였다. 그들이 눈을 크게 뜨고 다시 보았더니 자루에 담겨 강에 빠져 죽은 줄 알았던 켈올란이 죽지 않고 목동이 되어있는 것이 아닌가. 켈올란은 깜짝 놀란 곡예사들에게 다가와 말했다.

"당신들이 나를 강 한 가운데가 아닌 얕은 곳으로 던져서 염소를 이만큼밖에 데리고 나오지 못했소. 나를 조금 더 깊은 곳으로 던졌더라면 몇 백 마리 염소를 더 데리고 나올 수 있었을 텐데 말이오."

이 말을 들은 세 곡예사들은 눈을 번뜩이더니 바로 강으로 뛰어갔다. 먼저 한 사람이 강의 가장 깊은 곳으로 들어갔다. 그가 물속에 몇 번 들어갔다 나오더니 '구르륵, 구르륵' 소리를 내기 시작했다. 그가 물에 빠진 줄도 모르고 나머지 두 사람이 외쳤다.

"이보게, 아홉 마리 말고 천 마리를 데리고 나오게!"

그러나 물에 들어간 곡예사가 여전히 '구르륵, 구르륵' 하자

"저 친구가 혼자서는 수많은 염소 떼를 몰고 나올 수 없겠어. 우리가 가서 염소 떼를 데리고 나오자."

하고 말하며 나머지 두 명 역시 강에 뛰어들었다.

이 광경을 지켜보던 켈올란은 세 곡예사가 빠져 죽은 강변을 따라 걸어가다가 유유히 사라졌다.

04
켈올란이 '전혀'를 사다

옛날 옛날에 켈올란과 어머니가 살고 있었다. 어느 날 어머니가 켈올란에게 10리라를 주면서 말했다.

"자, 켈올란! 가게에 가서 10리라어치 '전혀'*를 사 오너라."

켈올란은 어머니가 하신 말씀을 잊어버리지 않기 위해 가게에 가는 동안 '전혀, 전혀'라고 되뇌었다.

한참 길을 가다보니 바닷가에 도착했다. 그곳에서는 밤새 그물을 던져 고기잡이를 하던 어부들이 '영차, 영차' 하며 그물을 끌어올리고 있었다. '영차, 영차' 소리를 들으면서 어머니가 하신 말씀을 잊어버릴지도 모른다고 생각한 켈올란은 다시 '전혀, 전혀'를 중얼거리기 시작했다. 켈올란이 이렇게 중얼거리자 어부들은 화가 났다. 더 큰 소리로 '영차, 영차' 하며 그물을 끌어올렸지만 물고기가 한 마리도 걸려있지 않았다. 켈올란이 '전혀, 전혀'라고 말할수록 물고기는 더 잡히지 않았다.

결국 물고기를 한 마리도 건지지 못하자 어부들은 화가 나서 '전혀, 전혀'라고 말하던 켈올란을 흠씬 두들겨 팼다. '윽, 억' 하며 매를 맞은 켈올란은 어머니가 무엇을 사오라고 했는지 잊어버리고 말았다. 그래서 아픈 것도 잊고 물었다.

* 옛날 터키에서는 '전혀(hiç)'라는 말이 '소금'이라는 뜻으로 사용되었다.

"어부 아저씨들, 그럼 저는 이럴 때 무엇이라고 말해야 되나요?"

그러자 어부 중 한 사람이 말했다.

"'하나 나왔다, 두 개 더 나와라.'라고 말해라."

켈올란은 이 말 역시 잊지 않기 위해서 '하나 나왔다, 두 개 더 나와라' 하고 되뇌면서 길을 걸어갔다. 그러던 중 한 집 앞을 지나게 되었는데 마침 장례를 마친 관이 문밖으로 나오고 있었다.

"하나 나왔다, 두 개 더 나와라."

하고 켈올란이 중얼거리자 관을 메고 나오던 사람들이 관을 바닥에 내려놓고 켈올란을 두들겨 패기 시작했다. 켈올란은 '윽, 억' 하며 매를 맞았다. 그래서 어부들이 가르쳐준 말을 잊어버리고 말았다. 그는 매를 맞아 아픈 것도 잊고 물었다.

"아저씨들, 이럴 때 저는 무엇이라고 말해야 되나요?"

그러자 이맘*이 나와 말했다.

"'알라의 은총이 있기를, 남은 사람들에게 인내를 주시기를…….' 하고 말해라."

켈올란이 이 말을 중얼거리며 길을 가고 있는데 길에서 죽은 개 한 마리를 보았다. 그는 죽은 개 앞에 서서 말했다.

"알라의 은총이 있기를, 남은 사람들에게 인내를 주시기를……."

길을 가던 행인들이 이 말을 듣자 켈올란을 두들겨 패기 시작했다. '윽, 억' 하며 매를 맞은 켈올란은 이맘이 가르쳐 준 말을 또 잊어버리고 말았다. 그래서 그가 행인에게 물었다.

"아저씨들, 그럼 이럴 때 제가 무엇이라고 말해야 되나요?"

"'이 더러운 냄새는 뭐야?' 하고 말해라."

켈올란은 '이 더러운 냄새는 뭐야, 이 더러운 냄새는 뭐야.' 하며 중얼거

* 이맘은 아랍어로 '지도자', '모범이 되어야 할 것'을 의미하는 말이다. 통례적으로는, 이슬람교의 크고 작은 종교 공동체를 지도하는 통솔자를 이맘이라고 부른다. 가장 넓은 의미로는 무슬림에게 가장 중요한 의무 중의 하나인 집단 예배를 실시할 때 신도들을 지도하는 역할을 맡는 사람을 가리키는 호칭이다.

리며 길을 떠났다. 그가 또 길을 가던 중 손에 목욕 보자기를 들고 목욕탕에서 나오는 여자들을 보자 그들을 붙잡고 말했다.

"이 더러운 냄새는 뭐야?"

여자들은 목욕 보자기를 땅에 내려놓고 켈올란을 두들겨 패기 시작했다. 그들은 켈올란의 머리를 잡아 흔들고 손톱으로 할퀴었다. 그러자 켈올란은 이번에도 행인들이 가르쳐 준 말을 잊어버리고 말았다. 매를 맞아 아픈 것도 잊고 그는 여자들에게 물었다.

"아주머니들, 이럴 때 제가 무엇이라고 말해야 되나요?"

"'오, 좋다! 오, 아름답다!'라고 말하거라."

켈올란이 이 말을 중얼거리며 또 길을 가고 있는데 길에서 치고받고 싸우는 두 사람을 보게 되었다. 켈올란은 목욕탕 여자들에게서 배운 대로 말했다.

"오, 좋다! 오, 아름답다!"

싸우던 사람들이 이 말을 듣고 화가 나서 싸움을 멈추고 불쌍한 켈올란을 두들겨 패기 시작했다. 켈올란은 '윽, 억' 하면서 매를 맞았고 목욕탕 여자들이 가르쳐준 말을 또 잊어버리고 말았다. 매를 맞아 아픈 것도 잊고 그는 싸우던 사람들에게 물었다.

"그럼 저는 이럴 때 무엇이라고 말해야 되나요, 형님들?"

"'하지 마시오, 형제들! 그만 하시오, 친구들!'이라고 말해라."

켈올란은 싸우던 사람들이 가르쳐준 말을 중얼중얼 외우면서 또 길을 떠났다. 이번에는 길에서 서로에게 으르렁거리는 개 두 마리와 마주쳤다. 그는 개들에게 말했다.

"하지 마시오, 형제들! 그만 하시오, 친구들!"

길을 가던 행인들이 이 말을 듣고 켈올란을 두들겨 패기 시작했다. 켈올란은 '윽, 억' 하면서 매를 맞았고 싸우던 사람들이 가르쳐준 말은 그의 머리에서 또 사라지고 말았다. 아픈 것도 잊은 채 그가 사람들에게

"그럼 저는 이럴 때 무엇이라고 말해야 되나요, 아저씨들?"

하고 묻자, 사람들은 그에게

"'쉬이*! 쉬이!' 하고 말하거라."

하고 단단히 일렀다. 켈올란은 아저씨들이 가르쳐준 말을 잊지 않기 위해 중얼거리며 다시 길을 떠났다.

얼마 지나지 않아 신발 장수의 가게 앞을 지나게 되었다. 그는 신발 장수가 신발을 만드는 모습을 구경했다. 신발 장수는 신을 틀에 끼우고 밀랍으로 만든 끈을 죽죽 늘려 뽑아서 양 옆을 꿰맸다. 그리고 앞과 뒤를 뒤집어 가며 신발 전체를 꿰맸다. 그 후 틀에서 신발을 빼내어 이리저리 살펴보면서 모양을 바로 잡았다. 켈올란은 이 모습을 지켜보면서 소리쳤다.

"쉬이! 쉬이!"

신발장수는 신발을 손질하다가 켈올란이 '쉬이! 쉬이!' 하는 소리를 들었다. 신발장수는 화가 나서 눈을 동그랗게 뜨더니 들고 있던 신발로 켈올란을 두들겨 패기 시작했다. 옴짝달싹 못하고 벽에 붙어 신발로 매를 맞던 켈올란은 '윽, 억' 하더니 아저씨들이 가르쳐준 말을 잊어버리고 말았다. 매를 맞아 아픈 것도 잊고 그가 신발장수에게 물었다.

"그럼 저는 이럴 때 무엇이라고 말해야 되나요, 신발장수 아저씨?"

"'죽죽 늘어나라. 길게길게 늘어나라!' 하고 말해라."

켈올란은 신발장수가 가르쳐준 말을 되뇌며 다시 길을 떠났다. 길을 가던 중 귀를 잡아당기며 아들을 혼내고 있는 한 남자를 만나게 되었다. 남자를 보고 켈올란이 말했다.

"죽죽 늘어나라. 길게길게 늘어나라!"

남자가 켈올란의 말소리에 맞춰 아들의 귀를 당기자 아들의 귀가 빠져버렸다. 남자는 뒤돌아서서 켈올란을 보고는 두들겨 패기 시작했다. 켈올란은 '윽, 억' 하면서 매를 맞다가 신발장수가 한 말을 잊어버리고 말았다. 매를 맞아 아픈 것도 잊고 켈올란이 남자에게

"그럼 저는 이럴 때 무엇이라고 말해야 되나요, 아저씨?"

* 동물을 쫓을 때 외치는 소리.

하고 묻자, 남자는 화가 나고 속상한 마음으로

"전혀! 아무것도 말하지 말거라!"

하고 말했다. 그러자 켈올란은

"맞아! 어머니가 나에게 10리라어치 '전혀'를 사오라고 하셨지!"

하고 말하며 가게로 향했다. 그러고는 가게에서 10리라어치 소금을 사서 집에 갔는데 어머니는 도무지 오지 않는 켈올란을 기다리다가 인내심이 바닥나고 말았다. 켈올란이 집에 들어서자마자 화가 난 어머니는

"말썽쟁이 켈올란! 게으른 켈올란! 어디에서 놀다가 이제야 돌아오는 거야!"

하고 소리를 지르며 그를 심하게 때렸다. 그리고 켈올란에게 한 반추 동물의 위胃를 쓰고* 한쪽 구석에 앉게 했다.

* 옛날 터키에서는 아이들이 부모의 말을 잘 듣지 않았을 때, 동물의 위를 머리에 얹게 하는 습관이 있었다. 이렇게 하면 고약한 냄새가 너무 심해 아이들은 다시는 그런 나쁜 일을 하지 않게 된다고 한다.

05
켈올란 형제

옛날 옛날에 한 형제가 살고 있었는데 형의 이름은 '하산'이고 동생의 이름은 '켈올란'이었다.

어느 날 어머니가 형제를 불러 앉혀놓고 말했다.

"나는 이제 늙어서 일을 하여 돈을 벌 수가 없다. 너희들이 밖에 나가 일자리를 구하고, 열심히 일해서 번 돈으로 이 집안을 꾸려나가거라."

어머니는 가는 도중에 먹으라며 봇짐에 각각 빵 한 덩이와 치즈 한 덩이를 넣어주고 그들을 배웅했다.

형제는 어머니의 말씀대로 먼 길을 떠났다. 그리고 두어 달이 지난 후 한 마을에 도착했다. 그들은 집집마다 돌아다니면서 일자리가 있는지 물어보았다. 마침내 마을 사람들 중 한 사람이 그들을 목동으로 고용해 염소들을 초원으로 몰고 가는 일을 맡겼다.

다음 날 아침 일찍 켈올란과 그의 형은 염소들을 데리고 풀을 먹이기 위해 초원으로 나갔다. 그들은 풀이 많은 곳에 이르러 염소들을 풀어놓았다. 그리고 요깃거리*를 챙겨 나무 밑으로 갔다. 나무에 기대어 앉자 형이 켈올란에게 주의를 주었다.

"켈올란아, 날벌레가 아주 많다. 날벌레가 눈에 들어갈 수 있으니 위를

* 먹어서 시장기를 면할 만한 음식.

보지마라."

이 말을 들은 켈올란은 염소들을 지켜보면서 위를 보지 않고 앞만 보았다. 형은 염소들을 켈올란에게 맡겨두고 잠시 돌아다니다가 나무 밑에 앉아 잠이 들었다.

형이 잠을 자고 있는 동안 켈올란은 '형이 자고 있으니 손으로 눈을 살짝 가리고 하늘을 좀 봐야겠다.' 하고 하늘을 보니 날벌레는 어디에도 없었다. 대신 형이 누워서 자고 있는 나무의 위를 보니 커다란 사과가 주렁주렁 열려 있었다.

켈올란은 곧장 나무에 기어 올라갔다. 그러고는 손이 닿는 곳에서 사과를 따서 한 입 베어 물었다. 그는 손이 닿지 않는 곳에 있는 사과를 따려고 나무를 흔들기 시작했다. 그러자 사과가 후드득 땅에 떨어졌다. 켈올란은 염소들에게 소리쳤다.

"절대 사과를 다 먹지는 마라! 나를 위해서도 사과를 조금 남겨 두어라."

잠시 후, 켈올란이 나무에서 내려왔다. 그런데 염소들이 땅에 떨어진 모든 사과를 한 입씩 베어 먹거나 발로 짓이겨 놓고는 맞은 편 초원으로 가서 풀을 뜯고 있었다.

한 염소는 켈올란에게 주겠다고 사과 하나를 뿔에 꽂아놓았다. 켈올란은 화가 나서 뿔에 사과를 꽂은 염소를 허리춤에 차고 있던 칼로 베어버렸다. 그리고 순서대로 한 마리씩 모든 염소를 죽여 버렸다. 잠시 후 형이 잠에서 깨어 이 광경을 보고 매우 놀라서 말했다.

"켈올란! 무슨 짓을 한 거야? 지금 염소 주인이 이것을 안다면 우리를 가만 두겠어? 자, 빨리 여기서 도망가자!"

형제는 요깃거리가 들은 봇짐을 등에 메고 도망가기 시작했다.

한참이 지난 후에 저녁이 되어 하늘이 캄캄해졌다. 그들은 마침 오래된 방앗간을 발견하고 거기에서 하룻밤을 지냈다. 아침이 되어 다시 길을 떠나려는데 켈올란이 방앗간의 맷돌을 보고 말했다.

"형, 이것 좀 봐. 어머니의 맷돌이 여기 있네. 이것을 집에 가져가자."

"켈올란, 그러지 마. 어떻게 그걸 가져가려고 그래?"

말이 채 끝나기도 전에 켈올란은 이미 커다란 맷돌을 들어 올려 등에 지고 있었다. 켈올란은 이렇게 맷돌을 등에 지고 길을 떠났다.

한참을 걸은 후에 다시 밤이 되었다. 두 형제는 마침 큰 느티나무를 발견하고 나무 위에 올라가서 밤을 보내기로 결정했다. 형은 쉽게 나무 위로 올라갈 수 있었지만 켈올란은 맷돌을 지고 있어서 쉽게 올라갈 수 없었다. 형이 말했다.

"그 맷돌을 내려놔. 아침에 길을 떠날 때 가져가면 되지 않아?"

켈올란은 그 말을 못 들은 체하고 커다란 맷돌을 지고 나무로 올라갔다.

얼마 후 하늘이 캄캄하게 되어 아무것도 보이지 않게 되자 형제는 눈이 스르르 감기더니 깊은 잠에 빠져들었다. 그들이 자고 있을 때 나무 밑에서 한 무리의 말소리가 들렸다. 그러더니 잠시 후에는 나무 위로 연기가 올라오기 시작했다. 형제가 가지를 젖히고 내려다보니 모닥불이 타고 있고 불 주변에는 40명의 도둑들이 양반다리를 하고 둘러앉아 있었다.

그들은 그날 밤 훔친 금화를 꺼내 한 닢, 두 닢 세고 있었다. 알고 보니 그 나무는 도둑들이 매일 밤 모이는 장소였다. 도둑들이 땡그랑 땡그랑 금화를 세고 있을 때 나무 위에서 켈올란이 형에게 말했다.

"형, 나는 너무 급해서 도둑들 위에 소변을 봐야겠어."

"켈올란, 안 돼! 절대 그러면 안 돼!"

그러나 켈올란은 이미 도둑들이 있는 나무 아래로 소변을 보고 있었다. 나무 밑에 있던 도둑들은 금화를 세다가 하늘을 보더니

'비가 내리나보다. 소나기 같으니 금세 그칠 것이다.'

라고 생각했다.

잠시 후, 주변을 둘러보니 다른 쪽은 전혀 비가 내리고 있지 않았다. 느티나무에서만 물줄기가 떨어지고 있었다.

"나무에서 신령한 물줄기가 내려온다!"

도둑들은 이렇게 말하며 손바닥으로 떨어지는 소변을 받아 기도를 하면서 머리와 얼굴에 듬뿍 발랐다.

도둑들은 나무 밑에, 켈올란과 그의 형은 나무 위에 있은 지 꽤 시간이 지났을 때 켈올란이 형에게 말했다.

"형, 맷돌을 지고 왔더니 어깨가 너무 아파. 이제 더 이상 못 지고 있겠어. 이 돌을 내려놓아야겠어."

"켈올란, 안 돼! 절대 그렇게 하면 안 돼!"

그러나 형의 말을 들을 새도 없이 켈올란은 커다란 맷돌을 나무 아래로 떨어뜨렸다. 맷돌이 땅으로 떨어지면서 나뭇가지들을 부러뜨렸고 큰 소리가 났다. 맷돌이 떨어지는 소리에 깜짝 놀란 도둑들은

"아이고! 나무에서 신령한 물줄기가 내리더니 이제는 세상이 끝나려나 보다! 걸음아 나 살려라!"
하고 말하며 멀리멀리 도망쳤다.

밤이 지나고 동이 터 주변이 밝게 빛나기 시작했다. 켈올란과 형은 느티나무에서 조심조심 내려왔다. 나무에서 내려와 보니 40인의 도둑들의 식탁과 금은보화, 그리고 무기가 널려있었다. 형제는 널려있는 물건들을 모두 모아 초원에서 풀을 뜯고 있던 조랑말의 등에 실었다. 켈올란은 간밤에 바닥에 떨어뜨린 맷돌도 잊지 않고 등에 지었다.

형제는 곧장 어머니가 살고 계시는 집으로 향했다. 그들은 한참을 걸은 후 밤이 되어서야 집에 도착했다. 도착하자마자 뛰어가 어머니를 껴안고 볼에 입을 맞췄다. 세 사람은 다시 만난 기쁨에 눈물을 흘렸다. 형제는 눈물을 닦고 방에 들어가 어머니에게 그 동안 있었던 일을 모두 이야기했다. 그리고 세 모자는 오래오래 행복하게 살았다.

06
켈올란과 40인의 도둑

옛날 옛날에 켈올란이 살고 있었다.

어느 날, 아무 하는 일도 없이 그저 놀러 다니는 것이 지겨워진 켈올란은 어머니에게

"아버지께서 돌아가실 때 제게 물려주신 유산이 얼마나 되나요?"
하고 물었다. 어머니는 매우 속상해하며 말했다.

"아들아, 우리같이 가난한 사람들이 무슨 유산이 있겠니?"

"무엇이라도 하나 없는지 한번 생각해보세요."

어머니는 곰곰이 생각하다가

"아참! 다락방에 망가진 총 한 자루와 양털로 만든, 종이 달린 모자가 있단다. 그것들 외에는 아버지가 물려주신 것이 없단다."
하고 말했다. 켈올란은 신이 나서 다락방으로 올라갔다. 그는 총과 모자에 수북이 쌓인 먼지를 '후' 불어 털어냈다. 그리고 모자를 팔에 걸고 총을 어깨에 맨 후 사냥을 나갔다.

그가 숲에 가서 총을 '탕' 하고 한 방 쏘니 40마리의 새가 한 번에 떨어졌다. 그는 40마리의 새를 줄줄이 엮어 총에 걸고 큰 소리로 노래를 부르며 집으로 돌아오고 있었다. 그런데 갑자기 40인의 도둑이 튀어나와 길을 막아섰다. 도둑들의 두목이 켈올란에게 큰 소리로 위협했다.

"우리가 40명인데 네가 잡은 새도 마침 40마리구나. 그 새를 우리에게

내놓아라."

"내가 왜 너희에게 새를 줘야 되지? 이 새는 내가 나를 위해서 잡은 것이라고. 집에 가져가서 구워 먹을 거다."

두목이 화가 나서 켈올란의 뺨을 세게 한 대 올려치고 그가 잡은 새 40마리를 빼앗아갔다. 그러고는 부하들 중 한 명에게 명령했다.

"이 새들을 집에 가져가서 여자들에게 맛있게 요리해 놓으라고 전해라. 요리가 다 되면 은쟁반에 담아 상 보자기로 덮어놓았다가 저녁에 우리가 돌아가면 내어오라고 해라."

39명의 도둑들은 도둑질을 하기 위해 길을 떠났고 두목의 명령을 받은 부하는 두목의 집으로 향했다. 켈올란은 몰래 두목의 집으로 향하는 부하의 뒤를 쫓았다. 부하가 한 집에 도착하자 문을 똑똑 두드렸다. 그러자 문이 열리더니 성격이 나빠 보이는 여자 한 명이 껌을 짝짝 씹으며 고개를 내밀었다. 부하는 두목의 말을 전했다.

"두목이 새 40마리를 보내셨소. 새털을 뽑고, 고기는 튀겨서 은쟁반에 담아 상 보자기로 덮어놓고 기다리시오. 저녁때가 오면 찾으러 오겠소."

그러고는 39명의 도둑들에게로 돌아갔다. 나무 뒤에 숨어서 이것을 지켜보던 켈올란은 저녁이 될 때까지 기다렸다. 마침내 저녁때가 되자 그는 문을 똑똑 두드렸다. 그러자 문이 열리더니 껌을 짝짝 씹으며 여자가 나왔다. 그리고 보자기로 덮인 쟁반을 건네고는 문을 닫았다.

켈올란은 쟁반을 잠시 옆에 내려놓고 종이 위에 커다란 글씨로 '내가 잡은 새 40마리를 가져가지 말지…… 나의 뺨을 때리지 말지…… 이것은 작은 것에 불과하니 더 큰 것을 기대하시오.'라고 썼다. 그리고 종이를 문에 붙이고 쟁반을 챙겨서 집으로 뛰어갔다.

"어머니, 오늘 얼마나 운이 좋았던지! 이것 좀 보세요."

어머니와 켈올란은 밥상에 둘러앉아 튀긴 새 고기로 맛있게 식사를 했다.

한편, 저녁이 되자 도둑들 중 부하 한 명이 음식을 찾으러 두목의 집으로 향했다. 똑똑 문을 두드리자 껌을 짝짝 씹으며 여자가 문을 열며 말했다.

"조금 전에 부하 한 명이 와서 쟁반을 가져갔소."

정신이 번쩍 든 부하는 문에 붙여져 있는 글을 발견했다. 그러고는 두목에게 달려가 일어난 일을 이야기했다. 이 이야기를 들은 두목은 씩씩거리며 말했다.

"켈올란! 언젠가 꼭 다시 나를 만나게 될 것이다. 기다려라!"

며칠이 지난 후, 켈올란이 호숫가에서 놀고 있다가 멀리서 40인의 도둑들이 오는 것을 보았다. 그러자 그는 머리부터 발끝까지 온 몸에 진흙을 발랐다. 그리고 바위에 기대어 울기 시작했다. 40인의 도둑의 두목이 그의 곁으로 와서 물었다.

"이봐, 왜 울고 있는 거야?"

도둑들에게 골탕을 먹이려고 마음먹은 켈올란은 울먹이며 말했다.

"어머니께서 결혼하실 때 예물로 받으신 귀걸이를 고쳐오라고 저에게 주셨는데 물에 빠뜨렸지 뭐에요. 집에 돌아가서 어머니께 뭐라고 말씀드려야 할지 몰라 울고 있었어요."

그리고 다시 엉엉 울기 시작했다. 이 광경을 본 도둑들은 슬픔을 참지 못하고 굵은 눈물을 뚝뚝 흘리기 시작했다. 두목이 도둑들에게 명령을 내렸다.

"자, 모두 옷을 벗고 물에 들어가서 불쌍한 소년의 귀걸이를 찾아라! 찾지 못하면 물 밖으로 나올 생각을 하지 마라!"

도둑들은 호숫가에 옷을 벗어놓고 물에 들어가 귀걸이를 찾기 시작했다. 하지만 아무도 켈올란의 귀걸이를 찾을 수가 없었다. 보다 못한 두목도 귀걸이를 찾기 위해 물에 뛰어 들어가 물 속 여기저기를 찾아 헤맸지만 찾지 못했다.

모든 도둑들이 물에 들어간 것을 확인한 켈올란은 울음을 뚝 그치고 도둑들이 벗어놓은 옷과 신발을 모두 챙겼다. 그리고 종이 위에 커다란 글씨로 '내가 잡은 새 40마리를 가져가지 말지…… 나의 뺨을 때리지 말지…… 이것은 작은 것에 불과하니 더 큰 것을 기대하시오.'라고 써서 바닥에 놓고 집으로 뛰어갔다.

40인의 도둑들은 호수를 샅샅이 뒤졌지만 귀걸이를 찾지 못하자 물 밖으로 나오기 시작했다. 그런데 옷과 신발이 하나도 남아있지 않았다. 옷과 신발 대신 켈올란이 남겨놓은 종이를 발견하고는 무슨 일이 일어난 것인지 깨달았다. 두목은 화가 잔뜩 나서 소리쳤다.

"켈올란, 이 녀석! 이번에도 나를 가지고 장난을 쳤겠다! 언젠가 너를 찾아 복수하고야 말테다!"

그러고는 부하 한 명을 사람이 다니지 않는 뒷길을 통해 집으로 보내어 옷가지를 가져오게 했다. 39명의 도둑들은 오들오들 떨며 옷이 오기만을 기다렸다. 마침내 옷가지가 도착하자 도둑들은 재빨리 옷을 입고 가장 가까운 목욕탕으로 향했다.

40인의 도둑들은 화가 머리끝까지 나서 얼굴이 모두 일그러져있었다. 그들은 씩씩거리며 목욕탕으로 향했다.

한편, 켈올란은 이들이 목욕탕으로 향할 것을 미리 알았기에 도둑들의 옷에서 돈을 다 꺼내어 자기 주머니에 넣고는 바로 목욕탕으로 뛰어갔다. 그리고 그들이 오기 전에 목욕탕 주인에게 목욕탕 전체를 하루 동안 빌리기로 하고 도둑들의 돈으로 빌리는 값을 지불했다. 그런 후 모자를 쓰고 가짜 콧수염을 붙여 목욕탕 주인인 것처럼 변장을 했다. 그러고는 목욕탕 주인의 자리로 가서 양반다리를 하고 주인인 양 앉아 있었다.

그는 날이 어두워지자 목욕탕의 등불을 밝혔다. 얼마 지나지 않아 한 명 한 명 도둑들이 목욕탕에 도착해 문 앞에 섰다. 도둑들은

"어이! 주인장, 손님이 왔으니 어서 문을 여시오."

하며 큰 소리로 말했다. 켈올란이 목욕탕 주인인 양 문을 열고 도둑들의 행색*을 살펴보니 그들은 물에 젖은 생쥐마냥 오들오들 떨고 있었고 몹시 지쳐보였다. 곧이어 켈올란은

"저런…… 여보게, 무슨 일이 있었기에 이 꼴이 된 것인가?"

하며 문을 열고 도둑들을 맞이했다. 두목은 주먹을 불끈 쥐며 말했다.

* 겉으로 드러나는 차림이나 태도

"주인장! 글쎄 켈올란이라는 자가 우리를 속이고 이렇게 만들었다네. 우리는 복수할 기회가 생기기를 기다리고 있지."

40인의 도둑들은 모두 옷을 벗고 탕으로 들어가 때를 밀고 목욕하기 시작했다. 이들이 한창 목욕을 즐기고 있을 때 켈올란은 선심쓰듯이 말했다.

"여보게들, 내가 자네들에게 약을 하나 만들어서 줄 테니 때를 민 후에 온 몸에 바르게. 몸 속에 있는 독이 빠져 아주 개운해질 걸세."

"주인장, 고맙소! 어디 그 약을 한번 써 봅시다."

켈올란은 급하게 밖으로 나가 벽에서 석회 가루를 조금 긁어내고 거기에 고춧가루를 섞었다. 그리고 그것을 식초로 반죽을 하고 항아리에 담아 온 몸의 독을 빼는 신비의 약으로 완성하였다.

그는 항아리를 가지고 탕으로 들어가 도둑들에게 건네주었다. 도둑들은 모두 신비로운 약을 한 줌씩 집어 등과 얼굴과 눈에 바르기 시작했다. 그런데 약을 바를수록 온 몸이 따가워지더니 급기야 그들은 소리치기 시작했다.

"아이고, 주인장! 온 몸이 너무 따갑네!"

"모두들 이를 악물게. 자네들 몸속에 독이 많아서 빠져나가느라 아픈 거라네. 조금 따갑겠지만 참게. 그럼 온 몸이 깨끗해질 걸세."

켈올란은 도둑들에게 옛날이야기도 들려주고 끝말잇기도 하면서 시간을 끌었다. 그러면서 도둑들이 항아리에 들어있는 약을 모두 다 몸에 바를 때까지 기다렸다. 커다란 항아리 한 통이 동이 나자 켈올란은 목욕탕 밖으로 나갔다. 도둑들이 탕 안에서 '독이 빠지고 건강해질 거야!'라고 생각하며 따가움을 견디고 있는 동안 그는 탕 밖으로 나가 물을 잠가버렸다. 그리고 종이에 커다란 글씨로 '내가 잡은 새 40마리를 가져가지 말지…… 나의 뺨을 때리지 말지…… 이것은 작은 것에 불과하니 더 큰 것을 기대하시오.'라고 써서 벽에 붙였다. 켈올란은 또 다시 도둑들의 옷과 신발을 모두 챙겨 집으로 뛰어갔다.

그 사이 도둑들의 온 몸은 따갑다 못해 뜨거워질 뿐 아니라 부어오르고 상처가 나기 시작했다. 그들이 "아야!" 하고 소리치자 목욕탕의 촛불이 흔들거렸고, "아이고!" 하고 소리치자 목욕탕 천장으로 소리가 메아리쳐 울렸다. 그들은 물이 끊긴 것을 알고 탕에 받아놓은 물을 서로 쓰겠다고 다투더니 주먹을 휘두르며 싸우기 시작했다. 목욕탕이 전쟁터로 변하자 시끄러운 소리가 동네에 퍼져나갔고 동네 사람들은 '귀신들이 잔치를 벌이나보다' 하고 생각하고 두려움에 떨며 집 밖으로 한 발짝도 나오지 않았다.

이렇게 날이 밝아 아침이 되었다. 도둑들은 만신창이*가 되었다. 새빨갛게 변한 피부는 벗겨지고 온 몸에 상처가 생겼다. 그들은 축 늘어진 채로 탕의 구석구석마다 널브러졌다.

얼마 후 진짜 목욕탕 주인이 돌아왔다. 그가 탕 안으로 들어가자 여기저기에 도둑들이 널브러져있는 모습이 보였다. 주인은 "아이고, 아이고" 하며 끙끙 앓는 도둑들을 일으켜 세우고 무슨 일이 일어났는지 물었다. 도둑들에게서 자초지종을 들은 주인은 잠겨져 있던 물을 다시 틀었다. 도둑들은 물로 대충 몸을 씻어내고 밖으로 나왔다. 그런데 옷과 신발이 하나도 남아있지 않았다. 당황한 도둑들은 벽에 걸려있는 커다란 종이를 발견했다. 도둑들의 두목은 또 켈올란이 한 짓이라는 것을 알고 고개를 절레절레 흔들며 흥분한 채 말했다.

"켈올란! 네가 이기나 내가 이기나 두고 보자! 언젠가 꼭 복수하고 말테다!"

그들은 목욕탕 수건으로 몸을 감싸고 마차를 불러 집으로 돌아갔다. 집에 돌아간 후에도 도둑들은 아무 것도 할 힘이 남아있지 않아서 침대에서 이불을 뒤집어쓰고 누워 있는 수밖에 없었다.

며칠이 지나 일 년에 한 번 왕이 도둑들을 초청하여 도둑질을 하면서 보고 들은 것들을 물어보고 상금도 주는 날이 다가왔다. 그리하여 왕이 한 신하에게 40인의 도둑들이 궁으로 오게 하라고 명을 내렸다. 이 명령이

* 온몸이 상처투성이가 되다.

전해졌지만, 침대에 누워있던 도둑들은 여전히 기운을 차리지 못하고 있었다. 침대에서 일어나 약도 발라보고 참아보려 했지만 온 몸이 여전히 아프고 따가워 견딜 수가 없었다. 그들은 하는 수 없이 '아파서 못가겠습니다.' 라고 궁으로 소식을 전했다.

궁에서 소식을 들은 신하들은 두려움에 떨며 왕에게 가서 도둑들이 왕의 초대를 거절했다고 말했다. 왕은 매우 화가 나서 다시 한 번 궁으로 오라는 명을 내렸다. 도둑들은 이 명을 전한 신하에게 여차저차 자초지종을 다시 이야기하며 도저히 갈 수 없다고 했다. 이 말을 들은 왕은 매우 화가 나서 냅다 소리를 질렀다.

"감히 내 초대를 거절하다니. 40명 모두가 아프다더냐! 지금 당장 궁으로 오지 않으면 모두 사형에 처할 것이라고 전하라!"

도둑들은 어쩔 수 없이 끙끙 앓으며, 절뚝절뚝 걸어 궁으로 향했다. 도둑들이 왕 앞으로 나가자 왕은 그들의 만신창이가 된 모습을 보고 깜짝 놀라 물었다.

"이게 어찌 된 일이냐? 무슨 일이 있었던 것이냐?"

"임금님, 켈올란이라는 녀석이 있는데 저희를 속여 이런 꼴로 만들었답니다."

두목은 그 동안 있었던 일을 자세히 왕에게 설명했다.

두목이 왕에게 설명하는 동안 그것을 듣고 있던 39명의 도둑들은 '맞습니다' 하며 맞장구를 쳤다. 왕은 이야기를 듣는 동안 "아이고, 저런!" 하며 무릎을 쳤다.

"그런 일이 있었구나. 내가 그 놈을 찾아내겠다."

그러고는 옆에 있던 신하에게 말했다.

"이 40인의 도둑들을 이렇게 만든 자에게 내가 상을 내릴 것이라 하라."

이 말을 전해 들은 백성들은 서로 자기가 했다고 궁으로 몰려왔다. 40인의 도둑들은 궁으로 찾아오는 사람들의 얼굴을 하나하나 살펴보며 켈올란이 맞는지 확인했지만 켈올란은 보이지 않았다. 이제 마을에 남은 사람이라고는 켈올란밖에 없었다.

켈올란이 결심한듯 말했다.

"어머니, 왕이 상을 내린다는데 궁에 가봐야겠어요."

"아들아, 왕이 지금 너를 속이는 것이다. 네가 궁에 가면 너를 죽일 거야. 절대 궁으로 가지 말거라."

켈올란은 어머니의 말을 듣지 않고 곧장 궁으로 향했다. 그리고 왕 앞에 나아가 당당하게 말했다.

"임금님, 40인의 도둑들을 이렇게 만든 사람이 저입니다."

켈올란의 얼굴을 확인한 40인의 도둑들은 한 목소리로 외쳤다.

"임금님, 이 자가 켈올란입니다!"

상을 내리겠다는 말은 온 데 간 데 없고, 왕은 명령을 내렸다.

"저 자를 당장 잡아서 감옥에 가두어라! 그리고 물과 마른 빵 외에는 아무것도 주지마라!"

캄캄한 감옥에 갇힌 켈올란은 아무 것도 볼 수 없었다. 그러나 얼마쯤 시간이 지나서 눈이 어두운 것에 적응하자 어둠 속에서 무엇인가 볼 수 있게 되었다. 감옥 한 구석에 기름 한 통과 꿀 한 통, 그리고 닭의 깃털과 거위의 깃털 한 무더기가 있었다.

켈올란은 몇날 며칠 동안 꿀과 기름을 발라 마른 빵을 맛있게 먹었고 닭의 깃털과 거위의 깃털 위에 누워 편하게 잠을 잘 수 있었다. 그러나 갇혀 있는 몸이라 심심해서 견딜 수가 없었다. 그는 머리를 긁적이더니 꾀를 하나 떠올렸다.

그는 저녁이 되어 밥을 먹고 배가 부르자 옷을 모두 벗었다. 먼저 기름 통에 들어갔다가 그 다음에는 꿀통에 들어갔다. 그리고 마지막으로 닭의 깃털과 거위의 깃털 위에 온 몸을 굴렸다. 이렇게 하자 켈올란은 머리부터 발끝까지 털로 덮였고 번뜩이는 눈 때문에 유령처럼 보였다. 그리고 아버지에게 유산으로 물려받은 종이 달린 양털모자도 머리에 썼다. 그는 바닥에서 못 하나를 찾아내어 감옥 문을 열었다. 그러고는 곧장 왕의 침실로 향했다.

온 몸이 털로 덮여 걸을 때마다 푸드득 푸드득 소리가 났고 눈은 번뜩였으며, 종이 달린 양털 모자에서 딸랑딸랑 소리가 났다. 보초를 서고 있던 경비병들은 멀리서 푸드득 푸드득, 딸랑딸랑 하는 소리가 나자 귀를 기울여 듣고 있다가 켈올란이 그들 앞에 모습을 드러내자

"유령이다! 저승사자가 왔다!"

하고 소리를 지르며 달아났다. 켈올란은 왕의 침실에 들어가 먼저 모든 촛불을 껐다. 왕은 아무 것도 모르고 단 잠에 빠져있었다. 켈올란은 자고 있는 왕의 가슴 위에 턱 올라가 앉고는 머리를 흔들어 딸랑딸랑 종소리를 냈다. 왕은 숨이 막혀 잠에서 벌떡 깼다. 그러자 딸랑딸랑 소리가 들리고 가슴 위에 유령이 앉아 번뜩이는 눈으로 그를 쳐다보고 있는 것이 아닌가. 그는 깜짝 놀라

"아이고! 누구시오?"

하고 소리를 질렀다. 켈올란은

"너의 시간이 다 찼다. 이제 저승으로 갈 시간이다. 나는 저승사자다. 너를 데리러 왔다."

하고 말했다. 왕은 가슴이 턱 막히고 죽음의 공포를 느끼기 시작했다. 그러자 켈올란은 더 강하게 왕의 가슴을 압박했다.

"아이고, 저승사자님! 원하시는 것은 무엇이든 드리겠습니다. 지금 저를 데려가지 마십시오."

하고 왕은 애걸복걸하기 시작했다. 그러자 켈올란은 위엄있게 말했다.

"감옥에 죄 없이 갇혀있는 켈올란을 풀어주어라. 그러면 지금은 너의 목숨을 거두어가지 않겠다."

"저승사자님! 아침이 되면 바로 켈올란을 풀어주겠습니다."

왕의 약속을 받아낸 켈올란은 곧장 감옥으로 돌아가 몸을 씻어내고 옷을 입었다. 그리고 유산으로 아버지에게 물려받은 종이 달린 양털모자는 접어서 옷 속에 숨기고는 침대에 누워 쿨쿨 잠을 자기 시작했다.

아침이 되어 일어난 그는 왕의 명령을 기다렸지만 아무 일도 일어나지 않았다. 화가 머리끝까지 난 그는 다시 옷을 벗고 먼저 기름통에 들어갔다가 꿀통에 들어갔고, 마지막으로 닭털과 거위털 위에 올라가 이리저리 굴러다니며 온 몸에 털을 붙였다. 그러고는 아버지의 종이 달린 양털

모자를 다시 쓰고 못으로 감옥 문을 열고 왕의 침실로 향했다.

이번에도 보초를 서고 있던 왕의 경비병들은 켈올란을 보자마자 "귀신이다!" 하며 줄행랑*을 쳤다. 왕의 침실로 들어간 켈올란은 먼저 촛불을 끄고 쿨쿨 자고 있는 왕의 가슴팍에 앉아 종이 달린 모자를 흔들어 딸랑딸랑 소리를 냈다. 숨을 쉴 수 없게 된 왕은 깜짝 놀라 눈을 떴고 저승사자의 모습을 한 켈올란을 보고 정신이 번쩍 들었다. 저승사자와 했던 약속을 떠올린 그는 다급하게 말했다.

"저승사자님! 아침이 오면 가장 먼저 켈올란을 풀어주겠습니다."

왕의 약속을 받아낸 켈올란은 다시 감옥으로 향했다. 그는 감옥에 들어가 다시 문을 닫고 몸을 씻은 후 옷을 입었다. 아버지의 종이 달린 양털 모자는 다시 접어서 옷 속에 숨기고 아침이 올 때까지 푹 잤다. 그러나 이번에도 아침이 되었지만 왕의 명령은 내려오지 않았다.

밤이 되자 켈올란은 또 화가 머리끝까지 나서 다시 한 번 옷을 벗고 기름통과 꿀통에 몸을 담근 후 닭의 깃털과 거위의 깃털 위를 굴러 온몸에 털을 붙였다. 그런 후 그는 아버지의 종이 달린 양털 모자를 다시 쓰고 왕의 침실로 향했다.

이번에도 역시 보초를 서고 있던 왕의 경비병들은 "귀신이다!" 하고 소리를 지르며 걸음아 나 살려라 도망을 갔다. 왕의 침실에 들어간 켈올란은 이번에도 촛불을 먼저 끄고 깊이 잠든 왕의 가슴팍에 앉아 종이 달린 양털 모자를 딸랑딸랑 흔들었다. 숨을 쉴 수 없게 된 왕은 잠에서 깨어 정신이 들자 화들짝 놀라며 말했다.

"저승사자님! 저를 용서해주십시오. 아침이 되면 꼭 켈올란을 감옥에서 꺼내주겠습니다."

매우 화가 난 켈올란은 이번에는 왕의 가슴을 더 세게 누르며 더는 참을 수 없다는 말투로 대꾸했다.

"이제는 너무 늦었다! 너의 목숨을 오늘은 꼭 거두어가야겠다."

* '피하거나 쫓기어 달아남'을 속되게 이르는 말.

왕은 저승사자에게 애걸복걸하며 꼭 다음 날 아침에 켈올란을 풀어주겠다고 맹세를 했다. 왕의 약속을 받아낸 켈올란은 다시 감옥으로 돌아가 문을 닫고 몸을 씻은 후 옷을 입었다. 아버지의 종이 달린 양털모자도 접어서 옷 속에 숨겨두었다. 그가 자고나서 아침이 되어 일어나니 이번에는 간수가 감옥으로 뛰어오더니 문을 열었다.

"켈올란, 왕께서 너를 부르신다. 궁으로 가거라."

켈올란이 궁에 도착하자 왕이 타이르듯 말했다.

"켈올란아 너를 이제 감옥에서 풀어주겠다. 그러나 앞으로 다시는 사람들을 속이고 골탕 먹이지 말거라."

켈올란 역시 다시는 사람들을 속이고 골탕 먹이지 않겠다고 약속을 했다. 그러자 왕은 그를 놓아줄 뿐만 아니라 그에게 상금을 내리고 집을 주었다. 켈올란은 어머니를 모시고 새 집으로 돌아가 오래오래 행복하게 살았다.

07
보물 사냥꾼 켈올란

옛날 옛날에 아버지와 두 아들이 살고 있었다. 둘째 아들의 이름은 켈올란이었다.

어느 날 아버지가 늙어서 죽게 되었고, 아버지가 살아있을 때부터 사이가 좋지 않았던 형과 아우는 아버지가 죽고 난 후에 사이가 더 나빠졌다. 형에게 매일 매를 맞던 켈올란은 아버지의 유산을 형과 나눈 후 형에게서 떠나기로 결심했다. 그가 형에게 유산을 나누자고 하자 그의 형은 선심 쓰듯이 말했다.

"좋다, 켈올란. 옛 우리*는 내 것으로 하고 새 우리는 네 것으로 하자."

이 말을 들은 켈올란은 기뻐하며 바로 승낙했다.

"좋습니다, 형님. 그럼 가축들은 어떻게 나눌까요?"

"그야 어렵지 않지. 가축들을 들판에 풀어놓았다가 저녁에 가축들이 우리로 돌아갈 때 옛 우리로 들어가는 것은 내 것으로 하고, 새 우리로 들어가는 것은 네 것으로 하자."

켈올란은 이 제안 역시 기쁘게 승낙하고 가축들을 들판으로 몰고 나가 풀을 먹였다. 그는 하루 종일 가축들에게 풀을 먹인 후 그들을 이끌고 다시 집으로 돌아왔다. "이랴, 이랴" 가축을 우리 앞으로 몰자 가축들은

* 가축을 가두어 기르는 곳.

모두 당연히 더 익숙한 옛 우리로 들어갔다. 켈올란이 자신의 것이 된 새 우리에 들어가 가축이 들어왔나 확인해 보니 병든 송아지 한 마리밖에 들어온 것이 없었다. 아버지의 가축 중 멀쩡한 양과 염소, 소는 한 마리도 그의 우리로 들어오지 않았다. 켈올란은 병든 송아지 한 마리밖에 유산으로 받지 못하게 된 것이다.

그는 여물통 앞에 서서 생각했다. 그는 그의 병든 송아지를 잘 돌보아 건강하게 만들어줄 곳에 보내는 수밖에 없다고 생각했다. 그는 송아지의 목에 줄을 매어 길을 떠났다. 산을 넘고 강을 건넜을 때 커다란 전나무와 맞닥뜨리게 되었다. 그러자 그는 전나무에게 부탁했다.

"커다란 전나무야, 이 병든 송아지를 너에게 맡길 테니 가을에 나에게 돌려주렴. 이 송아지를 잘 돌봐주겠다고 약속해. 부모 없는 동물이라고 무시하지 말고 잘 대해주렴. 만약에 가을까지 나에게 돌려주지 않으면, 너도 이 병든 송아지처럼 만들어주겠다!"

그는 송아지의 목에 맨 줄을 나무에 묶고 노래를 부르며 마을로 돌아왔다. 돌아오는 길에 그가 그의 형과 재산을 나누었다는 소식을 들은 마을사람이 켈올란을 보고 물었다.

"켈올란아, 너의 병든 송아지는 어떻게 했니? 이렇게 노래를 부르며 어디에서 오는 길이니?"

"내 병든 송아지를 가을에 돌려받기로 하고 그를 잘 돌봐줄 곳에 맡겼어요. 송아지를 잘 돌봐주기로, 부모 없는 동물이라고 무시하지 않기로 약속을 받아내고 오는 길이에요. 잘 돌봐주다가 가을에 돌려주기로 했어요."

켈올란의 대답을 들은 마을사람은 그의 지혜에 놀랐다.

시간이 흘러 켈올란이 송아지를 되돌려 받기로 한 가을이 되었다. 그는 산을 넘고 강을 건너 송아지를 묶어 놓았던 커다란 전나무를 찾아갔다. 그러나 전나무 주위를 아무리 둘러보아도 묶어 놓았던 송아지는 보이지 않았다. 켈올란은 의아하게 생각하고 전나무에게 따지듯이 물었다.

"전나무야! 내 병든 송아지를 어떻게 한 것이냐? 부모 없는 동물이라고 무시하지 않고 잘 돌봐주기로 했잖아!"

그러나 전나무는 아무 말이 없었다. 켈올란은 머리끝까지 화가 나서 소리쳤다.

"전나무야! 내 병든 송아지를 잘 돌보지 않으면 너도 그처럼 만들어버리겠다고 한 말을 잊었어?"

그러고는 전나무의 뿌리가 박힌 땅을 파헤치기 시작했다. 그는 전나무의 뿌리까지 뽑아버리기로 마음먹었다. 파고 또 파서 사람의 키만큼 땅을 파고나자 뿌리가 엉켜있는 사이에서 웬 상자 하나가 보였다. 켈올란이 고개를 갸우뚱하며 상자를 열어보니 금화가 가득들어 있는 것이 아닌가. 그는 상자 안에 있던 금화를 모두 자루에 담았다.

어느 틈에 벌써 하늘이 어둑어둑해지고 나무들이 드리운 그림자가 땅에 길게 늘어져 있었다. 켈올란은 그림자 사이를 살금살금 걸어 집으로 향했다. 그러나 길게 늘어진 그림자를 사람들이 쫓아오는 것이라고 생각한 그는 겁에 질려 말했다.

"아이고! 나를 건드리지 마세요! 여러분에게 이 노란 것들을 드릴게요."

켈올란은 그림자 하나하나에 금화를 던지며 집까지 겨우 왔다. 집에 도착한 그는 형에게 지금까지 있었던 일을 모두 말했다.

"형님, 욕심꾸러기 형님, 내 병든 송아지를 맡겨두었던 전나무의 땅을 팠더니 노란 물건이 가득 들은 상자가 나왔지 뭐예요. 그것들을 자루에 가득 담아서 집에 돌아오는데 내 옆으로, 뒤로 사람들이 따라오는 것이에요. 키 큰 사람도 있고, 작은 사람도 있고, 앞에 있던 사람들은 뒤로 가서 나를 살금살금 따라왔어요. 사람들이 내 앞을 가로막을 때마다 무서워서 노란 것을 던지면서 집으로 왔지요. 자루를 한번 털어 볼게요. 남은 것이 있을지도 몰라요."

그리고 자루를 털었더니 하나밖에 남지 않은 금화 한 닢이 땡그랑 바닥에 떨어졌다. 켈올란의 형은 바닥에 떨어진 것을 주워서 살펴보고 그것이 금화라는 것을 알았다. 욕심이 가득한 형의 눈이 번뜩이기 시작했다.

형은 켈올란에게 다정한 말투로 말했다.

"켈올란아, 욕심이 전혀 없는 내 동생아, 이 노란 것을 어디에서 발견했는지 나에게 알려주렴."

형제는 보물이 발견된 전나무를 향해 걸어가기 시작했다. 그들은 산을 넘고 강을 건너 커다란 전나무에 도착했다. 그리고 삽으로 전나무의 뿌리가 박힌 다른 땅도 파기 시작했다. 사람의 키만큼 땅을 파고 나니 문이 하나 보였다. 그리고 문 앞에는 황금이 가득 들은 자루 하나가 있었다. 켈올란은 낑낑대며 문을 구덩이 밖으로 꺼냈다.

"형님, 욕심 많은 형님, 나는 이 문을 등에 지고 집에 가져가겠어요. 나의 새 우리에 이 문을 달 것이에요. 형님은 저 노란 것이 가득한 자루를 등에 지고 가세요. 집에 도착하면 똑같이 나눕시다."

켈올란은 쇠와 구리로 장식이 된 커다란 문을 등에 지었고, 그의 형은 황금 자루를 등에 지었다. 그리고 그들은 집으로 향해 산을 넘고 강을 건너 드디어 집에 도착했다.

문을 등에 지고 집까지 걸어온 켈올란은 머리부터 발끝까지 땀으로 범벅이 되었다. 그는 우선 커다란 문을 우리로 가져가서 달았다. 형 역시 무거운 황금 자루를 지고 오느라고 기진맥진해 있었다. 형은 집에 들어서자마자 마당에 자루를 팽개쳤다. 켈올란이 그의 형에게 물었다.

"형님, 욕심 많은 형님, 이 노란 것들을 어떻게 나눌까요?"

형은 곰곰이 생각하더니 대답했다.

"호자의 됫박으로 한 되씩 담아서 똑같이 나누자."

켈올란은 잠시 생각하더니 궁금하여 형에게 다시 물었다.

"호자가 자기 몫을 달라고 하면 어떻게 하지요?"

"내 동생 켈올란아, 황금 한 되를 그의 몫으로 주면 되지 않겠니? 바로 호자에게 가서 됫박을 가지고 여기로 오라고 해라."

켈올란은 호자에게 달려가서 부탁했다.

"호자 선생님, 됫박을 가지고 저희 집으로 가시지요. 저희가 집에서 노란 것들을 나누려고 합니다. 선생님께도 한 되를 몫으로 드리지요. 빨리 가세요."

그러자 호자는 됫박을 챙겨서 켈올란과 함께 집으로 향했다. 그들은 자루를 열어 황금을 모두 바닥에 꺼내 놓고 "욕심 많은 형에게 한 되, 켈올란에게 한 되" 하고 세면서 나누기 시작했다. 형제의 몫을 거의 다 나누고 나자 황금이 조금밖에 남지 않아 호자의 몫으로 주기로 했던 한 되가 모자라게 되었다. 호자는 자기의 몫이 충분하지 않은 것을 보고는 한 되에 황금을 가득 채우라고 막무가내로 요구했다. 켈올란은 잠시 망설이다가 말했다.

"호자 선생님, 저 창고 쪽으로 가시지요. 자루에 황금이 조금 남아있어요. 자루에 남은 황금을 털어서 선생님 몫으로 채우죠."

호자가 창고로 향하자 켈올란은 형에게 귓속말로 말했다.

"형님, 욕심 많은 형님, 이 호자가 우리가 황금을 가졌다고 동네방네 소문을 내고 다닐 것입니다. 우리의 일을 방해하는 훼방꾼일 뿐만 아니라 도둑같은 사람이에요. 어떻게 할까요?"

형은 손으로 목을 긋는 시늉을 하며 말했다.

"죽여 버려."

켈올란은 뒤에서 호자를 덮치고는 목을 베어 죽였다. 그는 호자의 목을 됫박에 담고는 말했다.

"이제 부족함 없이 한 되를 채웠네요. 호자 선생님, 이제 선생님의 몫을 챙겨드릴 수 있게 되었습니다."

켈올란 형제는 그 후 행복하게 살았다.

08
켈올란과 나쁜 친구 하산

옛날 한 마을에 켈올란이 홀어머니를 모시고 어렵게 살고 있었다. 켈올란은 양을 쳐서 번 돈으로 어머니를 봉양하며 하루하루 겨우 먹고 살았다.

어느 날, 그의 어머니가 켈올란을 불러 앉혀 놓고 등을 어루만지며 말했다.

"내 아들 켈올란아, 너도 이제 커서 스무 살이 되었구나. 우리 마을에서 네 나이 대의 청년들은 모두 결혼을 했단다. 나와 같이 나이든 여자들은 모두 손자를 보았고……. 오래 전부터 너를 장가보내려고 생각하고 있었다만 내가 무슨 돈으로 너를 결혼시킬 수 있겠니?"

어머니는 이렇게 말하며 깊은 한숨을 쉬었고 눈물을 흘리기 시작했다. 켈올란은 어머니의 말을 듣고 잠시 생각하다가 어머니를 위로했다.

"어머니, 걱정하지 마세요. 저에게 먼 길을 가면서 먹을 음식을 싸주세요. 도시에 가서 돈을 많이 벌어올게요. 그리고 어머니의 소원을 꼭 이루어 드릴게요. 어머니 손자도 생길 거예요. 제 짝이 어디에 있는지는 모르지만 꼭 찾아 데리고 올게요."

그러고는 어머니의 손을 쓰다듬으며 입을 맞췄다.

다음 날 아침 일찍, 어머니는 켈올란이 길을 가며 먹을 음식을 보따리에 싸면서 떠날 채비를 도왔다. 켈올란은 옷을 여미고 신발 끈을 질끈 맸다. 그리고 음식 보따리를 등에 지고 지팡이를 손에 쥐었다. 그는 어머니에게 인사를 올린 후 길을 떠났다.

어린 시절부터 켈올란과 친구인 사람이 있었는데 그의 이름은 하산이었다. 그들은 함께 목동 일을 하곤 했다. 켈올란은 그의 집에 들러 자신의 계획을 이야기했다.

"지금까지 우리는 함께 컸어. 들로, 산으로 함께 양떼를 몰고 다녔지. 번 돈도 똑같이 나누어 가졌잖아. 우리는 결혼할 때가 되었지만 우리 손에 아무것도 없지 않니? 자, 우리 함께 떠나자. 도시에 가서 돈을 벌어 돌아오자. 그래서 우리 어머니들을 호강시켜드리자."

"맞아, 맞아."

하산은 맞장구를 치며 좋아하였다.

하산의 어머니도 그에게 음식 보따리를 준비해주었다. 그들은 함께 길을 떠났다. 얼마쯤 시간이 지나 점심때가 되자 그들은 피곤하고 배가 고파졌다. 그래서 나무 밑에 앉아 쉬기로 했다. 하산은 켈올란에게 꾀를 내어 말했다.

"켈올란, 도시에 도착하기까지 아직 길이 많이 남았어. 우리가 먹을 음식은 충분히 있고 우리는 항상 나누어 먹었지 않아? 우리 둘의 음식 보따리를 같이 풀지 말고 먼저 너의 보따리에 있는 음식을 다 먹은 후에 내 것을 풀자."

그러자 켈올란은 머리를 한번 긁적이더니 하산의 말에 기꺼이 동의했다. 그러나 사실 하산은 켈올란을 진정한 친구로 생각하지 않았다. 늘 켈올란과 경쟁하고 그를 이기려고 했다. 그들은 켈올란의 보따리를 풀어 음식을 먹고 배를 채웠다. 밤이 되면 그들은 잘만한 자리를 찾아 잠을 청했다. 그리고 아침이 되면 또 길을 떠났다.

이렇게 일주일이 지나자 켈올란의 음식 보따리는 완전히 바닥이 났다. 켈올란은 빈 보따리를 접어 옆구리에 찼다. 점심시간이 되자 두 사람은 서늘한 그늘을 찾아 자리를 잡았다. 켈올란은 하산에게 말했다.

"하산, 아침부터 걸었더니 배가 고프다. 내 음식 보따리는 이제 비었으니 너의 음식 보따리를 풀자. 네 어머니가 무엇을 싸주셨나 한번 보자꾸나."

하지만 하산은 처음에는 못 들은 척 했다. 그러나 켈올란이 다시 한 번 말하자 쌀쌀맞게 말했다.

"잠깐! 우리가 언제 그렇게 약속을 했어? 내 음식을 너와 나누어 먹고 산 속에서 굶어죽기 싫다. 나는 산짐승들의 먹이가 되기 싫어. 켈올란, 우리 이제 헤어지자. 잘 지내라."

하산은 벌떡 일어나 음식 보따리를 등에 메고 유유히 걸어갔다. 켈올란은 놀라서 입이 떡 벌어졌다. 그러고는 정신을 차리고 하산 뒤를 쫓아가며 하소연했다.

"이봐 친구, 그러지마. 나를 산 중턱에서 이렇게 내버려두면 난 어떻게 해? 나는 너를 친구로 믿고 내 음식을 너와 나누었잖아. 나에게 이렇게 나쁜 짓을 하지 마."

켈올란이 어떤 말로 설득해도 하산은 듣지 않고 매몰차게 혼자 떠났다.

켈올란은 한참을 생각하다가 할수 없이 가까운 마을을 찾아 길을 떠났다. 언덕을 넘고 계곡을 건너 마침내 무너져가는 한 폐가에 도착했다. 그곳은 옛날에는 목욕탕으로 쓰이던 곳이었다. 밤이 되어 주위가 캄캄해지자 켈올란은 이곳에서 밤을 보내기로 했다.

'오늘 밤은 이곳에서 쉬어가야겠다. 목욕탕이 있다면 가까운 곳에 마을이 있을 것이 분명하다. 아침이 밝으면 마을을 찾아야겠다.'

그는 목욕탕의 한쪽 구석에 웅크리고 누웠다. 배고픔에 배가 꼬르륵 거리자 주린 배를 움켜쥐었다. 배고픔과 피곤함 때문에 그는 잠시 후 잠에 빠져들었다. 그런데 한밤중에 이상한 소리가 들려 깨고 말았다. 천둥 같은 소리가 들리고 땅은 지진이 난 듯이 흔들렸다.

"우르르 쾅쾅! 쿵쿵쿵!"

둥둥 북소리가 들리고 삐익삐익 나팔 소리도 들렸다. 악기 소리가 목욕탕 벽에 부딪치면서 메아리쳤다. 켈올란은 잠에서 깨어 눈을 떴지만 처음에는 무슨 일이 일어난 것인지 전혀 알 수 없었다. 그는 숨어 있던 곳에서 천천히 고개를 들어 주변을 살펴보았다.

목욕탕 한 쪽에는 커다란 솥에서 국이 펄펄 끓고 있었고 긴 고깔모자

를 쓰고 옆구리에는 칼을 찬 난쟁이들이 가운데에서 춤을 추고 있었다. 어떤 난쟁이들은 솥에 국을 끓이고 있었고, 어떤 난쟁이는 식탁에 음식을 차리고 있었다. 어떤 난쟁이들은 케밥*을 만들고 있었고 어떤 난쟁이는 아이란을 만들고 있었다. 어떤 난쟁이는 악기를 연주했고 어떤 난쟁이는 춤을 추었다.

마침내 식사가 준비되자 모든 난쟁이들은 식탁에 둘러앉았다. 그리고 곧바로 음식에 달려들어 먹기 시작했다. 음식을 먹다가도 잠시 식사를 멈추고 악기를 연주하며 노래를 하기도 했다.

그들은 식사를 마친 후 식탁을 치우고 한쪽에 앉아 커피를 마시거나, 곰방대**를 입에 물고 담배를 피우기 시작했다. 그러면서 자신이 보고 들은 것, 책에서 읽은 것 등을 이야기하기 시작했다. 그러자 그들 중 가장 늙고 머리가 큰 난쟁이가 말하기 시작했다.

"내 말을 들어보게, 친구들. 모두가 보고 듣고 읽은 것을 말했네. 내 관심사는 숨겨진 보물을 찾는 것이라네. 이 마을의 모든 보물들이 어디에 숨겨져 있는지 찾아냈다네. 이곳에서 가장 가까운 곳에 있는 보물은 뒷산 꼭대기에 있는 커다란 느티나무 아래에 있다네. 그 느티나무 아래에 네모난 돌이 하나 있는데 그 돌 밑에 있는 보물 상자에는 황금과 다이아몬드, 에메랄드로 가득하다네. 그런데 가장 중요한 비밀이 있어. 그것은 바로 그 돌을 들어올리기 위해서는 정오가 되어 느티나무의 그늘이 돌을 완전히 덮을 때까지 기다려야 한다는 것이라네."

* 케밥(Kebap)은 중앙아시아 초원지대와 아라비아 사막을 누비던 유목민들이 쉽고 간단하게 육류를 요리해 먹던 것이 발전한 것이다. 지금은 터키의 대표적인 음식이 되었다. 오늘날 터키 민족의 뿌리라고 할 수 있는 투르크족은 결혼, 생일, 출생 등과 같은 축제가 있을 때나 전쟁, 자연재해 등과 같은 국가적 어려움이 있을 때 다함께 케밥을 먹으며 희로애락을 나누었다. 케밥은 주로 양고기를 사용하지만 쇠고기와 닭고기를 쓰기도 하며, 빵과 곁들여 한 끼 식사로 애용된다. 케밥의 종류는 지방마다 매우 다양하다. 대표적인 것으로 고기를 겹겹이 쌓아올려 빙빙 돌려 불에 굽는 되네르(Doener, 터키어: Döner) 케밥, 진흙 통구이인 쿠유(Kuyu) 케밥, 쇠꼬챙이에 끼워 구운 시시(Shish, 터키어: Şiş) 케밥, 되네르 케밥에 요구르트와 토마토소스를 첨가한 이스켄데르(İskender) 케밥 등이 있다. 지금은 어느 나라에서나 케밥 숍이 있어, 전 세계에서 인기 있는 패스트푸드가 되었다.

** 짧은 담뱃대.

그가 숨겨진 보물에 대해서 말하자 다른 난쟁이들도 하나 둘 자신들이 알고 있는 보물이 숨겨진 장소를 말하기 시작했다. 어떤 난쟁이는 지금은 아무도 쓰지 않는 방앗간에 숨겨진 보물에 대해, 어떤 난쟁이는 말라버린 분수대에 숨겨진 보물에 대해, 또 어떤 난쟁이는 이슬람 사원의 계단 밑에 숨겨진 보물에 대해 이야기했다. 그들은 서로 경쟁이라도 하듯이 알고 있는 보물 장소를 모두 털어놓았다.

켈올란은 어둠 속에서 웅크린 채로 두려움에 덜덜 떨면서도 귀를 쫑긋 세우고 난쟁이들이 하는 말을 귀담아 들었다. 새벽이 되고 날이 밝아오자 난쟁이들은 하나 둘 어디론가 사라져버렸다. 켈올란은 모든 난쟁이들이 떠날 때까지 몸을 숨기고 있다가 주위가 조용해지자 슬며시 숨어있던 곳에서 나왔다. 그는 난쟁이들이 먹다 남긴 음식으로 배를 채우고 음식 보따리에도 채워 넣었다. 그러고는 길을 떠났다.

그는 먼저 늙은 난쟁이가 말한 뒷산으로 향했다. 그는 언덕 꼭대기에 있는 느티나무 아래에서 네모난 돌을 발견했다. 그리고 그곳에서 정오가 되기까지 기다렸다가 나무 그늘이 돌을 완전히 덮자 돌을 밀었다. 그러자 돌 밑에서 금은보화가 가득한 상자가 나왔다.

그는 보물을 자루에 담고 다른 보물들이 숨겨져 있는 장소로 향했다. 그리고 그곳에 있는 보물들도 자루에 담았다. 여러 군데에서 보물을 찾은 후에 그는 보물이 있는 장소를 알았으니 나머지는 나중에 찾아야겠다고 생각하고 집으로 향했다.

한편, 하산은 도시에 도착해서 일을 구했다. 그러나 그는 열심히 일해서 번 돈으로 술을 마시고 노름을 했다. 결국 그는 그동안 벌은 모든 돈을 탕진하고 말았고 마을 사람들은 아무도 그에게 일을 주려고 하지 않았다. 돈이 다 떨어지자 그는 고향으로 돌아갈 수밖에 없었다.

그는 지친 몸을 이끌고 빈손으로 고향으로 돌아왔다. 그런데 마을 입구에 도착하자 나팔 소리와 북 소리가 들리고 잔치가 벌어지고 있었다. 그는 마을 사람을 붙잡고 이것이 누구의 잔치인지 물어보았다.

“우리 고을 수령의 딸과 아흐멧의 결혼식이라네.”

하산은 아흐멧이 누구인지 알지 못해 다른 사람에게 물어보았다. 그 사람은 아흐멧이 한 때 목동 일을 하던 켈올란이라는 이름을 가진 사람이라고 말해주었다. 하산은 깜짝 놀라 나팔 소리를 따라서 결혼식이 열리는 집을 찾아갔다.

마당에는 온갖 기름진 음식들이 준비되어 있었고, 하객들은 먹고 마시고 노래하고 춤을 추며 잔치를 즐기고 있었다. 하산은 마당을 지나 방을 돌아다니면서 아흐멧을 찾아 다녔다. 켈올란은 자기를 찾아온 하산을 알아볼 수 없었다. 하산은 수염이 덥수룩하게 길었고 머리카락도 빠져 있었기 때문이었다.

하산은 켈올란에게 자신이 지난날에 한 일에 대해 사과했다. 마음씨 착한 켈올란은 하인을 시켜 음식을 가져오게 하였다. 그러고는 하산에게 그 동안 있었던 일들을 숨김없이 모두 이야기 해주었다. 뿐만 아니라 목욕탕이 어디에 있는지도 자세히 설명해주었다. 하산은 켈올란이 해 준 이야기를 모두 귀담아 들으며 기억하려고 애썼다.

하산은 맛있는 음식을 먹고 나서 집에 돌아가 잠을 잤다. 그리고 다음 날 아침 일찍 음식 보따리를 등에 지고 길을 떠났다. 그는 일주일 후에 켈올란을 버리고 떠났던 곳에서 그 산을 향해 걸었다. 그리고 켈올란이 알려준 목욕탕을 발견했다. 그는 켈올란이 일러준 대로 목욕탕의 한 구석에 숨어서 한참을 기다렸다. 한밤중이 되자 갑자기 천둥소리 같은 음악 소리가 들리기 시작했다.

"우르르 쾅쾅! 쿵쿵쿵!"

둥둥 북소리가 들리고 삐익삐익 나팔 소리가 들려왔다. 악기 소리가 목욕탕 벽에 부딪치면서 메아리쳤다. 하산은 숨어있던 곳에서 천천히 고개를 들어 주위를 살펴보았다. 목욕탕 한 쪽에는 커다란 솥에서 국이 펄펄 끓고 있었고 긴 고깔모자를 쓰고 옆구리에는 칼을 찬 난쟁이들이 가운데에서 춤을 추고 있었다. 어떤 난쟁이들은 솥에 국을 끓이고 있었고 어떤 난쟁이는 식탁에 음식을 차리고 있었다. 어떤 난쟁이들은 케밥을 만들고 있었고 어떤 난쟁이는 아이란을 만들고 있었다. 어떤 난쟁이는 악기를 연주했고 어떤 난쟁이는 춤을 추었다.

마침내 식사가 준비되자 모든 난쟁이들은 식탁에 둘러앉았다. 그리고 곧바로 음식에 달려들어 먹기 시작했다. 음식을 먹다가도 잠시 식사를 멈추고 악기를 연주하며 노래를 하기도 했다.

그들은 식사를 마친 후 식탁을 치우고 한쪽에 앉아 커피를 마시고 곰방대를 피우기 시작했다. 그러면서 자신이 보고 들은 것, 책에서 읽은 것 등을 이야기하기 시작했다. 그러자 그들 중 가장 늙고 머리가 큰 난쟁이가 말하기 시작했다.

"이보게들, 귀를 쫑긋 세우고 내 말을 잘 듣게. 내가 오랫동안 알고 있던, 자네들에게 설명했던 보물을 누군가가 가로챘다네. 욕심이 많은 누군가가 우리가 이야기했던 보물장소를 다 돌아다녔다네. 누군가 우리의 이야기를 엿들은 것이 분명하네. 아직 훔쳐가지 않은 보물이 있으니 다 빼앗기기 전에 놈을 처치해야 하네."

이야기가 끝나자 한 난쟁이가 벌떡 일어나 주먹을 불끈 쥐고 소리쳤다.

"친구들! 이곳에 몰래 숨어 우리의 이야기를 엿듣고 우리의 비밀을 캐내는 놈이 누구인지 찾아내세!"

그러자 주변은 순식간에 소란스러워졌다. 처음 이야기를 꺼냈던 늙은 난쟁이가 손을 번쩍 들더니 모두를 조용히 시켰다.

"친구들, 잠깐! 이곳에서 사람 냄새가 나네. 자네들도 냄새를 맡아보게. 냄새로 놈을 찾아내세. 이 목욕탕 구석구석을 샅샅이 뒤지세."

그가 이렇게 말하자 모든 난쟁이들은 횃불을 만들어서 목욕탕 여기저기를 폴짝폴짝 뛰어다니며 냄새를 맡기 시작했다. 그들은 결국 하산이 숨어 있는 구석까지 왔고 하산은 두려움에 기절하기 직전이었다. 그는 도망치고 싶었지만 도망칠 곳이 없었다. 그저 몸을 웅크리고 숨어서 바들바들 떠는 수밖에 없었다. 난쟁이들은 마침내 공처럼 동그랗게 몸을 말고 있는 하산을 발견하고는 그를 때려죽였다.

그 후, 켈올란은 어머니를 모시고 새색시와 함께 행복하게 오래오래 살았다.

09
켈올란과 땅콩

옛날 한 마을에 부모 없이 고아로 살고 있는 켈올란이 있었다. 그는 가난했기 때문에 조금이라도 먹을 것이 보이면 바로 먹었다. 먹을 것을 찾지 못한 날은 물로 배를 채우고, 배고픔을 조금이라도 덜 느끼려고 허리띠를 꽉 조이고 잤다. 그는 가난했지만 늘 싱글벙글 웃고 재치가 있었다.

그러던 어느 날, 켈올란이 길에서 땅콩을 하나 발견했다. 그는 땅콩을 만지작만지작거리다가 입에 넣으려고 했는데 그만 땅콩이 바닥으로 굴러 떨어지더니 나무 바닥 틈새로 들어가 버렸다. 그가 손을 넣어서 땅콩을 꺼내려고 했지만 손가락조차 들어가지 않았다. 켈올란은 곧장 목수에게 가서 말했다.

"목수 아저씨, 나무 바닥 틈새로 땅콩이 들어갔는데 지금 바로 와서 나무 바닥을 뜯고 내 땅콩을 꺼내주세요."

"켈올란, 그런 하찮은 일에 내 시간을 낭비할 수 없어. 일이 바빠서 못가니까 내 일을 방해하지 말고 어서 돌아가라!"

목수 아저씨는 켈올란을 가게에서 쫓아냈다. 그러자 켈올란은 대머리가 빨개질 정도로 화가 나서

"두고 보세요. 우리 아저씨에게 이를 거예요!"
하고는 곧장 아저씨의 집으로 갔다.

"훌륭하고 멋진 아저씨! 제가 길에서 땅콩을 하나 발견했어요. 그 땅콩

을 만지작만지작거리다가 떨어뜨렸는데 나무 바닥 사이로 들어가 버렸지 뭐예요. 손가락이 들어가지 않아 땅콩을 꺼내지 못하고 목수 아저씨에게 가서 나무 바닥을 뜯어내고 땅콩을 꺼내달라고 했더니, 글쎄 이 목수 아저씨가 바쁘다고 땅콩을 꺼내주지 못하겠다며 저를 내쫓지 뭐예요. 훌륭하고 멋진 아저씨, 어서 저 목수 아저씨를 때려주세요. 그럼 겁을 먹고 제 땅콩을 꺼내 줄 거예요."

그러자 아저씨는 자리에서 벌떡 일어나더니

"켈올란, 이 녀석! 쓸 데 없는 일로 나를 괴롭히지 말고 어서 꺼져라."
하고는 켈올란을 쫓아냈다. 그러자 켈올란은 대머리가 빨개질 정도로 화가 나서

"두고 보세요. 아주머니에게 이를 거예요! 아주머니가 삐쳐서 아저씨 얼굴도 보려고 하지 않을 걸요?"
하고 곧장 아주머니에게 갔다.

"진주보다 아름다운 아주머니, 제가 길을 가다가 땅콩을 하나 발견했어요. 그 땅콩을 만지작만지작거리다가 떨어뜨렸는데 나무 바닥 사이로 들어가 버렸어요. 손을 넣어보고, 손가락도 넣어봤지만 땅콩을 꺼낼 수 없었답니다. 그래서 목수 아저씨에게 가서 나무 바닥을 뜯어내고 땅콩을 꺼내달라고 했더니 일이 바쁘다며 저를 내쫓지 뭐에요. 그래서 아저씨에게 가서 '멋진 아저씨, 목수 아저씨가 겁을 먹고 땅콩을 꺼내주도록 그를 때려주세요.' 하고 말했더니 아저씨가 몽둥이를 들고 와서 저를 내쫓았어요. 진주보다 아름다운 아주머니, 아저씨가 목수 아저씨를 때려서 목수 아저씨가 겁을 먹고 나무 바닥을 뜯어내고 제 땅콩을 꺼내주도록 해주세요. 아저씨에게 삐쳐서 아저씨의 얼굴도 보지 말아주세요."

"켈올란, 이 녀석! 무슨 말을 하는 거냐? 네 말을 듣고 있으니 머리가 다 아프다. 나는 저녁 식사를 준비해야 되니 어서 썩 물러가라."

아주머니는 신고 있던 신발을 벗어 켈올란의 머리로 던졌다. 켈올란은 대머리가 빨개질 정도로 화가 나서 말했다.

"두고 보세요, 아주머니! 쥐에게 가서 아주머니의 예물 상자에 구멍을

내고, 안에 있는 보자기와 비단을 찍찍 갉아먹으라고 할 거예요!"

그러고는 그는 곧장 천장 구멍 속에서 살고 있는 쥐를 찾아갔다.

"멋진 수염과 꼬리를 가진 쥐 양반, 내가 길을 가다가 땅콩을 하나 발견했는데 손으로 만지작만지작거리다가 떨어뜨리고 말았다네. 땅콩이 굴러서 나무 바닥 틈새로 들어가 버렸는데 손도 넣어보고 손가락도 넣어 봤지만 도무지 빼낼 수가 없었다네. 그래서 목수 아저씨에게 가서 '나무 바닥을 뜯어내고 내 땅콩을 꺼내주십시오.' 했더니 이 목수 아저씨가 일이 바쁘다고 꺼내주지 않겠다고 했다네. 그래서 나는 아저씨에게 가서 목수 아저씨가 나무 바닥을 뜯고 내 땅콩을 꺼내주도록 때려달라고 했지. 그랬더니 아저씨가 몽둥이를 들고 와서 나를 내쫓는 것이 아닌가. 그래서 나는 아주머니에게 가서 '아저씨가 목수 아저씨를 때려서 나무 바닥을 뜯고 내 땅콩을 꺼내도록 아저씨에게 삐쳐서 얼굴도 보지 말라.'고 간절히 부탁했지. 그랬더니 아주머니는 신발을 벗어서 내 머리에 던지면서 나를 쫓아냈지 뭔가. 멋진 수염과 꼬리를 가졌고, 눈은 반짝반짝 빛이 나는 쥐 양반, 아주머니가 아저씨에게 삐쳐서 아저씨가 목수 아저씨를 때리고, 목수 아저씨는 무서워서 나무 바닥을 뜯어 내 땅콩을 찾아줄 수 있도록 아주머니의 예물 상자를 찍찍 갉아먹고 그 안에 있는 보자기와 비단도 갉아 먹어 주게."

쥐는 켈올란의 이야기를 듣고 나서

"찍찍! 나는 이 구멍에서 나갈 수 없어. 네가 말한 것을 할 수가 없어." 하고 말했다. 그러자 켈올란은 대머리가 빨개질 정도로 화가 나서 말했다.

"두고 봐라, 못 생긴 꼬리에 꼬불꼬불 수염을 가진 쥐 양반! 검은 고양이에게 가서 너를 잡아먹으라고 할 것이다."

그러고는 그는 곧장 검은 고양이에게로 갔다.

"귀는 귀엽게 생겼지만 사자만큼 용감하고 사람들의 품에서 사랑받는 검은 고양이야! 너는 쥐들의 왕이고 용맹한 사냥꾼이다. 나에게 어떤 일이 있었는지 알고 있니? 내가 길을 가다가 땅콩을 하나 발견했어. 그 땅콩을 만지작만지작거리다가 떨어뜨렸는데 글쎄 나무 바닥 틈새로 들어가 버렸지 뭐야. 틈새로 손을 넣어보고 손가락도 넣어보았지만 땅콩을 꺼낼 수가 없었어. 그래서 목수 아저씨를 찾아가서 나무 바닥을 뜯고 내 땅콩을 꺼내달라고 했더니 일이 바빠서 못 꺼내주겠다며 나를 쫓아내는 거야. 그래서 나는 아저씨에게 가서 목수 아저씨가 나무 바닥을 뜯고 내 땅콩을 꺼내주도록 그를 때려달라고 부탁했지. 그랬더니 아저씨는 몽둥이를 들고 와서 나를 쫓아냈어. 그래서 아주머니에게 가서 아저씨에게 삐쳐서 아저씨가 목수 아저씨를 때리고, 목수 아저씨는 무서워서 나무 바닥을 뜯어 내 땅콩을 꺼내주도록 해달라고 했더니 신발을 벗어서 던지면서 나를 쫓아냈어. 그래서 곧장 쥐에게 가서 '못 생긴 꼬리와 꼬불꼬불 수염을 가진 쥐야, 아주머니의 예물 상자와 안에 있는 보자기와 비단을 갉아먹어서 아주머니가 아저씨에게 삐치고, 아저씨는 목수 아저씨를 때리고, 목수 아저씨는 무서워서 나무 바닥을 뜯어내어 내 땅콩을 꺼내도록 해줘라.' 하고 부탁했는데 '구멍 밖으로 나갈 수가 없어 할 수 없다'고 하는 거야. 귀는 귀엽게 생겼지만 사자만큼 용감하고 사람들의 품에서 사랑받는 검은 고양이야! 지금 바로 저 쥐를 잡아서 아주머니의 예물 상자와 안에 있는 보자기와 비단을 갉아먹게 하고, 아주머니는 아저씨에게 삐치고, 아저씨는 목수 아저씨를 때리고, 목수 아저씨는 무서워서 나무 바닥을 뜯어 내 땅콩을 꺼내도록 해주라."

고양이는 등을 동그랗게 말며

"야옹 야옹! 안 돼. 나는 할 수 없어."

하고 말했다. 그러자 켈올란은 대머리가 빨개질 정도로 화가 나서 말했다.

"두고 봐라. 물을 보내어 너의 털을 모두 적시도록 할 것이다."

그러고는 바로 시냇물에게 갔다.

"졸졸 흐르는 시냇물아, 스스로 길을 만들 수도 있고 홍수도 만들 수 있는 시냇물아, 나에게 무슨 일이 있었는지 아니? 내가 길을 가다가 땅콩을 하나 발견했어. 그 땅콩을 만지작만지작거리다가 떨어뜨렸는데 글쎄 나무 바닥 틈새로 들어가 버렸단다. 틈새로 손을 넣어보고 손가락도 넣어보았지만 땅콩을 꺼낼 수가 없었어. 그래서 목수 아저씨를 찾아가서 나무 바닥을 뜯고 내 땅콩을 꺼내달라고 했더니 일이 바빠서 못 꺼내주겠다며 나를 쫓아내는 게 아니겠어? 그래서 나는 아저씨에게 가서 목수 아저씨가 나무 바닥을 뜯고 내 땅콩을 꺼내주도록 그를 때려달라고 부탁했지. 그랬더니 아저씨는 몽둥이를 들고 와서 나를 쫓아냈단다. 그래서 아주머니에게 가서 아저씨에게 삐쳐서 아저씨가 목수 아저씨를 때리고, 목수 아저씨는 무서워서 나무 바닥을 뜯어 내 땅콩을 꺼내주도록 해달라고 했더니 신발을 벗어서 던지면서 나를 쫓아냈어. 그래서 곧장 쥐에게 가서 '못 생긴 꼬리와 꼬불꼬불 수염을 가진 쥐야, 아주머니의 예물 상자와 안에 있는 보자기와 비단을 갉아먹어서 아주머니가 아저씨에게 삐치고, 아저씨는 목수 아저씨를 때리고, 목수 아저씨는 무서워서 나무 바닥을 뜯어내어 내 땅콩을 꺼내도록 해줘라.' 하고 부탁했는데 '구멍 밖으로 나갈 수 없어 할 수 없다'고 하는 거야. 그래서 고양이에게로 가서 '고양이야, 쥐를 잡아서 쥐가 아주머니의 예물 상자와 안에 있는 보자기와 비단을 갉아먹게 하고, 아주머니는 아저씨에게 삐치고, 아저씨는 목수 아저씨를 때리고, 목수 아저씨는 무서워서 나무 바닥을 뜯어내어 내 땅콩을 꺼내주게 해라.' 하고 부탁했는데 고양이가 '야옹 야옹, 못 한다'라고 했단다. 졸졸 흐르는 시냇물아, 지금 바로 고양이에게 가서 물로 덮치고 털을 몽땅 적셔버려. 그러면 고양이가 겁을 먹고 쥐를 잡고, 쥐는 아주머니의 예물을 갉아먹고, 아주머니는 아저씨에게 삐치고, 아저씨는 목수 아저씨를 때리고, 목수 아저씨는 내 땅콩을 꺼내줄 거야."

"내가 움직이면 물이 흐려질 거야. 나는 움직일 수 없어. 그래서 네가 말한 것을 할 수 없어."

켈올란은 대머리까지 빨개질 정도로 화가 나서 막대기를 들고 왔다. 그러고는 막대기로 시냇물을 휘저어 물을 흐려놓았다. 그러자 물은 어쩔 수 없이 철철 흘러 고양이에게로 가서 물로 덮쳤다. 고양이는 털이 물에 흠뻑 젖자 깜짝 놀라 쥐에게 가서 그를 잡아먹으려고 하였다. 그러자 쥐는 겁을 먹고 바로 아주머니의 예물 상자를 갉아먹고 안에 있는 보자기와 비단도 갉아먹었다. 아주머니는 예물 상자에서 '찍찍' 소리가 들리자 곧장 아저씨에게 달려가서 인상을 쓰며 삐쳤다. 아저씨는 아주머니가 삐친 것을 보자 몽둥이를 들고 목수를 찾아갔다. 목수는 아저씨가 손에 몽둥이를 들고 오는 것을 보자 바로 나무 바닥을 뜯어내고 땅콩을 찾아냈다.

그때 마침 켈올란이 뛰어왔고 땅콩을 되찾을 수 있었다.

10
켈올란과 욕심 많은 부자

옛날 한 마을에 욕심이 많은 부자가 살고 있었다. 그는 일꾼과 종들에게 고기 한 점, 기름 한 방울 들어가지 않은 수프를 먹이며 매일 고된 일을 시켰다. 또 그는 일꾼들에게 마른 빵을 한 점 던져주고 그것을 나누어 먹게 했고 소젖을 짜도 한 방울도 나누어 주지 않았다. 뿐만 아니라 닭장에서 나는 계란은 하나도 남김없이 거두어 시장에다 내다 팔았고 과수원에서 나는 사과와 배도 절대 나누어 주는 법이 없었다.

이 욕심 많은 부자는 날이 갈수록 더 인색해져 일꾼들에게 일은 더 시키고 그들의 품삯은 줄여나갔다. 이 부자의 횡포를 견디지 못해 도망가는 사람들이 생겨났고 남은 사람들의 인내심도 바닥이 났으며 고된 노동으로 밭에서 일을 하다가 죽는 사람들도 생겨났다.

이 마을에 아버지를 여의고 홀어머니를 모시고 사는 켈올란이 살았다. 그는 마을 사람들의 소나 염소를 들판에 몰고 나가서 풀을 먹이는 일로 돈을 벌었다. 하지만 그는 매우 가난했기 때문에 빵을 하나 얻으면 물에 불려서 먹었고, 그나마도 없는 날에는 아버지로부터 물려받은 허리띠를 꽉 졸라매고 배고픈 것을 참곤 했다.

겨울이 오자 그에게 일감을 주는 사람이 아무도 없었다. 그는 여기저기 일자리를 알아보았지만 찾을 수 없었다. 결국 그는 마을에서 인색하기로 소문이 난 부자를 찾아가서 말했다.

"부자 어르신, 저를 하인으로 부리시지 않겠습니까?"

그러자 부자는 음흉한 미소를 지으며 말했다.

"켈올란, 그래. 너를 하인으로 쓰겠다. 하지만, 네가 일을 다 마치고 난 후 하인에서 풀려나는 데에 조건이 있다. 이 조건을 수락한다면 너를 하인으로 고용하겠다."

켈올란은 부자가 어떤 사람인지, 하인들을 어떻게 대하는지 알면서도 어쩔 수 없이 고개를 숙이고 대답했다.

"어떤 명령을 내리시든, 무엇을 말씀하시든지 따르겠습니다. 어르신의 종이 되겠습니다."

그러자 욕심 많은 부자는 눈을 번뜩이며 말했다.

"그래! 좋다, 켈올란. 지금부터 내가 하는 말을 잘 들어라. 나는 너에게 하루에 두 끼만 줄 것이다. 어떤 음식이 나오는지 묻지 마라. 해가 뜨기 전에 밭으로 나가서 일하고, 해가 지면 마구간에서 두 가지 일을 해라. 어떤 일인지는 묻지 마라. 창고와 부엌 근처에는 얼씬도 하지마라. 마당과 정원에도 가지마라. 금식은 해도 되지만 앉아서 기도는 하지마라. 잔칫날이나 명절에는 북도 치지 말고, 놀이도 하지 말고, 춤도 추지마라. 일을 게을리 하지 말고, '지쳤다, 피곤하다'라고 말해서는 안 된다. 우리 둘 중에 먼저 지치거나, 피곤해하거나, 화를 내는 사람이 있으면, 신발을 만들 수 있을 만큼의 가죽을 등에서 벗겨내어 상대방에게 주는 것이 조건이다. 잘 생각해보고 이 조건에 동의를 하면 너를 하인으로 쓰겠다."

켈올란은 당장 머무를 곳도 없었기 때문에 어쩔 수 없이

"분부대로 하겠습니다. 명령만 내리십시오."

하고 말하고 바로 일을 시작했다.

부자는 빵 한 덩어리 반과 양파를 꺼내어 켈올란에게 주었다. 그리고 소 몇 마리를 켈올란에게 몰고 와서 말했다.

"이 소들을 데리고 저 아래에 있는 밭으로 가라. 밤이 될 때까지 밭 가는 일을 모두 끝내라. 이 빵과 양파를 너에게 주지만 반 덩어리 빵은 먹지 말고, 한 덩어리 빵은 나누지 마라."

켈올란은 음식을 챙기고 소를 몰고 밭으로 갔다. 욕심 많은 부자는 전에 있던 하인들에게도 이런 방법으로 음식을 먹지 못하게 했기 때문에 하인들은 모두 도망을 가거나 고되게 일을 하다가 죽었다.

밭에 도착한 켈올란은 소를 몰아 열심히 일을 해서 밭의 절반을 갈 수 있었다. 마침내 점심시간이 되자 그의 배에서 '꼬르륵 꼬르륵' 소리가 났다. 그는 머리를 한번 긁적이며 중얼거렸다.

"배가 고프구나. 이렇게 굶다가 죽을 순 없지. 빵 반 덩어리도, 한 덩어리도 모두 먹어버려야지. 양파도 반찬으로 먹어야겠다."

캘올란은 부스러기 하나 남기지 않고 빵과 양파를 모두 먹어치웠다. 저녁이 되어 날이 어두워지자 소를 몰고 집으로 돌아왔다. 욕심 많은 부자는 그를 문 앞에서 기다리고 있다가 물었다.

"켈올란, 내가 준 빵 반 덩어리와 한 덩어리, 그리고 양파를 어떻게 했니?"

그러자 켈올란은 전혀 거리낌 없이 미소를 지으며 말했다.

"배가 고파서 부스러기 하나 남기지 않고 다 먹어버렸지요."

"켈올란! 내가 너에게 경고하지 않았어? 반 덩어리 빵은 먹지 말고, 한 덩어리 빵은 나누지 말라고!"

부자는 화가 나서 눈알을 굴리며 이렇게 소리쳤다. 그러자 켈올란은

"아이고, 부자 어르신. 약속한 것을 잊지는 않으셨지요? 먼저 지치거나, 피곤하거나, 화를 내는 사람의 가죽을 신발을 만들 수 있을 만큼 벗겨내기로 했지 않습니까? 제 칼은 날카롭고 심장은 쿵쿵 뛰고 있답니다."

하고 말하며 미소를 지었다. 그러자 부자는 '헉' 하고 놀라며, 하는 수 없이 입을 다물었다.

다음 날 아침, 욕심 많은 부자가 켈올란을 불렀다.

"켈올란, 내가 지금 시장에 갈 것이니 내 뒤를 따라오너라."

"분부대로 하겠습니다."

부자는 뒷짐을 지고 걸어가기 시작했다. 그의 뒤를 켈올란이 종종걸음으로 따라가고 있었다. 그들은 구슬치기를 하고 있는 아이들 옆을 지나갔

다. 부자는 눈길조차 주지 않고 가던 길을 갔지만 켈올란은 아이들 곁에 서서 구슬치기를 지켜보았다. 그리고 자신도 구슬을 치기 시작했다. 부자는 아무것도 모르고 한참을 걸어가다가 뒤를 돌아보았다. 그러자 켈올란이 따라오지 않고 있다는 것을 알았다. 그는 왔던 길을 다시 돌아가 구슬치기를 하고 있는 켈올란을 발견했다.

"게으른 켈올란! 빨리 내 뒤를 따라오지 못하겠어!"

부자가 소리를 지르자 켈올란은 자리에서 일어나서 부자의 뒤를 쫓아가기 시작했다. 화가 가시지 않은 부자는 계속해서 켈올란에게 소리를 질렀다. 그러자 켈올란은

"부자 어르신, 우리가 한 약속을 잊으신 것은 아니지요? 먼저 지치거나, 피곤하거나, 화를 내는 사람의 가죽을 신발을 만들 수 있을 만큼 벗겨내기로 했지 않습니까? 제 칼은 날카롭고 심장은 쿵쿵 뛰고 있답니다."
하고 말했다. 이 말을 들은 부자는 '헉' 하고 놀라며 조용히 입을 다물었다. 그리고 부자는 켈올란에게 말했다.

"켈올란, 내 뒤를 잘 따라와라. 나에게서 두 발짝 이상 떨어지면 안 된다."

"분부대로 하겠습니다."

그러고는 켈올란은 길가에 있는 나무를 타기 시작했다. 나무에 올라간 그는 나뭇가지를 1미터쯤 잘라 끝을 갈아서 날카롭게 만들었다. 그리고 부자의 목덜미에 날카로운 끝이 닿을 듯 말 듯 나뭇가지를 손에 쥐고 걷기 시작했다. 길을 걷다가 이상하다고 느낀 부자가 뒤를 돌아보았다. 목 뒤에 날카로운 나뭇가지가 바짝 따라오고 있는 것을 본 부자는 놀라서 입을 다물지 못했다. 그러자 켈올란은

"부자 어르신, 약속하신 것을 잊지 마십시오. 먼저 지치거나, 피곤하거나, 화를 내는 사람의 가죽을 신발을 만들 수 있을 만큼 벗겨내기로 했지요. 조심하십시오. 제 칼은 날카롭고 심장은 쿵쿵 뛰고 있답니다."
하고 말했다. 그러자 부자는 '헉' 하고 놀라며 조용히 입을 다물고 걷기 시작했다. 부자가 앞장서 가고 켈올란은 그의 목덜미 뒤에 날카로운 나뭇가

지가 닿을 만큼 거리를 유지하면서 시장에 도착했다.

시장에는 부자의 상점이 하나 있었다. 상점에서는 손님들이 부자를 기다리고 있었다. 부자는 상점으로 가기 전에 생선가게에 들러서 생선 두 마리를 샀다. 그리고 켈올란에게 생선을 주면서 말했다.

"켈올란, 이 생선을 집에 가져가서 마님에게 드려라. 생선을 맛있게 튀겨서 너에게 주면 그것을 점심때에 맞춰서 가져 와라."

켈올란은 생선을 가지고 곧장 집으로 향했다. 집에 도착한 그는 부자의 부인에게 생선 두 마리를 주며 부자가 말한 것을 그대로 전했다. 부자의 부인은 바로 생선을 튀겨서 접시에 놓고 그 위에 상보를 덮어서 켈올란에게 주었다.

켈올란은 다시 시장으로 향했다. 그런데 생선 냄새가 솔솔 올라오자 그는 상보를 열어 생선을 살펴보았다. 맛있게 튀겨진 생선을 보자 그의 눈은 핑글핑글 돌기 시작하고 입에는 침이 가득 고였다. 마침 배가 고팠던 그는 잠시 생각하고 머리를 긁적이더니

"생선의 살점을 살짝 떼어서 맛만 봐야겠다. 뒷일은 나중에 생각하자." 하고 말했다. 그리고 생선의 살점을 조금 떼어 먹고 다시 상보를 덮고 가던 길을 갔다. 잠시 후 그는 다시 멈추어서 상보를 열고 생선을 보았다. 맛있게 튀겨진 생선을 보니 그의 눈이 다시 핑글핑글 돌기 시작하고 입에는 침이 고였다. 배가 고팠던 그는 잠시 생각하고 머리를 긁적였다.

"한 번만 더 맛을 봐야겠다. 뒷일은 나중에 생각하자."

켈올란은 또 생선의 살점을 조금 떼어 먹었다.

'어차피 혼날 것이라면 차라리 다 먹어버리고 뒷일은 나중에 생각하자.'

그러고는 길에 앉아서 생선 한 마리를 머리부터 꼬리까지 모두 발라먹고 가시는 길에 버렸다. 그는 다시 상보를 덮고 시장으로 향했다. 그가 부자의 상점에 도착하자 부자는 상보를 열어보았다. 그러나 생선이 한 마리밖에 없는 것을 보자 부자는 다그쳐 물었다.

"켈올란, 내가 생선을 두 마리를 보냈는데 왜 한 마리만 돌아왔지?"

그러자 켈올란은 생선이 담긴 접시를 뚜껑으로 덮고 뚜껑을 한 쪽으로 천천히 밀어 생선을 보여주며

"어르신, 이것이 첫 번째 생선입니다."

하고 말했다. 그리고 이번에는 뚜껑을 반대쪽으로 천천히 밀어 생선의 다른 편을 보여주며

"이것이 두 번째 생선입니다."

하고 말했다. 그러고는 생선이 담긴 접시를 상에 올려놓았다. 욕심 많은 부자는 눈이 휘둥그레지며 화를 내기 시작했다. 그러자 켈올란은 다시 생선이 담긴 접시를 손에 들고 뚜껑을 이쪽저쪽으로 밀면서,

"이것이 첫 번째 생선, 이것이 두 번째 생선입니다."

라고 말했다. 부자는 자리에서 벌떡 일어나서

"이것 보시오, 동네 사람들! 어서 와서 이 켈올란이 하는 짓을 보시오!"

하고 소리를 질렀다. 그리고 발을 동동 구르고 펄쩍펄쩍 뛰자 이웃들이 웬일인가 하고 모두 상점으로 몰려와서 무슨 일인지 궁금해 했다.

"동네 사람들! 내가 이 켈올란에게 생선을 두 마리 주고 집에 가서 튀겨 오라고 했더니 글쎄 한 마리만 가지고 돌아오지 않았겠소? 저 켈올란은 뚜껑을 이쪽저쪽으로 밀면서 '이것이 첫 번째 생선, 이것이 두 번째 생선' 이라면서 나를 속이려 들고 있소. 여러분들이 보시오. 생선이 몇 마리 있는가. 이 켈올란을 어떻게 하면 좋겠소?"

부자는 펄쩍펄쩍 뛰면서 이웃들에게 켈올란이 한 짓을 이야기했다. 이웃들은 그의 이야기를 듣다가 켈올란에게 돌아서서 말했다.

"켈올란, 어디 우리에게도 한 번 보여주어라. 생선이 진짜 두 마리인지 우리도 확인해보고 싶구나."

그러자 켈올란은 부자에게 쓴 방법으로 이웃들에게도 생선의 이쪽저쪽을 보여주며

"이것이 첫 번째 생선이고, 이것이 두 번째 생선이오."

라고 말했다. 동네 사람들은 입을 떡 벌리고 말했다.

"부자 양반, 당신이 켈올란을 통해 벌을 받나보오. 이런 사기를 치는

사람은 평생 한 번도 본적이 없소. 어쩌겠소."

욕심 많은 부자는 화가 나서 얼굴이 벌게지다 못해 새파랗게 질리기 시작했다. 그의 머리털은 쭈뼛쭈뼛 섰다. 그는 이를 부득부득 갈았다. 그가 켈올란에게 달려들어 목을 조르고 머리를 내리치려는 찰나 켈올란이

"부자 어르신, 약속을 잊지 마십시오. 먼저 지치거나, 피곤하거나, 화를 내는 사람의 가죽을 신발을 만들 수 있을 만큼 벗겨내기로 했지 않습니까? 제 칼은 날카롭고 심장은 쿵쿵 뛰고 있답니다."

하고 말하며 미소를 지었다. 이 말을 들은 부자는 '헉' 하고 놀라며, 이를 악물고 참았다.

"켈올란, 집에 가야겠다. 집에 가서 마구간을 청소하고 말똥을 깨끗하게 치워라. 그리고 말의 때를 깨끗하게 벗겨내라."

"분부대로 하겠습니다."

켈올란은 집으로 돌아왔다. 집에 도착한 그는 겉옷을 벗고 셔츠의 소매를 걷어붙인 후 마구간으로 가서 청소를 하고 말똥을 치우기 시작했다. 청소가 끝나자 그는 날이 선 칼을 꺼내 말의 가죽을 벗기기 시작했다.

욕심 많은 부자는 켈올란을 집에 보내고 난 후, 불 같이 화가 났던 마음을 가라앉혔다. 그러나 가게를 볼 기분이 들지 않아 상점의 문을 일찍 닫고 집으로 향했다. 아직 집에서 먼 거리에 있었는데 말이 '히이잉' 하고 우는 소리가 들려왔다.

그는 '켈올란이 또 무슨 짓을 하고 있는 것이 틀림없어!' 하고 생각하고 마구간으로 허겁지겁 뛰어갔다. 아니나 다를까 켈올란이 날카로운 칼로 말의 가죽을 벗겨내고 있는 것이었다. 말은 계속해서 '히이잉' 거리며 날뛰고 있는데 켈올란은 노래를 부르면서 가죽을 벗겨내고 있었다. 욕심 많은 부자는 이 광경을 보고 입을 다물지 못 했다.

"아이고! 너는 신이 보낸 재앙이구나! 무슨 짓을 하고 있는 것이냐? 너를 강에 던진다면 강도 너를 싫다고 거부할 것이다. 너를 땅에 묻는다면 땅도 너를 뱉어낼 것이다."

부자가 소리를 지르며 팔짝팔짝 뛰기 시작했다. 그의 얼굴은 붉어지다

못해 파랗게 질렸다. 켈올란은 부자를 보더니

"부자 어르신, 저는 말씀하신 대로 따를 뿐입니다. 말을 벗기라고 하시지 않으셨나요? 잠시만 기다리세요. 곧 꼬리까지 말끔히 벗겨내겠습니다."

하고 말했다. 그러자 부자는 더 흥분해서

"멍청이 켈올란아! 내가 너에게 무엇을 하라고 했느냐? 너는 지금 뭘 하고 있는 거야?"

하면서 켈올란에게 달려들려고 했다. 그러자 켈올란은

"'집에 가라. 마구간을 청소하고 말똥을 치워라. 말을 깨끗이 벗겨라.' 라고 하시지 않았나요? 말씀하신 대로 다 하고 있는데 왜 그러시지요? 혹시 지금 화를 내고 계신 것인가요? 부자 어르신."

하고 말했다. 그러자 욕심 많은 부자는 아무 말도 못하고 그 자리에 얼어붙었다. 켈올란의 손에는 시퍼렇게 날이 선 칼이 들려있었고, 그의 눈은 번뜩이고 있었기 때문이다. 부자는 '헉' 하고 놀라며

"켈올란아, 나는 전혀 화가 나지 않았단다."

하고 말했다. 그리고 총으로 말의 머리를 쏴서 불쌍한 말이 더 이상 고통받지 않도록 죽였다. 부자는 중얼중얼 코란*의 기도문을 외면서 마음을 다스리며 집으로 향했다. 부자는 입으로는 중얼중얼 기도문을 외고 있었지만 그의 눈은 핑글핑글 돌고 있었다. 그가 신에게 기도를 하고 있는 것인지, 욕을 하고 있는 것인지는 분명하지 않았다.

밤이 되어 욕심 많은 부자의 집에 손님들이 찾아왔다. 부자는 손님들을 환영하고 방으로 안내했다. 그리고 손님들과 대화를 시작하기 전에 켈올란을 불러 당부를 했다.

* 코란은 이슬람 경전이다. 이슬람교도는 <코란>이 태초의 신의 말씀으로 가브리엘 천사가 알라의 명을 받아 예언자 마호메트를 통해 인류에게 전달했다고 믿는다. 따라서 <코란>을 낭송하는 것은 불교도가 불경을 읽는 것과 비슷한 것이다. <코란>은 114장 6,200여 절로 되어 있고 가장 긴 장은 30여 쪽이나 되지만 짧은 것은 불과 3, 4행으로 구성되어 있다. 메카 초기의 계시는 주로 인간의 내면적인 것, 즉 절대신과의 관계와 임박한 최후의 심판 등을 다룬 내용이다. 반면 메디나의 계시는 인간의 외면적인 것이어서 그 내용은 움마의 행정과 그 구성원들의 일상생활에 관한 것이 많다. 메디나 계시에는 <구약성서>, <신약성서>에서 유래한 내용도 포함되어 있다.

"켈올란, 손님들에게 커피를 대접해라. 인색하게 굴지 말고 커피와 설탕을 많이 써라."

"분부대로 하겠습니다, 어르신."

그는 장작이 쌓여 있는 곳으로 가서 그곳에 있는 모든 장작을 가지고 와 마당에 쌓았다. 그리고 장작에 불을 붙였다. 장작은 활활 타올랐고 불꽃이 하늘로 치솟았다.

켈올란은 창고로 가서 커피를 끓일 주전자를 찾다가 국을 끓이는 커다란 솥을 발견하고는 그것을 쓰기로 했다. 그는 무쇠 솥을 굴려서 마당으로 가지고 온 뒤 활활 타오르는 커다란 불 위에 얹었다. 그러고는 바가지로 물을 퍼서 솥을 가득 채웠다.

물이 끓는 동안 그는 음식 저장고로 갔다. 그는 음식 저장고에 있는 모든 설탕과 커피 가루를 가지고 와서 물에 쏟았다. 그리고 커다란 삽을 찾아서 물과 설탕과 커피 가루를 저은 후 물이 끓을 때까지 기다리고 있었다.

한편, 욕심 많은 부자는 위층에서 손님들과 함께 커피를 기다리고 있었는데 한참을 기다려도 커피가 오지 않자 이상하게 여기기 시작했다. 손님들도 입이 말라서 계속 침을 꼴깍꼴깍 삼키고 있었다. 그러자 부자는 아래층에 있는 켈올란에게 물었다.

"켈올란, 커피는 아직 멀었느냐?"

그러자 켈올란은 아래층에서 대답했다.

"장작이 절반 정도 탔습니다. 반만 더 타면 됩니다. 물이 지금 뜨거워지고 있으니 곧 끓을 것입니다."

부자와 손님들은 이 말을 듣고 앉아서 더 기다렸다. 그러나 한참 후에도 커피가 오지 않자 부자는 또 다시 소리쳤다.

"켈올란, 커피는 도대체 언제 되는 것이냐? 모두들 기다리다가 지쳐버렸다. 빨리 커피를 가지고 와라!"

"부자 어르신, 잠시만 더 기다리세요. 커피가 거의 다 됐습니다."

욕심 많은 부자는 이 말을 듣고 잠시 멈췄다가 '켈올란이 아래층에서 또 사고를 치고 있는 것이 분명해!' 라고 생각하고는 마당으로 내려갔다.

부자는 마당에서 하늘 높이 치솟아 활활 타오르고 있는 불꽃과 그 위에 얹어진 커다란 무쇠 솥, 그리고 솥에 가득 들어있는 까만 물과 켈올란의 손에 들려있는 삽을 보았다. 욕심 많은 부자는 이 광경을 보자 다시 피가 거꾸로 솟는 것을 느꼈다. 그의 눈은 다시 핑글핑글 돌기 시작했다. 견디다 못한 부자는 손으로 켈올란의 뒤통수를 '탁' 때리며 화를 내기 시작했다. 그러자 켈올란은 뒤를 돌아보더니 미소를 지으며 말했다.

"부자 어르신, 약속하신 것을 잊지는 않으셨지요? 먼저 지치거나, 피곤하거나, 화를 내는 사람의 가죽을 신발을 만들 수 있을 만큼 벗겨내기로 했지요. 조심하십시오. 제 칼은 날카롭고 심장은 쿵쿵 뛰고 있답니다."

그러자 부자는 다시 '헉' 하고 놀라며

"켈올란아, 아니란다. 나는 절대 화가 난 것이 아니다. 커피가 다 되었으니 어서 손님들에게 대접하거라. 그리고 손님들이 가시기 편하게 그들의 신발을 밖으로 향하게 뒤집어놓아라."

하고 말했다.

"분부대로 하겠습니다!"

켈올란은 완성된 커피를 국그릇에 담아 손님들에게 나누어준 후, 날카로운 칼을 꺼내 신발 밑창을 자른 후 뒤집기 시작했다. 그러고 나서는 뒤집어 놓은 신발을 가지런히 정리해 놓았다. 손님들은 커피를 다 마시고 집에 돌아갈 때가 되어 문 앞으로 왔다.

욕심 많은 부자도 손님들을 배웅하기 위해 문 앞으로 함께 나왔는데 그들은 눈앞에 펼쳐진 광경을 믿을 수 없었다. 모든 신발이 밑창이 잘려있고 뒤집어져 있는 것이었다.

부자는 다시 피가 거꾸로 솟는 것 같았다. 눈알은 핑글핑글 돌고 너무 화가 난 나머지 그 자리에서 얼어버렸다. 켈올란은 부자를 보고 미소를 지었다.

"어르신, 약속하신 것을 잊지 않으셨지요? 먼저 지치거나, 피곤하거나, 화를 내는 사람의 가죽을 신발을 만들 수 있을 만큼 벗겨내기로 했지요.

조심하십시오. 제 칼은 날카롭고 심장은 쿵쿵 뛰고 있답니다. 혹시 지금 화가 나셨나요?"

그러자 부자는 얼어붙은 채로 '헉' 하고 놀라며 말했다.

"아니다, 켈올란. 전혀 화가 나지 않았단다."

부자는 손님들의 신발값을 물어주고 사과를 했다. 손님들은 부자에게서 신발값을 받고, 중얼중얼 기도문을 외면서 한밤중에 맨발로 집으로 향했다.

욕심 많은 부자는 한숨을 푹푹 내쉬며 방으로 들어갔다. 부자가 입으로 무엇인가 중얼거리고 있었지만 그것이 기도인지 욕인지는 분명하지 않았다. 부자가 방에 들어가자 그의 어린 딸이 소변이 마렵다며 칭얼거리기 시작했다. 그러자 부자는 켈올란을 불렀다.

"켈올란, 내 딸을 화장실에 데려가서 소변을 보게 해라."

"분부대로 하겠습니다, 어르신!"

켈올란은 부자의 어린 딸을 데리고 나갔다. 마당의 한 구석에 있는 화장실로 부자의 딸을 데리고 가면서 켈올란은

"소변을 보기만 해봐. 내가 그 소변을 다시 마시게 할 테다. 그리고 때려줄 거야!"

하고 겁을 주었다. 그러자 가여운 딸은 지레 겁을 먹고 화장실까지 가서도 소변을 보지 못하고 방으로 돌아왔다. 그러고나서 잠시 후 또 소변이 마렵다며 칭얼거리기 시작했다. 그러자 부자는 켈올란을 또 다시 불러서

"저 애가 왜 이렇게 칭얼거리지? 켈올란, 이 애를 다시 화장실에 데려가서 소변이 터지게 하고 다시 데리고 오너라."

하고 말했다. 켈올란은

"분부대로 하겠습니다, 어르신!"

하고 말하고 딸을 데리고 나갔다. 그는 두 다리를 잡고 부자의 딸을 이 벽에 쿵, 저 벽에 쿵 던졌다. 그는 피투성이가 된 부자의 딸의 시체를 등에 지고 방으로 가서 부자의 발 아래에 시체를 내려놓았다. 부자는 깜짝 놀라서 입을 떡 벌리고 돌처럼 굳어버렸다. 그리고 다시 핑글핑글 눈알을 굴리기 시작했다.

"아이고! 신이 내린 재앙아! 도대체 무슨 짓을 한 것이냐? 괴물 같은 놈! 아이를 죽여 버리다니! 내가 너에게 무엇이라고 명령을 내렸느냐?"

부자는 이렇게 말하며 펄쩍펄쩍 날뛰었다. 그의 얼굴은 분노로 인해 빨개지다 못해 파랗게 질려있었다. 켈올란은 부자의 앞에서 아무렇지도 않은 듯이 서 있다가

"어르신, 저는 말씀하신 대로 한 것뿐입니다. 저 애를 데리고 가서 터지게 하고 오라고 하지 않으셨습니까? 그래서 터뜨리고 데리고 왔습니다만 혹시 화가 나셨습니까?"
하고 말하며 미소를 지었다. 그러자 부자는 피가 거꾸로 치솟는 것을 느꼈다.

그는 켈올란이 먼저 화를 낼 것이기 때문에, 그의 가죽을 벗겨낼 수 있을 것이라 생각하고 약속을 받아냈던 것이다. 그러나 부자는 그동안 참아왔던 화를 이겨내지 못하고

"그래! 화났다, 켈올란! 그냥 화가 난 정도가 아니라 피가 거꾸로 솟는다!"
하고 소리를 지르고 마치 미친 사람처럼 펄쩍펄쩍 날뛰기 시작했다. 켈올란은 드디어 날카로운 칼을 꺼내들고 부자를 덮쳤다.

"부자 어르신, 이제 때가 왔습니다. 약속한대로 가죽을 벗기겠습니다."

켈올란은 이렇게 말하며 욕심 많은 부자에게서 가죽을 벗겨냈다. 그 후 부자가 어떻게 되었는지는 아무도 모른다. 켈올란은 그 후로도 평생 꾀를 내고, 머리를 쓰며 살았다.

11
켈올란과 노인

옛날에 켈올란이 어머니와 함께 살았다.

어느 날, 켈올란이 일을 하기 위해 곡괭이를 들고 나섰다. 밤을 새며 아주 먼 길을 갔다. 한참 가다 뒤를 돌아보니 얼마 가지 못한 것을 알고 자신에게 화가 났다. 하지만 다시 길을 향해 가다 보니 샘이 나왔다. 몸이 피곤하여 앉아서 조금 쉬고 싶기도 하고 목이 말라 얼른 샘에 다가가 물을 실컷 마셨다. 그러고나서 소매를 걷어붙이고 세수를 하며 땀을 식혔다. 그리고 '오흐ohhh'라고 소리를 질렀다.

그런데 웬일인가! 갑자기 나타난 장면 때문에 켈올란은 무섭기도 하고 놀라기도 했다. 물이 나오는 구멍에서 아주 작은 사람 한 명이 보였다. 그 사람은 갑자기 커지기 시작했다. 마침내 흰 머리, 흰 수염의 노인이 되어 웃으면서 켈올란에게 말했다.

"안녕? 켈올란!"

"네. 안녕하세요? 할아버지, 아주 무서웠습니다."

"무서울 게 뭐 있어. 나는 귀신도 아니고 요정도 아니야. 너처럼 사람이다. 그리고 여기에 너를 해치러 온 것이 아니라 은혜를 베풀러 왔다. 네가 '오흐'라고 하면서 나를 부르지 않았으면 나는 오지 않았을 것이다."

켈올란은 바로 노인의 손에 입맞추며* 말했다.

"저는 일자리를 얻기 위해 매우 먼 곳에서 왔습니다. 며칠 동안 걸었는데도 어떤 도시도 보지 못했습니다. 사방이 산, 언덕, 넓은 들판, 강뿐이었습니다. 어디에서 일해야 돈을 법니까? 저는 이제 많이 지쳤습니다. 그래서 다시 돌아가려고 합니다."

그때 노인은 켈올란의 말을 끊고 단호하게 말했다.

"안 돼. 일하지 않고, 피곤하지 않고도 밥을 먹을 수 있다는 것을 어디서 들었니? 살기 위해서는 일을 해야 돼. 더 좋은 환경에서 살고 싶다면 일을 더 많이 해야 한다. 봐라, 나는 네 할아버지와 같은 나이일거야. 머리와 수염이 하얘질 때까지 일했어. 아직도 일하고 있단다. 너도 내 말을 잘 듣고 그대로 하면 이겨낼 수 있어!"

켈올란은 노인의 충고를 귀담아 듣고 말했다.

"고맙습니다. 말씀해 주신 것을 잘 지키도록 노력하겠습니다."

"잘 했어. 어른의 말을 잘 듣는 사람은 잃을 것이 없다. 네가 내 말을 잘 듣겠다고 하니 선물을 하나 주겠다."

노인은 주머니에서 커피 분쇄기를 꺼내어 켈올란에게 주었다.

"이것을 잘 숨겨 가지고 다녀라. 역경에 처했을 때 '열려라, 분쇄기야. 열려라!'라고 해라. 그러나 명심해라. 역경에 처하지 않고 어려움이 닥치지 않았을 때 그 말을 해서는 절대로 안 된다."

켈올란은 노인에게 고맙다고 하고 분쇄기를 받는 순간 그 노인이 갑자기 사라졌다. 켈올란은 사방을 둘러보았지만 노인을 다시 볼 수 없었다.

켈올란은 분쇄기를 주머니에 잘 넣어 한 손으로 꽉 쥐고 걷기 시작했다. 걸어가면서 노인이 나한테 왜 그렇게 말했을까 곰곰이 생각하였다. 마음 한 구석에서는, '노인의 말을 듣지 마. 열려라, 분쇄기야. 열려라! 라고 외쳐 봐'라는 소리가 들렸다. 그러나 노인의 충고가 생각나 그렇게 할 수 없었다.

켈올란은 걷는 도중에 '열려라, 분쇄기야. 열려라!'라고 말할까 말까 여러 번 고민하였다.

* 터키 문화에서, 흔히 나이가 어린 사람은 예의와 존경의 의미로 어른의 손에 입을 맞춘다.

때때로 마음속의 소리가 '바보같이 그러지 마. 열려라, 분쇄기야. 열려라! 라고 하면 무슨 일이 있겠어?'라고 하는 것을 들었다. 켈올란은 결국 마음속의 유혹을 이기지 못하고 길가에 앉아서 주머니에 있는 분쇄기를 꺼냈다.

"열려라, 분쇄기야. 열려라!"

그 순간 '꽉'하는 소리가 났다. 분쇄기의 뚜껑이 열려 문이 되었다. 문이 스스로 열리더니 손에 냄비를 든 요정들이 나타났다. 한 명씩 한 명씩 문에서 나오며 각종 음식으로 가득 찬 냄비를 켈올란 앞에 놓았다.

켈올란은 매우 놀랐다. 그때까지 보지도, 먹어보지도, 듣지도 못한 음식들을 보고 어떻게 할까 생각했다. 그렇지만 배가 너무 고파서 조금씩 먹기 시작했다. 배가 부를 때까지 먹었다. 먹어도 먹어도 음식은 조금도 줄지 않고 그대로 남아 있었다. 행복에 젖어 정신을 잃을 것 같았다. 그때, 집에서 양식 없이 지내는 어머니가 생각났다. 그래서 바로

"닫혀라, 분쇄기야. 닫혀라!"

라고 하니 요정들이 와서 냄비를 들고 문으로 들어 갔다. 분쇄기가 닫히면서 주변에 있는 것들이 다 없어졌다. 켈올란은 분쇄기를 다시 주머니에 넣고 뛰듯이 고향 길로 향했다. 오랜 시간 걸려 고향에 도착했다.

집에 와서 어머니 앞에 주머니에 있는 분쇄기를 꺼내며

"열려라, 분쇄기야, 열려라!"

라고 말하자마자 분쇄기가 열리며 요정들이 음식들을 가지고 나왔다. 어머니와 아들은 배가 부를 때까지 먹었다. 켈올란은

"닫혀라, 분쇄기야. 닫혀라!"

라고 했다. 분쇄기가 닫힌 다음에 어머니에게 그동안 겪은 이야기를 다 했다. 노인을 만나 무슨 이야기를 했는지, 분쇄기를 주면서 뭐라고 말하였는지 하나하나 다 이야기했다. 이 이야기를 들은 어머니는 너무 행복해 뭐라고 말을 해야 할지 몰랐다.

"얘야, 이것을 이웃 사람들에게 보이면 안 돼. 그걸 보면 빼앗아 갈 거야. 안전한 곳에 잘 숨겨야 한다."

하지만 켈올란은 어머니와 생각이 달랐다.

"어머니, 우리 분쇄기에 누가 손을 댈 수 있겠어요? 안 그래도 오늘 이웃 사람들을 모두 집에 초대하여 보지도 못하고 먹어보지도 못한 음식들이 분쇄기에서 어떻게 나오는지 보여줄 거예요."

"그렇게 하지 마, 아들아. 내 말 좀 들어라. 사람들이 그 분쇄기를 훔쳐 갈 수 있어."

그러나 켈올란은 어머니 말을 듣지 않았다. 켈올란은 밖에 나가서 모든 사람에게 저녁을 먹으러 오라고 초대했다.

저녁이 될 때쯤 이웃 사람들이 한 사람씩 오기 시작했다. 집안에서 아무런 음식을 보지 못한 손님들은 혹시 켈올란이 우리를 놀리는 것이 아닌가 라고 생각했다. 그때 켈올란이 분쇄기를 가지고 들어와 말했다.

"열려라, 분쇄기야. 열려라!"

그러자 분쇄기의 뚜껑이 확 열렸다. 뚜껑이 점점 커지더니 커다란 문이 생겼다. 문이 천천히 열리면서 요정들이 음식이 가득 찬 냄비들을 가지고 방 안에 들어오기 시작했다. 이웃 사람들은 크게 놀라 눈이 휘둥그레졌다. 요정들은 음식 냄비들을 놓고 나갔다.

이런 모습을 본 이웃 사람들은 마치 얼어붙는 듯 했다. 그들은 아무 말도 못 하고 앉아서 음식을 먹기 시작했다. 끊임없이 먹는데도 접시에 있는 음식들은 하나도 줄어들지 않았다. 이웃 사람들은 켈올란을 질투하기 시작했다. 그 사람들 중에 한 사람이

"나는 집에 가서 우리 애기를 잠깐 보고 올게."

라고 하며 자기 집에 갔다. 그는 자기 집에 있는 커피 분쇄기를 주머니에 넣고 바로 켈올란의 집으로 돌아왔다.

밥을 다 먹고 치운 후 분쇄기가 닫힌 다음에 켈올란은 손님들에게 커피를 만들어 주려고 주방에 있는 어머니 옆으로 갔다. 이웃 사람들이 서로 이야기하느라고 정신이 없는 사이에 자기 집에서 분쇄기를 갖고 온 그 손님은 자기 분쇄기와 켈올란의 분쇄기를 바꿔치기 했다. 아무도 이것을 보지 못했다. 얼마 지나지 않아 사람들은 모두 자기 집으로 돌아갔다.

다음 날 아침에 켈올란이 아침을 먹기 위해 분쇄기를 손에 들고 말했다.

"열려라, 분쇄기야. 열려라!"

그런데 분쇄기는 열리지 않았다. 그래서 이웃 사람 중 하나가 훔쳐간 것을 알아챘다. 그러나 누가 훔쳐갔는지 몰라 아무한테도 뭐라고 말을 할 수 없었다. 켈올란은 어머니와 노인의 말을 듣지 않았기 때문에 이런 일을 당했다고 후회했다.

켈올란은 노인을 찾아가 용서를 빌고 해결 방법을 찾기 위해 그날 바로 출발했다. 한참을 간 다음에 노인과 만났던 그 샘에 도착했다. 물을 실컷 마시고 세수를 한 후에 '오흐!'라고 말하자마자 키가 작은 노인이 나와 점점 커지더니 켈올란에게 말했다.

"안녕? 켈올란. 내 말을 지키지 않았지?"

켈올란은 매우 부끄러웠다.

"할아버지, 안녕하세요? 맞습니다. 제가 잘못했습니다. 아직 어려서 그런 잘못을 했다고 생각하시고 용서해 주세요. 다시는 이런 잘못을 하지 않겠습니다. 욕심같지만 그 분쇄기를 다시 갖고 싶습니다. 저한테 방법을 알려주십시오!"

노인은 손으로 흰 수염을 쓰다듬으며,

"너를 믿을 수 없지만, 그래 그렇게 하자. 또 내 말을 지키지 않으면 다시 내 앞에 나타나지 마! 나는 말을 듣지 않는 사람은 도와주고 싶지 않아."

라고 말한 다음에 켈올란에게 호박 하나와 닭 한 마리를 주며 말했다.

"고향에 도착해서 모든 이웃 사람들을 집에 초대해라. 그리고 '분쇄기를 훔쳐간 사람은 분쇄기를 되돌려 주세요!'라고 말해라. 그들은 모두 '우리는 안 했다'라고 할 것이다. 너는 그때 호박을 바닥에 놓고, '열려라, 호박아. 열려라!'라고 해. 호박이 열리자마자 분쇄기를 훔쳐간 사람은 자백할 것이다."

"네, 알겠습니다. 그런데 이 닭은 왜 주시는 겁니까?"

"이 닭을 어머니에게 드리고 할아버지가 어머니에게 주시는 선물이라고 해라. 어머니가 빈털터리가 되었을 때 '닭아, 알을 낳아라!'라고 하면 모든 걱정이 다 없어질 거야. 단, 지금 하는 말을 잘 들어야 해. 이 닭은 네 어머니 것이니 너는 절대 '알을 낳아라!'라고 말하면 안 돼. 그러면 그 이후에는 너를 도와주지 않을 거야."

켈올란은 이제 어른의 말을 잘 듣겠다고 약속했다. 노인의 손에 입을 맞춘 다음에 호박을 자루에 넣고 닭은 손에 들고 출발했다.

길을 가면서 "혹시 이 호박에는 뭐가 있을까? 이 닭은……."라고 중얼거렸다. 마음속에서 이 궁금증이 계속 부채질하고 있었다. 그렇지만 노인과 한 약속이 생각 나 그 충동을 억누르고 있었다. 마치 노인이 켈올란과 함께 걸으면서 '약속했잖아, 조심해!'라는 말을 계속하는 것 같았다.

이렇게 생각하면서 조금 더 길을 갔다. 가다가 잠시 멈추고 주변을 훑어본 다음에 스스로에게 이렇게 말했다.

"노인은 여기에 안 계셔. 내가 뭘 하든 어떻게 아시겠어? 솔직히 궁금해 죽겠어. 무슨 일이 생기든 상관 없어!"

켈올란은 나무 밑에 앉아서 호박을 바닥에 놓고 말했다.

"열려라, 호박아. 열려라!"

차라리 하지 말았을 걸. 켈올란은 너무 무서워서 간이 떨어질 뻔했다. 호박 안에서 독뱀, 전갈, 거북이, 개구리, 도마뱀이 나타났기 때문이다. 그것들은 좌우로 흩어지기 시작했다. 켈올란은 재빨리 나무 위에 올라가 겨우 목숨을 구했다. 켈올란이 나무 아래쪽을 향해,

"호박아, 닫혀라!"

라고 다급하게 소리를 지르자마자 모든 동물이 호박 안으로 뛰어 들어가 없어졌다. 켈올란은 한숨을 쉬며 나무에서 내려왔다. 이번에는 닭을 손에 들고 '혹시 이 닭도 독벌레를 낳는 거 아니야? 그러면 어떻게 되지? 아, 벌레를 밟아서 죽이면 되지. 그래. 좋아!'이렇게 생각한 다음에 닭을 바닥에 놓으면서 말했다.

"닭아, 알을 낳아라!"

켈올란을 독벌레가 나올 거라고 생각했지만 이건 또 무슨 일이야! 아주 커다란 노란 금알이 나오는 게 아닌가. 켈올란은 이것을 보자 눈이 커졌다.

금알이 많아지면 못 들고 갈까 봐 걱정이 되어 말했다.

"닭아, 알을 낳지 마라!"

그러자 닭은 알을 낳지 않았다. 켈올란은 바닥에 있는 금알들을 다 주머니에 넣었다. 한 손에 호박을 들고 다른 한 손에 닭을 들고 걷기 시작했다. 쉬지 않고 계속 걸어 전에 지나왔던 길, 산, 언덕, 강을 지나 고향에 도착했다.

바로 그날 모든 이웃 사람들을 집에 초대했다. 닭이 낳은 금알 중에 하나를 가지고 시내에 가서 여러 가지 음식 재료를 사왔다. 저녁까지 음식을 다 만들기 위해 다른 음식점에서 요리사도 몇 명 데리고 왔다. 요리사들은 켈올란의 어머니와 같이 식사를 준비하기 시작했다. 저녁까지 여러 종류의 음식과 후식이 준비되었다.

이웃 사람들이 한 사람 두 사람씩 오기 시작했다. 식사 시간이 다 되어 식탁에 앉아 밥을 먹었다. 식사 후에 사람들은 수다를 떨기 시작했다. 켈올란은 잠시 후에 말했다.

"손님들! 솔직하게 얘기하세요, 누가 제 분쇄기를 훔쳐갔어요?"

뜻밖의 질문을 받은 손님들은 매우 놀라 서로 쳐다보고 조용하게 있었다. 모두 기분이 좋지 않아 그 누구도 아무 말을 하지 않았다. 그런데 그 중 한 사람이 켈올란과 눈이 마주쳤다. 켈올란은 그 사람을 의심하고 다시 물어보았다.

"제 분쇄기를 되돌려주지 않겠어요?"

그때 모든 손님들이 쑥덕거렸다.

"우리가 한 일이 아니야. 우리가 너의 분쇄기를 가지고 뭘 하겠어?"

분쇄기를 훔쳐간 사람은 아무 말도 안 하고 계속 앞만 보고 있었다. 켈올란은 그때서야 분쇄기를 훔친 사람이 그 사람이라고 확신했다. 자루 안에 숨긴 호박을 아무도 보지 못하게 그 사람 옆에 놓고 갑자기 말했다.

"열려라, 호박아. 열려라!"

호박이 열리자 그 안에서 독뱀, 전갈, 거북이, 개구리, 도마뱀 등이 나타나 모든 손님들이 무서워서 도망가기 시작했다. 그런데 그 동물들은 왠지 분쇄기를 훔친 사람한테만 가까이 갔다. 그 사람은 순간적으로 도망갈 수 없다고 생각했다. 동물들이 자신을 깨물고 독으로 죽일 것 같이 느껴졌다. 그래서 사실대로 고백할 수밖에 없어서 통사정을 했다.

"켈올란아, 제발 나를 살려줘! 그 분쇄기가 나한테 있어."

일이 이렇게 풀리자, 켈올란은 얼른 말했다.

"호박아, 닫혀라!"

그러자마자 모든 동물들이 재빨리 호박 안으로 들어갔다. 그리고 호박이 닫혔다. 이 모습을 본 이웃 사람들은 다시 제자리에 앉았지만 가슴이 여전히 쿵쿵 두근거렸다.

켈올란은 분쇄기를 훔친 사람에게 말했다.

"그래. 이제 당신을 도저히 믿을 수가 없어. 당신 집으로 같이 가서 분쇄기를 돌려받을 거야."

그 사람과 켈올란이 집에서 나간 뒤에 남은 이웃 사람들 중에서 한 사람이 이렇게 말했다.

"이 호박은 너무 위험해요. 켈올란이 이 호박을 가지고 있는 한 우리를 많이 괴롭힐 것 같아요. 이 호박을 가지고 가서 강에 던져버리는 것이 가장 좋은 방법인 것 같아요."

다른 사람들도 모두 같은 생각이었다. 켈올란이 방에 놓고 간 호박을 다 같이 가지고 가서 강에 던져버렸다.

켈올란과 분쇄기를 훔쳐간 사람의 이야기로 다시 돌아가 보자.

훔쳐간 사람의 집에 들어가자 이건 또 어떻게 된 일인가! 그 사람의 아들이 분쇄기를 가지고 놀다가 이미 깨버리고 말았다. 이것을 본 켈올란은 기분이 매우 나빠져 그 사람에게 버럭 화를 냈다.

그런데 이제 와서 무슨 소용인가. 분쇄기는 이미 쓸모 없게 되었는데. 켈올란은 분쇄기의 깨진 부분을 주워 우물 안에 던진 다음에 자기 집으로 돌아왔다.

집에 손님들은 한 사람도 남아 있지 않았다. 게다가 호박까지 없어진 것을 본 켈올란은 어머니에게 소리를 지르기 시작했다. 왜 호박을 훔쳐가는 것을 보지 못했느냐고 호되게 따졌다.

켈올란은 집을 나가서 이웃 사람들과 한 사람씩 싸우기 시작했다. 얼마 후, 온 몸에 상처를 입고 피 묻은 얼굴로 집에 돌아왔다. 닭이 낳은 황금알도 치료비와 약값으로, 그리고 음식 비용으로 다 써버리게 되었다.

분쇄기와 호박을 잃어버린 켈올란은 생각했다.

'지금 남은 것은 닭밖에 없다. 닭을 원래 어머니에게 드려야 하지만, 이 닭을 어머니한테 드리면 나는 아무것도 할 수가 없어. 솔직히 황금을 낳는 닭을 가지고 있는데 뭐 하러 남의 일을 해. 말도 안 돼. 그리고 이 닭을 지금 어머니에게 드린다면 어머니는 뭘 하시겠어. 매일 황금알을 팔아 필요한 양식만 사시겠지 뭐……'

켈올란은 닭을 가지고 바로 밖으로 나갔다. 먼저 목욕을 하려고 목욕탕에 갔다. 옷을 벗으며 목욕탕 주인을 불러 말했다.

"제가 목욕할 때까지 이 닭을 잘 숨겨주세요. 좋은 닭은 아니지만 잡아서 고기를 먹기 위해 샀어요. 알도 못 낳는 닭으로 뭘 할 수 있겠어요?"

목욕탕 주인은 그러겠다고 하며 닭을 가지고 갔다.

켈올란이 목욕하러 간 사이에, 목욕탕 주인은 생각이 하나 떠올랐다. 닭을 숨긴 데로 가서 닭을 가지고 자기 방에 갔다. 잘 보니 닭은 매우 귀한 닭인 것 같았다. 이 닭이 왜 알을 낳지 못할까 하고 이상하게 생각했다. 이런 닭은 '닭아, 알 낳아라.'라고 하면 바로 알을 낳는다는 것을 이미 알고 있었기 때문에. 목욕탕 주인이

"닭아, 알을 낳아라."

라고 말하자 닭이 알을 낳기 시작했다. 목욕탕 주인은 하얀 알이 나올 줄 알았지만 노란색 금알이 나오는 것을 보자, 어떻게 할 바를 몰랐다. 그는 금알을 다 창고에 숨긴 다음에 시내에 가서 비슷한 닭을 한 마리 사왔다. 켈올란이 목욕을 다 하고 나왔을 때 목욕탕 주인은

"닭, 여기 있어."

라고 하며 켈올란에게 시장에서 사 온 닭을 주었다. 켈올란은 목욕탕에서 나온 후에 아무도 없는 곳에서 돌 위에 앉았다.

"닭아, 알 낳아라!"

라고 말했지만 닭은 금알은커녕 아무 알도 낳지 않았다. 켈올란은 아무리 노력해도 닭이 알을 낳게 하지 못했다. 화가 난 켈올란은 집에 가서 닭을 잡았다. 어머니는 그것을 보고 왜 잡느냐고 물어보았다. 켈올란은 목욕탕에서 나온 후에 닭이 어떤 알도 낳지 못하기 때문이라고 말했다.

어머니는 닭이 무슨 일을 당했는지 알아챘다.

"분쇄기를 잃었다. 그 다음에 사람들이 호박을 훔쳐갔다. 이번에는 닭을 잃었다. 이거 이상한데? 너 혹시 노인의 말씀을 지키지 않았어?"

어머니가 이렇게 말하자 켈올란은 그제야 생각났다. 맨 마지막에 노인을 만났을 때 노인이 말한 것을 하나하나 기억해 냈다. 그리고 어머니에게 말했다.

"그래요, 제가 잘못 했어요. 노인에게 약속을 잘 지키겠다고 했는데도 그 약속을 지키지 못했어요."

어머니는 머리를 끄덕이면서 말했다.

"얘야, 어른의 말을 잘 안 듣는 사람의 결과는 이렇게 된단다. 이제 예전처럼 손에 곡괭이를 들고 다시 일 하거라. 자신이 뿌린 대로 거두는 것이다."

12
켈올란 어머니의 지혜

옛날 한 여인이 켈올란이라는 아들과 살았다. 어느 날 켈올란은 사냥을 가서 가젤* 한 마리를 잡았다. 가젤을 어깨에 메고 집에 가다가 한 고관을 만났다. 고관은 가젤을 보고 물었다.

"켈올란, 그 가젤 파는 거요?"

"아니요, 팔지 않습니다. 술탄께 선물로 드릴 겁니다."

고관이 간 후에 켈올란은 궁전으로 가서 가젤을 술탄에게 드렸다. 술탄은 매우 만족해서 켈올란에게 선물로 금 몇 봉투를 주었다.

켈올란은 금을 받고 부자가 되었다. 그 금으로 저택을 짓고 말과 마차를 사고 하인도 몇 사람 두었다. 그런데 이 모습을 본 고관은 아주 심술이 나서 술탄에게 말했다.

"켈올란을 불러서 상아로 별장을 만들라고 명을 내리시지요. 만약에 하지 못하면 교수형 집행인에게 보낸다고 말씀하시지요."

* 가젤은 소과의 포유류이다. 가젤에는 톰슨 가젤 · 도르카스 가젤 · 다마 가젤 등이 있다. 몸이 모두 섬세하고 우아하며, 몸통이 좁고 길다. 네 다리는 가늘고 길다. 암수가 모두 테가 있는 하프 모양의 뿔이 있으며, 그 길이는 종류에 따라 다르다. 수컷의 뿔은 대개 가늘고 짧다. 털 빛깔은 노란빛을 띤 갈색이며, 대개 얼굴이나 몸 옆쪽에 짙은 색의 반점이 있다. 꼬리 끝은 검은색이다. 사바나사막 등 건조지역에 적응하여 서식하며, 저녁에 어린 싹이나 풀, 관목의 잎 등을 먹는다. 먹이와 계절의 변화에 따라 이동한다. 물은 식물에서 얻는 것으로 충분하다. 달리는 속도가 빠르며, 한 배에 한 마리를 낳는다. 고기 맛이 좋아 식용한다. 아프리카 · 아라비아반도 · 시리아 · 아프가니스탄 · 이란 · 파키스탄 · 인도 · 티베트 · 몽골 등지에 분포한다. 천적으로는 치타 등의 육식동물이 있다.

그 말을 들은 술탄은 켈올란을 불러 그대로 명령을 했다.

켈올란은 한참을 생각한 후에 사십 일 말미*를 달라고 요청하고 궁전을 떠났다.

집에 온 켈올란은 술탄의 명령을 그대로 어머니에게 말했다. 켈올란은

"내가 이 일을 어떻게 할 수 있겠어요?"

라고 하며 울기 시작했다. 이때 어머니는 그 일의 해결 방법을 일러 주었다.

"걱정하지 마. 신하들과 포도주 사십 통을 가져와서 낙타 사십 마리에 실어라. 그리고 코끼리들이 살고 있는 산에 가서 거기에 있는 연못에 그 포도주를 다 부어라. 그러면 코끼리들이 와서 이 포도주를 먹고 취하여 이가 빠질 거야. 그러면 그때 네가 그 이를 가져오면 돼!"

어머니의 말을 들은 켈올란은 금세 기분이 좋아졌다. 켈올란은 다시 어전으로 가서 술탄에게 신하들과 낙타 사십 마리에 실을 포도주 사십 통을 요청했다. 술탄은 이 요청을 흔쾌히 들어 주었다.

켈올란은 코끼리들이 사는 산으로 출발했다. 오랜 시간 걷고 난 후에 산에 도착해 코끼리들을 보았다. 포도주를 연못에 붓자 얼마 후 코끼리들이 와서 포도주를 먹고 취했다. 그러자 신기하게도 코끼리들의 이가 빠졌다. 그때 켈올란이 코끼리들의 이를 낙타에 싣고 술탄 앞으로 갔다.

"전하, 상아를 가져왔습니다. 그것으로 별장을 짓겠습니다."

술탄은 매우 기뻤지만, 고관은 기분이 매우 나빠져 다시 술탄에게 말했다.

"전하, 이번에는 예멘 왕의 딸을 데려오라고 명령하시지요. 데려올 수 있을지 한번 두고 보시지요."

술탄은 곧 켈올란을 불러서 예멘 공주를 데려오라고 명했다.

켈올란은 예전과 같이 술탄에게 사십 일 동안의 기간을 요청한 후에 바로 어머니를 찾아갔다. 어머니에게 술탄의 요청을 이야기하자 어머니는 대수롭지 않게 여기고 말했다.

* 일정한 직업이나 일 따위에 매인 사람이 다른 일로 말미암아 얻는 겨를.

“술탄에게 이제까지 만든 예가 없는, 사방을 다이아몬드로 치장한 배 한 척을 요청해라. 선원도 모두 가장 아름다운 여자이어야 한다고 이야기해라.”

켈올란이 술탄을 찾아갔다. 술탄은 켈올란이 원했던 것보다 훨씬 더 멋진 배를 마련해 주었다. 켈올란은 바로 예멘으로 출발했다. 그곳에 도착할 때쯤 바닷속에서 큰 물고기가 작은 물고기를 삼키려고 하는 것을 보았다. 불쌍한 생각이 들어 바로 작은 물고기를 살려주었다. 그때 작은 물고기가

“이 두 개의 깃털을 가져라! 어려운 상황에 빠지게 되었을 때 이것들을 맞부딪치면 나는 너를 도우러 올 거야!”

라고 말하고 재빨리 바닷속으로 사라졌다.

켈올란은 마침내 예멘에 도착해서 예멘 왕의 궁전 앞으로 갔다. 왕이 밖에서 산책하다가 켈올란의 멋진 배를 보고 매우 놀랐다. 왕은 켈올란을 불러서 말했다.

“너는 어디서 왔느냐? 이 배는 참 멋지구나!”

켈올란은 아무렇지도 않은 듯 대답했다.

“저는 이스탄불에서 온 상인입니다.”

왕은 누군지도 잘 모르는 켈올란을 궁전에 초대해 성대한 잔치를 베풀었다. 그리고 식사 후에 켈올란에게 금 냄비에 넣은 다이아몬드와 진주를 선물로 주었다.

켈올란은 다음 날 예멘 왕을 페리에 초대하여 구경시켜주었다. 환대를 받은 왕이 배에서 나갈 때 켈올란에게 물었다.

“우리 딸이 배를 구경하고 싶다는데 내일 구경하러 와도 되겠느냐?”

켈올란은 ‘옳지 생각대로 잘 되어가는구나’ 하고 즉시 대답했다.

“네 전하. 당연히 구경하실 수 있습니다.”

다음 날 공주가 와서 배를 구석구석 구경하기 시작했다. 켈올란은 이때가 아주 좋은 기회라고 생각하여 공주가 아래층을 구경하고 있을 때 배를 출발시키라는 명령을 내렸다. 공주는 한참을 구경하고 나서 밤이 된 줄

알고 궁으로 가려고 위에 올라가 보니 이미 배가 움직이고 있었다.

공주는 소리치며 울기 시작했다.

"살려주세요, 이 사람들이 저를 납치해 가요."

한편, 예멘 왕도 딸이 납치된 것을 알아채고 바로 배들을 보내 켈올란을 뒤쫓았다. 이 배들이 켈올란의 배에 접근하는 순간 공주가 손가락에서 반지를 빼어 바다에 던졌다. 그러자 켈올란의 배가 제 자리에 멈추어 섰다. 이 때 켈올란은 주머니에서 깃털을 꺼내어 서로 맞부딪쳤다. 그랬더니 물고기가 바닷속에서 나오며 반지를 가져와 켈올란에게 주었다. 그 후 켈올란의 배는 다시 빠르게 이동하고 뒤쫓던 다른 배들은 뒤에 남게 되었다.

며칠 후, 배가 이스탄불에 도착하였다. 켈올란이 공주와 함께 왔다는 사실이 술탄에게 전해지자 술탄은 공주를 마중하기 위해 사람들을 보냈다. 그들은 공주를 접견한 후에 바로 궁전으로 데려갔다.

술탄은 예멘 왕의 아름다운 딸을 보자마자 사랑에 푹 빠졌다. 그들은 사십 일 동안 결혼식을 했다. 결국 술탄은 옛 고관을 궁전에서 쫓아버리고 켈올란에게 많은 돈을 주며 그를 새로운 고관으로 삼았다.

13
켈올란이 인도 길로 향하다

옛날에 켈올란이라는 한 소년이 있었다. 그의 집 건너편에는 술탄의 궁전이 있었다. 술탄은 두 아이의 아버지였다. 한 사람은 청년이고 다른 한 사람은 시집갈 소녀였다.

어느 날 갑자기 술탄 아들의 약혼녀가 사라졌다. 술탄 아들은 그녀를 찾으러 여기저기 다녔지만 그 어느 곳에도 없었다. 그 후 그는 궁전의 한 구석에 우두커니 앉아있는 때가 많았다.

술탄의 딸은 커가면서 더욱 예뻐져 그녀와 결혼하고 싶어하는 청년들이 많아졌다.

어느 날, 술탄은 정원에 있는 수영장 앞에서 딸을 불러 이렇게 말했다.

"딸아, 나는 이제 나이가 많이 들었다. 너의 오빠가 약혼자가 아닌 다른 여자와는 결혼하기 싫다고 하는구나. 너의 오빠가 결혼식을 올리지 못하니 이제 네 차례다. 너와 결혼하고 싶은 청년이 매우 많다고 하지? 그 중에서 하나를 택해서 결혼식을 올리자. 내가 눈을 감기 전에 적어도 너의 행복한 날만은 보고 싶구나."

소녀는 부끄러워서 아버지를 쳐다보지 못하고 계속 아래만 보고 있었다. 그러다가 아버지가 자신의 대답을 기다리고 있다는 생각에 공손히 말했다.

"아버지가 그렇게 원하신다면 그렇게 하겠습니다. 그런데 저도 부탁이 하나 있습니다. 저의 부탁을 들어주겠다고 약속하시겠습니까?"

술탄은 아무 생각 없이 바로 대답했다.

"딸아, 너의 부탁을 들어주는 것은 나한테 큰 기쁨이다. 그런데 그 부탁이 충분히 들어줄 만한 것이어야 하는데……."

"아버지, 저는 저와 결혼하고 싶어하는 남자들과 결혼하기 싫습니다. 저를 궁전 건너편에 사는 켈올란과 결혼시켜주십시오."

술탄은 딸한테 기대하지 않았던 말을 듣고 매우 놀랐다.

"너 정신 나갔어? 내가 너를, 대머리이면서 게으른 그 사람에게 시집 보낼 수 있겠니? 사람들이 어떻게 생각하겠어? 모든 사람들이 우리를 비웃을 거야."

술탄이 아무리 여러 번 말해도 소용 없었다. 술탄은 딸을 설득하려고 했으나 허사였다.

"얘야, 나는 이런 부탁을 들어줄 수 없다. 꼭 켈올란과 결혼하겠다면 이제부터는 내 딸이 아니야. 내 궁전에서 썩 나가거라!"

자기 아버지가 얼마나 강하고 자신의 생각을 쉽게 포기하지 않는 사람인지를 알고 있는 소녀는 아무 말도 하지 못했다. 그러고는 짐을 싸자마자 바로 켈올란의 집으로 갔다.

켈올란의 어머니는 소녀를 반갑게 맞았다. 술탄의 딸이 며느리가 된다고 생각하니 날아갈 것 같이 기뻤다. 하지만 가난해서 며느리를 어디에다 앉힐지 무엇을 먹일지 걱정이 많았다. 어머니는 이렇게 걱정하는데도 켈올란은 손가락 하나 까딱 안 할 정도로 게으름을 피우고 아침부터 저녁까지 계속 집에 틀어박혀 있었다.

술탄의 딸은 하루, 이틀, 사흘 동안 내내 켈올란이 어떻게 하나 기다렸다. 그렇지만 켈올란은 일하러 나갈 것 같지 않았다. 그녀는 자기 아버지의 말이 맞았다고 생각했지만 지금 궁전으로 돌아갈 수는 없었다. 어떻게 하든 켈올란을 게으름에서 벗어나게 하여 일하러 보내는 방법밖에 없다고 생각했다. 곧바로 켈올란 옆에 가서 큰 소리로 말했다.

"자, 빨리 일어나. 계속 집에서 있기만 하면 어떡해! 밖에서 일하고 돈을 벌어 와야 할 게 아니야! 매일 집에서 하루 종일 게으름 피우며 지내는 것이 하나도 창피하지 않아? 어서 일어나!"

켈올란은 아내의 말을 듣고 조금 부끄러운 생각이 들었다. 그래서 곧바로 일어나 일하러 나갔다. 그는 밭에서 저녁까지 밀을 수확하고 품삯으로 3리라를 받아 집에 돌아왔다. 아내는

"일하고 돈 벌었어?"

라고 물어보자 켈올란은 3리라를 아내에게 건네주면서 말했다.

"자, 번 돈이 여기 있어."

"요 돈으로는 아무것도 못 하잖아. 안 돼. 가서 더 많이 일해서 더 많이 벌어와!"

켈올란은 쉬지도 않고 바로 다음 날 요리사를 옆에서 도와주며 저녁까지 일했다. 요리사가 준 5리라를 받아 가지고 와서 아내에게 주었다. 아내가 보니 그 돈이 아직도 마음에 차지 않았다.

"이번에도 너무 부족해. 5리라로는 한 사람도 배부르게 먹을 수 없어. 이것보다 훨씬 더 많이 벌어 와야 해."

켈올란은 이번에도 쉬지 않고 다음 날 일하러 나갔다. 물을 파는 사람의 일꾼이 되어 저녁까지 그와 함께 물 배달을 하였다. 일이 끝난 후, 물을 파는 사람이 준 10리라를 받아 집으로 가는 길에 아버지의 친한 친구였던 상인과 마주쳤다. 상인은 켈올란에게 어떤 일을 하는지 물어보았다. 켈올란은 물을 파는 사람 밑에서 일을 한다고 대답했다. 상인은 켈올란에게 웃으며 말했다.

"불쌍하네. 사람이 10리라 때문에 하루 종일 어렵게 물 배달을 어떻게 해? 너는 청년이잖아. 그만큼의 돈은 어린 아이도 벌 수 있어. 나는 지금 인도에 무역 일을 하러 가는 길이야. 같이 가자. 거기서 돈을 많이 벌어 돌아올 수 있다."

켈올란은 그 상인의 말을 듣고 매우 기뻤다. 바로 집에 달려가서 그 날 번 돈을 아내에게 주었다. 그리고 아내와 어머니에게 말했다.

"돈을 많이 벌어 어머니와 당신에게 주고 싶어서 인도에 갑니다. 돌아올 때까지 안녕히 계세요!"

어머니와 아내는 켈올란의 갑작스런 행동에 많이 놀랐지만 이제 게으름을 버리고 일하기 시작한다고 생각하여 매우 흐뭇했다. 그들은 켈올란을 기쁜 마음으로 배웅했다.

"잘 갔다 와!"

켈올란과 상인은 만나서 필요한 식품을 충분히 준비한 다음에 각자 말을 타고 인도 길로 향해 출발했다. 아주 긴 시간 여행 끝에 넓은 사막에 도착했다. 이미 가져온 음식과 물이 다 떨어졌다. 굶주림과 갈증 때문에 죽지 않으려고 마을과 우물을 찾기 시작했다. 마을을 찾으면 음식과 물도 얻을 수 있다고 생각했다. 마을은 아니라도 우물이라도 찾으면 적어도 갈증을 풀고 사람뿐만 아니라 말도 죽지 않고 살 수 있다고 생각했다. 열심히 찾아보니 멀리에서 숲이 보였다.

"우와! 저기 마을이 있을 것 같아!"

그들은 기뻐 소리 지르며 말을 타고 그쪽으로 향했다. 쏜살같이 달려 나무 옆에 도착하였다. 말에서 내려와 살펴보니 우물이 있었다. 우물이 굉장히 깊었다.

"제가 우물 안에 내려가서 물을 가져오겠습니다."

켈올란이 말하자 상인은 가져온 긴 밧줄로 켈올란의 허리를 묶었다. 그리고 가죽 주머니를 하나 주고 켈올란을 우물 아래로 내려 보냈다. 켈올란은 우물에 내려가자마자 우선 물부터 실컷 마셨다. 그 다음에 가죽 주머니에 물을 채워서 상인에게 올려 보내니 상인이 물을 꿀꺽꿀꺽 마셨다. 그 후 켈올란은 가죽 주머니에 두 번 더 물을 채워 상인에게 올려 보내니 상인은 말에게도 충분히 물을 마시게 했다.

그 사이 켈올란은 우물 안에 있는 한 문을 보았다. 문을 살짝 만졌더니 문이 열렸다. 이건 또 뭐야. 크고 넓은 초원이 나타나는 게 아닌가! 초원의 중간에는 갖가지 색깔의 꽃으로 가득 찬 아름다운 정원이 있었다. 그 정원의 가운데에는 흰색의 별장도 있었다. 별장의 창문에 검은색 옷을 입은 소녀가 앉아 있었다. 소녀가 손짓을 하며 켈올란에게 말했다.

"이리 와! 이리 와!"

켈올란은 우물 앞에서 기다리고 있는 상인을 까맣게 잊어버리고 별장 안으로 들어갔다. 소녀가 켈올란을 맞이하여 같이 위로 올라갔다. 먼저 소녀가 물었다.

"당신은 여기에 왜 왔어?"

켈올란도 그녀에게 물어보았다.

"그럼 당신은 왜 여기에 왔어?"

그들은 그때까지 겪은 여러 가지 일을 서로 털어놓기 시작했다.

"나는 원래 술탄의 아들과 약혼했었어. 그런데 어느 날 요정 소녀들이 나를 여기로 납치했어. 그 후로는 세상 밖에 나가지 못 했지. 내가 없어진 후에 술탄의 아들이 많이 아파서 밖에도 나가지 못한대. 내가 세상 밖으로 나갈 수 있으면 좋을 텐데 말이야."

켈올란이 듣고 보니 그녀는 바로 술탄의 며느리가 될 여자였다. 즉 자기 아내의 올케가 될 사람이었다. 다음은 켈올란이 자기 소개를 할 차례였다.

"나는 켈올란이라고 해. 우리 집 건너편에 술탄의 궁전이 있지. 술탄은 어느 날 딸을 결혼시키고 싶었는데 그녀는 나 외에 다른 남자와 결혼하고 싶지 않다고 고집을 부렸대. 이에 화가 난 술탄은 딸을 궁전에서 쫓아내보냈어. 그래서 그녀는 우리 집으로 도망 왔지. 나는 하루 종일 집에서 놀기만 했었는데 우리 아내가 억지로 일하게 했어. 아내는 내가 번 돈을 적게 생각했기 때문에 내가 돈을 많이 벌고 싶어서 어떤 상인과 인도로 가는 중이야. 그런데 도중에 음식과 물이 다 떨어졌는데 사막 한 가운데에서 여기를 발견한 거야. 물을 먹기 위해 우물 안으로 내려왔지. 가죽 주머니에 물을 채워서 위에서 기다리는 상인에게도 몇 번 주었어. 그때 우물 안에서 어떤 문을 발견하여 들어가 보니 바로 당신이 여기 있었던 거야. 그러고보니 우리는 남남이 아니네?"

"그래, 맞아. 너의 아내가 내 약혼자의 여동생이야. 여기 오길 잘 했다! 나를 여기서 살려줘. 우리 같이 궁전에 돌아가면 술탄이 얼마나 좋아하실까!"

"그런데 위에서 상인이 나를 기다리고 있어. 그를 어떻게 보내지?"

"그것보다 쉬운 게 어디 있어! 나는 당신을 위해 해결 방법을 찾아보겠어. 당신은 지금 정원으로 내려가 석류나무에서 석류 두 개를 따 가지고 와. 그리고 상인과 같이 길을 다시 계속 가. 길에서 우리 고향으로 가는 사람과 만나게 되면 그 석류 두 개를 그 사람에게 주어 어머니와 아내에게 전해달라고 해. 그 다음에 상인과 헤어져서 여기에 다시 돌아올 수 있는 방법을 찾아봐!"

켈올란은 즉시 그녀와 헤어져 정원으로 내려갔다. 석류나무에서 석류 두 개를 따서 주머니에 넣고 다시 우물 안으로 돌아왔다. 그 후에 밧줄을 잡고 위에 올라가서 상인과 같이 말을 타고 인도로 출발했다.

길을 가다가 한 사람을 만났다. 그 사람과 이야기하다가 그 사람이 켈올란의 고향에 가는 것을 알게 되었다. 바로 주머니에서 꺼낸 석류를 그 사람에게 건네면서 어머니와 아내에게 전해달라고 했다. 그 사람은 켈올란의 부탁을 들어주겠다고 약속하며 떠났다.

부탁을 받은 그 사람은 길에서 아주 긴 시간을 보낸 다음에 고향에 도착했다. 사람들한테 물어물어 켈올란의 집을 찾았다. 주머니에서 석류를 꺼내서 하나는 켈올란 어머니에게 주고 다른 하나는 아내에게 주었다. 어머니와 아내는 켈올란이 겨우 석류 두 개만 보냈다고 화가 많이 나서 석류를 한 쪽 구석에 놓아두었다.

어느 날, 켈올란의 아내가 석류가 먹고 싶어 하나를 잘랐다.

"어머 이건 또 뭐냐! 이게 꿈인가? 아니, 아니, 이건 꿈이 아니야!"

석류 안에서 떨어진 씨들이 모두 다이아몬드였다. 그녀가 뛰어가서 어머니를 부르고 바닥에 떨어진 다이아몬드를 가리켰다. 두 사람은 놀라서 눈이 휘둥그레졌다. 어머니와 아내는 켈올란에게 사정도 모르고 지나치게 화를 낸 것을 후회했다.

이제 부자가 된다고 생각하니 행복해 날아갈 것 같았다. 다이아몬드 중에서 몇 개를 팔아 술탄의 궁전 바로 건너편에 아주 큰 궁전을 지었다.

자, 이젠 켈올란과 상인이 어떻게 되었는지 이야기해보자. 그들은 사막 한가운데에서 아주 먼 길을 걸어 어떤 시골에 도착했다. 그때는 밤이라서 그 곳에서 잤다. 다음 날 아침에 켈올란이 아픈 척하며 그곳에 남았다. 하지만 상인은 켈올란을 기다리지 않고 혼자 인도에 가려고 출발했다.

상인이 간 다음에 켈올란은 바로 일어나서 오던 길로 되돌아갔다. 우물 앞에 도착하자마자 허리에 밧줄을 묶고 우물 아래로 내려갔다. 조금 열려 있는 문을 밀고 안으로 들어갔다. 그녀는 궁전 창문에서 켈올란을 기다리고 있었다. 켈올란이 재빨리 그녀가 있는 곳으로 올라가니 그녀가 말했다.

"다행이네. 제시간에 왔어. 만약에 조금이라도 늦었으면 우리는 여기서 도망가지 못했을 거야. 요정들이 거의 올 때가 되었거든. 그들이 오면 우리는 도망갈 수 없어."

"그러면 어서 준비해, 빨리 떠나자!"

"그렇게 빨리 서두를 필요는 없어. 이곳에 있는 다이아몬드와 금을 다 챙겨서 떠나도 늦지는 않아."

켈올란과 그녀는 공원으로 내려가서 석류나무에서 석류 네 개를 땄다. 켈올란은 석류 두 개를 주머니에 넣고 그녀는 손에 들었다. 그리고 근처에 있는 한 오두막집에 갔다. 그녀가 오두막집의 문을 열자 거기에 달걀들이 쌓여 있었다. 그녀는 바닥에 웅크려 앉아 그 달걀을 깨기 시작했다. 그러자 깨진 달걀 안에서 큰 금덩이가 나왔다. 켈올란은 바닥에 나뒹구는 금덩어리들을 줍기 시작했다. 다 주운 후에 그들은 우물 안으로 돌아왔다. 켈올란이 우물 안에 내려진 밧줄로 먼저 그녀를 위로 올라가게 하고 그 다음에 켈올란도 올라갔다.

켈올란의 말이 우물 앞에서 기다리고 있었다. 켈올란과 그녀는 말을 타고 고향으로 출발했다. 넓은 사막을 일주일 동안 지나갔다. 그 다음에 산을 넘고 언덕을 지나며 강도 건넜다. 밤에는 시골에서 자고 무더운 낮에는 샘 앞에서 쉬면서 출발한 지 사십 일 만에 자기 고향에 도착했다. 시내에 들어가려고 하는 순간에 그녀가 켈올란에게 말했다.

"당신은 지금 궁전에 가서 술탄에게 내가 왔다는 것을 알려드리세요."

켈올란이 그녀를 한 할머니에게 맡기고 말을 몰아 궁전으로 향했다. 부지런히 가서 술탄 앞에 섰다.

"전하, 이제 왕자님을 걱정하지 마십시오. 왕자님의 약혼녀를 제가 데려왔으니까요."

술탄은 켈올란의 말을 믿을 수 없었지만 켈올란이 거짓말하는 것처럼 보이지는 않았다. 그래서 아내와 아들에게는 아무 말도 하지 않고 바로 신하 몇 명과 함께 아들의 약혼녀를 마중 나갔다.

시내 입구에 도착하니 거기서 기다리고 있던 그녀가 급히 달려와 술탄의 손에 입을 맞추었다. 술탄도 그녀의 이마에 입을 맞추었다. 술탄은 매우 행복했다. 약혼녀를 잃어버려 아프게 된 아들이 약혼자를 보면 다시 좋아질 거라고 생각했다. 술탄이 그런 생각을 하고 있는데 그녀가 말했다.

"아버님, 저를 요정들에게서 살려준 사람은 바로 아버님의 사위인 켈올란입니다. 그의 은혜를 절대 잊을 수 없습니다."

술탄은 켈올란의 어깨를 쓰다듬으면서 말했다.

"수고했어, 켈올란. 네가 지혜롭게 일을 잘 해결했구나. 지금 우리 며느리를 데리고 너의 집에 가거라. 나는 우리 아들한테 아무 말도 하지 않을 것이다. 너는 저녁에 우리를 집으로 초대해. 그러면 나는 아들과 같이 가서 그 두 사람을 만나게 해줄 거야."

술탄은 신하들을 켈올란에게 남겨 놓고 급히 혼자 궁전으로 돌아갔다. 켈올란은 술탄의 궁전 건너편에 있었던 자기의 집을 찾았으나 보이지 않았다. 자기 집 자리에 있는 궁전을 보고 신하에게 물어보았다.

"이 궁전을 누가 지었소?"

신하는 미소를 지으면서 대답했다.

"이 궁전은 당신 어머니께서 만들었습니다. 당신의 집은 이제 이 궁전입니다."

신하가 이렇게 말하자마자 켈올란은 그녀의 손을 잡고 그 궁전으로 달려갔다. 문 앞에서 아내를 만나자 켈올란은 큰 소리로 말했다.

"자, 나 왔어. 그리고 당신한테 누구를 데려왔는지 봐봐."

아내가 켈올란 옆에 있는 아름다운 그녀를 보더니 자기 오빠의 약혼녀임을 알게 되었다. 둘은 서로 꼭 껴안았다. 켈올란의 어머니는 켈올란의 목소리를 듣고 급하게 뛰어 내려와서 아들과 뽀뽀했다. 그리고 켈올란은 술탄의 며느리를 어머니에게 소개했다. 그 후에 다 같이 궁전으로 올라갔다.

저녁 식사 준비를 하는 사이에 켈올란의 아내와 그녀의 새언니가 같이 목욕탕에 가서 목욕하고 돌아왔다. 저녁 식사를 다 같이 즐겁게 마쳤을 때 궁전에서 술탄이 켈올란의 집으로 온다는 소식이 왔다.

켈올란이 내려가서 술탄과 왕자를 마중했다. 켈올란이 그들을 궁전의 가장 좋은 방으로 모시고 음식을 대접했다. 그 다음에 켈올란의 어머니와 아내가 방에 들어왔다. 왕자는 아직도 약혼자가 온 것을 모르고 조용히 앉아 있는데 술탄이 아들에게 물어보았다.

"아들아, 지금 이 순간 제일 원하는 것이 무엇이냐?"

"우리 여동생과 켈올란이 행복한 가정을 이룬 것처럼 나도 잃어버린 약혼녀와 같이 행복한 가정을 이루고 싶습니다."

"얘야, 그 소원은 벌써 이루어졌다. 켈올란이 너의 약혼녀를 요정들의 궁전에서 구해 왔단다."

술탄의 말이 끝나기 무섭게 문이 열리며 왕자의 약혼녀가 안으로 들어왔다. 왕자는 그녀를 보자마자 너무 기뻐서 기절했다. 사람들은 기절한 왕자의 정신을 되돌아오게 했다. 왕자가 깨어나자 술탄이 말했다.

"자, 켈올란, 이제 우리에게 그 동안 겪은 일을 모두 이야기해 봐."

켈올란은 고향을 떠난 날부터 자기가 겪은 사건들을 하나하나 이야기했다. 이야기를 다 들은 술탄은 켈올란의 지혜와 용기에 탄복하여 그를 고관으로 삼았다.

그 다음에 아들을 약혼녀와 결혼시키고 다 같이 행복하게 살았다.

14
게으른 켈올란

옛날에 어떤 가난한 집에 켈올란이라고 하는 한 소년이 있었다. 어느 날, 이 아이의 아버지가 죽어 어머니와 단 둘이 남게 되었다. 이 아이는 대머리이며 눈에는 늘 눈곱이 많이 끼어 있었다. 파리가 날아와서 얼굴에 얼마나 많이 붙는지 셀 수 없을 정도였다.

하루는 그가 눈 위에 있는 파리 사십 마리를 한번에 때려죽인 일이 있었다. 그런 다음에 어머니에게 말했다.

"어머니, 저에게 아버지가 남겨 주신 검을 주세요. 이제부터 그 검을 들고 다닐 거예요."

그는 어머니에게 검을 받아 곧장 칼 만드는 사람을 찾아갔다.

"이 검을 아주 반짝반짝 빛나게 해주세요. 그리고 검 위에 '사십 개의 생명을 죽이는 아흐멧*의 검'이라고 써주세요."

칼 만드는 사람은 켈올란이 부탁한 대로 하여 며칠 후 켈올란에게 그 검을 주었다. 켈올란이 이 검을 들자, 자신이 장수인 것처럼 느껴졌다. 그는 칼을 든 채 팔을 흔들면서 거리를 활보하기 시작했다.

* 아흐멧은 특별한 뜻이 없다. 오히려 흔한 이름이다. 켈올란의 이름이 원래 아흐멧인데 대머리이어서 '켈올란(머리털이 많이 빠져 벗어진 머리. 또는 그런 사람)'이라고 이름을 지은 것이다. 그래서 이야기 중간 중간에 '아흐멧'이라고 할 때도 있고 '켈올란'이라고 할 때도 있다.

어느 날, 그는 산에 올라갔다. 가지고 있던 검을 나무에 매달고 잔디 위에 누워 잠이 들었다. 거기는 거인국이었다. 조금 후에 거인들이 와서 그 검 위에 쓰인 글을 보았다. 그들은 원래 아흐멧의 돌아가신 아버지를 무서워했었다. 그래서 여러 가지 맛있는 음식을 준비해서 아흐멧을 초대하기로 했다. 거인들이 음식을 다 만든 후에 아흐멧을 집에 초대했다.

거인들이 사는 곳이 아주 편하다고 생각한 아흐멧은 며칠 동안 거기서 묵었다. 그래서 거인들은 매우 짜증이 났지만 아무 말도 하지 못했다. 그들 중에 절름발이가 있었는데 거인들이 그 절름발이에게 아흐멧을 데려가서 죽이라고 했다.

절름발이는 아흐멧을를 데리고 산에 올라갔다. 그리고 거기서 같이 나무를 잘랐다. 돌아갈 때가 되었을 때 거인이 아흐멧에게 말했다.

"자, 자른 목재를 가져가야 하는데 반은 당신이 가지고 가고, 반은 제가 가지고 가지요."

아흐멧은 이 말에 동의했다. 자른 나무의 일부를 아흐멧이 들고 다른 일부를 거인이 들었다. 아흐멧은 들고 있는 목재를 산의 여기저기에 놓기 시작했다. 이것을 본 거인은 매우 놀랐다.

"아흐멧, 뭐 하시는 겁니까?"

"아예 이 산을 통째로 제 어깨에 메고 갈 겁니다."

이 말을 들은 거인은 어떻게 할 수가 없었다.

"그만 내려놓으세요. 제가 다 가져가겠습니다."

모든 목재를 절름발이 거인이 가져가니 아흐멧은 아주 편하게 갔다. 결국 거인은 아흐멧을 죽이지 못하였다.

거인들은 자기들끼리 모여 의논하기를 이번에는 아흐멧을 물에 빠뜨려 죽이기로 했다. 거인들이 아흐멧을 물가에 데려가 물병을 주면서 물을 가득 채우라고 했다. 그런데 아흐멧은 물을 채울 생각은 전혀 하지 않고 물가를 어슬렁어슬렁 돌아다니기만 했다. 거인들이 이 모습을 보고 나서 할 수 없이 물을 직접 채워 돌아갔다.

거인들이 이번에는 아흐멧에게 독약을 먹이기로 했다. 아흐멧의 음식을 따로 준비해서 그 앞에 놓았다. 하지만 아흐멧이 눈치를 채고 말했다.

"배가 불러서 도저히 못 먹을 것 같습니다."

이번에도 뜻을 이루지 못한 거인들은 이제 많이 지쳤다. 아흐멧을 죽일 다른 방법을 찾지 못하여 할 수 없이 아흐멧을 그의 집으로 보내기로 했다. 이를 아흐멧에게 말하니 그는

"말 한 마리와 금 한 자루를 주면 가겠습니다. 빈 손으로 집에 돌아가면 어머니가 지금까지 어디에 있었느냐고 화를 내시며 제가 집에 들어오지 못하게 할 것입니다."

라고 했다. 거인들이 이것을 받아들여서 아흐멧에게 말 한 마리와 금 한 자루를 주었다. 그리고 절름발이 거인도 함께 보냈다.

그 두 사람은 밤낮을 가리지 않고 오랫동안 아주 먼 길을 갔다. 드디어 석 달 후에 아흐멧의 집에 도착했다. 문을 톡톡 두드리고 안으로 들어갔다. 어머니가 아들을 보자마자 품에 안고 뽀뽀를 했다.

켈올란은 어머니에게 큰 솥에다 수프를 많이 만들어 달라고 했다. 어머니가 수프를 만든 다음에 거인 앞에 놓았다. 그런데 수프가 너무 뜨거워 거인의 입이 탔다. 갑자기 거인이 '푸프pufff!'라고 입김을 불자 켈올란이 집 천장으로 날아갔다. 그때 절름발이 거인이 물어보았다.

"아흐멧, 이거 어떻게 된 일입니까?"

"우리 아버지의 검이 여기에 있었는데 그걸 찾고 있습니다!"

거인은 입술이 탄 데다가 만약 켈올란이 아버지의 검을 찾으면 영락없이 죽게 될 것이라고 생각하여 이 말을 듣자마자 밖으로 줄행랑쳤다.

켈올란은 어머니와 같이 거인들에게 받은 금을 쓰면서 즐겁고 행복하게 살았다.

15
켈올란의 망치

옛날에 켈올란이라고 하는 소년이 살고 있었다. 켈올란의 가족은 농사를 짓고 있었다. 콩을 심을 때가 되었을 때 켈올란이 어머니에게 물었다.

"어머니, 사람들이 콩을 심는데 우리도 심어야 하는 거 아니에요?"

"그래, 아들아. 우리도 심어야지."

"어머니, 다른 사람들은 콩을 물에 불린 다음에 심는데 우리도 그렇게 하면 안 될까요?"

어머니는 그것을 승낙했다. 켈올란은 다음 날 다시 어머니에게 물었다.

"어머니, 다른 사람들은 콩을 볶은 후에 심는데 우리도 그렇게 할까요?"

"그래, 그렇게 하자."

어머니는 콩을 볶았다. 그 후에 콩을 봉투에 넣어서 당나귀에 실었다. 켈올란은 당나귀를 끌고 밭으로 출발했다. 그런데 켈올란이 밭에 가는 동안 볶은 콩을 다 먹어 버렸다. 밭에서 밭갈이만 하고 저녁에 집에 돌아가자 어머니가 물어보았다.

"아들아, 콩을 다 심었어?"

켈올란은 전혀 내색하지 않고 대답했다.

"네, 어머니. 심었지요."

그 후로 몇 달이 지나갔다. 켈올란과 어머니가 콩을 따려고 밭에 갔다. 어머니가 밭에 가 보니 콩은커녕 아무것도 볼 수 없었다. 그래서 켈올란에게 물었다.

"아들아, 심었다고 한 콩이 어디 있어?"

켈올란은 아무 것도 모르는 척하며 천연덕스럽게 대답했다.

"심었는데……. 왜 안 나왔지?"

어머니는 매우 속상해하며 바로 집으로 돌아갔다.

켈올란은 울면서 천천히 걸어 가다가 거인을 만나게 되었다. 거인은 켈올란에게 물었다.

"켈올란, 왜 울어?"

"밭에 콩을 심었었는데 안 나왔어요. 그래서 울어요."

거인은 켈올란을 불쌍히 여겨 켈올란에게 말했다.

"자, 이 당나귀를 가져가서 '당나귀야, 똥을 싸라'라고 해 봐. 그러면 부자가 될 거야."

이 말을 들은 켈올란은 아주 기뻤다. 거인이 말한 대로 "당나귀야, 똥을 싸라."라고 하자마자 당나귀는 똥 대신 황금을 쌌다. 켈올란은 바닥에 있는 황금 덩어리를 보고 깜짝 놀랐다. 황금과 당나귀를 가지고 곧바로 집에 가서 어머니에게 말했다.

"엄마, 이 당나귀에게 '당나귀야, 똥을 싸라!'라고 해 보세요. 나는 잠깐 밖에 나갔다 올게요."

켈올란이 나간 다음에 어머니는 아무것도 모르는 채 아들이 말하는 대로 했다. 바닥에 떨어진 황금 덩어리를 보고 깜짝 놀랐다. 너무 기뻐 날아갈 것 같았다. 마침 그때 켈올란이 집에 들어와 어머니와 함께 행복한 시간을 가졌다.

어느 날, 집에 땔나무가 다 떨어졌을 때였다. 켈올란은 땔나무꾼을 부르고 당나귀를 그에게 맡겼다. 그리고 땔나무꾼에게 말했다.

"당나귀에게 절대 똥을 싸라고 하지 마세요. 그러면 당나귀가 죽어요."

그러고 나서 땔나무꾼에게 도끼를 주고 일하러 보냈다. 땔나무꾼은 한참을 가다 생각했다.

'켈올란이 왜 그런 말을 했을까?'

땔나무꾼은 궁금하여 참을 수 없었다. 결국 당나귀에게 말했다.

"당나귀야, 똥을 싸라!"

당나귀는 전과 같이 황금 덩어리를 쌌다. 땔나무꾼은 뜻밖의 일로 매우 당황했다. 당장 다른 당나귀 한 마리를 끌고 와서 자른 나무를 그 당나귀에게 싣고 그 당나귀와 나무를 켈올란에게 가져갔다.

어느 날, 켈올란은 당나귀에게

"당나귀야, 똥을 싸라!"

라고 했다. 그런데 당나귀는 이번에 황금 대신 진짜 똥을 쌌다. 켈올란은 당장 나무꾼을 찾아가

"당신은 나의 당나귀를 당신의 것과 바꾸었네요. 내 당나귀를 당장 가져오세요!"

라고 하자 나무꾼이 손바닥으로 켈올란의 뺨을 심하게 때렸다. 켈올란은 울면서 집에 갔다. 아침에 일어나 울면서 밭에 가다가 거인을 다시 만나게 되었다.

"켈올란, 왜 울어?"

켈올란은 지난번과 똑같이 말했다.

"밭에 콩을 심었었는데 나오지 않아서 울고 있어요."

거인은 이번에 켈올란에게 이렇게 말했다.

"이 수건을 가져가서 '수건아, 열려라!'라고 해 봐."

켈올란은 수건을 받아 돌아가다가 길에서

"수건아, 열려라!"

라고 해보았다. 그러자 수건에서 각종 음식이 계속해서 나왔다. 켈올란은 음식과 수건을 잘 포장한 다음에 집에 갔다. 어머니에게 수건을 주면서 말했다.

"어머니, 나 밖에 나갔다 올 테니까 이 수건을 가지고 '수건아, 열려라!' 라고 해 보세요."

켈올란이 간 다음에 어머니는 '수건아, 열려라!'라고 하자 여러 가지 음식이 집안에 가득해졌다. 켈올란이 왔을 때 어머니는 꼭 껴안으면서 행복

한 표정으로 말했다.

"아들아, 이제 우리는 없는 것이 없어."

다음 날, 어머니와 켈올란은 동네 사람들을 집에 초대하기로 했다. 어느 순간 음식이 부족할 거라고 느끼자 켈올란은 수건을 들고 말했다.

"수건아, 열려라!"

그러자 많은 음식이 나와 사람들은 실컷 먹을 수 있었다.

이것을 본 이웃 사람들 중 한 사람이 켈올란의 수건을 다른 수건과 바꾸어 가져갔다.

며칠 후에 켈올란은 수건을 손에 들고 '수건아, 열려라!'라고 했다. 그런데 수건이 열리지도 않고 음식도 나오지 않았다. 그래서 켈올란은 동네 사람들에게 수건을 찾으러 갔지만 사람들은

"우리에게 그런 수건 같은 것은 없다."

라고 대답했다.

불쌍한 켈올란은 다시 울면서 거인과 만났던 곳으로 갔다. 거기서 다시 거인을 만났다. 거인은 켈올란에게 왜 우냐고 물어보았다. 켈올란은 전과 똑같은 말을 했다.

"밭에 콩을 심었었는데 나오지 않아서 울고 있어요."

이번에는 거인이 화를 내며 켈올란에게 큰 소리로 물었다.

"당나귀를 어떻게 했어?"

"어떤 사람이 훔쳐갔어요."

"수건은 어떻게 했어?"

"그것도 어떤 사람이 훔쳐 갔어요."

거인은 이번에 켈올란에게 망치를 주면서 말했다.

"이 망치를 가져가서 '망치야, 돌아라!'라고 해."

켈올란이 길을 가다가 '망치야, 돌아라!'라고 하자 망치가 켈올란의 머리를 세게 때렸다. 켈올란은 집에 돌아가서 어머니에게 이 망치에 대해 이야기했다. 어머니도 켈올란이 이야기한대로 했다가 망치가 머리를 세게 때려서 죽는 줄 알았다.

켈올란은 망치를 가지고 당나귀를 훔쳐간 사람을 찾아갔다.

"내 당나귀를 내놓아요!"

그러나 그 사람은 켈올란을 다시 때리기 시작했다. 켈올란은 매우 화가 나서 즉시 망치를 꺼냈다.

"망치야, 돌아라!"

라고 하자 망치가 그 남자의 머리를 심하게 때리기 시작했다. 남자의 머리에서 피가 났다. 남자는 켈올란에게

"켈올란, 제발 그만해. 당나귀를 줄 테니까 제발 그만해."

라고 했다. 그리고 켈올란에게 당나귀를 돌려주었다.

그리고 이번에 수건을 훔쳐 간 사람을 찾아 갔다.

"저기요, 내 수건을 내놓아요!"

라고 했지만 그 남자는 켈올란을 내쫓으며 말했다.

"무슨 소리를 하는 거야. 나한테 수건 같은 건 없어."

켈올란은 또 망치를 꺼내면서 말했다.

"망치야, 돌아라!"

망치가 그 남자의 머리를 피가 날 정도로 때렸다. 남자가 매우 당황스러워하며 말했다.

"켈올란, 제발 그만해! 이 수건을 가져가!"

그 남자는 켈올란에게 수건을 주었다. 켈올란은 수건을 받아 집에 갔다. 어머니는 매우 기뻐했다. 어머니와 켈올란은 부자가 되어 함께 행복하게 살았다.

16
켈올란의 꾀

어느 날, 켈올란이 당나귀를 팔려고 시장으로 갔다. 집에 먹을 것이 없어 당나귀를 팔아서 먹을 것을 살 생각이었다. 길을 가는데 어떤 사람이 말했다.

"켈올란, 너의 하나 밖에 없는 당나귀를 팔려고 하는구나. 당나귀의 꼬리와 귀를 잘라 보아라. 그러면 좀 더 비싸게 팔 수 있을 거야."

켈올란은 그 사람의 말을 믿고 당나귀의 꼬리와 귀를 잘라 버렸다. 그리고 시장으로 갔다. 모든 사람들은 켈올란을 보고 코웃음을 치면서 그 당나귀는 절대 팔지 못 할 거라고 했다.

그래서 켈올란은 자기를 속인 사람을 찾으러 갔다. 그 사람을 멀리서 보고 몰래 쫓아다녔다. 드디어 그 사람의 집이 어디에 있는지 알아냈다.

밤이 되자 몰래 그 사람의 우리에 들어가 소를 데리고 자기 집으로 왔다. 켈올란의 어머니가 이 소가 어디에서 났는지 물어보자 켈올란은 대답했다.

"우리 당나귀랑 바꿨어요."

자기의 소를 켈올란이 가져갔다는 것을 알게 된 그 사람은 켈올란을 찾으러 나섰다. 그때 켈올란은 사냥하러 가서 다람쥐 두 마리를 잡아 집에 가져 왔다. 다람쥐 한 마리를 집 앞에 묶어 놓고 어머니에게,

"어머니, 나 들판에 갔다 올 테니 오늘 저녁 식사는 닭고기가 들어간

밥을 좀 해주세요."

라고 말한 뒤에 다른 다람쥐와 같이 들판으로 나갔다.

켈올란을 찾고 있던 그 사람은 들판에 있는 켈올란을 보았다. 그가 켈올란에게 다가가자, 켈올란은 다람쥐에게

"다람쥐야, 집에 가서 어머니한테 닭고기가 들어간 밥을 해 달라고 해."

라고 말하며 다람쥐를 놓아 주었다. 물론 이 다람쥐는 켈올란의 집으로 가지 않고 자기가 살던 숲으로 갔다.

한참 후에 켈올란이 소의 주인과 같이 집으로 갔다. 소의 주인이 켈올란의 어머니가 닭고기가 들어간 밥을 준비하는 모습과 집 앞에 매어 있는 다람쥐를 보고 너무 놀라면서 켈올란에게 말했다.

"나는 이제 내 소를 포기하겠다. 그 대신 내가 돈을 더 줄 테니 이 다람쥐를 나에게 팔아라."

켈올란은 조금 미안한 표정을 지으며 돈을 많이 받고 그 다람쥐를 팔았다. 다람쥐를 산 사람은 길을 가다가

"다람쥐야, 집에 가서 우리 집사람에게 저녁에 고기가 들어간 밥을 준비하라고 해."

라고 말한 다음에 다람쥐를 놓아 주었다.

저녁때 집에 들어간 그 사람은 다람쥐도 없고, 고기가 들어간 밥도 준비되지 않아 켈올란이 자기를 속였다는 것을 알게 되었다. 그 사람은 너무 화가 나서 켈올란을 또 찾아 나섰다.

마침내 켈올란을 찾아 자루 안에 넣어 가지고 집으로 향했다. 한참 걷다 보니 피곤하여 그 자루를 내려놓고 그 옆에 누워 깊이 잠이 들었다.

그때 자루 안에서 켈올란이 소리를 질렀다.

"살려 주세요. 나는 왕의 딸과 결혼하기 싫어요."

마침 양 떼와 같이 그곳을 지나가고 있던 한 목동이 그 소리를 들었다.

"네가 싫다면 내가 하겠어."

목동은 자루의 입을 열어 그 안에 있는 켈올란을 나오게 하고, 자기가

그 안으로 들어갔다.

켈올란은 그 목동의 양 떼와 같이 집으로 갔다. 잠에서 깬 그 사람은 자루를 들고 다시 걸어가기 시작했다. 개울이 나타나자 자루를 개울 속으로 던져 버렸다.

한참 걸어가는데 켈올란이 양 떼와 같이 흥겨운 노래를 부르면서 가고 있는 모습이 보였다. 그는 너무 화가 나서 큰 소리로 말했다.

"야, 켈올란! 내가 너를 개울 안에 던져버렸는데 어떻게 여기까지 왔어?"

켈올란은 웃으면서 말했다.

"난, 이 양 떼를 개울 안에서 꺼냈어. 그 속에 양들이 아직 많이 남아 있는데 내가 힘이 없어서 다 못 꺼냈지."

이 말을 들은 그 사람은 흐뭇한 표정으로 개울로 들어갔는데 다시는 올라오지 못했다.

켈올란은 양 떼와 함께 자기 집으로 돌아가서 어머니와 같이 행복하고 즐겁게 살았다.

17
켈올란과 방앗간 주인

요즘 켈올란은 아무 일도 하지 않고 집에서 놀고만 있었다.

그런 켈올란을 보고 어머니가 말했다.

"얘야! 이제 너도 결혼할 나이인데 아무 일도 하지 않고 있으면 어떡하니? 너와 똑같은 나이의 사람들은 벌써 결혼해서 아기도 낳고 살고 있잖니!"

매일 똑같은 말을 들어서 짜증이 난 켈올란은 어머니에게 말했다.

"어머니! 저는 보통의 여자와는 결혼할 수가 없어요. 저는 이제 집을 나가 제가 결혼하고 싶은 여자를 직접 찾아볼게요."

어머니는 켈올란이 중매로 결혼하려고 하지 않아서 슬펐지만 그래도 아들의 짐을 꾸려줬다. 켈올란은 짐을 등에 메고 집을 나와 결혼할 여자를 찾아 나섰다.

어느 날, 켈올란은 개울가에서 빨래하고 있는 여자를 보았다. 그 여자가 아주 예뻐서 켈올란은 숨이 막힐 정도였다.

켈올란이 여자를 몰래 살펴보니 방앗간 옆집으로 들어가고 있었다. 켈올란은 방앗간으로 가서 방앗간 주인에게 자기가 지금 일자리를 구하고 있다고 말했다. 방앗간 주인은 켈올란을 한번 훑어보더니 말했다.

"사실 나도 지금 일할 사람을 구하고 있는데 자네가 이 일을 할 수 있을지 모르겠네."

켈올란은 망설이지 않고 할 수 있다고 자신있게 말하고 방앗간 일을 시작했다. 개울가에서 보았던 여자가 방앗간 주인의 딸이라는 것을 알고 더욱 열심히 일하면서 주인의 눈에 들도록 노력했다.

켈올란이 얼마 동안 일을 하면서 보니 매일 방앗간에 있는 밀가루 부대가 없어지는 것을 알아차렸다. 켈올란은 이 사실을 방앗간 주인에게 알렸다. 방앗간 주인은 켈올란에게 말했다.

"나도 오래 전부터 알고 있는 사실이지만 어떻게 해야 할지 몰라 걱정이라네."

켈올란은 무슨 까닭인지 알기 위해 밤에 밀가루 부대 사이에 몰래 숨었다. 밤이 되자 도둑이 나타났다. 켈올란은 그 도둑을 잡아 묶은 후 주인을 불렀다. 켈올란과 방앗간 주인은 도둑을 감옥에 가두었다. 방앗간 주인은 켈올란에게 말했다.

"켈올란, 자네 덕분에 나는 부자가 되었어. 이제 자네에게 보상을 해 줄게. 나는 딸과 둘이만 살고 있지만 이제 나이가 들어 자네를 나의 딸과 결혼시킨 후 자네와 같이 함께 일하고 싶어."

켈올란은 기쁜 마음으로 주인의 제안을 수락했다.

마침내 켈올란은 방앗간 주인의 딸과 결혼하고 방앗간을 물려받아 평생 행복하게 살았다.

18
켈올란과 산적들

옛날 아주 옛날 작은 시골에 켈올란이란 소년이 살고 있었다. 그의 아버지는 목축을 하고 있었다.

어느 날, 아버지가 양떼를 몰고 산으로 올라가 풀을 먹이고 있었다. 바로 그때 산적들이 아버지 앞에 나타나 양들을 모두 빼앗아 가려 했다. 아버지가 빼앗기지 않으려 하자 그들은 아버지를 죽였다.

그래서 켈올란은 어머니와 둘만 남게 되었다. 하루, 이틀, 많은 시간이 흘러갔다. 시간이 갈수록 두 사람은 살아가는 게 점점 힘들어졌다. 그래서 켈올란이 아버지처럼 목축을 하기로 했다.

마을 사람들은 켈올란에게 충고했다.

"너는 이것을 하면 안 돼! 아직 어리니까 너는 학교를 가야 해."

그런데 켈올란은 생각을 바꾸지 않았다. 켈올란은 어머니의 허락을 받아서 목축을 하기 시작했다. 켈올란의 속셈은 아버지를 죽였던 산적들을 찾아 복수하는 것이었다.

어느 날, 켈올란은 아침 일찍 일어나서 산기슭으로 올라가고 있었다. 냇가에서 앉아서 쉬며 양들이 풀을 뜯어먹는 것을 지켜보고 있었다. 양들은 개울에서 물을 마시기도 하고 한가롭게 풀을 뜯고 있었다. 켈올란은 피곤하여 나무 밑에서 잠이 들었다.

그 사이에 시간이 빠르게 지나 하늘이 점점 어두워지기 시작했다. 그런데 켈올란도, 양들도 돌아오지 않자 걱정을 하던 마을 사람들이 점차 조급해지기 시작했다.

"우리가 왜 그 작은 소년에게 양들을 맡겼지? 혹시 무슨 일이 생겼다면 어떡해?"

"아니야. 켈올란은 영리한 아이야. 무슨 일이 일어나더라도 잘 해결할 수 있을 거야."

기다리던 마을 사람들은 마음이 너무 답답해서 다 같이 켈올란과 양들을 찾으러 나섰다.

한참 잠을 자던 켈올란은 웅성거리는 사람들 소리에 깜짝 놀라 잠을 깼다. 고개를 들어 소리 나는 곳을 쳐다보니 산적들이 양들을 잡아 가고 있었다. 켈올란은 산적들을 향해 크게 소리쳤다.

"뭐하는 거예요! 그 양들은 마을 사람들이 나에게 맡겨준 거예요!"

산적은 피식 웃으며 대꾸했다.

"작년에도 어떤 사람이 너처럼 말했는데 우리는 그 사람을 한 순간에 해치웠지."

켈올란은 그 산적들이 아버지를 죽였던 나쁜 사람들이라고 알아차리고 한 가지 꾀를 생각해 냈다. 산적들이 켈올란에게 다가와 물었다.

"너 지금 이 양들을 우리에게 안 줄 테냐?"

"나의 목숨만은 빼앗지 마세요! 만약에 당신들이 기다려만 준다면 더 많은 양을 가져갈 수 있게 해 드리겠습니다."

그 말이 끝나자마자 산적들은 크게 소리쳤다.

"죽고 싶지 않으면, 빨리 가져 와라!"

켈올란은 마을로 뛰어가서 사람들에게 이런 사실을 알려주고 그 산적들을 어떻게 해서든 잡아야겠다고 마음먹었다.

켈올란이 헐레벌떡 마을로 뛰어 내려가는데 켈올란을 찾으려고 올라오고 있는 마을 사람들과 마주쳤다. 헐떡거리며 그들에게 지금까지 있었던 일을 이야기하고 같이 그 양무리가 있는 데로 갔다.

마을 사람들은 살금살금 산적들 옆으로 다가가 그들을 모조리 잡았다.

켈올란은 아버지를 죽인 산적들을 잡아서 너무 기뻐 마을사람들에게 말했다.

"아버지를 죽인 산적들을 잡았으니 이제 나는 목축을 하지 않을 거예요. 학교를 다니며 공부만 열심히 할 거예요."

켈올란은 기쁜 마음으로 집으로 돌아갔다.

19
병을 고치는 물

옛날 옛날 아주 먼 옛날에 딸을 하나 둔 부부가 남부럽지 않게 살고 있었다. 그런데 남편이 일찍 세상을 떠나 이 불쌍한 부인의 유일한 희망은 딸뿐이었다. 그 부인은 세상에 있는 모든 아름다움을 딸에게서 찾았다. 살림이 그리 어렵지 않아서 걱정은 별로 없었다.

그러던 어느 날 그 어머니가 병에 걸렸다. 딸은 너무 당황했다. 그래서 어머니의 병을 고치기 위해 여기 저기 수소문하여 유명하다는 의사들을 모두 불러 어머니를 치료하게 했다. 결국 어머니는 건강을 되찾았다.

그런데 얼마 후 이번에는 어머니의 눈이 보이지 않게 되었다. 이 모습을 본 딸은 마음이 무척 아팠다. 의사들이 어머니의 병을 고치지 못하자 딸은 자기가 병을 고칠 수 있는 방법을 찾겠다고 마음을 굳게 먹었다.

'그래, 반드시 고칠 수 있는 방법이 있을 거야. 내가 꼭 찾아내야지. 열심히 찾다보면 하느님께서 우리 불쌍한 어머니를 치료하는 방법을 알려 주실 거야.'

그녀는 여기저기 다니며 그 치료법을 알아보았으나 별 신통한 방법이 없었다. 그래서 할 수 없이 고향을 떠나 다른 지방에 가서 어머니의 치료 방법을 찾기로 마음먹었다.

딸은 이 생각을 어머니에게 말했다. 그 말을 들은 어머니는 자식이 여자라서 걱정이 많이 되었다. 그리고 만약 딸이 떠난다면 자신이 혼자 있을 것을 생각하니 겁이 나서 눈이 먼 것 정도는 참을 수 있다고 말했다. 이 말을 들은 딸은 어머니가 매우 걱정이 되어 마음이 흔들리기도 했다. 그러나 기어이 치료 방법을 찾고 싶어 어머니가 설득하는 말을 듣지 않았다.

딸의 고집을 꺾지 못한 어머니는 딸에게 걱정스러운 듯이 말했다.

"가거라. 그런데 나를 너무 오랫동안 기다리게 하지는 말아라. 그리고 옷을 남자처럼 입고 떠나거라."

딸은 어머니 말대로 남장을 하고 강아지를 데리고 출발했다. 한참을 간 후에 한 할머니를 만났다. 할머니는 이 소년을 보니 일찍 죽은 자기 아들이 생각났다. 그래서 이 소년이 매우 반가웠다. 할머니는 소년에게 다가가서 말했다.

"얘야, 넌 어디서 와서 어디로 가는 거야?"

딸은 할머니가 자신이 여자인 것을 알아보지 못하여 다행으로 여기고 할머니에게 대답했다.

"할머니, 저는 우리 어머니의 치료 방법을 찾기 위하여 여기까지 왔어요. 어머니가 앞을 볼 수 없거든요."

할머니는 이것저것 아는 것이 많은 사람이었다. 그래서 소년의 걱정을 해결해 주고 싶었다.

"얘야, 내일 가다가 처음 만나게 되는 마을에 부유한 켈올란이 살고 있어. 그의 저택은 거기에 있는 모든 사람들이 알고 있을 거야. 그 켈올란에게는 두 종류의 젬젬* 물이 있는데 모두 건강에 아주 좋단다."

이 말을 들은 소년은 아주 기뻤다. 그 다음 날 바로 출발했다. 한참을

* 젬젬(Zemzem)은 메카에 있는 성스러운 샘의 이름이다. 지표에서 약 4m 낮은 장소에서 솟아난다. 현재는 카바를 둘러싼 성 모스크의 중정의 지하에 있다. 이슬람교도의 설화에서는 이브라힘(아브라함)의 아내 하자르가 아들 이스마일과 함께 이 땅에 왔을 때, 목이 말라서 울고 있는 이스마일을 신이 가엾이 여겨 그가 모래를 판 곳에 이 샘을 솟게 했다고 한다. 그 후 샘은 메워졌으나 예언자 무함마드의 조부 압드 무탈리브가 다시 발견했다. 샘의 수량은 풍부하며 약간의 염분을 포함하고 있지만 수질은 좋다. 압드 무탈리브 시대부터 카바에 순례하는 자는 이 샘의 물을 마시고, 이슬람 이후에도 그 관습은 이어졌다. 순례자는 자신이 물을 마실 뿐만 아니라 물을 고향에 가지고 가는데, 병의 치료에 효과가 있다는 속설이 널리 믿어지고 있기 때문이다. 또한 순례자의 대부분은 천을 샘에 담그는데 사후 그 천에 싸여서 매장되기 위해서이다. 『종교학대사전』, 한국사전연구사, 1998.

가다가 저녁때쯤 자기에게 다가오고 있는 한 소년을 보았다. 그 소년이 먼저 인사를 하였다. 인사를 받은 소년은 자기의 사정을 이야기하고 나서 덧붙였다.

"이 가까운 시골에 켈올란이라는 사람이 있다는군. 그에게는 사람들에게 아주 좋은 잠잠 물이 있대. 그래서 그 물을 얻으려고 가는 길이야."

그런데 소년과 이야기를 나눈 소년이 바로 켈올란이었다.

켈올란은 시치미를 떼고

"나는 켈올란의 집을 알고 있어. 그는 나의 친척이야. 나는 널 거기로 데리고 갈수 있어."

라고 하면서 소년을 유심히 보았다. 소년이 남자같이 생기지 않아 이상하게 생각했다.

'어디 한번 두고 보자.'

그들은 같이 켈올란의 저택에 도착했다. 켈올란이 그를 안으로 안내했다. 켈올란은 바로 어머니에게 가서 소년의 이야기를 하였다.

"어머니, 제가 한 소년을 데리고 왔는데 이 소년이 남자같지 않아요. 어머니도 한번 보세요."

어머니는 궁금하여 그를 보러 갔다. 가서 보니 정말 젊고 예쁜 소년이 앉아 있었다.

"소년! 어디에서 와서 어디로 가는 거야?"

소년은 자기 어머니의 사정과 길에서 만났던 할머니의 이야기를 하면서 잠잠 물을 달라고 간청했다.

"어머니! 어머니에게 잠잠 물이 있다면서요? 그 물로 우리 어머니의 눈을 치료할 수 있다고 들었습니다. 저의 걱정을 해결해 주실 수 없을까요?"

"그래, 소년아. 오늘은 우리 집에서 묵거라. 내일 그 물을 주마."

조금 후에 어머니에게 간 켈올란이 말했다.

"어머니, 보셨어요? 그 소년이 남자처럼 보이지 않지요? 분명히 여자같지요?"

어머니는 아들의 말이 맞는지 틀리는지 확인해보고 싶어 소년에게 다가

가 다시 보았다. 분명히 소년이 앉아 있었다. 어머니는 켈올란에게 말했다.

"아들아, 나의 변변치 못한 아들아, 그 사람은 여자가 아니야. 남자란 말이야! 옷차림과 행동을 보면 분명히 남자야. 한번 다시 봐라. 여자 같지 않잖아!"

"아니에요, 어머니! 어머니가 잘못 보신 거예요. 그 사람은 분명히 여자예요."

어머니는 머리를 흔들었다

"그래 아들아. 어디 한번 시험해 보자. 내가 오늘 밤에 그가 잘 때 그의 침대 밑에 장미를 놓아둘 거야. 만약에 그가 남자라면 장미가 시들어 버릴 것이고 여자라면 도망갈 거야."

둘이 이야기를 나누고 있을 때, 소년의 강아지가 방의 한 구석에서 자는 척하고 있었다. 강아지는 그들의 말을 듣자마자 소년에게 가서 들은 것을 다 얘기해 주었다.

"언니야, 그들이 언니를 의심하고 있어요. 언니를 알아본 거예요. 언니를 데려갈 게예요. 그러면 나는 어떻게 해요?"

소년은 이 소식을 강아지에게 들은 후, 방의 한 구석에 잠자리를 만들었다. 그리고 장미가 시들지 않게 물을 잘 주었다. 아침이 되었을 때 장미를 침대 밑에 놓고 그 위에 요를 덮어주었다. 그때 켈올란이 소년의 문을 두드리며 열어주기를 기다리고 있었다.

"문 좀 열어 주시겠어요?"

"잠시만 기다려 주세요. 지금 옷을 갈아입고 있어요."

그 후 켈올란이 소년을 다른 방으로 데려가고, 자기는 소년의 방에 들어가 장미꽃의 상태를 확인해 보았다. 장미가 젖어 있는 모습을 보고 어머니에게 가서 말했다.

"어머니, 그 아이는 분명히 여자예요! 팔에 팔찌 표시와 손가락에 반지 표시가 있어요. 그리고 장미꽃도 시들지 않았어요. 믿기지 않으면 어머니도 한번 가보세요."

켈올란은 그 소년과 아침 식사를 같이 했다. 빨리 식사를 끝낸 후 그는

소년에게

"나, 일이 좀 있어요. 일하던 곳에 가서 돈을 받아와야 돼요. 잠잠 물은 돌아 와서 생각해보지요."

라고 하며 소년의 곁을 떠났다. 소년은 밥을 다 먹은 후에 켈올란의 어머니에게 다시 사정했다.

"어머님, 저에게 제발 잠잠 물을 주세요. 우리 어머니에게 드리고 싶어요. 우리 어머니가 지금 고생을 많이 하고 계세요. 후에 제가 다시 올게요."

결국 켈올란 어머니는 그를 불쌍하게 여겨 아들 모르게 잠잠 물을 주었다.

소년은 잠잠 물을 가지고 강아지와 함께 말을 타고 어머니 곁으로 달려갔다. 집에 도착했을 때 어머니가 문을 열어주었다.

"우리 딸아, 이제 오니?"

어머니는 딸을 꼭 안아주었다. 딸은 어머니에게 지금까지 벌어진 일을 다 이야기했다.

"어머니, 이 잠잠 물을 눈에 발라 드릴게요."

"아니. 나 굶어 죽을 것 같아. 빵이나 먼저 줘. 그 다음에 약을 발라주렴."

딸이 어머니에게 빵을 주니 어머니는 아주 맛있게 먹었다. 그리고 딸이 잠잠 물을 어머니의 눈에 발라주니 어머니의 눈이 번쩍 뜨이고 빛이 났다.

"야! 이제 보이는구나. 우리 예쁜 딸의 얼굴이 아주 잘 보여."

어머니와 딸은 매우 행복해졌다. 하느님께 감사한 마음으로 같이 기도했다.

며칠 후, 켈올란이 일을 다 끝내고 어머니 곁으로 돌아와 보니 그 소년이 보이지 않았다.

"어머니, 남자라고 생각했던 그 여자는 어디 갔어요?"

"내가 소년이 하도 애원하는 바람에 잠잠 물을 주었지. 그가 다시 돌아와 너를 볼 거라 하고 가버렸어."

아들은 이 말을 듣고 너무 섭섭했다. 오랫동안 밥을 먹지 못하고 물도 마시지 못했다. 켈올란은 결국 그 여자를 찾아 나서기로 했다. 나이팅게일*

두 마리를 가지고 새 장수처럼 옷을 입고 그 여자를 찾으러 갔다. 어디에 가든지 이렇게 소리쳤다.

"나이팅게일을 팝니다! 나이팅게일을 팝니다! 나이팅게일 두 마리가 천 금이요!"

그런데 그것을 사가는 사람이 없었다. 그래서 켈올란은 더 먼 곳에 가보았다. 가다보니 우연히 그 여자가 사는 시골이었다.

어느 날, 강아지가 문 앞에 앉아 있을 때 나이팅게일을 파는 사람을 보았다. 강아지는 나이팅게일을 무척 좋아했다. 그래서 곧 집 안으로 들어가서 말했다.

"언니야, 어떤 사람이 와서 나이팅게일을 팔고 있어. 제발 나이팅게일 좀 사줘."

여자도 사고 싶었다. 여자가 그 새를 갖고 있는 사람에게 말했다.

"나이팅게일이 얼마예요?"

"오백 금이요!"

"무슨 나이팅게일 두 마리가 오백 금이나 되어요? 다시 한 번 생각해 봐요!"

강아지가 언니의 품으로 뛰어올라 또 졸랐다.

"언니, 제발 오백 금이라도 사줘!"

여자가 강아지의 부탁을 거절하지 못하고 나이팅게일 두 마리를 사주었다. 켈올란이 새를 내 주며 한 마디 해주었다.

"누나, 이 나이팅게일 두 마리에게 먹을 것을 한꺼번에 주지 마세요. 하루는 한 나이팅게일에게 먹이를 주고, 그 다음 날에는 다른 나이팅게일에게 먹이를 주어야 해요."

켈올란은 이렇게 말해주고 나서 가버렸다. 강아지는 나이팅게일을 얻게 되어 매우 행복해했다. 아침까지도 자지 않고 늘 그들을 보았다.

* 딱샛과의 작은 새. 등은 갈색, 가슴과 배는 옅은 갈색이며 모양과 습성은 찌꼬리와 비슷하다. 우는 소리가 매우 아름답다. 유럽 중남부의 관목으로 우거진 숲에 산다.

시간이 흘러 몇 년이 지나갔다. 어느 날 밤에 모든 사람들이 자고 있을 때 숫나이팅게일이 암컷에게 말했다.

"야, 일어나. 우리 여기서 도망가자!"

"우리에겐 먹을거리가 없잖아. 어떻게 도망 갈 수 있어?"

강아지가 새들의 말을 듣고 다음 날 아침 언니에게 다 이야기했다.

"언니, 오늘 두 마리에게 같이 먹이를 줘."

여자가 강아지의 말대로 두 마리에게 같이 먹이를 주었다. 새들은 배가 부르도록 먹었다. 밤이 되었을 때 또 숫나이팅게일이 암컷에게 말했다.

"야, 일어나, 우리 여기서 도망가자!"

"그래. 도망가자."

여자가 자고 있을 때 나이팅게일 중의 하나는 침대의 한 다리를 잡았고 다른 나이팅게일은 침대의 딴 다리를 잡았다. 그리고 딸이 깨지 않게 조심스럽게 멀리 날아가 열려 있는 켈올란의 집 창문을 통해 안으로 들어갔다. 그 다음에 켈올란을 깨웠다.

켈올란이 깨어 보니 딸이 침대에서 아무것도 모르고 자고 있었다. 곧 어머니에게 갔다.

"어머니, 일어나세요. 그 여자가 왔어요."

어머니가 일어나 보니 정말 여자가 침대 위에서 자고 있었다.

그때 여자는 꿈을 꾸고 있었다. 꿈에서 자신이 켈올란의 장미 정원에서 장미꽃 냄새를 맡고 있었다.

켈올란이 어머니 옆에 가서 여자를 이렇게 불렀다.

"일어나, 내 장미야, 일어나."

여자가 일어나 보니까 모든 것이 낯설었다. 그리고 곁에 어머니도 강아지도 없었다. 그러나 잠에서 깬 여자는 켈올란을 볼 때 아주 행복해졌다. 켈올란이 흐뭇하여 말했다.

"하느님의 허락을 받아 나한테 시집 와."

여자도 이미 켈올란을 사랑하고 있어서 이 청혼을 받아들였다. 그들은 40일 동안 성대한 결혼식을 하고 모든 소원을 다 이루었다.

20
열려라, 내 식탁아. 열려라!

옛날에 켈올란과 어머니가 한 작은 집에서 살고 있었다. 켈올란은 아무 일도 하지 않고 시간을 보냈다. 켈올란은 여간 게으른 사람이 아니었다. 늙은 어머니만 열심히 일을 하고, 양말을 짜며 살림을 돌보고 있었다.

어머니에게는 "츠크륵 츠크륵*" 소리를 내며 돌아가는 물레가 있었다. 어머니가 물레를 돌리고 있을 때 켈올란은 그 주위를 빙글빙글 돌고 있었다. 왜냐하면 어떤 구실을 대고서라도 집에서 도망가고 싶기 때문이다.

켈올란의 어머니는 그 지방에서 양말을 가장 예쁘게 짜는 사람이었다. 어머니가 짜는 양말의 무늬는 날아가고 있는 새와 똑같았다. 양말들에게 날아가라고 하면 다 날아갈 것 같았다. 켈올란은 이 양말을 시장에 내다 팔았다. 양말을 사고 싶지 않은 사람들도 이 양말을 한 번 보면 사고 싶었고, 양말 한 켤레를 사려고 한 사람은 거의 다 양말을 서너 켤레씩 샀다. 켈올란은 양말을 다 판 후에 집으로 돌아오면서 노래를 부르고 시를 읊었다.

내 이름은 켈올란이다.
하양을 검은 색으로 말하는데, 다들 믿고,
검은 색을 노란색으로 말하는데, 다들 또 속는다.

* 털을 자아 실을 만들 때 나온 기계 소리.

장미에다가 손수건을 매고,
내가 만든 게임으로 논다.

내 이름은 켈올란이다.
물고기들과 얘기하고,
새들과 같이 민요를 부른다.
세상은 나에게 재미있는 곳이다.
내 결혼식은 40일 40밤 걸린다…….

어느 날, 켈올란이 흐뭇한 마음으로 시장에서 집에 돌아올 때 먼 곳에 한 호수가 보였다. 그 곳에 도착했을 때 이상한 물고기들을 보았다. 이 물고기들은 물 안에서 나와 날아가더니 다시 물속으로 들어가고 있었다.

'이 물고기들이 배고픈가 봐.'

켈올란은 봉지를 열고 빵을 떼어 조금씩 조금씩 호수로 던졌다. 물고기들이 빵을 물밑으로 끌어 당겼다. 켈올란은 조금씩 더 던졌다. 이 일이 아주 재미있었다. 갖고 있던 빵을 모두 물고기들에게 던져 주었다. 결국에는 빵 한 조각도 남지 않았다.

그러는 사이에 날이 어두워져 켈올란은 집으로 향했다. 어머니가 타르하나Tarhana* 수프를 요리하고 있었다. 켈올란이 집에 들어가자마자 어머니는 빵 봉지가 비어 있는 것을 보고 화가 났다. 켈올란이 빵을 호수 안에 있는 물고기들에게 다 던져 주었다는 이야기를 들었을 때 더욱 화가 났다.

"빵을 가져오지 않으면 이 집에 한 발짝도 들어 올 수 없다. 가서 돈을 벌어 와라! 그 돈으로 빵을 사와라! 만약에 또 빈손으로 오면 문을 안 열어 줄 거야. 네 나이의 사람들은 모두 집을 잘 돌보고 있단 말이야!"

켈올란은 무엇을 어떻게 해야 할지 몰랐다. 어머니에게 다시 이런 일을 하지 않겠다고 빌었다. 그런데도 어머니는 켈올란을 집에서 내쫓았다.

* 여러 야채와 요구르트로 만든 터키의 전통 국 중 하나이다.

켈올란은 울면서 집을 떠났다. 켈올란은 길을 걷고 또 걸었다. 일감을 구하려고 했는데 찾지 못했다. 이젠 할 것이 없다고 생각했다.

'물고기들한테 빵을 돌려받을까? 이런 일이 어디 있어? 물고기들 때문에 내가 어머니에게 쫓겨났다. 나는 이제 먹을거리도 없고 갈 곳도 없다. 나는 굶어 죽고, 물고기들은 즐겁게 살고 있다. 도대체 이런 세상이 어디 있어?'

켈올란은 빵을 던졌던 호수로 다시 가기로 마음먹었다. 호수에 도착했을 때 물 위로 뛰어오르는 물고기들을 보았다.

"물고기들아, 야, 물고기들아! 내 말 듣고 있니?"

"……."

"날 비웃지마, 너희들에게 던졌던 빵을 돌려줘. 그렇지 않으면 이 호수를 태워 버릴 거야."

요나* 예언자님이 계셨다면 물고기들과 얘기하실 수 있었을 텐데…….

물고기들은 켈올란이 하는 말을 알아듣긴 했는데 말을 못하고 있었다. 아마도 물고기들이 말을 하고 있는데 켈올란이 알아듣지 못하고 있는지도 모른다. 켈올란은 소리치면 칠수록 물고기들이 몸을 흔들면서 호수 밑으로 가고 있었다. 그래서 켈올란은

"나는 켈올란이라고 한다."

라고 외치면서 호수에 돌을 던지기 시작했다.

"나는 사람을 물가에 내려놓고, 물을 마시지 못하게 나무로 올라가게 할 수 있는 사람이야. 내 빵을 돌려줘. 돌려주지 않으면 나쁜 결과를 얻게 될 거야. 지금 바로 호수를 불로 태워버릴까?"

켈올란은 호수에 돌을 던지면서 계속 소리쳤다. 해가 서쪽으로 지기 시작했다. 하늘은 먼저 자줏빛이 되고, 그 다음으로 검은 색으로 변했다.

* 구약 성경 중의 요나서에 전하는 이스라엘의 예언자. 하나님의 명령을 어기고 달아나는 도중에 바다에서 폭풍을 만나, 큰 물고기의 뱃속에서 사흘 동안 지내다가 기도에 의하여 구원을 받았다고 한다.

하늘이 어두워질 때 호수 안에서 어떤 소리가 들렸다:

"누가 이 돌을 내 머리에 던졌어?"

켈올란은 놀라서 손을 번쩍 들었다.

"음, 내가 던졌다."

"네가 던졌다니?"

"그래. 내가 던졌다."

"야, 이 말썽꾸러기야, 너 돌 던지기밖에 할 일이 없어?"

"어떻게 아셨습니까? 네, 정말로 할 일이 없습니다."

"왜 호수에다가 돌을 던지니?"

"시장에서 샀던 빵을 다 호수로 던졌습니다. 내가 던진 빵을 돌려받을 때까지 호수에 돌을 계속 던질 것입니다. 만약에 그 빵을 돌려받지 못하면 호수를 태워버리겠습니다."

"무슨 소리를 하는 거야?"

"잊으셨습니까? 일전에 제가 호수 안으로 빵을 던졌잖아요?"

"쓸 데 없는 말 하지 마. 우리는 요정들이야. 우린 빵을 안 먹어. 우리 집은 바로 이 호수 안에 있단다. 낮에는 멀리 어디론가 가고 저녁이 되면 집으로 돌아온단다."

켈올란은 너무 화가 났다. 그래서 모은 돌을 두 개씩 두 개씩 호수로 던지기 시작했다.

"난 요정을 몰라. 내 빵을 돌려줘. 만일 그 빵을 먹었다면 돈으로 줘."

"우린 돈이 무엇인지 몰라. 내가 볼 때는 너는 가난한 사람인 것 같아. 너에게 상자 하나를 줄게. 그것을 집으로 가져가라. 그 상자는 네가 원하는 만큼 먹을 것을 줄 거야."

요정의 말이 끝나자마자 켈올란의 발밑에 상자 하나가 떨어졌다. 켈올란은 그 상자를 가지고 집으로 돌아왔다. 문을 열었을 때 어머니의 소리가 들렸다.

"손이 비어 있다면 되돌아가거라."

켈올란의 어머니는 난로 옆에서 몸을 녹이면서 양말을 짜고 있었다.

켈올란은 가지고 온 상자를 방 한가운데에 놓았다.

"열려라, 내 식탁아. 열려라!"

그때 갑자기 상자가 열렸다. 식탁 위에는 셀 수 없을 만큼 많은 음식이 차려져 있었다. 메추라기 고기로 만든 수프, 들꿩 고기를 구운 음식, 코코넛으로 만든 쿠키도 있었다. 마치 천국에서 차린 식탁 같았다.

어머니가 크게 놀라 눈이 휘둥그레졌다. 어머니는 켈올란과 함께 식사를 아주 맛있게 하였다. 식사가 끝나자 켈올란이 외쳤다.

"닫혀라, 내 식탁아. 닫혀라!"

식탁이 닫히고 상자로 변한 뒤에 켈올란과 어머니는 이 상자를 방 한구석에 놓았다.

그들은 매일 결혼식 때나 먹을 수 있는 맛있는 음식들을 먹었다. 점심 때에는 아침과 다른 음식을, 저녁 때에는 또 다른 음식을 먹었다.

켈올란은 이 좋은 음식을 이웃들과 함께 먹어야 한다고 생각하였다. 자기의 이웃을 생각하지 않는 사람이 진정한 이웃이 될 수 있을까?

"어머니, 이 좋은 음식을 우리 이웃들과 나누어 먹어요."

"아들아, 그런데 걱정이 하나 있다. 만약에 그 상자를 누가 가져가면 어떡해?"

하지만 켈올란은 어머니 말씀을 듣지 않았다. 이웃을 모두 초대했다. 거리에서 이렇게 소리쳤다.

"오늘 저녁에 저의 집에서 잔치가 있습니다. 저의 집에 오세요. 모든 사람을 환영합니다."

이웃사람들은 일단 켈올란의 그 말을 믿지 못했다. 그래도 가 보자고 생각하여 켈올란이 사는 낡은 집으로 갔다.

모두 빙 둘러 앉았다. 켈올란은 상자를 방 한 가운데에 놓고 말했다.

"열려라, 내 식탁아. 열려라!"

말이 끝나자마자 상자가 열리며 먹음직스런 음식들이 많이 차려진 식탁이 나타났다. 향기가 나는 수프, 과일 중에는 체리, 사과, 배 등. 새 젖을 원하면 새 젖도 있었고, 벌 젖을 원하면 벌 젖까지 다 있었다.

이것을 본 사람들은 다 놀랐다. 음식이 너무 맛이 있어서 이웃들이 서로 경쟁하듯 먹었다. 아무리 먹어도 먹어도 끝나지 않는 수프, 돌마*…….

배가 부른 이웃들이 식탁을 떠나고 새로운 이웃들이 또 오고 있었다. 이 동네 사람 중 이 식탁에서 밥을 먹지 않는 사람은 한 사람도 없었다.

"잘 먹었습니다. 안녕히 계세요."

이웃들이 각각 자기의 집으러 돌아가고 켈올란과 어머니만 남았다.

그런데 이상한 일이 생겼다. 방안에 있어야 할 마술 상자가 사라진 것이다. 어머니가 나무라듯이 말했다.

"다들 이 상자를 부러워하여 잃어버릴 수 있다고 했잖아? 이제 어떻게 할 거야? 켈올란아."

"슬퍼하지 마세요, 어머니! 나는 더 좋은 것을, 더욱 아름다운 것을 가져올게요."

밤이 점점 깊어졌다. 켈올란은 아침이 빨리 오기를 기다렸다. 그런데 왠지 밤이 길어지고 있는 것 같았다. 시침과 분침은 말을 맞춘 듯 게으르게 행동하고 있는 것 같았다.

아침이 되자마자 켈올란은 호수로 뛰어갔다. 먼저 돌을 한 개씩 한 개씩 한 곳에 모았다. 그 다음에 저녁이 될 때까지 쉬지 않고 돌을 호수에 던졌다. 저녁이 되자 호수에서 어떤 소리가 들렸다.

"아, 내 머리……."

"네 머리가 어때서?"

"……."

"내 이야기를 들으면 너도 나만큼 미칠 거야."

라고 하며 켈올란이 일어난 일을 하나씩 하나씩 다 이야기했다. 그런 후

* 돌마(Dolma)는 여러 가지 채소에 속을 채워서 만든 중동지역 및 그리스의 요리이다. 특히, 어린 포도나무 잎에 레몬즙을 뿌린 쌀 · 양파 · 양고기 등을 함께 싸먹는 것이 유명하다. 보통은 전채요리로서 차게 해서 먹지만 양고기로 만드는 돌마 요리(돌마데스)는 달걀 노른자와 레몬즙으로 만든 아브골레모노라는 소스와 함께 정식 코스에서 뜨겁게 나온다. 포도나무 잎 외에 서양호박 · 피망 · 양배추 · 근대잎 · 양파 같은 채소도 사용된다.

물 요정에게 다른 상자를 원했다.

"미안해. 상자는 이제 없어. 하지만 너에게 기능이 좋은 제분기*를 하나 줄 수 있어."

"아, 정말 궁금하네. 그게 뭐 하는 것인데?"

"받아라."

물 요정은 제분기를 켈올란에게 던졌다.

켈올란은 바로 집으로 향했다. 길을 걷다가 실수로 제분기의 손잡이에 손이 걸렸다. 그러자 뜻밖에도 손바닥에 금 하나가 떨어졌다. 집에 도착할 때까지 켈올란의 주머니는 다 금으로 가득하게 되었다. 어머니가 아들을 보고 문 앞으로 나왔다.

켈올란이 활짝 웃는 낯으로 말했다.

"어머니, 이것 보세요. 물레와 비슷한 제분기예요."

어머니가 제분기의 손잡이를 한 번 돌려보았다. 금이 툭툭 바닥에 떨어졌다. 어머니는 기뻐서 아들을 안아주었다. 켈올란은 쉬지 않고 제분기의 손잡이를 돌렸다. 삽시간에 집에 있는 항아리, 냄비, 부대가 금으로 가득 찼다.

켈올란과 어머니는 너무 좋아서 할 말을 잃었다. 밤에는 모처럼 푹 잤다. 켈올란은 아침에 일찍 일어나자마자 닭장으로 뛰어가 닭들에게 겨 대신에 금을 던져 주었다. 이웃 사람들이 그것을 보며 깜짝 놀랐다.

"왜 놀라는 거야? 이거 아무것도 아니야. 우리 집 안으로 한번 들어가 봐. 만약에 집에서 빈 상자나 빈 부대를 찾을 수 있다면 너희들에게 내 마술 상자를 줄 거야."

이웃 사람들은 켈올란 집으로 뛰어들어가 금을 다 훔쳐 갔다. 그리고 제분기는? 물론 제분기도 사라졌다.

* 밀가루 만드는 기계.

불쌍한 어머니가 울고 있었다. 켈올란은 신경도 쓰지 않았다. 그 다음 날 다시 호수로 가기 위해 준비했다. 걷다가 시를 읊었다.

내 이름은 켈올란 이라고,
내가 '열려라'라고 하면 마술 식탁이 열린다.
먹어도 먹어도 끝나지 않는다.
어느 날 내 식탁이 날아간다.
어느 날 내 제분기는 금을 만든다.
구두쇠들이 나를 부러워한다.
내 제분기는 있다가 없어지고. 내 제분기…….

호수에 도착하여 다시 돌을 모으고 그 돌을 호수로 던졌다. 계속 돌을 던져 이젠 피곤하게 되었다. 날이 어두워졌는데 갑자기 상자 하나가 보였다. 상자를 가지고 집으로 향했다. 깨뜨릴까 봐 조심스럽게 걸었다. 그 상자 속에는 겨우 막대기 하나가 들어있었다.

어머니는 상자를 열자마자 말했다.

"때려라, 막대기야. 때려라! 머리가 없는 아들을 때려라! 그래야 정신을 차릴 거야."

막대기가 때릴 때마다 켈올란이 소리쳤다. 켈올란의 소리가 멀리 성까지 다 들렸다. 대머리에서 피가 났다.

"그만 두어라, 막대기야. 그만 두어라!"

라고 해도 막대기는 '그만 두어라'라는 말을 때리라는 말로 듣고 더 빨리 때리기 시작했다. 켈올란이 바닥에 쓰러졌을 때 마법 막대기가 때리는 것을 그만 두었다. 아들의 다친 모습을 본 어머니의 마음이 견딜 수 없어서 상처를 천으로 동여맸다.

켈올란은 아무것도 기억하고 싶지 않았다. 막대기를 호수에 가져가 버렸다.

그 날 후에 일감을 찾아 열심히 일하여 어머니를 돌봐드렸다. 부지런히 일한 덕에 결혼할 수 있는 돈을 모았다. 결혼하여 애기 여섯 명을 낳았다. 세월이 흘러 아이들이 다 자랐다. 켈올란은 자기가 겪었던 모든 일을 자식들에게 이야기해주었다. 그 후 다 같이 일하며 행복하게 살았다.

결국 하늘에서 과일 세 개가 떨어졌다. 하나는 켈올란의 머리에 떨어졌고, 다른 하나는 어머니의 머리에 떨어졌으며, 마지막 과일은 이 이야기를 읽는 사람들의 머리에 떨어졌다.

21
켈올란과 마법의 손수건

옛날 옛날 오랜 옛날에, 아주 먼 나라에 한 엄마와 아들이 가난하게 살고 있었다. 그 아들의 이름은 켈올란이었다.

그들은 가난을 잘 견디었다. 끼니 때는 무엇을 찾아서라도 함께 먹었다. 양파 한 조각, 빵 반 조각, 그게 다였다.

켈올란은 아주 멍청했다. 어머니가 "걸어."라고 말하면 앉았다. 또, "앉아."라고 말하면 일어났다. "저리로 가."라고 말하면 가까이 오고, "가까이 와."라고 말하면 멀리 갔다. 꼭 '청개구리'같았다. 어머니는 아버지도 없는 자식의 마음에 상처를 주어 울게 하고 싶지는 않았다.

하루는 어머니가 켈올란을 시장에 보내면서

"빨간 고추를 조금 사 오너라."

라고 했더니 켈올란은 빨간 헬바* 반쪽을 사가지고 돌아왔다. 엄마는 화를 내며 말했다.

"애야, 너 정말 맞고 싶어? 너는 맞아야 정신을 차릴 거야?"

* 헬바(Helva)는 터키의 유명한 디저트 중 하나이다. 오스만제국 때부터 먹어왔고, 밀가루, 기름, 설탕, 우유로 만든다. 만드는 방법은 먼저 불 위에 냄비를 올려놓고 냄비에 기름과 밀가루를 넣어 젓다가 설탕과 우유 혹은 물을 넣어 끓이면 된다. 헬바는 장례식 때 문상객들에게 대접하는 음식이기 때문에, 터키 사람들은 어떤 사람이 죽을 고비를 넘겼을 때 "하마터면 헬바 먹을 뻔했네." 하고 말하기도 한다.

그러나 켈올란은 그 말에도 전혀 신경을 쓰지 않았다.

엄마는 걸렛대를 들어 켈올란을 상처가 나지 않을 만큼 때렸다. 이렇게 엄마가 날마다 반복하여 때리자 켈올란은 집에서 떠나는 게 가장 좋은 길이라고 생각했다. 그래서 도시락에 양파와 빵을 넣어 가지고 엄마의 손에 입을 맞춘 후 다른 마을로 떠났다.

천천히, 그리고 멀리 떠났다. 계곡과 언덕을 지나 어느 숲에 들어갔다. 몇몇 사람들이 자기 쪽으로 급하게 달려오는 것을 보았다. 켈올란은 그들에게 물어보았다.

"이보시오, 뭐가 있소? 왜 그렇게 급하게 달려오시오?"

"당신도 빨리 도망가세요. 우리 뒤에 곰이 있어요."

그들은 계속 뛰어가면서 말했다. 켈올란은 곰이 어떻게 생겼는지 보고 싶었다. 곰을 만났다. 곰은 정말 마음에 들었다. 아주 귀엽고 사랑스러웠다. 반짝 반짝 빛이 나는 털이 있는 큰 몸집은 켈올란의 마음을 사로잡았다. 곰은 켈올란에게 말했다.

"당신은 어떻게 제 옆에 가까이 올 수 있었습니까? 저는 사실 인간들을 무섭게 하지 않습니다. 그런데도 그들은 저를 무서워하지요. 이 때문에 저는 너무 슬픕니다."

켈올란은 이 말을 듣고 빛나는 털을 가진 곰을 더 좋아하게 되었다. 둘은 좋은 친구가 되었다. 곰은 한 가지의 소원이 있었다.

"저의 아버지는 곰들의 왕이에요. 제발 저를 제 아버지의 궁으로 데려가주세요. 저는 사람들을 무서워하기 때문에 이곳에 남았어요."

켈올란은 앞장서서 갔다. 둘은 험한 산과 물이 흐르는 골짜기, 눈으로 뒤덮인 언덕을 지나 어느 동굴에 들어갔다. 동굴은 매우 컸다. 가도 가도 끝이 없었다. 초원을 넘고 고원을 지나 한 초원에 다다랐다. 곰은 기뻐하며 말했다.

"이제 우리는 우리 아버지의 나라에 왔습니다. 내 손을 잡으세요. 우리 아버지 앞에 함께 가시지요. 우리 아버지는 매우 반가워할 것이고 당신에게 갖가지 선물을 줄 것입니다. 그러나 당신은 아무 것도 받지 마세요. 그저 손수건만 받으세요."

켈올란과 곰은 함께 곰의 아버지의 옆에 갔다. 왕은 켈올란에게 고마워하며 말했다.

"무엇이든 다 줄 테니 원하는 것을 말하거라."

"저는 아무 것도 원하지 않습니다. 다만 손수건만 원합니다."

켈올란은 곰의 아버지에게 손수건을 받고 밖으로 나왔다. 뒤에 따라오던 곰이 한 마디 부탁을 했다.

"아, 그 손수건을 잘 가지고 다니세요. 왜냐하면 그것은 마법의 손수건이기 때문이에요. 당신이 무엇을 원하든 원하는 대로 바로 다 이루어질 것입니다."

켈올란은 길을 떠났다. 산, 언덕, 오르막길, 내리막길을 가도 가도 길은 끝이 나지 않았다. 열 하룻밤이 지나갔다. 너무 지쳐서 쉬었다. 배도 매우 고팠다. 그래서 손수건을 앞에 펼쳐 놓고, 먹고 싶은 음식을 말하려고 했지만, 아는 음식이라고는 단지 양파와 올리브 그리고 빵뿐이어서 켈올란은 그것들을 말했다. 그러자마자 앞에 양파와 올리브 그리고 빵이 차려져 그것을 먹었다. 일어나서 다시 걸었다. 언덕 다섯 개를 넘어 내려갔다. 그때 말을 타고 오는 한 청년과 마주쳤다. 그는 매우 배가 고프다고 말하고는 먹을 것을 요구했다. 켈올란은 말했다.

"무엇을 원해요?"

"양고기 케밥, 뵤렉*과 물 한 병."

켈올란은 손수건을 앞에 펼쳐 놓고 청년이 말한 것을 그대로 말했다. 그러자 양고기 케밥, 뵤렉 그리고 차가운 물이 바로 앞에 놓여졌다. 청년은 허겁지겁 먹고 배가 부르게 되자 켈올란에게 말했다.

"이 말과 그 손수건을 바꾸자."

"제가 당신의 말로 무엇을 할 수 있겠어요? 그냥 가세요."

* 뵤렉(Börek)은 밀가루 반죽을 아주 얇게 하여 그 안에 치즈, 다진 고기, 시금치 등을 넣어 만드는 터키식 빵 종류이다. 만드는 방법, 모양, 재료에 따라 다양한 이름이 있다.

청년은 빙그레 웃었다.

“내 제안을 거절하지 마. 내 말 안장의 주머니에 몇 개의 호박이 있어. 그 속을 열면 수만 명의 군대가 나타나지. 그들에게 네가 원하는 것을 해달라고 해 봐. 그리고 명령을 내려 군인들을 다시 호박 안으로 넣는 거야.”

켈올란은 그 말이 마음에 들어 손수건을 주고 말을 얻었다. 켈올란과 청년은 헤어져 각각 다른 길로 갔다. 켈올란은 한참을 가다 계곡 하나를 지나게 되었다. 그때 손에 지팡이를 짚은 노인을 보았다. 그 노인은 손에 있는 지팡이가 마법에 걸렸다고 말하고나서

“그 말을 나에게 줘. 대신 이 지팡이를 네가 가져.”

라고 말했다.

켈올란은 노인에게 말을 주고, 지팡이를 얻었다. 걸어서 꽤 많이 지친 불쌍한 노인은 켈올란에게 자신을 좀 태워달라고 부탁했다. 켈올란은 노인을 바로 말에 태웠다. 그 말이 멀리 갔을 때 켈올란은 노래를 부르면서 길을 계속 갔다. 걸으면서 생각했다.

‘길을 떠난 지 몇 년이 되었구나. 우리 어머니가 눈에 아른거려 이제 집에 돌아가야겠어.’

그러나 돈이 하나도 없었다. 엄마에게 뭐라고 말해야 하나. 갑자기 마법의 지팡이가 생각났다. 지팡이를 공중에 던지며 소리쳤다.

“아이고 마법의 지팡이야. 내 말과 손수건을 나에게 가져와. 그리고 금단지 두 개를 나에게 줘.”

지팡이가 땅에 떨어지기 전에 말과 손수건과 두 개의 금단지가 켈올란의 앞에 나타났다. 켈올란은 너무 기뻐서 날아갈 것 같았다. 두 개의 금단지를 안주머니에 넣었다. 지팡이와 손수건도 손에 쥐었다. 켈올란은 말을 타자마자 그의 마을에 가기 위해 길을 떠났다. 얼마 되지 않아 그의 어머니 앞에 도착했다.

아들이 말을 타고 금단지 두 개를 가지고 온 것을 본 엄마는 아들의 벗겨진 머리에 입맞춤을 하며 가슴에 안았다. 켈올란은 그의 어머니가 필요

한 모든 것을 마법의 손수건에 말하여 바로 나타나게 했다. 이뿐만 아니라, 주변 마을에 사는 사람들이 필요한 모든 것들도 마법의 손수건 덕분에 모두 얻게 되었다. 어머니는 아들을 그 마을의 가장 부잣집 딸과 결혼하게 했다. 그들은 다같이 평생 행복하게 살았다.

22 켈올란의 운명

옛날 옛날 먼 옛날에, 어느 시골에 켈올란과 그의 어머니가 살고 있었다. 어머니가 힘들게 일을 하여 집안 살림을 꾸려 나갔다. 그런데도 켈올란은 아침부터 저녁까지 여기저기 다니며 놀고, 자고, 먹고 이렇게 하는 일 없이 지냈다.

그러던 어느 날 어머니는 더 이상 참을 수 없어 빵을 만들어 켈올란에게 주면서 말했다.

"내 대머리 아들아, 이렇게 게으른 삶이 너에게 어울리지 않아. 어디든 가서 일자리를 구해라. 잘 되었으면 좋겠다."

켈올란은 어머니의 말이 옳다는 것을 잘 알고 있었다. 그래서 아무 대꾸도 못하고 어머니가 준 빵을 가방 안에 넣었다. 그리고 어머니의 손에 입을 맞추며 기도를 받았다.

한참을 간 후, 드디어 한 작은 마을에 도착했다. 어떤 할머니가 벽 옆에 앉아 양털로 실을 잣고 있는 것을 보았다.

"할머니, 이 빵을 좀 맡아주세요. 내가 시장에 가서 일자리를 구하려고 해요. 만약에 일자리를 구하지 못하면 다시 와서 빵을 돌려받을게요."

"그래. 걱정하지 마, 대머리 소년아. 빵을 맡아줄게. 내가 빵을 먹지 않고, 다른 사람도 먹지 않게 할 거야."

켈올란은 할머니를 믿고, 빵을 드렸다. 켈올란은 몇 시간 후에 일자리를 구하지 못한 채 돌아왔다. 할머니에게 맡겨 놓았던 빵을 달라고 했지만 할머니가 이런저런 핑계를 대며 빵이 없다고 했다. 켈올란은 너무 화가 났다.

"난 지금 맡긴 빵을 원해요. 만약에 주시지 않으면 손에 들고 있는 양털을 대신 주세요."

할머니는 어쩔 수 없이 양털을 주었다. 켈올란은 그 양털을 받아 길을 걷기 시작했다. 한참 후에 어느 밭에 도착했다. 그곳에서는 어떤 사람이 양탄자를 만들고 있었다. 곧 그 사람 옆에 가서 손에 들고 있던 양털을 주며 말했다.

"아저씨, 나는 여기에 처음 왔습니다. 내 양털을 좀 맡아 주세요. 내가 일자리를 구하고 올게요."

아저씨는 양털을 받고 그것을 잘 보관하겠다고 약속했다. 켈올란은 다시 일자리를 구하지 못했다. 그가 다시 아저씨한테 왔을 때 아저씨가 말했다.

"야, 켈올란아, 불쌍한 켈올란아, 양털이 갑자기 없어졌네!"

켈올란은 소리치면서 양털을 요구했다. 아저씨는 켈올란이 끈질기게 요구하자 어쩔 수 없이 양탄자를 켈올란에게 주어버렸다.

양탄자를 받은 켈올란은 다시 길을 계속 걸었다. 한참을 간 후에 개울 옆에 있는 작은 마을에 도착했다. 그곳에서 북과 나팔 소리가 들려 왔다. 결혼식이 있었다. 켈올란은 결혼식을 하고 있는 집에 들러

"제 양탄자를 좀 맡아 주세요."

라고 했다. 켈올란은 다시 일을 구하지 못하고 돌아와 양탄자를 요구했다. 그 집 주인이 양탄자를 주지 않았다.

"켈올란아, 그 양탄자를 신부 발밑에 깔았어. 그래서 줄 수가 없어."

켈올란이 소리쳤다.

"내 양탄자 대신 신부를 주세요."

그 집주인은 할 수 없이 신부를 켈올란에게 주었다. 켈올란은 아주 행복해졌다. 신부와 같이 한참 길을 걸어 집에 도착했다.

어머니는 한참 동안 돌아오지 않은 켈올란에게 너무 화가 나 있었다. 그런데 예쁜 신부를 보자 화가 다 풀렸다. 켈올란은 게으른 삶을 청산하고 열심히 일을 했다.

그 후, 켈올란과 가족은 작은 집에서 행복하게 살았다.

23
켈올란이 부자들의 나라에서 편하게 살다가

옛날 옛날 아주 먼 옛날, 한 나라에 대머리인, 용감하고 정직한 켈올란이 살고 있었다. 그는 아주 부지런했다. 열심히 일하면 돈을 많이 벌 수 있다고 생각하며 시내로 갔다. 처음에는 일자리를 구하지 못해서 그가 원하는 것을 얻지 못하였다.

시내에서 할 수 있는 일이 있긴 있었지만 매일 일할 수 있는 것이 아니었다. 닷새 일하다가 사흘 쉬고, 일주일 일하다가 보름 동안 새로운 일을 찾아야했다. 일을 한 날에 번 돈을 일하지 않는, 쉬는 날에 모두 썼다. 결국 남은 것이 하나도 없었다. 그는 계속해서 일 할 수 있는 직업을 찾아 돈을 많이 모으기를 원했다.

그가 원하는 것은 큰 마당이 있는 집이었다. 새로운 가구를 사고, 새로운 옷을 사서 입고 싶었다. 명절에도 계속 똑같은 옷을 입고 싶지 않았다. 그런데 어느 도시로 가도 이런 상황이 바뀌지 않을 거라는 생각이 들었다.

그는 어릴 때부터 들어 온 모든 것이 풍부하고 잘 사는 나라인 '부자들의 나라'로 가기 위해서 출발했다. 여러 날 동안 걷고 또 걸었다. 마침내 그 나라에 도착했다. 가는 길에 집 앞 정자에 앉아 있는 한 남자를 만났다. 켈올란은 그에게 자기가 아주 먼 곳에서 왔는데 일자리를 찾고 있다고 하였다. 그는 켈올란을 빤히 쳐다보고 물었다.

"일자리를 찾아 뭐 할 거야?"

"일을 하면 돈을 벌 수 있잖아요."

그 남자는 앉은 곳에서 갑자기 일어나 화를 내며 물어보았다.

"돈을 벌어 뭐 할 거야?"

퉁명스럽게 내 뱉는 그의 말에 켈올란은 마음이 무척 상했지만 침을 꿀꺽 삼키며 참았다. 머리에 떠오르는 대로 다 이야기하면 싸움이 일어날 수 있겠다고 생각하고 참으면서 공손하게 말했다.

"번 돈으로 깨끗하고 새로운 옷을 살 수 있어요. 밭도 살 수 있고 집도 살 수 있지요. 또 새로운 가구를 살 수 있고요. 이렇게 재산을 늘릴 수 있잖아요?"

켈올란의 대답을 들은 남자가 크게 소리 내어 웃으며 말했다.

"켈올란! 오래오래 살아라. 나는 여러 해 동안 울지도 않고 웃지도 않았어. 네가 나를 웃겼으니 나도 너를 웃길 거야. 켈올란, 사람들이 우리나라를 '부자들의 나라'로 부르잖아. 우리나라에서는 돈이 없어도 필요한 모든 것을 얻을 수 있어. 우리나라는 모든 게 풍부한 나라야. 강이 계속 흐르고, 사과나 배가 너무 많이 있어. 옷이 깨끗하고 고통과 슬픔이 없지. 우리나라에서는 빵과 밥이 무료야. 저쪽에 우리 식당이 있어. 건너편에 사는 이웃이 시내로 이사했어. 만약에 원하면 그 집으로 가서 살 수 있어. 집을 살 필요도 없고 월세도 낼 필요가 없어. 매달 새로운 옷과 신발이 분배되지. 마당에는 과일 나무가 많이 있어. 먹고, 마시고, 자고. 자기 마음대로 행동해도 좋아."

그가 이야기 해 준 집으로 이사한 켈올란은 갑자기 집을 갖게 되어 기뻤다. 그의 정자 건너편에 켈올란도 정자를 만들었다. 아침부터 저녁까지 편안히 눕고 자고 놀기만 했다. 저녁을 먹으러 이웃과 같이 식당으로 갔다. 식탁 위에는 없는 것이 없었다. 고기로 만든 음식, 후식, 밥 그리고 음료수까지 있었다.

켈올란은 지금까지 이런 밥상을 받아 본 적이 없었다. 배가 터질 때까지 음식을 먹고 마셨다. 밥상 앞에서 구역질이 날 때까지 계속 먹었다. 사람들은 켈올란이 밥을 더 먹지 못하게 밥상에서 먼 곳으로 켈올란을 데려갔다. 그러고는 집까지 데리고 가서 침대 위에 눕혔다.

그 날 밤 켈올란은 아침까지 잤다. 아침을 먹으러 다시 이웃과 같이 식당으로 갔다. 아침 식탁에도 없는 것이 없었다. 아침 식사를 한 후 정자로 와서 앉아 쉬었다. 몇 달 동안 아무 일도 하지 않고 이렇게 보냈다.

켈올란은 살이 쪄서 뚱뚱보가 되었다. 그래서 시골 사람들은 켈올란 이름을 잊어버리고 '뚱뚱보'라고 부르기 시작했다.

그러던 어느 날, 켈올란은 꿈을 꾸었다. 잘 차려진 아주 큰 밥상에서 또 다른 자기가 음식을 먹는 것을 보았다. 음식을 먹고 또 먹어 점점 뚱뚱해지더니 마침내 '쾅' 터져버렸다. 그 모습을 보고 불쌍하게 느끼는 사람은 바로 켈올란이었다. 켈올란은 뚱뚱보가 있는 쪽으로 몸을 돌려 노려보며 말했다.

"뚱뚱보! 이제 봤지? 그렇게 먹기만 하고 일도 안 하고 놀기만 하면 너의 끝이 어떻게 되는지 이제 알았지? 옛날에 너도 나와 같았어. 힘이 많고, 용감하고, 아주 부지런했었지. 현재의 모습을 좀 봐. 손가락을 움직이는 것조차 너무 힘들어 보이지? 몇 달 동안 '부자들의 나라'에 있었는데 무엇을 얻었어?"

뚱뚱보는 아무 말도 못하고 켈올란을 멀뚱멀뚱 쳐다만 보았다.

"얻기는커녕 건강마저 잃어버렸어. 나를 봐. 나를 귀찮게 하지 마! 옛날로 돌아가. 아니면 날마다 내가 너의 꿈속으로 찾아와 이 막대기로 널 때릴 거야."

라고 하면서 막대기로 뚱뚱보를 때리기 시작했다. 뚱뚱보는 '아얏' 소리를 내면서 꿈에서 깼다. 땀이 흐르고 몸도 아팠다.

켈올란은 '저녁 때 밥을 엄청 많이 먹었더니 이러한 끔찍한 꿈을 꾸었구나.'라고 생각했다. 꿈속의 일이 하나씩 하나씩 머리에 떠올랐다. 마침내 꿈에서 말한 켈올란의 말이 맞다고 끄덕이며 이렇게 생각했다.

'사람은 꼭 일을 해야 된다. 일하지 않고 사는 것은 게으름이고, 그 게으름은 사람을 실의에 빠지게 한다. 어떻게 실의에 빠지게 되는지는 사람마다 다르다.'

켈올란의 지금 상황은 너무 많이 먹어서 생겼고, 그 결과로 뚱뚱보가 되었다는 것을 깨달았다. 이것을 해결하는 방법은 일을 다시 시작해야 한다는 것이다.

이 깨달음을 종이에다 써서 시골 사람들에게 주고 자기가 얻은 교훈을 깨닫게 했다. 그리고 이 종이를 침대 위에 놓았다.

아침이 되자 켈올란은 '부자들의 나라'를 떠나 자기 고향으로 향했다. 다시는 이 나라에 오고 싶지 않았다. 켈올란은 이전과 같이 열심히 일하며 시간을 보냈다. 그리하여 살이 빠져 다시 날씬해진 자기 자신을 보게 되었다.

24
켈올란과 에세와 쾨세 이야기

옛날 옛날에 어떤 대머리 소년이 어머니와 같이 살았다. 그는 하루 종일 동네 아이들과 놀며 그들에게 여러 가지 신기한 이야기를 해 주었다. 가끔은 이웃의 양을 목초지에 풀어놓고 먹여서 번 돈으로 어머니와 같이 아껴 쓰면서 감사한 마음으로 살아갔다.

어느 날, 어머니는 켈올란을 앞에 두고 말했다.

"나의 대머리 아들아, 너도 이제 일을 해야 해. 언제까지 남한테 얻어먹고 살려고 하니?"

켈올란은 어머니가 옳다고 생각했는데 그는 이야기하는 것밖에 다른 능력이 없었다.

켈올란은 '아마 우유를 파는 에세한테 가보면 일자리를 찾을 수 있을지도 몰라.'라고 생각했다. 그래서 우유를 파는 에세의 가게로 갔다. 바로 그때 에세는 우유에 물을 섞고 있었다. 그 일에 정신을 쏟느라고 켈올란이 온 것도 알아차리지 못했다. 켈올란은 에세가 하는 잘못을 보고 생각했다.

'그를 놀라게 해줄까?'

"에세님! 수고하세요!"

큰 소리에 에세는 깜짝 놀라 우유통을 떨어뜨렸다. 말한 사람이 켈올란이라는 것을 보고

"야! 나를 몰래 엿본 거야?"

라고 하며 국자를 손에 들고 켈올란을 잡으러 뛰어갔다. 켈올란은 열심히 뛰었다. 좀 더 가다보니 앞에 쾨세의 방앗간이 보였다.

'저기에 숨으면 되겠지!'

바로 그때 쾨세는 다른 사람들의 포대에서 자기 포대로 몰래 밀가루를 옮기고 있었다. 그 일에 집중하다 보니 켈올란이 들어오는 것을 알아차리지 못했다. 켈올란은 쾨세가 하는 잘못을 보고 생각했다.

'그를 놀라게 해줄까?'

켈올란은 큰소리로 말했다.

"쾨세님! 수고하세요!"

쾨세는 깜짝 놀라 밀가루 부대를 떨어뜨렸다. 뒤에 있는 켈올란을 보고 큰 소리로 말했다.

"야! 너 나를 몰래 엿본 거야?"

쾨세는 막대기를 손에 들고 켈올란을 잡으러 뛰어갔다. 에세와 쾨세는 뒤에서, 켈올란은 앞에서 뛰었다. 켈올란은 앞쪽에 많은 사람들이 모여 있는 것을 보았다.

'저 사람들 속으로 들어가면 나를 잡지 못할 걸.'

켈올란은 그 사람들 속으로 들어갔다. 동네 사람들이 공터 주위에 모여 있었다. 에세와 쾨세도 켈올란을 따라서 들어갔다. 그들이 켈올란에게 달려들어 때리려 했을 때, 대회 진행자가 나와서 사람들에게 크게 외쳤다.

"오늘 여기서 벌어질 이야기 대회에 참가할 세 명이 나왔습니다. 지금 여러분에게 이야기를 할 겁니다. 가장 재미있는 이야기를 하는 사람은 상을 받게 될 겁니다."

그 날 시내에서 축제가 있었는데 이야기 대회가 열린 것이다. 에세와 쾨세, 그리고 켈올란은 얼떨결에 그 대회에 참가하게 되었다. 에세와 쾨세는 '상을 준다'는 말을 듣고 켈올란을 쫓던 것을 까맣게 잊어 버렸다. 그들은 생각했다.

'우리는 거짓말을 아주 잘 하니까 꼭 상을 받을 수 있을 거야.'

에세가 이야기를 시작했다.

"나한테 소가 한 마리 있었어. 그 소가 우유를 너무 많이 만들어 내서 그 우유를 담을 우유통이 부족했지. 그 우유를 마시고 싶은 사람들이 마음대로 마실 수 있게 호수에서 자른 짚들을 붙여 집에까지 가는 수도관을 설치했어."

그 다음에 쾨세의 차례였다.

"어느 날 왕의 부대는 밀가루가 필요했어. 우리 방앗간에 포대가 하나 있었지. 곧 그 안에 밀가루를 넣고 절룩거리는 메뚜기 등에 실었지. 그 위를 내가 타고 뛰어가면서 부대가 있는 곳에 갔어. 그 밀가루로 빵을 만들어서 병사들을 먹였고 남은 것을 동네 사람들에게 나누어 주었지."

끝으로, 켈올란의 차례였다.

"우리 마을에 있는 호수가 바짝 말랐어. 그래서 밭에 물을 줄 수 없었지. 한 사람이 에세의 소를 데리고 오자, '어차피 그 소의 우유에 물을 너무 많이 섞었을 텐데.'라고 했어."

그 이야기를 듣고 사람들이 웃었다.

에세는 더 이상 참을 수가 없어 켈올란에게 덤벼들면서 말했다.

"야! 너 무슨 말을 하는 거냐?"

이 말을 들은 경찰은 에세가 좀 의심스러웠다.

'켈올란의 이야기가 끝나면 내가 에세 좀 보아야겠어. 그 아이가 나쁜 짓을 한 것 같아.'

켈올란은 이야기를 계속했다.

"젖을 짜서 호수를 가득 채웠지. 그런데 에세는 손재주가 없어서 호수가 넘쳤어. 홍수가 나서 밭이 망가질까 봐 넘친 물을 담으려고 쾨세의 포대를 잡아챘는데 잡아 보니 그 밑에 구멍이 있었어. 포대 안에 있는 밀가루가 이 구멍으로 쾨세의 곳간으로 들어가진 않았나?"

주위에 있는 사람들이 다 웃었다. 이번에는 쾨세가 참지 못하고 켈올란에게 덤벼들었다. 그것을 본 경찰은 생각했다.

'켈올란의 이야기가 끝나면 쾨세도 좀 봐야겠네. 에세와 같이.'

켈올란은 이야기를 계속했다.

"그것도 안 될 것 같아서 동네 사람들은 집에 있는 개암 껍질을 가지고 왔어. 동네 개미들을 불렀어. 개미들은 넘친 우유를 개암 껍질 안에 담아 가져갔어. 그렇게 하여 홍수가 나지 않게 되었지."

켈올란의 이야기가 끝나자마자 사람들은 손뼉을 쳤다. 그 박수 소리를 들으면 켈올란이 이겼다는 것을 누구나 알 수 있었다.

에세와 쾨세는 '이젠 그만 해. 우리를 욕보이면서 일등을 할 수는 없어. 이제는 네가 맞을 시간이야.'라고 생각을 하며 때리려고 하는 순간 경찰이 에세와 쾨세를 잡고 말했다.

"너희들은 나와 경찰서까지 가야 돼. 물어 볼 것이 있어."

에세와 쾨세는 심문을 받으러 경찰서로 붙들려갔다.

켈올란은 상으로 귀여운 당나귀 한 마리를 받았다. 그 당나귀에게 '카라카찬'이라는 이름을 지어 주었다.

그 날 이후로 카라카찬에 통나무를 실어 시장을 돌아다니며 팔았다. 그 돈으로 어머니와 행복하게 살았다.

25
켈올란과 귈유즈 술탄

옛날 옛날 아주 옛날, 어떤 나라에 귈유즈 술탄이라는 곱디고운 소녀가 살았다. 이 소녀는 왕의 딸이었다.

어느 날, 귈유즈는 궁궐의 정원에 앉아서 자수를 놓고 있었다. 바로 그때 눈이 부실 정도로 예쁜 — 목에 헤너*를 바르고 눈은 녹옥** 같으며 부리가 붉은 산호빛 같은 — 새 한 마리가 날아 와 자수틀에 앉았다.

새는 귈유즈의 눈을 보며 슬픈 노래를 부르듯이 울기 시작했다. 귈유즈는 홀린 듯이 새의 눈을 보고 있었다. 귈유즈는 자기도 모르게 진주 손수건을 새의 머리 위에 놓았다. 새는 그 진주 손수건을 산호빛 부리로 물고 날아갔다. 귈유즈는 가만히 보고만 있었다.

그 날부터 귈유즈는 날마다 정원에 내려와서 그 새를 기다리기 시작했다. 하지만 그 예쁜 새는 다시 돌아오지 않았다. 귈유즈는 새를 항상 생각했다. 귈유즈는 새에 대한 그리움으로 병에 걸렸다. 온 나라 안의 의사들이 귈유즈의 병을 치료하기 위해 노력을 했지만 효험이 없었다.

그들이 노력하는 사이에 우리는 켈올란에 대해 이야기 하자.

* 적갈색 약이 추출되는 헤나 식물의 잎으로 만들고, 터키에서는 모발, 손, 발에는 이용할 수 있지만 눈썹이나 속눈썹에는 쓸 수 없다.

** 녹색의 구슬. 에메랄드

궐유즈가 새에게 손수건을 주었을 때 켈올란은 어떤 산 속에서 놀고 있었다. 산을 넘고 내를 건너며 가지고 있는 음식을 다 먹어서 배가 몹시 고팠다.

그때 새 한 마리가 와서 나무 밑에서 쉬었다. 켈올란은 그 새를 보고 기뻤다. 새를 잡아먹고 싶었다. 조용히 가서 새를 꽉 잡았다. 바로 그때 새의 부리에 있는 손수건을 보고 켈올란은 아주 놀랐다. 이 예쁜 새를 잡아먹고 싶다는 생각이 싹 없어졌다. 새에게 물을 먹였다.

'이 새가 매일 집에 진주와 산호를 가져오면 나도 좋지.'

라고 생각하며 새를 놓아주었다.

새가 날아가자 켈올란은 그 뒤를 바짝 따라갔다. 새를 따라가다가 천국 같은 천 가지의 색이 있는 화려한 정원에 들어가게 되었다. 새는 어디론가 사라졌다. 켈올란이 정원을 가로질러 건너가자 금으로 만든 멋진 궁궐이 눈에 띄었다. 켈올란은 그 궁궐 안으로 살며시 들어갔다. 궁궐 안에는 아무도 없었다.

'여기 주인이 있을 텐데…….'

더 들어가니 문이 있어 그 문을 열고 들어갔다. 거기는 식사를 하는 방이었는지 식탁에 많은 음식이 먹음직스럽게 차려 있었다. 켈올란은 배가 고파서 그 음식을 먹고 싶었다. 손을 뻗어 음식을 집으려는 순간

"무라트 샤흐가 먼저 먹어야 한다!"

라고 하면서 누군가가 켈올란의 손을 심하게 때렸다. 켈올란의 손이 부었다. 그런데 누가 말했는지, 손을 누가 때렸는지 알 수 없었다. 켈올란은 무서워서

'아마 여기는 요정의 집일지도 몰라!'

라고 생각하며 나가려고 할 때 밖에서 날개 치는 소리가 들렸다. 켈올란은 얼른 장롱 안으로 들어가 몸을 숨겼다.

얼마 지나지 않아 목에 헤너를 바른 새가 날아왔다. 그 새가 방 가운데에 있는, 물이 가득한 금 대야 속으로 들어갔다. 놀랍게도 몸을 흔드니 갑자기 젊고 멋있는 소년으로 변했다.

켈올란은 눈으로 직접 보면서도 도저히 믿을 수가 없었다. 소년은 주머니에서 그 진주 손수건을 꺼냈다. 손수건의 향기를 맡으면서

"아아… 나의 귈유즈 술탄! 지금 어디 있는 거니? 너도 나처럼 울고 있니? 너의 눈에서도 나처럼 눈물이 나니?"
하고 울었다.

한참 운 후에 다시 새가 되어 날아갔다. 켈올란은 깜짝 놀랐다. 급히 장롱에서 나와 궁궐을 빠져 나왔다. 뒤도 돌아보지 않고 뛰어 갔다. 정원을 건너 길에 닿았다.

한참을 가다가 사람들이 많이 모여 있는 것을 보았다. 그 사람들 사이에 들어가 무슨 일인가 보았다. 거기는 하맘*이었다. 왕이 딸 귈유즈 술탄의 병이 낫지 않아 하맘을 세우고 온 나라에

"누구든 신기한 것을 경험하면 이리 와서 얘기하라."
라고 명을 내린 것이다.

켈올란은 자기가 겪은 그 사건을 하나도 빠뜨리지 않고 왕에게 다 이야기했다. 이야기를 듣고 난 왕은 켈올란에게 부탁했다.

"내가 이 하맘을 너에게 주겠다. 제발 거기가 어디인지 말해봐! 내 딸과 그곳에 같이 가거라."

귈유즈는 켈올란과 함께 그 정원을 찾아 갔다. 켈올란은 금 궁궐을 귈유즈에게 보여주었다. 귈유즈는 켈올란이 위험할까봐 혼자 그 궁궐로 들어갔다. 켈올란이 숨어 있었던 그 장롱 속에 들어가 몸을 숨겼다. 그리고 조용히 엿보았다. 한참 후에 새가 날아와 몸을 흔들더니 소년이 되었다. 그 소년은

"내가 다시 귈유즈 술탄을 볼 수 있을까?"
라고 울며 손수건으로 눈물을 닦았다.

귈유즈는 장롱에서 후다닥 뛰어나가 소년을 안았다. 사실은 그 소년이 무라트 샤흐였다. 그는 요정들이 파놓은 함정에 걸려 새가 되었던

* 터키의 전통 목욕탕의 이름.

것이다. 그를 사랑하는 사람이 그를 안아줄 때까지 그렇게 새로 있어야 했다.

궐유즈 술탄이 그를 안자 다시 새로 변하지 않았다. 마법에서 풀린 것이다. 그들은 40일 동안 성대한 결혼식을 하고 행복하게 살았다.

26
켈올란과 괴물 이야기

옛날 옛적에 늙은 어머니와 아들이 함께 살고 있었다. 아들의 머리가 대머리이기 때문에 사람들은 이 소년을 '켈올란'이라고 불렀다.

켈올란은 자유를 누리면서 행복하게 사는 사람이었다. 아침에 일어나면 저녁까지 파리와 쥐를 찾아다니고, 해가 지자마자 옴*에 걸린 강아지처럼 난로 옆에서 몸을 웅크리고 있었다. 그는 아무 일도 하려고 하지 않았다.

어머니는 아들이 게으르고 행동이 느릿느릿하여 매우 답답해하고 걱정도 많았다. 그래서 여러 번 타일렀는데도 아들은 어머니의 말을 무시한 채 여전히 파리, 닭, 쥐 등만 찾아다니며 놀기만 했다.

켈올란은 게을러서 집에 있는 염소와 당나귀를 풀밭에 데려가지도 않았다. 그래서 결국 염소와 당나귀가 죽게 되었다. 그때 어머니는 더 이상 참을 수 없어 막대기로 켈올란을 세게 때렸다. 하마터면 켈올란의 머리가 깨질 뻔했다. 그런데도 어머니가 계속 때리니까 이렇게 맞다가는 죽을 것 같아 뒤도 돌아보지 않고 줄행랑을 쳤다. 그러고는 돈을 많이 벌지 않으면 절대로 집에 돌아오지 않겠다고 마음속으로 다짐하였다.

켈올란은 한참을 가다가 드디어 어떤 시골에 도착했다. 배가 몹시 고팠

* 옴진드기가 기생하여 일으키는 전염 피부병이다. 손가락이나 발가락의 사이, 겨드랑이 따위의 연한 살에서부터 짓무르기 시작하여 온몸으로 퍼진다. 몹시 가렵고 헐기도 한다.

다. 가진 돈도 별로 없었다. 어떤 할머니 집으로 가서 문을 두드리며 밥을 달라고 구걸했다. 다행히 할머니가 밥을 주어 켈올란은 그것을 먹고 기운을 차릴 수 있었다.

켈올란은 일자리를 찾아 나섰지만 그리 쉽게 나타나지 않았다. 사람들에게 푸대접을 받았지만 돈을 벌지 않는 한 고향에 절대로 돌아가지 않겠다고 단단히 결심했다.

켈올란은 혹시나 산이나 숲에서 필요할까 봐 어떤 대장간으로 들어가 검을 만들어 달라고 했다. 그 검을 허리에 차지 않고 손에 들고 출발했다. 셀 수 없을 정도의 마을을 지나갔다.

하루는 아주 조용하고 어두운 밤에 깊은 계곡으로 내려갔다. 손에 검을 들고 주변을 조심스럽게 살펴보았다. 그때 갑자기 어떤 소리가 나 깜짝 놀랐다. 귀를 기울여 들어보니 그런 소리는 이제까지 들어본 적이 없는 것 같았다. 조금 더 내려가 보니 정신이 나갈 것 같은 무시무시한 장면이 보였다. 그곳엔 수많은 괴물들이 있는 게 아닌가! 그들은 끊임없이 이야기하면서 커다란 솥에다 잔치 음식을 만들고 있었다.

켈올란은 몹시 궁금해 좀 더 가까이 가 보려고 살금살금 걸어갔다. 그때 괴물 하나가 켈올란을 보았다. 그 순간 켈올란은 검을 만들기를 참 잘 했다고 생각했다. 그렇지만 혼자서 많은 괴물을 어떻게 상대할지 생각할수록 너무 무서웠다. 그래도 켈올란은 태연한 척했다.

켈올란을 계속 쳐다보던 괴물이 호탕하게 웃으며 다른 괴물 친구들을 보고 말했다.

"찾았다, 찾았어!"

"뭘 찾았어?"

켈올란을 본 괴물이 입에 침을 흘리면서 말했다.

"사람을 찾았어, 사람을!"

"사람 고기 먹은 지 오래 된 것 같은데 잘 됐네. 직접 우리 문 앞까지 제 발로 왔군."

괴물들은 몹시 갈망하던 '사람'이 왔다는 소리를 듣고 다 같이 "오오오"

라고 소리쳤다. 그들은 켈올란을 잡아먹기로 했다. 켈올란은 상황이 심각한 것을 느꼈다. 도망가려고 했지만 도망갈 곳도 없고, 싸우려고 했지만 질 것이 뻔했다. 그래도 '저 놈들이 겁먹게 만들어야 되는데'라는 생각이 들어 매우 위엄 있게 큰 소리로 외쳤다.

"용기 있으면 모두 한꺼번에 덤벼라!"

괴물들은 일곱 개의 산이 흔들릴 정도로 크게 웃음을 터뜨렸다.

"저 불쌍한 아이는 도대체 뭘 믿고 저러는 걸까?"

한 괴물이 켈올란 옆에 가서 그가 가진 검을 보고 깜짝 놀라며 다른 친구들에게 외쳤다.

"어이! 조심들 해라. 어떤 왕이 가진 마법의 검 같은 것을 가지고 있어."

이 말을 들은 켈올란은 마음이 좀 놓였다. 그리고 레슬링 선수처럼 손과 팔을 마구 흔들기 시작했다. 이어서 말했다.

"이 괴물들아, 너희들 참 불쌍하구나."

괴물들 중 하나가 비웃으면서 말했다.

"이봐, 너무 허세 부리는 것 같은데? 네가 가진 것은 그저 검뿐인데 말이야."

켈올란이 검을 번쩍 올리며 기세등등하게 외쳤다.

"지금 내가 가진 이 검을 두 번만 휘두르면 너희는 모두 죽는다. 왜냐하면 이 검이 독을 뿌리거든."

이 말을 들은 괴물들은 몹시 떨었다. 그들은 한두 걸음씩 뒤로 물러났다. 괴물 몇은 바로 도망가고 몇은 무서워서 땅에 털썩 주저앉고 말았다. 괴물들은 켈올란이 허세 부리는 말을 그대로 믿는 것 같았다.

"괴물들아, 무서워하지들 마라! 너희가 내가 말하는 대로만 하면 이 검을 절대 휘두르지 않을 거야."

"켈올란, 당신이 원하는 것이 뭐든 그대로 할 테니까 제발 우리를 해치지는 마라!"

켈올란은 의기양양하게 괴물들에게 명령을 했다.

"가장 맛있는 음식으로 한 상을 차려 와라. 빨리 안 움직여! 겁쟁이처럼 굴지들 말고……. 내가 검을 휘두르면 너희는 모두 비참하게 끝난다."

괴물들은 떨리는 목소리로 말했다.

"독이 있는 검을 가진 켈올란 씨! 상을 금방 차릴 테니 제발 우리를 살려 줘!"

괴물들은 눈 깜빡할 사이에 푸짐한 상을 차려 내왔다. 배가 많이 고팠던 켈올란은 순식간에 그 많은 음식을 다 먹어치웠다. 그리고 눈에 띄는 이것저것도 가방에 챙긴 후에 떠나려고 했다. 그 순간 괴물 하나가 말했다.

"용감한 소년아, 당신과 거래하고 싶은 것이 있는데 어때?"

"무슨 거래?"

"그 검을 우리에게 팔면 안 돼?"

켈올란은 검이 얼마나 귀중한지 보이려고 그것을 서서히, 크게 흔들며 말했다.

"어이쿠! 안 되지. 당신들은 이 검을 들 수조차 없어."

"왜 들 수 없는데? 우리는 힘이 아주 세거든."

"게다가 이 검은 굉장히 비싸. 당신들이 사려면 돈이 많이 부족할걸."

늙은 괴물 하나가 물었다.

"그 검 하나에 금 두 상자면 어때?"

켈올란은 그 제안에 매우 솔깃했다. 하지만 태연하게 물었다.

"금이 어디 있어?"

이 질문에 괴물이 기쁨에 넘친 목소리로 말했다.

"저기 조금 멀리 있는 계곡에 루비가 박힌 상자가 있는데 그 상자 안에 금이 가득 차 있어. 우리는 거기로 못 들어가지만 당신은 쉽게 들어갈 수 있을 테니 가서 가져 가."

괴물의 이야기를 들은 켈올란은 머리를 끄덕이며 대답했다.

"내가 지금 특별한 마법을 써서 검의 무게를 줄였어. 그러나 독이 나오는 것을 막지는 않았어. 검을 여기에 놓고 갈 테니 내가 완전히 보이지 않을 때까지 절대로 만지면 안 돼. 이 검에 가까이 오면 지독한 독 냄새 때문에 모두 토하게 되거든."

괴물들은 두려워하면서 말했다.

"알겠어, 켈올란 씨. 어서 가."

검을 바닥에 놓은 켈올란은 손을 흔들면서 여유 있게 계곡으로 갔다. 그곳에 도착해 드디어 금이 가득 든, 루비가 박힌 상자를 찾았다. 얼마나 기뻤을까! 켈올란은 상자를 어깨에 메고 흥겹게 노래를 부르며 집으로 향했다.

괴물들은 켈올란이 간 뒤에 바닥에 있는 검을 들어 보니 독이 나올 것 같지도 않았고, 잘 들지도 않는 무딘 칼이었다. 켈올란의 말에 속았다는 것을 알게 된 괴물들은 몹시 분노했다.

그 후에 다 같이 모여서 괴물 셋에게 켈올란을 잡아 데려오라는 임무를 맡겼다. 괴물들은 끓어오르는 복수심으로 켈올란을 추적했지만 찾을 수 없었다. 쉴 새 없이 켈올란을 찾아다니다가 한 괴물은 절벽 아래로 굴러 떨어지고, 또 한 괴물은 피로가 쌓여 쓰러져 죽었다. 마지막 한 괴물은 혼자 계속 추적하였다. 그 사이 켈올란은 멈추지 않고 휘파람을 불며 계속 걸어갔다.

어느 날, 숲 속으로 지나가다가 여우 한 마리를 만났다. 켈올란이 먼저 인사를 하고 이런저런 이야기를 나누고 있는데 갑자기 앉아 있는 땅이 흔들리기 시작했다.

여우가 놀라며 말했다.

"어이쿠, 이게 무슨 일이야?"

켈올란은 어떤 상황인지 바로 알았다.

"괜찮아. 무서울 게 없어. 어떤 괴물이 우리 쪽으로 오고 있는 거야."

켈올란은 곁에 여우가 있어 마음 한편으로 의지가 되었지만 그래도 너무 무서워서 기절할 것 같았다. 바닥은 계속 흔들리고, 하늘에는 먼지 구름이 일고, 나무들이 마구 흔들리기 시작했다. 괴물이 점점 다가오고 있었다. 켈올란의 얼굴이 창백해졌다. 여우는 켈올란이 아주 불쌍한 생각이 들었다. 그리고 조금 전에 켈올란이 자기를 과시했던 것을 처음부터 믿지 않았었다. 켈올란을 안심시키려고 여우가 이렇게 말했다.

"켈올란아, 나는 이 지역의 왕이야. 괴물들이 떼 지어 와도 걱정 없어."

켈올란은 매우 기뻐서 손뼉을 치며 여우의 귀를 잡으면서 애정 표현을 하였다. 여우는 머리에 생각하는 것이 따로 있었다. 켈올란을 괜히 도우려고 한 것이 아니었다. 괴물의 뜨거운 입김을 여우와 켈올란이 느껴질 정도로 괴물이 가까이 다가왔다. 그러나 여우는 아직도 아무런 움직임이 없었다.

켈올란은 떨면서 여우에게 사정했다.

"여우 친구야, 제발 날 살려줘."

"그래, 살려줄 테니까 너도 나를 도와주어야 돼. 알았지?"

켈올란은 겁에 질려 아무 생각도 할 수 없었다.

"그래 알았어. 우선 빨리 이 괴물부터 처리해줘."

여우는 하늘을 보고 주변을 살펴본 다음에 울부짖었는데 그 소리가 하늘을 찌를 정도였다. 잠시 후에 수많은 여우 무리가 몰려왔다. 이 여우들을 본 괴물이 너무 무서워서 그 자리에 주저앉아 죽고 말았다. 여우가 다시 우니 이번에는 여우 무리가 사라졌다.

켈올란은 여우가 금이 가득 든 상자를 달라고 할까 봐 크게 걱정하였다. 여우가 켈올란에게 물었다.

"아직도 내 요청이 뭔지 물어보지 않네?"

켈올란은 부끄러워하며 조심스럽게 대답했다.

"앗, 갑자기 좀 전의 일로 그만 잊어버렸네. 지금 말해 봐, 듣고 있어."

"저쪽에 집이 한 채가 있는데 저번에 그 집 마당에서 아주 좋은 닭 한 마리를 보았어. 그 닭이 매우 인상적이어서 머리에서 떠나지 않아. 그 닭은 눈처럼 흰 머리와 금 같은 깃털이 있는데, 반짝반짝 빛나. 나는 매일 밤 닭의 빨간 부리를 꿈속에서 봐. 몇 번이나 잡으려고 했는데 실패했어. 그런데 40일째 그 닭이 안 보여. 어떻게 하든지 그 닭을 나한테 가지고 왔으면 좋겠어!"

켈올란은 여우가 원하는 것이 상자가 아닌 것에 안도의 한숨을 쉬었다.

"알았어, 처리한 걸로 생각해!"

켈올란은 바로 출발했다.

켈올란은 주변 사람들에게 물어물어가며 닭의 주인을 찾았다. 그에게 인사를 하고 상자를 바닥에 놓았다. 닭 주인은 켈올란에게 물었다.

"당신은 어디서 왔어? 뭐 하는 사람이야?"

"저는 아주 먼 곳에서 왔고, 또 먼 곳으로 갑니다."

잠시 후에 매우 예쁜 여자가 손에 아이란 잔을 들고 와 켈올란에게 주었다. 켈올란은 그 여자에게 한눈에 반해 현기증이 날 정도였다. 여자를 계속 응시하다가 실수로 옷에 아이란을 쏟았다. 켈올란은 마음 속으로 생각했다.

'아! 나는 내 보물을 찾아냈어. 금 상자와 이 아름다운 여자! 더 이상 원할 것이 뭐 있겠어?'

그러는 사이 닭 이야기를 까맣게 잊어버렸다. 집 주인이 상자 안에 무엇이 있느냐고 물었다. 켈올란은 대답했다.

"금이 있습니다."

주인은 눈이 휘둥그레진 채 계속 금 상자만 쳐다보았다. 그는 어떻게 하든 그것을 꼭 가지고 싶었다.

한편, 켈올란은 계속 그 여자만 생각하고 있었다.

닭을 가지고 올 켈올란을 기다리다 지친 여우는 화가 나서 산이 쩌렁쩌렁하게 울릴 정도로 크게 울었다. 그 소리를 들은 닭 주인이 투덜거렸다.

"저 지긋지긋한 여우 놈!"

켈올란은 그 소리를 듣자 갑자기 여우 생각이 났다.

"아이쿠"

켈올란이 걱정스런 표정을 짓자, 집 주인이 의아하게 여기며 물었다.

"무슨 일 있어? 왜 그런 반응을 보여?"

켈올란은 애당초의 목적을 숨기면서 더듬거리며 말했다.

"뭐…그냥. 어떤 소리를 들었는데 여우 소리 같아서요."

주인의 목소리가 갑자기 굵어졌다.

"그 고약한 여우놈, 정말 지긋지긋해. 총을 쏘아 죽이고 싶은데 도무지 안 되네."

켈올란은 능청스럽게 말을 돌렸다.

"암탉과 수탉이 많아요?"

"다른 닭들은 어찌 되든 상관없는데 딱 한 마리는 아주 귀한 거야. 흰 머리에 빨간 부리와 금 같은 깃털을 가진 닭이란 말이야. 그런데 여우 때문에 닭장에 갇혀 죽을 것 같아. 세상에 둘도 없는 그런 닭인데."

"저에게 파세요."

"그래? 그런데 홍정 없이는 계란조차 팔지 않는다는 말이 있잖아."

"원하는 것이 있으면 말해요."

주인이 금 상자하고 바꾸고 싶다고 했다.

"지금 장난치시는 거지요? 금 상자하고 닭 한 마리 바꾼다는 게 도대체 말이 됩니까?"

"그 닭이 어떤 닭인지나 알고 얘기해. 모르면 얘기하지 마."

켈올란은 궁금하여 물었다.

"정말이에요? 어떤 특징이 있어요?"

"'꼬꼬댁' 하고 아주 잘 울어."

켈올란이 웃으면서 물었다.

"세상에 울지 않는 닭이 어디 있어요?"

"그런데 우리 닭은 우는 시합에서 항상 일등만 해. 그 덕분에 돈을 많이 벌었어."

"오! 좋은 재능을 가지고 있군요. 그 닭이 우는 것을 한번 들어보고 싶네요."

그런데 주인이 지금은 안 된다고 했다. 켈올란이 왜 안 되느냐고 물어보니 주인이

"지금 여우가 호시탐탐* 노리고 있잖아, 우는 소리 안 들었어?"

라고 대답했다.

"맞아요, 그런데 그 닭은 어차피 닭장에서 나가지 못 하잖아요. 그러니까 저에게 싼 값에 파세요."

* 범이 눈을 부릅뜨고 먹이를 노려본다는 뜻으로, 기회를 노리고 가만히 형세를 살핌. 또는 그런 모양.

켈올란의 이 제안이 주인의 마음을 흔들었다. 닭장에서 죽는 것보다 싼 값에라도 파는 것이 좋을 것 같다고 생각했다. 드디어 켈올란과 닭 주인이 어렵게 흥정을 한 뒤에 금덩어리 두 개로 결정했다.

닭과 금 상자를 들고 출발한 켈올란은 여우를 찾아 갔다. 여우를 찾은 후에 닭을 여우에게 주었다. 여우는 켈올란에게 고맙다고 하고 기쁜 표정을 지으며 숲 속으로 사라졌다. 켈올란도 금 상자를 들고 고향 길로 향했다.

켈올란이 금 상자를 들고 온 것을 본 어머니는 매우 기뻤다. 아들을 오랜만에 보아서 껴안고 기도했다. 켈올란이 상자를 집에 놓고 어머니에게 말했다.

"엄마, 필요한 거 없어요? 내가 시장에 가서 사 올 테니 말씀하세요."

어머니가 이것저것 사오라고 시키자 켈올란은 시장에 갔다. 여러 가지 먹을거리를 사서 가방에 가득 채운 후에 당나귀에 싣고 의기양양하게 집으로 돌아왔다.

켈올란이 부자가 된 이야기를 들은 시골 사람들은 크게 놀라며 자신들의 딸과 켈올란을 결혼시키고 싶어 했다. 여기저기에서 들어오는 혼담에 켈올란의 어머니는 아주 기뻤지만, 켈올란의 생각은 달랐다.

"엄마, 예전에 가난하다고 나를 조롱한 사람들의 딸하고 결혼하고 싶지 않아요. 내 마음 속에는 닭 주인의 딸이 있어요. 당장 가서 그 여자와 결혼하고 싶다고 전해 주세요."

어머니는 예쁜 옷으로 갈아입은 후에 아들이 말한 그 닭 주인의 집을 찾아갔다. 닭 주인의 집에 도착하자 켈올란의 어머니는 바로 용건을 말했다.

"저는 켈올란의 에미입니다. 우리 아들이 당신의 딸과 결혼하고 싶어합니다. 그래서 제가 여기까지 왔습니다."

주인은 켈올란 같은 부자가 자신의 딸하고 결혼하고 싶다고 하자 매우 기쁜 마음으로 바로 받아드렸다. 그리고 딸을 준비시켜 켈올란의 어머니가 갈 때 같이 보냈다.

결국 켈올란은 모든 사람들이 부러워할 정도로 멋진 결혼식을 올렸다. 그 후로 어머니와 아내하고 아주 행복하게 살았다.

27
켈올란과 마법의 깃털

옛날 한 시골에 켈올란과 그의 어머니가 살고 있었다. 아버지가 계시지 않아서 그들을 돌보아 줄 수 있는 사람이 없었다. 어머니와 아들은 어렵게 지냈다. 어머니는 양털로 실을 잣고 켈올란은 그것을 내다 팔았다.

어느 날, 켈올란은 실을 팔려고 가는 길에 아이들이 개를 때리는 것을 보았다. 그 개가 아주 불쌍해 보였다.

켈올란은 그들에게 말했다.

"그 개를 왜 때려? 불쌍하지도 않아?"

아이들은 대답했다.

"손에 있는 실타래를 우리에게 준다면 개를 안 때릴게요. 그리고 대신 개를 줄게요."

켈올란은 그 실타래를 아이들에게 주고, 개를 받아 집으로 데리고 왔다. 어머니는 개와 함께 들어오는 아들을 쳐다보고 의아해하며 어떻게 된 일이냐고 물었다. 켈올란은 자초지종을 이야기했다. 그 이야기를 들은 어머니는 기가 막혀 마구 화를 내었다.

다음 날, 어머니가 켈올란에게 또 실 한 타래를 주며 팔아 오라고 하셨다. 켈올란이 그것을 팔러 가는 길에서 어제 본 그 아이들을 또 만났다. 이번에는 그들이 고양이를 때리는 것을 보았다. 고양이가 아주 불쌍해 보였다.

켈올란은 아이들에게 말했다.

"야, 고양이가 참 불쌍하구나, 그 고양이를 때리지 말고 나에게 줄 수 없어?"

아이들이 대답했다.

"손에 있는 그 실타래를 우리에게 주면 고양이를 줄게요."

켈올란은 고양이가 불쌍하여 실타래를 주고 고양이를 받았다. 실타래를 팔지 못하고 집에 돌아오자 어머니는 배가 몹시 고프다며 어제보다 더 화를 내었다.

켈올란은 그 다음날도 실타래를 들고 다시 길을 나섰다. 가는 길에 같은 아이들이 이번에는 뱀을 때리는 것을 보았다.

켈올란은 그들에게 전에 했던 제안을 했다.

"그 뱀을 때리지 말고 나에게 줄 수 없어?"

아이들은 대답했다.

"손에 있는 실타래를 우리에게 주면 이 뱀을 당신에게 줄게요."

켈올란은 어머니가 또 화를 낼 것을 뻔히 알면서도 실타래를 주고 뱀을 받았다.

집으로 돌아가는 길에 뱀이 켈올란에게 간절한 눈빛으로 사정했다.

"제발 저를 저의 엄마가 있는 굴로 데려다 주세요."

켈올란은 뱀이 불쌍하여 뱀을 그 굴로 데려다 주었다. 뱀은 무척 고마워하며 말했다.

"당신이 제 부탁을 들어 주었으니 저도 당신의 부탁을 다 들어줄게요."

"그냥 건강하게 잘 지내기나 해."

뱀은 그 순간 입을 벌리고 털 두 개를 빼어서 켈올란에게 주며 말했다.

"언제나 어려운 일이 있을 때 원하는 것이 있으면 이 털 두 개를 서로 비벼 보세요. 그러면 원하는 것이 당장 눈앞에 나타날 것입니다."

뱀은 곧 사라졌다. 켈올란은 털 두 개를 들고 집에 돌아왔다.

어머니는 말했다.

"우리 아들, 어디 갔다 왔어? 이틀이나 굶었더니 이젠 말 할 힘도 없어."

켈올란은 대답도 하지 않고 바로 손에 있는 털을 서로 비볐다. 그 순간 눈앞에 이제까지 본 적도 없는 다양한 음식이 차려진 상이 나타났다. 어머니는 이게 꿈인가 생시인가 하며 말했다.

"아! 이게 웬 기적이지?"

그러나 켈올란은 어머니에게 이에 대해 전혀 말하지 않았다.

며칠 후, 켈올란은 어머니에게 말했다.

"어머니, 사랑하는 우리 어머니. 파디샤흐*의 궁에 가서 왕에게 그의 딸을 나에게 주라고 말씀하세요."

어머니는 어이가 없어 혀를 차며 말했다.

"아들아, 그게 말이 되는 소리냐? 우리 같은 가난한 사람에게 파디샤흐가 딸을 주겠어?"

"걱정마시고 한번 가서 달라고 해 보세요."

어머니는 아들이 거듭하는 부탁을 거절하지 못하고 궁에 가서 왕에게 공주를 달라고 했다. 딸을 줄 마음이 전혀 없는 왕은 툭 한마디 던졌다.

"켈올란이 내 궁전 건너편에 금으로 된 궁전 하나를 짓는다면 내 딸을 주겠어."

그 말을 전해 들은 켈올란은 바로 털 두 개를 서로 비볐다. 그러자 파디샤흐의 궁전 건너편에 금으로 된 궁전 하나가 나타났다. 파디샤흐는 아주 놀랐다. 그는 켈올란에게 명령을 하나를 더 내렸다.

"켈올란, 금으로 된 접시 위에 금으로 된 닭과 병아리 한 마리를 얹어 나에게 주면 내 딸을 주겠다."

이 말을 듣자마자 켈올란이 바로 털 두 개를 비비니 왕이 원하는 것이 그대로 나타났다. 그래서 닭과 병아리를 파디샤흐에게 바쳤다.

"그래. 이제 내 딸을 데려 갈 자격이 생겼어. 데려 가도 좋아."

켈올란은 파디샤흐의 딸을 집으로 데려 왔다.

* 여러 이슬람 국가가 황제를 의미하는 칭호로 쓰였다. 다른 말로는 페르시아 제국에서는 샤한샤를, 오스만 제국에서는 술탄을 제호로 차용했다.

얼마 후, 켈올란은 부인에게 이 마법을 말해 주었다. 그리고 그 털 두 개를 늘 자신의 코 안에 숨겨 둔다고 말했다.

켈올란은 밤마다 일찍 잤다. 부인은 늘 이 털 두 개를 갖고 싶어 기회를 노렸다.

어느 날, 켈올란이 감기에 걸렸다. 밤에 재채기를 하다가 털 두 개가 그만 코에서 빠져나왔다. 부인이 이를 보고 켈올란 모르게 재빠르게 털을 자기 코에 넣었다. 켈올란이 아침에 일어나 보니 자기 코에 털이 없었다.

'아이고! 이거 어떡하지?'

그러나 이젠 별 도리가 없었다.

그 사이 부인은 털 두 개를 비비면서 말을 타고 있는 두 사람이 나타나기를 원했다. 바로 말을 타고 있는 두 사람이 나타났다. 부인은 곧 그 말을 타고 강 언덕 너머로 사라졌다.

그래서 켈올란은 그 마법을 쓸 수 없게 되었다. 어머니와 켈올란은 다시 가난한 삶으로 돌아가게 되었다.

참고문헌

김대웅 옮김, 『터어키 전래동화』, 서울 : 웅진출판주식회사, 1985.
이난아, 『세계민담전집 7 : 터키』, 서울 : 황금가지, 2003.
_____, 『터키 문학의 이해』, 서울 : 도서출판 월인, 2006.
전국역사교사 모임, 『처음 읽는 터키사』, 서울 : 휴머니스트, 2010.
최운식 · 이영순, 『터키 1000일의 체험』, 서울 : 민속원, 2012.
홍익희, 『세 종교 이야기』, 서울 : 행성:B잎새, 2014.

『두산백과사전』
『한국민족문화대백과사전』

〈네이버 지식백과〉
〈Daum 백과사전〉
〈위키백과〉

TAHIR ALANGU
Keloğlan Masalları
KELOĞLAN MASALLARI
Keloğlan Masalları
KELOĞLAN MASALLARI
KELOĞLAN İLE GÜLE OYNAYA
KELOĞLAN MASALLARI
KELOĞLAN MASALLARI
Derleme
EN GÜZEL KELOĞLAN MASALLARI
Keloğlan Masalları

1. Defne GÜLER, 『KELOĞLAN MASALLARI』, İstanbul : CNR STUDIO, 2012
2. Emel İPEK, 『Her Gün Bir Masal MASAL DÜNYASI』, İstanbul : Karanfil, 2011
3. Fatih M. DURMUŞ, 『Türk Masalları ve Hikayeleri』, İstanbul : Pan Yayın Dağıtım, 2013
4. Gökhan KARACA, 『Keloğlan Masalları』, Ankara : KARACA YAYINLARI
5. H. Hüseyin DOĞRU, 『Dolu Dolu MASALLAR』, İstanbul : Damla Yayınevi, 2012
6. İrfan BÜLBÜL, 『KELOĞLAN MASALLARI Seçmeler』, İstanbul : Bahar Yayınevi, 2005
7. Mümtaz GÜLERYÜZ, 『KELOĞLAN MASALLARI』, İstanbul : NAR, 2008
8. Münir Hayri EGELİ, 『KELOĞLAN MASALLARI』, İstanbul : İnkılap Kitabevi, 1987
9. Münire DANİŞ, 『KELOĞLAN İLE GÜLE OYNAYA』, İstanbul : TİMAŞ ÇOCUK, 2011
10. Naki TEZEL, 『TÜRK MASALLARI』, İstanbul : BİLGE KÜLTÜR SANAT, 2009
11. Tahir ALANGU, 『KELOĞLAN MASALLARI』, İstanbul : Akvaryum Yayınevi, 2006
12. Tahir ALANGU, 『Keloğlan Masalları』, İstanbul : YKY, 2013
13. 『EN GÜZEL Keloğlan Masalları』, İstanbul : YAKAMOZ ÇOCUK, 2013
14. 『KELOĞLAN MASALLARI』, İstanbul : Mavilale Gençlik, 2014
15. 『KELOĞLAN MASALLARI』, İstanbul : TEBESSÜM, 2007
16. 『Keloğlan Masalları』, İstanbul : PARILTI YAYINCILIK, 2010

옮겨 엮은이 약력

하티제 쾨르올르 튀르쾨쥬 Hatice KÖROĞLU TÜRKÖZÜ

터키 앙카라대학교 한국어문학과, 동 대학원 석사과정 졸업
고려대학교 대학원 박사과정 졸업, 문학박사
현재 터키 에르지예스대학교 한국어문학과 주임교수
한국 친선 문화 대사로 임명 받음(주 터키 한국대사관, 2016년)

〈저서〉
『Kore'yi Tanıyarak Korece Öğrenelim(한국을 알면서 한국어를 배우자)』(İstanbul : Lotus Yayınları, 2014)
『MODERN KORE EDEBİYATI TARİHİ(한국현대문학사)』(İstanbul : Likya Yayınları, 2017)
『KORE ÖYKÜLERİ(한국 단편소설)』(İstanbul : Yitik Ülke Yayınları, 2017)
『MODERN KORE EDEBİYATI ESER İNCELEMELERİ(한국현대 문학 작품 분석)』(İstanbul : Likya Yayınları, 2017) 외

〈역서〉
『김소월 진달래꽃』(2005) 외

〈논문〉
「나혜석과 Fatma Aliye Hanım의 소설에 나타난 여성의 근대적 자아 연구」
(고려대학교 대학원 박사학위 논문) 외

김기창 Kim Ki-chang

서울교육대학교, 국제대학교 졸업, 성균관대학교 대학원 석사과정 수료
한국교원대학교 대학원 박사과정 수료, 국어교육학박사
전 백석대학교 교수, 중국 북경중앙민족대학교 초빙교수,
몽골 울란바타르대학교 객원교수,
터키 에르지예스대학교 한국어문학과 객원교수 역임

〈저서〉
『한국 구비문학 교육사』, 『전래동화 교육의 이론과 실제』,
『분단 이후 북한의 구전설화』, 『백제 전설 여행』, 『천안의 전설 여행』,
『세계의 민속 문화』 등 30여 권

조민경 Min Kyoung Cho

한국외국어대학교 터키어-아제르바이잔어과 졸업
주 터키 대한민국대사관 문화홍보관실, 주 터키 한국문화원에서 근무했음
현재 터키어 전문 통·번역가로 활동 중

〈번역〉
김용문 지음 『막사발, 히타이트를 가다』, 오페라 『천생연분』 등

휼리아 타시프나르 Hülya TAŞPINAR

터키 에르지예스대학교 한국어문학과 졸업
숭실대학교 대학원 한국학과 졸업, 문학석사
현재 이스탄불 소재 (주)현대 자동차 터키 법인에 근무 중

〈논문〉
한국어와 터키어의 시간 관련 문법범주 비교 연구 외

터키민담
켈 올 란
Keloğlan
이 야 기

초판1쇄 발행 2017년 12월 25일

옮겨 엮은이 하티제 쾨르올르 튀르쾨쥬 · 김기창 · 조민경 · 휼리아 타시프나르
펴낸이 홍기원

총괄 홍종화
편집주간 박호원
편집 · 디자인 오경희 · 조정화 · 오성현 · 신나래
김윤희 · 이상재 · 김혜연 · 이상민
관리 박정대 · 최기엽

펴낸곳 민속원
출판등록 제18-1호
주소 서울 마포구 토정로 25길 41(대흥동 337-25)
전화 02) 804-3320, 805-3320, 806-3320(代)
팩스 02) 802-3346
이메일 minsok1@chollian.net, minsokwon@naver.com
홈페이지 www.minsokwon.com

ISBN 978-89-285-1141-9 03800

이 도서의 국립중앙도서관 출판시도서목록(CIP)은 서지정보유통지원시스템 홈페이지(http://seoji.nl.go.kr)와 국가자료공동목록시스템(http://www.nl.go.kr/kolisnet)에서 이용하실 수 있습니다. (CIP제어번호 : CIP2017035171)

※ 책 값은 뒤표지에 있습니다.
※ 잘못된 책은 바꾸어 드립니다.